第一辑

罗振亚

孙克强 / 主编

南开诗学

NANKAI POETICS

Vol. 1

南开大学文学院　主办

社会科学文献出版社

SOCIAL SCIENCES ACADEMIC PRESS (CHINA)

编委会

发刊词

　　诗歌一体，可谓中国文学之主流。《诗》《骚》而下，唐诗、宋词乃一代文学；现代以降，新体白话诗仍为文苑丽葩。与发达的诗歌创作相应，中国诗学，传统悠久，远肇自先秦，繁兴于当代。为进一步推进中国诗学研究，我们创办了一本纯粹的学术集刊——《南开诗学》。

　　《南开诗学》旨在弘扬中国优秀诗歌文化，观照当下新的诗歌潮流，凸显中国诗歌的精神价值，加强与世界文化的对话。

　　《南开诗学》力求以中国诗歌、诗学研究为核心，同时关注域外诗歌和中外诗学比较，强调贯通古今，绾合中外。

　　《南开诗学》主张更加自由、开放、多元、纯净的诗学研究，我们赓续中国诗学传统精华，也乐见突破桎梏的洞见；我们欢迎精耕细作，也希望开疆拓宇；我们坚守传统诗学文献与实证并重之精髓，也期待新理论、新方法；我们看重冷静的论评，也欣赏热情的表达。要之，我们反对凿空之论，重视有据之言。

　　南开大学有着深厚的诗学研究积淀，在叶嘉莹先生、罗宗强先生的引领下，一批著名学者投身其中，已成为海内外诗学研究的重镇。我们希望把《南开诗学》办成有特色、高质量的学术刊物，为诗学研究者搭建一个良好的平台，与学界同人一道，探究诗情诗思，建构中国诗学体系，共同推动中国诗学研究，为此，我们愿意付出辛劳与努力！

　　《南开诗学》今天问世了！祝愿这棵新苗在诗学同人的关爱下茁壮成长，能够渐成学林中的参天大树！

目录

目 录

contents

contents

「特／稿」

谈李清照与徐灿二家词对于国亡家破之变乱所反映的态度之不同及徐灿《忆秦娥》(春时节)一词是否与其夫纳妾有关之考辨

叶嘉莹[*] 讲　杨爱娣 整理

一

在《明清之际的女性词人》一文中，我们讲了明清之际为什么妇女这样解放，为什么这些男子忽然间欣赏起妇女的才华来了，并讲述了很多种原因。下边我们就讲清朝初年的一位著名的女词人徐灿的诗词了。一般来说，女子在历史上没有传记，但是徐灿有，《清史稿》列传二百九十五有《陈之遴妻徐传》，"陈之遴妻"就是徐灿。

徐灿，字湘蘋，号深明。她的生卒年不详，没有确实的记载。她大概生于明朝末年，卒于清康熙年间。她是江苏吴县人，为光禄丞徐子懋的第二个女儿。根据她丈夫的侄子陈元龙写的《家传》可知她"幼颖悟，通书史，识大体"。在中国古代的闺房教训里边，"识大体"是非常重要的一条，就是一个妇女知道什么是可以做的，什么是不可以做的，即做事有分寸，如历史上的班昭、谢道韫都是"识大体"的女子。大户人家的闺女或名门之

---

　*　叶嘉莹，南开大学中华古典文化研究所所长。本文为叶先生的讲稿，编辑对文中字句有所调整，叶先生未曾过目。另，文中括号中的内容是编辑所加。

闺秀，都要求"识大体"，不能像市井之间的女人粗坯泼辣、吵架骂街。因徐灿"幼颖悟，通书史，识大体"，故为其父所钟爱。她曾经跟一些女诗人如柴静仪、朱柔则、林以宁、钱云仪等互相唱和，号称"蕉园五子"。

明清之际结社之风盛行，就是士人组织这个社或那个社；当然，这种结社之风始于男性文士。大家都知道明朝末年有一批人，组织了复社、几社，评议时政。我以前也讲过清初的一些作者是复社或几社中出名的人物。受男性文士结社之风的影响，女子就也开始结社。当时徐灿跟几个女诗人结社，号称"蕉园五子"。后来嫁给了海宁的陈之遴，陈之遴的父亲叫作陈祖苞，当时是右副都御史巡抚顺天，是带兵的，而且是负有保卫京畿及首都之重任。

陈之遴以前曾经参加过三次进士的考试，皆"下第"，即都没有考上。后来在崇祯十年丁丑（1637）登第。他考上的时候是他跟徐灿结婚后不久。其实陈之遴结过一次婚，徐灿是他的续弦。他的第一任妻子结婚不久就死去了，没有子女。在当时，一方面，陈之遴三次考试均未及第，很失意；另一方面他的妻子又去世了，所以就出去散心。

徐灿家原来在苏州，苏州城外有一座山，叫支硎山，她的父亲任光禄丞之职，家底丰厚，就在此山之麓买了一座山庄。据说陈之遴从海宁出发，一路散心游玩就来到了苏州城外支硎山下的徐子懋的山庄。他走累了，就靠在一排栏杆上打瞌睡。据传说，徐子懋在头一天晚上做了一个梦，梦见他们家的庭园之中有一条龙，因此第二天一早徐子懋就来园子察看，看见一个年轻人在打瞌睡，他认为跟他的梦境相应验，觉得这个年轻人将来一定有不平凡的成就，而他的女儿徐灿也是非常有才华的，所以他就把徐灿许配给陈之遴了。而陈之遴果然不负所望，与徐灿结婚后不久即中进士。

当徐灿在她娘家的时候，就曾经写有《怀灵岩》①《初夏怀旧》等诗，如在《初夏怀旧》中她说：

> 金阊西去旧山庄，初夏浓荫覆画堂。和露摘来朱李脆，拨云寻得紫芝香。竹屏曲转通花径，莲沼斜回接柳塘。长忆撷花诸女伴，共摇纨扇小窗凉。

---

① 灵岩，即苏州的灵岩山。——编辑注

这是描写徐灿当年在娘家的生活。"阊"，就是阊门，在苏州；这句是说，从金阊西去就是她家的那个山庄，即支硎山下的山庄；初夏的时候，满园的树木苍翠，浓荫就在他们画堂的前边，她们就带着露水摘取园子里边的红色的李子，"朱李脆"；"拨云寻得紫芝香"，在高山上，好像在云雾中找到山边的紫芝。她说"竹屏曲转通花径"，就是竹子制成的屏风边转过去就是开满鲜花的小路；"莲沼斜回接柳塘"（意思是开满莲花的小池塘窄窄斜斜与周围遍植柳树的大池塘相连）。最后一句说的是她常常去采花，跟她的那些同伴"共摇纨扇小窗凉"。

此外，她还写过"采莲月下初回棹，插菊霜前独倚楼"（《秋感》八首之六）。这是说，她们夏天有时去采莲，采莲到很晚，月亮都上来了，她们就在月光之下乘船回来，秋天的时候她们就插菊花，"插菊霜前"，（和着霜花插在瓶子里，独自依凭楼上栏杆来欣赏）。由此可以想见她少年时候生活得美好。

徐灿的祖姑名叫徐媛，字小淑，也工于吟咏，写过《络纬吟》，为世所称。陈之遴也是能够写诗的。所以他们把徐灿跟李清照作比，她们（有相同之处：一是）都出身世家，（二是）她们的丈夫都是有文采的。陈之遴也能写诗的，写有《浮云集》，而且也会写词，《浮云集》是诗，此诗集后边附有词集五卷。徐灿的《拙政园诗余》是陈之遴亲自编订的。大家看，像我们以前讲的叶绍袁这些人，都曾为自己的妻子编集子，徐灿的《拙政园诗余》，也是她丈夫陈之遴替她编订的。

现在我们就要讲到，她的词集为什么叫作《拙政园诗余》。"拙政园"大家一定知道，如果你去旅游，到了苏州，（就能看到）拙政园。苏州讲究园林，苏州园林中最大的一所，也最有名的一所就是拙政园。为什么叫作拙政园？其实它有一个故事。这个拙政园是在明朝的时候，有一个高官，叫作王献臣，他修盖了拙政园。当时明朝有一个有名的书画家叫文徵明，在拙政园盖好以后，文徵明曾经替他写了《拙政园图记》，由此可见那是一个很有名的园子。可是王献臣费了那么多钱财，费了那么多精力盖好这所园子以后，不久就去世了，他的儿子赌博，就把园子押出去了，因此拙政园就被卖掉了，卖给了姓徐的人家。姓徐的人家有了这所园子以后，到他孙子辈上，（家业）又败坏了，把这所园子也卖掉了。这所园子就被陈之遴买下来了，就是这所拙政园，可是陈之遴买下它以后又如何呢？（接下来，）我们就要讲一讲陈之遴的故事。

（上面已说）当徐灿嫁过去以后不久，陈之遴就考上了进士，所以那个时候是他们最为美好的一段时间。考上进士以后陈之遴就到首都，到京师来做官。陈之遴的父亲当时也在首都做官，是副都御史巡抚顺天。当时徐灿就写了一首词，赞美丁丑那一年，就是她丈夫考中进士的那一年。（在这年，）她的公公，也就是陈之遴的父亲升官，陈之遴也考中了进士，而陈之遴的祖父也是上一个丁丑年即 60 年前考中的进士的，这等于一家三喜临门。所以徐灿就写了一首词，歌功颂德地赞美他们陈家。然后就来到了首都，来到首都以后他们就租了一个庭院。

陈之遴后来给徐灿编《拙政园诗余》时，为此集子写了一篇序文，（他在这篇）序文中写到了这个庭院，说：

> 丁丑通籍后，侨居都城西隅，书室数楹，颇轩敞。前有古槐垂阴如车盖，后庭广数十步，中作小亭，亭前合欢树一株，青翠扶疏，叶叶相对，夜则交敛，侵晨乃舒。夏月吐华如朱丝，余与湘蘋觞咏其下，再历寒暑，闲登亭右小丘，望西山云物，朝夕殊态。

陈之遴说"丁丑通籍后"，此处"通籍"，就是考中了进士，他的名字被登在官府名录上了就叫"通籍"，考上以后就到首都来做官。"侨居都城西隅"，"侨居"，因为他离开了故乡海宁，做客到京师就是"侨居"。"都城"，就是当时的首都，"西隅"，就是现在北京城的西城。他们租赁的地方有"书室数楹"，就是有书房好几间。"颇轩敞"，庭院很宽大，当然是四合院了。"前有古槐"，前面有一棵古老的高大的槐树，"垂阴如车盖"，槐树的树荫好像一个圆圆的伞盖一样。"后庭广数十步"，后面还有一个院子，有好几十步这么宽广。"中作小亭"，中间盖有一个小亭子，"亭前合欢树一株"，这个小亭子前面有一棵树，叫作合欢树。合欢树是什么树呢？"合欢"也叫"合昏"，树上的叶子小小的，两两相对而生，白天的时候叶子就张开，晚上就合起来，朝开夜合，所以叫"合昏"，也叫"合欢花"。这个合欢花开出的花是什么样子呢？不像樱花，也不像荷花，（就是）不像什么花，北京有这种树，把它叫作"绒花树"，它开出来的花是绒球的样子，毛茸茸的是一个绒球，我们现在讲这种树，是因为以后讲徐灿的词，里边会写到这种景物。"青翠扶疏"，树叶很茂盛；"叶叶相对，夜则交敛，侵晨乃舒"，晚上就合起来，白天才展开。"夏月吐花如朱丝"，夏天才开花，毛茸茸的，好像丝绒的样子。"闲登亭右小丘"，他们有空闲的时候就登上这个小山丘，（这个小山丘）就在亭子旁边。"望西山云物朝夕殊态"，可以远远地看见北京城外有西山，遥望西山云物朝夕殊态，朝晖夕阴，云彩总是千变万化的，朝夕、阴晴都不一样。所以他们可以看见西山的景物，由此我们可以想象他们俩在当时生活是幸福、快乐的。

哪里想到天有不测风云，崇祯十一年（1638），之遴之父祖苞就"坐失事系狱"。陈之遴考上进士其实就是崇祯十年（1637），现在转眼才不过一年多的时候，他的父亲就犯了罪了，说"失事系狱"，为什么事情"失事系狱"了？刚才我们说了他父亲是巡抚顺天，而那个时候，已是天下寇乱大作，张献忠、李自成都造了反了。"失事"就是他平抚这些寇乱有失败的地方。所以他就被关在监狱里边，陈祖苞觉得这件事情是很冤枉的，天有不测风云，战争胜败乃兵家之常事，谁能够保证常胜，可是失败了就得罪，所以他父亲就自杀了。"饮鸩卒"就喝了毒酒，自杀了。可是他自杀了以后崇祯皇帝怒其"漏刑"，古代的皇帝是很了不起的，他让你死你就不敢活，他没有让你死，你自杀死了，这是犯了很大的罪过。"漏刑"，（就是）没有接受刑罚就死了，所以"锢其子编修之遴永不叙"，责备不到他父亲，就责备他儿子，不但免去他现在的官职，而且说永远不许他做官了。你要知道古代的男子平生就是要出来做官，考了多年进士（终于得中），你不让他做官了，且永远不让他做官了，这当然是无可奈何。这是皇帝的命令，所以他们就回了江南的老家。北京不久就被李自成攻破，崇祯皇帝也自缢身亡了，明朝灭亡了。

等到清朝的皇帝入关后，顺治二年（1645）陈之遴就投降清朝了。按照中国的忠义来说，投降新朝，这就是品德上的亏损，可是我想陈之遴的内心一定也是很不平的。他父亲是冤死了，且他自己终生不录用了，一个男子终生不录用，怎么办？所以他就投降清朝了。投降清朝本来犹可说也，可是投降清朝以后怎么样呢？他不甘寂寞，弄权。我们以前讲到元朝，元朝的皇帝把读书人排在第九等，轻视读书人。可是清朝不然，清朝是看重读书人的，而且看重汉人中的读书人。清朝从没有入关以前，就重用了一个汉人，他叫范文程，范文程把很多读书的汉人都留下来了，陈之遴又会作诗又会写文章，是很不错的，所以他就在清朝做了官，做到弘文院大学士，做到很高的官。

当时，跟他一样投降清朝的还有一个汉族的学者，这个人叫陈名夏，他也是江南人。所以他们两个汉人，就勾结在一起在朝廷里边夺权，而清朝刚刚进关的时候，朝廷里边有南北之争。因为当时做官的有北方人，也有南方人，所以有南北之争，更有满汉之争，所以陈之遴就跟陈名夏勾结在一起夺权。

第一次被告发时，当时的皇帝顺治说证据不足，就没有究问，也就是根本没有给他治罪。第二次被告发时，顺治皇帝就给他减免几个月的薪水，作为小小的惩罚。第三次被告发时，就给他调一调官职，迁调户部尚书。第四次被告发时，皇帝让他到奉天去，奉天就是清朝没有入关以前的首都。让他到那里，离开现在的首都远一点，不要在首都搞政治斗争。去了不久后，皇帝还是觉得他很有才华，又被召还，就是又把他叫回来了。第五次又被告发了，而且这一次告发者说他勾结宦官。而在历代的皇朝统治之中，勾结宦官就是大罪。上曰："朕非不知之遴等朋党而用之，但欲资其才，故任以职。"所以皇帝是想周全他，屡次被告发，屡次还用他。"亦冀其改过效忠"，这是顺治皇帝说的话，终以"贿结内监"。"贿结内监"，也不是皇帝定的罪，是"廷议"定的罪；"廷议"，就是说朝廷上百官说应该怎么样惩罚；"廷议"的结果是"论斩"，即应该斩首。可是顺治还是说很可惜一个人才，免死，就没有斩首。"徙尚阳堡"，就把他流放到尚阳堡，尚阳堡在现在的辽宁开原，那时候当然是离首都很遥远的地方了，而且交通不便。在康熙五年（1666），陈之遴就死在尚阳堡了，再也没有回来。当陈之遴被贬到尚阳堡的时候，我们刚才讲到拙政园，他不是买了一个拙政园吗？买来以后他在首都做官，没有机会到苏州享受他的园林之胜，后来他被贬走了，就更没有时间享受他的园林之胜。这个拙政园，你看从第一个园主到儿子时就把园子出卖了，第二个园主到孙子辈时也出卖了，第三个园主就是陈氏，他没有享受这个园子，就被贬走。贬走了怎么样？家眷都要随他到尚阳堡去，徐灿也跟他到了尚阳堡。那么园子呢？园子被充公，园子就被国家没收了。后来陈之遴也死在尚阳堡了。康熙十年（1671），也就是陈之遴死去后五年，圣祖东巡，就是康熙皇帝巡行东北，就到了尚阳堡，徐灿上奏疏，请求归葬，希望把她丈夫的尸骨运回老家去，康熙皇帝就答应了徐灿的请求，徐灿就护持着她丈夫的尸骨回到了江南。徐灿至少有四个儿子，但不幸都很年轻就死了，她最后只有一个女儿跟她相依为命。

徐灿的诗集里边收的有她晚年的《感旧》七绝两首，就是她从尚阳堡回来以后写的诗：

> 人到清和辗转愁，此心恻恻似凉秋。阶前芳草依然绿，羞向玫瑰
> 说旧游。
>
> 丁香花发旧年枝，颗颗含情血泪垂。万种伤心君不见，强依弱女
> 一栖迟。

她说"人到清和辗转愁"，"清和"是四月，这是春夏之交的美好日子。
"此心恻恻似凉秋"，这么温暖、清和的晚春初夏的天气，她说我内心的悲
凉就跟秋天一样凄凉。"阶前芳草依然绿，羞向玫瑰说旧游"，芳草还是绿
的，玫瑰花还是开的，她说我真是不忍心对玫瑰花说我旧日的生活。你看
她小时的生活，幼年家居何等的快乐，婚后跟她的丈夫在京师何等的快乐，
现在一切都物是人非了。

她又说"丁香花发旧年枝"，丁香花开了，还是从前的花枝。"颗颗含
情血泪垂"，丁香有一种叫作紫丁香，都是紫红的颜色，每一瓣丁香都像一
滴一滴的血泪，垂在那里。所以她说"万种伤心君不见"，"万种"，有多少
种，"万种伤心君不见"，就是说再也没有人可以诉说了，她丈夫已经不在
了。"强依弱女一栖迟"，就是只有跟她女儿相依为命了，儿子也都死了，
所以她的晚年是很不幸的。

陈之遴在京师做官时，他有没有回拙政园住过一段时间，这个我们不
知道，无从考证。徐灿也没有写过拙政园的生活，她只写了在北京的那些
生活，所以我们也难以考证。

后来有一位诗人写了一首有关拙政园的诗，此诗人是陈维崧，他是清
朝有名的词人，跟朱彝尊并称，是阳羡派的；他的别号跟我的别号一样叫
迦陵，他的词集叫《迦陵词》。陈维崧写了一首《拙政园连理山茶歌》，据
说他们这个拙政园里边有茶花，而且是连理的，就是两棵树连在一起的。
《拙政园连理山茶歌》说：

> 拙政园中一株树，流莺飞上无朝暮。艳质全欺茂苑花，低枝半碍
> 长洲路。路人指点说山茶，潋滟交枝映晚霞。此日却供游子折，当年
> 曾属相公家。……兴衰从古真如梦，名花转眼增悲痛。女伎才将舞袖
> 围，流官已报征车动。此地多年没县官，我因官去暂盘桓。堆来马矢
> 齐妆阁，学得驴鸣倚画栏。辽阳小吏前时遇，曾说经过相公墓。已知

人去不如花，那得花开尚如故……

　　他说"拙政园中一株树，流莺飞上无朝暮"。拙政园里的山茶树，春天常常有一些流莺飞到树上。"艳质全欺茂苑花"，他说山茶花开得这么茂盛，比皇宫内苑汉朝的茂苑的花还要茂盛。"低枝半碍长洲路"，那些低的树枝把马路都遮了半边，"碍"是遮住的意思。"路人指点说山茶"，因为山茶花树枝伸到路上来了，所以路人经过就指点说山茶花多么茂盛，多么美丽。不但说到山茶花，还说这个山茶花美丽，"潋滟交枝映晚霞"。"潋滟"就是花的光彩照人，（此句是说花不但光彩照人）而且连理交枝照耀在晚霞之中。"此日却供游子折，当年曾属相公家"，这都是马路上的人这么说的。说今天树枝伸到外边，我们过路的人，随便就可以折一枝茶花走；今天是"却供游子折"——过路的人，都可以折这个茶花——可是"当年曾属相公家"。"相公"，就是陈之遴，他做官做到相当宰相的官位。"兴衰从古真如梦"，你看刚才我们讲拙政园的几次变换主人，都是转眼之间的盛衰所致。所以他说"兴衰从古真如梦，名花转眼增悲痛"。这种"名花"本来是美好的，可是转眼之间这种花带给人的不是欢乐，这种花带给人的是悲痛。他说是"女伎才将舞袖围，流官已报征车动"。陈之遴把拙政园买回来，刚刚布置好，而且安排了很多"女乐"，家里有很多侍女，很多歌伎，但当"女伎"刚刚把"舞袖"张开，要为他们买到这个美丽的拙政园而庆祝时，就"流官"了，陈之遴是被流放的，流放到尚阳堡。"流官已报征车动"，"征车动"就是他被贬走了。"此地多年没县官"，这个地方就被充公了，就是被县官给充公了。"我因官去暂盘桓"。陈维崧说我也曾经到这里经过，县官走了，这里空下来，所以我就暂时参观一下这个拙政园。"堆来马矢齐妆阁，学得驴鸣倚画栏"。这里驻了军队，养了马，所以他说，这个"马矢"就是马粪，马粪都堆到梳妆楼那么高了。"学得驴鸣倚画栏"，即画栏外边都是驴马，乱叫。"辽阳小吏前时遇"，陈之遴被贬到尚阳堡，尚阳堡在辽阳，陈维崧说我前些时候就碰到辽阳来的一个小吏；"辽阳小吏"，就是从尚阳堡来的小吏，我遇见他了。"曾说经过相公墓"，他经过了陈之遴的坟墓，陈之遴死在尚阳堡后，就葬在那里了。"已知人去不如花，那得花开尚如故"。花还在开，人早已死了。徐灿的经历跟李清照一样，晚年都是丈夫先死去了，过得非常悲惨。

　　现在我们要回来看一看徐灿的诗词。陈之遴和徐灿两个人，从诗文的唱和来说，两个人感情是很好的。陈之遴曾经写过几首给徐灿的诗，写得很好，可是两个人有一点点意见不相合的地方，就是徐灿不赞成陈之遴再出来为清朝做官。这就是男子跟女子不同的地方，女子只要夫妻相守，诗文唱和就很好了。可是男子总以为没有一番作为的话，他的本领没有施展出来。所以徐灿曾经写过几首诗劝他，说"从此果醒麟阁梦，便应同老鹿门山"。"从此果醒麟阁梦"，麟阁是麒麟阁，男子如果做官高了，有了功名，就把他图像画在麒麟阁里。她说，我希望你从此就不要想再做官了，即不要再做什么治国平天下的梦了。"便应同老鹿门山"，是说我愿意跟你一同终老在鹿门山。在鹿门山上是隐居的地方。又说"寄语湖云归岫好，莫矜霖雨出人间"（《答素庵西湖有寄》），是说我要告诉湖上的白云你要回到山里去；云是从山里边出来的岫，你要"归岫"，不要自夸，不要自己以为了不起；你说你这个云彩还要下雨，要给人间降福，要浇灌庄稼，你不要做这个梦了。这是她劝她丈夫不要出去做官，所以是"莫矜霖雨出人间"。

　　陈之遴仕清以后，要把妻子接进京来，那时候还没有拙政园，他刚刚投降清朝，他的妻子还在老家；要接她来京的时候，陈之遴写有《西江月·湘蘋将至》：

　　　　梦里君来千遍，这回真个君来。羊肠虎吻几惊猜，且喜余生犹在。
　　　　旧卷灯前同展，新词花底争裁。同心长结莫轻开，从此愿为罗带。

　　他说"梦里君来千遍，这回真个君来"，可见他们的感情是很好的。"羊肠虎吻几惊猜"，"羊肠"就是小路，你要知道在明清战乱之间，他们两个人曾经一同逃难。清朝当时占领北京还是很顺利的，因为李自成占领北京后，吴三桂请清兵入关，一路直抵北京，没有遭到抵抗。当时清朝也下令说，你们这些旧日的官吏愿意留下的就留下，所以北京当时很平静，没有什么叛乱。可是第二年顺治皇帝下了剃发令，这个就是很不得了的事情，我们中国有传统，如儒家说身体发肤受之父母，不敢毁伤；我们穿着汉人的衣服穿了很久，都习惯了。清朝男子的发型是很奇怪的，像猪尾巴一样，所以汉人就有反感了。自从下了剃发令，江南民众就纷纷起义，大家都听说过"嘉定屠城"和"扬州十日"的故事，那个时候南方起义的人被杀死的非常多，是经过这样抗争的。他们是江南人，陈之遴是海宁人，徐灿是苏州人，在战乱之中他们要逃亡；"羊肠虎吻"，他们走过的那些羊肠小路，

（非常危险），等于是在老虎的嘴边。"羊肠虎吻几惊猜"，就是说经过多少惊险，我们生死都不知。"且喜余生犹在"，现在总算安定下来，我们都还活下来了。"旧卷灯前同展"，是说现在我在首都又做官了，要把你接过来，我们两个可以一起读书，把我们旧日的书卷，在灯下一同展开来读。"新词花底争裁"，徐灿不是喜欢填词吗？可以在花下填词，吟花咏草。"同心长结莫轻开"，从此我们两个人就结一个同心结，永远不打开。"从此愿为罗带"，我就愿意做你身上的一条腰带，永远围绕着你，永远不离开。"从此愿为罗带"，用的是陶渊明的《闲情赋》中的典故，说有一个女子是如何的好，"愿在裳而为带"，就可以"束窈窕之纤身"，所以陈之遴说我就"从此愿为罗带"。

现在我们已经发现两个人不一样了，陈之遴投降以后，在清朝做官，非常高兴地把他妻子接来，"同心长结莫轻开，从此愿为罗带"。

那徐灿呢？要接进京来了。她从南向北来，在路途之中，她填了一首《满江红》的词《将至京寄素庵》，"素庵"是陈之遴的别号，意思是快要到首都了，她为她丈夫满心欢喜地欢迎她来填了一首词。现在我们就看这首《满江红·将至京寄素庵》的词：

> 柳岸欹斜，帆影外、东风偏恶。人未起、旅愁先到，晓寒时作。满眼河山牵旧恨，茫茫何处藏舟壑？记玉箫、金管振中流，今非昨。
>
> 春尚在，衣怜薄。鸿去尽，书难托。叹征途憔悴，病腰如削。咫尺玉京人未见，又还负却朝来约。料残更、无语把青编，愁孤酌。

她说什么了呢？"柳岸欹斜"，杨柳岸边，岸斜斜地转过去，"帆影外、东风偏恶"，坐着船，东风非常狂暴。诗词常常有一种象征的意味，她是说当时的这种世态，投降给敌人，"东风偏恶"。"人未起、旅愁先到，晓寒时作"。她说我在船上还没有起来呢，"旅愁先到"，已经满心都是哀愁了，所以两个人的心境迥然不同。陈之遴是满心欢喜，他又做了官，很得意。可是徐湘蘋是满心伤感，所以"旅愁先到，晓寒时作"。"满眼河山牵旧恨"，我从江南到北京来，看见一路上的河山，真是我们说的"国破山河在"（杜甫《春望》）。所以她说是"满眼河山牵旧恨，茫茫何处藏舟壑"。此处用的是庄子的典故，庄子说有一个人把船藏在一个大山洞里边去了，她是断章取义用庄子的话。她说茫茫天下，我们什么时候能够找到一个山洞把船藏进去，所以徐灿一直希望跟她丈夫一起隐居，不想她丈夫做官。"记玉箫、金管振中流，今非昨"。是说我也记得当年，你第一次出来在明朝做官，我们在船上吹着箫，吹着笛，因为他刚刚考中了进士，又刚刚做了高官，而且她的公公也被提升了，所以那个时候坐船来时吹着玉箫、金管，演奏着音乐。"今非昨"，现在完全不同了。

今天因为也没有讲义，我们只能简单讲到这里，只是介绍了徐灿的几首诗词，那么我们今天发的讲义上的徐灿的正式的词，我们到下一次再讲了。

二

我们上次讲了，明清的时候，认为妇女能文是一件美事：一是思想的原因，当时的人们思想比较开放，对于妇女的一些禁制就放松了，解除了；二是在社会的文化方面，男性改变了观念。这是一件很重要的事情。我们说过在历史的发展之中，一直是男性文化占了主导地位，我们妇女总是处在一个屈从的地位，所以当男性的文化认为女子无才便是德的时候，那很多的良家妇女都不敢写词，只有亲身经历了什么痛苦的遭遇，才偶然因内心情感的流露，写一首词，所以在宋朝的时候有歌妓酒女的词，有这种特殊事件的词，但是真正身为闺秀的作者是很少的。我们只讲了三个人：一个是朱淑真，一个是曾布的妻子魏夫人，一个就是李清照。这三个人也有所区别。

如魏夫人，因为她的母家跟她的夫家，都是文化程度很高的文学世家，所以她在影响之下写了诗词。因为她一生过的生活完全是顺利的，所以她诗词的内容就比较单薄，比较狭窄。

朱淑真呢，她是比较勇敢，比较开放的，可是你也发现她们的文化背景有所不同，朱淑真的诗词，虽然写得真诚，写得很真切，很感人，可是缺少一种我们所谓的含蓄、典雅的修养。我们以前也讲过闺秀词人，如晋朝的谢道韫，她气质不同，风格不同。

李清照呢，她是旧学修养很好，她父亲家里边、她丈夫家里边，都是文学修养很高的，所以李清照的诗词都是不错的，可是李清照有一个观念是不同的。我们除了讲到思想的开放以外，还讲了文体的观念，就是对于文体的认识。我们以前也讲过李清照的《词论》，李清照认为"词别是一家"。词跟诗是不一样的，我们上一次系列讲过的，李清照也写一些忠义奋发的诗，她有一首绝句：

生当作人杰，死亦为鬼雄。至今思项羽，不肯过江东。

她说到现在我们都怀念项羽。项羽是怎么样？"不肯过江东"，就是失败之后不肯逃到江东去。她是在讽刺南宋人，偏安在南方，不想到北方去收复失地了，所以说"至今思项羽，不肯过江东"。她还说"木兰横戈好女子"，像花木兰能够上战场替她父亲去参军，是"木兰横戈好女子"。她写这样豪放的诗，可是我们看她的词里边，她不写这一类的作品。她就是写到破国亡家，也是很委婉地来写，比如，她写《声声慢》，那是她破国亡家以后的作品，可是她没有这种忠义奋发的表现。还比如，她写朝廷的改变，她不写国家的改变，她写天气的改变，即如李清照的《南歌子》：

天上星河转，人间帘幕垂。凉生枕簟泪痕滋，起解罗衣聊问夜何其。　翠贴莲蓬小，金销藕叶稀。旧时天气旧时衣，只有情怀不似旧家时！

她说"天上星河转"，天上的季节改变了，星河转动了，人间的气候也转变了，是"人间帘幕垂"，人间的帘幕垂下来了。她说"旧时天气旧时衣，只有情怀不似旧家时"！其实这些都是暗示，暗示的都是国破家亡的大时代的改变。可是她不写什么"生当作人杰，死亦为鬼雄"，她之所以不这样写，是因为文体有所发展，时代不同了，所以女性的词的美感特质的发展，一方面与社会对女子写诗文怎么样看待有关系，另一方面与文体的演进有关系。

我们今天所要讲的徐灿，就要从这两方面来看。一方面是当时她可以大量地写作诗词了，而且在她以前，她有一个祖姑叫作徐媛，她诗文集已刊印出来了。在明朝末年，我们上次所讲的叶小鸾，在她的家庭里，她的父亲叶绍袁，她的母亲沈夫人，她的姐姐叶纨纨，还有叶小纨，都是写作诗词的。因为观念改变了，所以徐灿得以大量地写作诗词。徐灿也是她父亲家里边有文化，她丈夫家里边也是有文化的。我们上次曾经讲到徐灿的词集叫作《拙政园诗余》。徐灿的词留下来的有 99 首，她跟陈之遴唱和的词有 11 首之多。因为在明末清初的时候，社会风气改变了，男子以为有一个能文的妻子是一件美事。所以他们互相唱和，陈之遴还把彼此唱和的词都收在自己的作品集子之中了，并且标明我这首是赠给徐灿的，是和徐灿的。徐灿也标明，这首是赠给丈夫陈之遴的，或者是和丈夫陈之遴的。

那么陈之遴呢，他跟徐灿唱和的时候，不是像我这样指名道姓，那时丈夫叫妻子还可以叫她的号，徐灿的字叫湘蘋，所以凡是陈之遴送给徐灿的或者是唱和的，都是"赠湘蘋""和湘蘋"，都写明妻子的字。

徐灿如果是赠给她丈夫或者和她的丈夫的词呢，那就要称呼得更恭敬一点。她的丈夫陈之遴的别号叫素庵。所以徐灿在给她丈夫的唱和之作，就写"和素庵夫子"，或者是"赠素庵夫子"，或者是"寄素庵夫子"，这是很传统的称呼。

另外，你还会发现一件很有意思的事，就是妻子对丈夫的称呼，跟学生对老师的称呼是一样的。你看孔子的《论语》，孔子的学生说夫子怎么样，在中国古代妻子称丈夫称夫子。那么现在呢，很多的学生称老师为先生，像我在南开大学大家都管我叫叶先生。女子称自己的丈夫也说我先生怎样、怎么样。就是说这个社会虽然是开放了，女子也写诗词，但是妻子对于丈夫都是用老师的称呼来称呼的，这就是表示一种尊敬的意思。丈夫可以叫她湘蘋，可是她不能称她丈夫之遴或者素庵，要叫他素庵夫子。

等一下我们还要讲一个作者，她就是顾太清，顾太清跟她的丈夫也常常有唱和，她也总称她的丈夫作夫子，这个我们会慢慢讲到。这是男女地位不同的社会风气。尽管她丈夫也提倡诗词，丈夫给她印诗词集子，丈夫也跟她唱和，可是她还是得管她丈夫叫夫子的。

此外我们还要从文体上来说，你要知道在李清照的时候，李清照的《词论》讲的是什么呢？在李清照的时候，所看到的词的风格，是以唐五代《花间》风格为主的，小令的令词都以唐五代《花间》风格为主，一般都是婉约的，都是写相思的，就如李清照所写的词，"雁字回时，月满西楼"，"才下眉头，又上心头"（《一剪梅》）。说"卖花担上，买得一枝春欲放"就"云鬓斜簪，徒要教郎比并看"（《减字木兰花》），都是婉约的，写相思，这就是她词里边所写的感情，一般是相当女性化的感情。

当男子写女性化的感情的时候，因为我们社会的文化，对于男子有一种文化上的期待，以为男子都是有治国平天下这样理想的，当男子写女性化的感情的时候，即写这种相思怨别的感情的时候，大家就认为他文字里边隐藏的还是治国平天下的理想，只是因为他这个理想不能达到，所以他写相思怨别，表面上是女子的相思怨别，但是其中隐藏了一个深意，是男子的治国平天下的理想不能够完成，不能够达到，有这种美感特质。

可是当女子写女性化的感情的时候，这个美感特质就不存在了。男性有一种双重性别的联想，男子自己有没有双重的意思，温庭筠写的时候有没有，这个都没有关系，只是社会的风俗、社会的习惯，社会以为男子应该有，所以就想象他是有的。如温庭筠，虽然他的显意识里边，不见得用美女跟爱情写什么治国平天下的理想，可是男子他的隐意识，他的 subconscious 里边可能有这种想法，所以就可能无意之间流露出来了。可是女子词的美感特质就只是单性的了，就失去了那种双重性别的美感，就是单纯的，没有这个双重性别的联想美感了。

那么这样的情况下我们以什么为美呢？因为男子的词里，我们说它里边有暗含的另外一层意思，就是美的。那女子没有了，女子以什么为美？女子就以生动、深挚，就是你写的感情生动、深挚、真切，就是说可以给人一种直接的感动，所以女子的词就以这样的词为美。这是我们在早期所讲的那些词里边，不管是歌伎酒女的词，"莫攀我，攀我太心偏"（《敦煌曲子词·望江南》），还是那些良家妇女的词，像朱淑真所写的那种爱情的词，或者是像戴复古的妻子所写的她丈夫欺骗了她，原来他家里边还有一个妻子。这样的一类作品，都是直接的感发，生动、深挚、真切，以这样的为美。

那么现在到徐灿的时候了，徐灿时候的词以什么为美了呢？词，你要知道是从晚唐五代发展到北宋的，北宋的时候，对于词有了开拓：一个就是柳永对词的开拓；一个就是苏轼对词的开拓。柳永对词的开拓就是写长调，所以写长调的人就慢慢多起来了。苏轼对词的开拓在内容上。我们说苏轼的词就不再写那些相思怨别了，就"一洗"，就是把它洗干净了，说苏东坡的词就"一洗绮罗香泽之态"（宋·胡寅《酒边词·序》）。所以苏东坡就写"大江东去，浪淘尽千古风流人物"（《念奴娇·赤壁怀古》）。他就不再写那些相思怨别了，这样，词在内容上就拓展了。

那个时候，就是李清照的时候，她虽然读到了苏东坡的词，可是她不承认这一类词为美。我们刚才说苏东坡的词"一洗绮罗香泽之态"，不再写柔婉的相思的婉约的内容了，苏轼把诗的内容写入词了，所以李清照的《词论》说，苏东坡的词是"句读不葺之诗"，（"读"字念 dòu），这是李清照的观念，她说苏东坡的词，就如作诗一样，李清照认为词在内容上应该是婉约的，所以李清照的词里边不直接写破国亡家的感情，而是写妇女那种婉约的感情。可是苏东坡是直接写的，所以李清照说苏东坡写的就是"句读不葺之诗"，"葺"，就是整齐，把草剪得整齐就叫"葺"。苏东坡写的词就是句读不整齐的诗，这是李清照的观念。可是我们说了，在时代的演化之中，不但社会文化对于妇女写作的看法不同了，而且词体也有了新发展。

苏东坡以后，到了南宋，辛弃疾、刘过这些人都出现了，他们的词都是激昂慷慨的作品。那个时候，对于词这种文体的观念改变了，以前以为词只能够写男女的感情，现在知道词里边对于男子的激昂慷慨的感情也是可以写进去的。

可是里边也有一点值得注意的，就是辛弃疾的词，他的词跟刘过的词都写得激昂，都写得豪放，可是这两个人的美感特质并不一样。同样是激昂，同样是豪放，可是结果不相同。结果怎么不相同呢？就因为刘过他的激昂豪放是直接就写出来了。比如说，刘过有一首送给辛弃疾的词，他说"斗酒彘肩"——"彘肩"，就是猪肘子——"风雨渡江，岂不快哉"（《沁园春》）。说我如果带了一斗酒，有一个猪肘子，我就能"风雨渡江，岂不快哉"。这不是很美好的一件事情吗？他就是直接写得很激昂豪放。

但是辛弃疾不然，辛弃疾的激昂豪放不是直接写的，是曲折地写的，为什么呢？因为如果是直接地写激昂豪放，词就比较容易显得浅俗，即什么话都说出来了。

我常常举一个例子，说"文化大革命"以后，"四人帮"垮台了，郭沫若写的一首词，他说"大快人心事，揪出四人帮"，他说我们揪出来"四人帮"，真是高兴，当然这个大家也同意，揪出"四人帮"是大快人心的事情，他也写得很豪放，可是这就变成口号、教条了。

"斗酒彘肩，风雨渡江，岂不快哉"。什么事都这样说出来了，这样就变得浅俗，就是说没有余味，就没有含蓄。有了长调以后，如要写激昂豪放的内容，就写在长调之中，像这个短小的小令。当时有个作者叫朱敦儒，他写了《相见欢》说：

> 金陵城上西楼，倚清秋。万里夕阳垂地大江流。　　中原乱，簪缨散，几时收？试倩悲风吹泪过扬州。

"中原乱，簪缨散，几时收？试倩悲风吹泪过扬州"，就是北宋灭亡了，中原现在处于战乱中；"中原乱"了，"簪缨散"，即那些贵族士大夫阶级都逃亡流散了。"中原乱，簪缨散，几时收？"什么时候我们能够把北方的沦陷地方收复。"试倩悲风吹泪"，"试倩"中"倩"就是"使得"；我就叫悲哀的风把我亡国破家的眼泪吹到北方的扬州去，扬州是在江北。所以他说"中原乱，簪缨散，几时收？试倩悲风吹泪过扬州"。小令可以直接地写，因为小令比较短，它的感发是直接的。

可是长调呢，长调篇幅长，跟小令不一样。"中原乱"，三个字；"簪缨散"，三个字；"几时收"，三个字；"试倩悲风吹泪过扬州"，这是一个长长的九字句，而这九个字里边是有一个停顿的顿挫。"试倩悲风吹泪过扬州"，你可以说是个二七的句法，也可以说是个四五的句法，它可以停顿得很短，如停顿得很短的话，这种节奏就跟诗比较接近，杜甫诗说"国破山河在，城春草木深"（《春望》）；《巴东三峡歌》说"巴东三峡巫峡长，猿鸣三声泪沾裳"，二二三，二二三，念起来是喷发而出，就是说很顺口。

像我们那天去看一部关于女性文字的电影，叫《女书》，就是湖南有一个地方有妇女保存下来的妇女所书写的文字。因为当时在湖南的那个地方，妇女没有读书的自由。妇女不可以读书，男子的书只能给男子读，妇女不可以读，所以有些妇女说我们也要表达我们的感情，我们女子与女子之间，有时候也要写信，彼此间有一种来往，所以就创造了一种文字。那天我们去看《女书》，所有写下来的女书，七个字一句，七个字一句都像唱诗一样，她们是一边写一边唱的，所以你要作诗，你就要学习诗的唱诵。这个吟诵伴随诗句出来，是这样的一种创作的方法。而这样的创作方法，就是说声音是顺口喷发的，所以就带着一种直接的感发，带着有一种直接的感动的力量。这个要有创作的经验作比较才能够了解。"中原乱，簪缨散，几时收？试倩悲风吹泪过扬州"，它是带着直接的感发力量的。所以小令你可以直接地写，可是长调你要是直接地写成什么"斗酒彘肩，风雨渡江，岂不快哉"的话，它就变成平铺直叙了，就像一篇散文。

现在写新诗的人，不管是我们台湾的现代诗人，大陆的那些写朦胧诗的诗人，你看他们的诗，有时候你觉得不是很直白地说出来的，因为你写诗如果不写文言，不写古典，你要写白话，一写白话就跟讲话一样了。说"昨天晚上我梦见你"，这个就是大白话，没有余味了；如果说"昨夜夜半，枕上分明梦见"（韦庄《女冠子》）就完全不同了；你看，所有现代的诗人，他们都是把诗隐约含蓄地写出来，因为如果完全变成散文，就没有意思了。

徐灿的词有它文化的背景,在清代的时候,词的意境、文体已经发展到一个阶段,发展到一个可以写这种慷慨激昂之作的新阶段,但是不可以浅白,要用含蓄的笔法写出来。这就是时代如此,现在我们就要看一看徐灿词作的特色何在?我们现在先看徐灿的第一首词《踏莎行·初春》。徐灿的词写得含蓄婉转有两个原因,其中一个原因是破国亡家,明朝灭亡了,徐灿跟她的丈夫都是江南的人,徐灿是苏州人,陈之遴是浙江海宁的人。

我上次说了,当明朝灭亡的时候,北京没有遭到很大的破坏,可是江南有不少人起义。当清朝要征服江南的时候,我们知道当时发生了"嘉定屠城"和"扬州十日"两个重大的事件。当"满清"刚入关的时候,用的是怀柔手段。朝廷说你们这些士大夫都可以到我们这里来做官,你以前是什么官,现在还做什么官。现在的电视上经常演什么《康熙大帝》啦,什么《雍正皇帝》啦,这两位皇帝没有把汉人完全排挤出去,他们就用汉族的人,他们不但用汉族的人,而且从开国的顺治到康熙,都重视文化,而且重视汉族文化。你看清人都念汉族的书,这些皇帝的老师,以及那些太子、王子的老师都是什么人?都是汉族有名的大学者。所以你看康熙、乾隆,提起笔来就写诗,他们都很重视汉族文化。所以清朝统治长达近300年。可是为什么会发生了江南的"嘉定屠城""扬州十日"呢?就是因为满族的衣饰,即他们的装束,特别是男子的头发,跟汉族完全不一样。汉族的男子,是把头发全部留起来,然后束起来戴一个帽子,或者戴一个头巾,可是清人是把前面的头发统统剃光,后边留下一块梳一个辫子,到现在我们看起来仍会觉得这种装束是非常奇怪的。所以从清廷颁布了剃发令以后,南方就起义了,反抗的人也越来越多了。当时有一个曾经投降清廷的南方的一个词人,叫李雯;李雯虽然投降给了清廷,但是当清廷让他把头发剃掉的时候,他内心非常的痛苦,所以他就写了一篇文章《发责文》,就是头发对他的责备,说我跟你是一直生存在一起的,且已经有二三十年了,你为什么要把我剃掉?因此,"剃发令"引起了江南很大的反抗。

因为这样的缘故,徐灿的家乡苏州跟她丈夫陈之遴的家乡海宁,都遭受了很大的破坏。徐灿的《拙政园诗余》前面有她丈夫所的一篇序文,它前半篇所写的,是他跟徐灿到了北京后,明朝灭亡了,陈之遴因为他的父亲在明朝末年被皇帝下到监狱里边了,他的父亲自杀了,而且崇祯皇帝认为陈之遴的父亲自杀,没有受到国家的责罚,就把责罚加在陈之遴身上,陈之遴就永不录用,永远不能再做官了。所以后来当明朝灭亡以后,陈之遴就降了清。

我想陈之遴内心可能也在想，作为一个男子，不出来做官，无所事事，又肩不能挑担，手不能提篮，且家乡的所有完全都被破坏了，无家无业，以何为生。所以他就降了清。我以为陈之遴有这样一个想法，因为当年徐灿跟陈之遴两家都是世家。我们讲过徐灿的父亲在苏州有一个山庄，她跟陈之遴结婚，就是因为陈之遴游赏山水有一天来到了徐灿父亲的山庄，在那里打瞌睡午睡，徐灿的父亲见到了，认为与昨天晚上的梦相应。这里我只是证明说是徐家有一个非常好的山庄，一个庭园。那么徐灿嫁给陈之遴以后，一起赴京，起初他们在北京的时候，租了很好的房子，房子前面有一棵很大的槐树，亭亭如伞盖，亭子前有一个小丘，亭子旁边还有一棵绒花树，如何如何的。他认为在这种环境之下，徐灿写了很多的诗词，可是现在他们这些山庄都被破坏了，没有了。所以当陈之遴降清以后，当他做到弘文馆大学士的时候，他就以他的俸禄买了苏州的一座花园，其实这是陈之遴对于他妻子的一份感情，这在他的《拙政园诗余·序》里边写得很明白。

我现在就把《拙政园诗余·序》念给大家听一听：

> 毋论海滨故第，化为荒烟断草，诸所游历，皆沧桑不可问矣。襄西城书室亭榭苍然平楚，合欢树已供乌薁，独湘蘋游览诸诗在耳。自通籍去国，迨再入春明，不及一纪，而人事变易，赋咏零落若此，能不悲哉。湘蘋长短句得温柔敦厚之意，佳者追宋诸家，次亦楚楚，无近人语，中多凄婉之调，盖所遇然也。

"毋论"即姑且不提；"海滨故第"，即海滨的故第，就是陈之遴的家乡海宁，海宁是在海边。这是陈之遴说的，说经过战乱以后，他自己在海滨的故第，就"化为荒烟断草"。在"嘉定屠城""扬州十日"中就被烧毁了。他说"诸所游历"，就是所有江南他们游历过的地方，像徐灿所写的"春车秋棹每夷犹"（《有感》）——春天坐着车，秋天划着船，我可以悠游各地方——和"采莲月下初回棹，插菊霜前独倚楼"（《秋感八首》之六）这些那种美好的生活，都不可再得了。不但他们江南的家已经是荒烟蔓草了，而且他现在也降了清。降了清以后，他又回到了都城，就是又回到北京了。来到都城后，他就去找他们原来所居住的那个所谓"都城西隅"的书室，就是当年住过的房子，如果能够再租回来当然也很好了。他说"曩西城书室亭榭苍然平楚"。"曩"，即从前；他说从前西城的书室亭榭，我们盖的那个小亭子，我们的那些花草树木，已经是"苍然平楚"，就是都没有了，已经变成一片平地，长了一片野草了。

当时经过战乱，他们所住的西城的那所房子，已是亭榭荒凉了，房子早已经不见了，一片荒野。合欢树，他不是说从前他们的院子里边有一棵树叫合欢树，小小的叶子，早晨张开，夜晚就闭起来，夏天的时候开出粉红色的花朵，可是既不像樱花，也不像桃花，像绒花，都是丝丝的绒，这个叫合欢树。他们当时在合欢树下，有过很多欢乐的往事。合欢树怎么样？他说"合欢树已供刍荛"，不说已经被砍伤了，且已经被当作柴火烧了，所以现在风景不同。当时徐灿诗里所写的美丽的地方，完全没有了。他说存下来的是什么？他说"独湘蘋游览诸诗在耳"。"独"，只有，只有当时徐湘蘋所写的诗还存在：徐湘蘋在合欢树下写的描绘合欢树美丽的诗还在；徐湘蘋在她老家苏州的山庄，春天坐着车、夏天划着船所写的诗留下来。景物不存，人物不存的时候，诗还是存在的。

然后，陈之遴说，从我初次到北京，做明朝的官，到现在我再度过来做清朝的官，不过是十年左右，而所有的人事都改变了，所以"能不悲哉"，就是人生的这种变化无常，能不使我悲哀慨叹吗？陈之遴说他妻子湘蘋的长短句，有"温柔敦厚之意"。什么叫"温柔敦厚"，等一下我们再讲。我说过徐湘蘋的词怎见得说含蓄，我上次也曾经讲过，因为徐湘蘋跟她的丈夫对于是不是投降"满清"，出来做官，有不同的看法。她丈夫说只要我现在做官，高官厚禄，就很高兴。她徐湘蘋来了，陈之遴说"从此愿为罗带"，永同心结，就是永远不分开了。

可是徐湘蘋写的是什么？徐湘蘋写的是悲哀，写的是慨叹，写的是江山依旧，景物全非。因为她不赞成她丈夫出来做官，所以两个人有这种矛盾。这种矛盾，在中国古代是不能直接写出来的，亡国不能直接写，跟丈夫的不和也不能够直接写，所以徐湘蘋的诗写得"温柔敦厚"，就是写得含蓄而有韵致。

陈之遴在文章的后边还说到他现在所购置的拙政园，他说想徐湘蘋将来能够回到老家——她老家在苏州——的时候，能有这样一个美丽的园子供她做写作的材料，所以陈之遴之购买拙政园是给徐湘蘋吟诗填词用的。但他们两个人对于出仕清朝是意见不相合的。

我们现在要看徐湘蘋的第一首词《踏莎行·初春》，这首词徐湘蘋写得含蓄而有韵致。古典诗词就是这样，你如果没有这种文化的修养，就不知道她语言的含义，就不知道她真正的意义是什么？徐湘蘋的词还常常使人产生很多的余味。除了这第一首的《踏莎行·初春》以外，在我们所选的参考材料里面还有第四首词，第四首是《忆秦娥·春感次素庵韵》。我们先看第四首，我们要把她这种词之含蓄蕴藉之难懂进行说明。《忆秦娥·春感次素庵韵》，是春天的感怀；"次韵"，这类诗词有很多种，我们说诗词有和韵，有用韵，还有次韵，是不同的。什么叫和韵呢？就是用同一个韵。什么叫次韵呢？就是每句的韵字，你用哪个字我也用哪个字。本来用韵跟和韵就是只要用同一个韵就可以了，比如说，你押的是东韵，我没有用"东"字，我用了一个"同"字，也可以呀，因为它们两个是同一个韵。可是如果是次韵呢，就是你要用"东"字，我也要用"东"字；你要用"同"字，我也要用"同"字，这就叫次韵。她写春天的感怀，并"次素庵韵"；"素庵"就是她的丈夫。我们把《忆秦娥·春感次素庵韵》读一下：

> 春时节，昨朝似雨今朝雪。今朝雪，半春香暖，竟成抛撇。　　销魂不待君先说，凄凄似痛还如咽。还如咽，旧恩新宠，晓云流月。

有一位研究词的词学家说徐灿之所以写这首词，是因为她的丈夫陈之遴娶了一个妾。"旧恩新宠"，是说的他们夫妻两人的旧日爱情，而他现在有了一个新宠，"旧恩新宠"，所以他过去的爱情就像"晓云流月"，就是像一片云一样消失了，像月亮沉没了，消失了。"旧恩新宠"，这种变动，就好像是"晓云流月"，好像天上的一片云，飘过了月亮。其实这种说法，在民国初年就有一个专门研究女性作者的人——他叫谭正璧，写过《女性词话》，专门讲女性的词——认为这首词表达的是徐灿对于她丈夫娶妾的一种悲慨。

徐灿说"春时节"，春天的时候，昨天好像下雨，今天就下了雪了，今天下了雪，所以春天过了一半，本来是花开得很香，而且气候也暖了，可是因为今天下了雪了，所以那些美好的花都不见了，她说这种销魂的感觉，不用你说，我也觉得是销魂的。"凄凄似痛还如咽"，说的是这么凄惨，这么悲痛，令人呜咽。"旧恩新宠，晓云流月"，就像天上的一片云，飘过了月亮不见了。所以谭正璧的《女性词话》就说，这首词是徐灿因为她丈夫娶妾而写的。其实他不懂得中国旧诗词的传统，如果是女子要写嫉妒的话，她是不直接说的。她如果写男女之情，反而是家国之慨。所以这首词不是徐湘蘋写她丈夫纳妾，而是说家国之慨；她用的是次韵，和她丈夫的韵，所以她不是对她丈夫娶妾的嫉妒和埋怨，因为在新朝，她的丈夫也曾从得意到失意。这你就知道了它是女子所写的，可是它也变成有双性的含义了。本来说男子写女子的感情有双重的含义，可是现在是徐灿写女子的感情，也用男女的感情来写，写的也是家国之悲慨，所以"旧恩新宠"是说明朝跟清朝，在明朝的时候，陈之遴做过很高的官，现在在清朝也做了很高的官，可是一切都不同了，所以是"旧恩新宠"是"晓云流月"。

至于徐灿她不但没有嫉妒她丈夫娶妾，而且徐灿还替她丈夫物色了一个妾。这首词我们等一下再看，这都是很微妙的感情，就是看你怎么样去写。

我们现在回来看她的第一首词《踏莎行·初春》。这首词是写她跟她的丈夫对于出仕"满清"的意见不一致，但这个也不能直接说。那怎么说呢？她说：

> 芳草才芽，梨花未雨，春魂已作天涯絮。晶帘宛转为谁垂？金衣飞上樱桃树。　　故国茫茫，扁舟何许。夕阳一片江流去。碧云犹叠旧河山，月痕休到深深处。

这表达的是破国亡家、朝代更迭的悲慨。春天又来了，"芳草才芽"，绿草才长出来，"梨花未雨"，梨花还没有雨。中国的古典诗词给人很多的联想，有很多的出处。这个"未雨"是什么呢？李贺的诗《将进酒》说"桃花乱落如红雨"，此处雨是说花落；所以这个雨有花落的意思。白居易的《长恨歌》，说"梨花一枝春带雨"，说杨贵妃悲哀哭泣的样子，像"梨花一枝春带雨"，此处雨是花上的雨水。所以这首词中的"雨"有两种可能：一个是说花落了，一个是说花上有雨，是梨花上带着雨水。如果从梨花来说，她用的是梨花，梨花应该是带雨。可是还有一种可能，即暗示有一种花落如雨的感觉。所以说"梨花未雨"，既可以说梨花没有经雨，梨花没有带雨，也可以说梨花还没有零落，还没有花落。"芳草才芽，梨花未雨"，这是早春的时候。

"春魂已作天涯絮"，虽然是早春，但是徐灿说我对春天的那种感受，即我的精神、我的感情，已经是漂泊无依的，就好像是在天涯飘零的落花飞絮一样。那时候既然是早春的季节，"芳草才芽，梨花未雨"，柳絮就还没有飘，不过大自然的柳絮虽然没有飘，可是我的精神、我的感情、我的心魂在飘荡，没有一个归宿，就好像"春魂已作天涯絮"。

很难懂的是后两句，"晶帘宛转为谁垂？金衣飞上樱桃树"。什么叫"晶帘宛转为谁垂"？很多编选清词的人，都不知道这两句是什么意思，应该怎么样解释。这里我们说你读旧诗旧词如果读得很多，一看就知道她是在用联想出处了，就知道她说的是什么意思了。

现在时间来不及了，我们今天就结束在这里。

三

现在我们接着来看徐灿的《踏莎行·初春》。从"晶帘宛转为谁垂"，可以让我们联想到李白的两首诗，一首诗是《玉阶怨》：

> 玉阶生白露，夜久侵罗袜。却下水晶帘，玲珑望秋月。

还有一首也是李太白的诗《怨情》：

> 美人卷珠帘，独坐颦蛾眉。但见泪痕湿，不知心恨谁。

李白有这么两首诗，第一首诗中的"玉阶生白露"，说是白玉石的那种台阶，现在已经遍是露水了；"玉阶生白露，夜久侵罗袜"，说已经是很深的深夜了，所以露水就把这个女子的罗袜打湿了。这是写孤独，是写寂寞，是写相思，是写怀念，是写期待。所以"玉阶生白露，夜久侵罗袜"说的是：她为什么不去睡觉，为什么不进到房间里？因为她有所期待，她有所怀思。"却下水晶帘"，她不但没有回去，反而把水晶帘放下来；"玲珑望秋月"，就透过那个水晶帘，看天上的一轮明月。李太白有的时候把小诗写得非常美。同样是写相思怀念，像魏夫人所写的"我恨你、我忆你，你争知"（《系裙腰》），就都说出来了。李白写闺怨，写闺房之中女子的怨情，如《玉阶怨》就是一种闺怨，但是他一句相思都没有说，他只说"玉阶生白露，夜久侵罗袜"，可见她在台阶上站立了很久，等待了很久，一直到月亮上来；"却下水晶帘，玲珑望秋月"，她不但没有回房去睡，反而放下了水晶帘，透过水晶的玲珑，看天上明月的玲珑。真是写得好。在这种美丽的背景之中，你能想象这种相思期待的感情，是什么感情？应是这样晶莹的、这样皎洁的、这样玲珑剔透的情感；她所望的明月，就是她所望的人，也是她所望的一份感情。所以说李白的诗真是写得很美。我说爱情有不同的境界，你在哪一个境界？爱情的语言也有不同的境界，你所说的语言是哪一层的境界？

第二首诗，也是写闺房之中女子的怨情。"美人卷珠帘，独坐颦蛾眉"，一个美人把她的珠帘卷起来了，一个人坐在那个珠帘之下，双眉微颦着的样子，好像有一种悲哀怀念。"但见泪痕湿，不知心恨谁"，你看见这个女子，一方面表现悲哀的感情，一方面还流下泪来，这个女子为什么而流下泪来？这是李太白写的，李太白可能就是替女子写的闺怨之诗，不过他写得美，写得含蓄，写得蕴藉，写得高远，写得皎洁，写得有境界，从李白而言就是如此的。他的出处跟用典不同，用典就是说你写的跟那个典故有一种必然的关系；出处就不然，出处只是说你这个语句跟他的有相似之处，可是你的内容不必跟他相同。

那现在徐灿写的这个是什么意思呢？"晶帘宛转为谁垂"？李太白的诗不是说"美人卷珠帘"吗？不是说"却下水晶帘"吗？你如果卷起帘子来，"美人卷珠帘"，就是说你另外有一个沟通；如你把晶帘垂下来了，就表示你的这个希望已经落空了，没有了，所以你就把帘子垂下来了，因为这个男子是不来了。李白诗中"却下水晶帘"，说的是她本来站在外面等待，"玉阶生白露，夜久侵罗袜"，夜已经这么深了，鞋袜都打湿了；帘子垂下来，可她还没有去睡，而是透过帘子在望明月。徐灿说你把水晶帘垂下来，你内心有这么多的婉转难以说明的感情。所以"晶帘宛转为谁垂"？这话说得真是很妙，这是徐灿词中很妙的地方。这是说当明清易代之际，你是出来做官还是不出来做官，如果你垂下帘子来，表现你跟外界隔绝，你就不出来做官。所以说中国的诗词是很妙的，它们可以给你很多出处的联想。

宋朝的陈后山写过两首《放歌行》的诗，他是这样写的：

春风永巷闲娉婷，长使青楼误得名。不惜卷帘通一顾，怕君着眼未分明。

当年不嫁惜娉婷，抹白施朱作后生。说与旁人须早计，随宜梳洗莫倾城。

他说的是"不惜卷帘通一顾，怕君着眼未分明"，陈后山写的这首诗说是一个美丽的女子，这个美丽的女子不嫁人，自己惜娉婷。美人一定要结婚吗？一定要找个对象去嫁吗？这个美人不嫁，以后我们会讲到吕碧城，吕碧城终身没有结婚。陈后山说美人不嫁惜娉婷，她珍惜自己的娉婷，她认为她自己这么美好，没有找到一个值得把自己交付出去的人。美人不嫁惜娉婷，"不惜卷帘通一顾"，她说就算我不藏在帘子后边，就算我不跟你们隔绝，我可以很大方的让你们看一下，我把帘子卷起来，我让你们看一眼，"怕君着眼未分明"，就怕你也看不清楚。这些都是男子的托喻，这是男子自己的矜持，说自己有才华，不被你们欣赏，你们不懂得欣赏我的才华，但是他们表面都写的是女子。所以垂下帘子来，就跟外界隔绝了，就是美人不嫁惜娉婷，我不卷帘，我不跟你们来往，我不找一个对象出嫁。为什么要找一个对象出嫁？男子也可以说我为什么非要出来做官？陶渊明看到晋宋之间的乱世，所以他归去来兮，归田园隐居，他是隐居了。

为什么要出来做官？这就是陈之遴跟徐湘蘋的不同。徐湘蘋说你为什么非要出来做官，你可以不出来做官，你为什么要出来做官？可是陈之遴是一个男子，他认为一定要出来做官，所以这就是两个人立场不一样。可是徐湘蘋没有直接地对她丈夫说什么话，她说我是"晶帘宛转为谁垂？"后边这句是相对的，"金衣飞上樱桃树"，我是一个女子，我"晶帘宛转"地"垂"下来。为谁？她没有说缘故，你是为了国家，是为了忠义，还是为什么？也就是为什么有人要嫁，有人不要嫁，为什么？这就是不同。你的晶帘垂下来了，你不肯给人家看见你，是什么缘故；"晶帘宛转为谁垂"，尽管你在闺房之中是垂下晶帘，不跟外界交接，可是现在你就看见了"金衣飞上樱桃树"。"金衣"是什么？"金衣"是说金衣公子，所以这里是很妙的了，有"金衣公子"称号的是说一个男子，一个公子，但是"金衣公子"所指的是什么呢？"金衣公子"所指的是黄莺鸟。说有一只黄莺鸟，已经飞上了樱桃树，飞上樱桃树代表的是什么？你要知道，果子是鸟要啄食的。我1960年代在密歇根大学教书，那个时候，他们院子里有很多的樱桃树，有时落得满地都是樱桃的果子，没有人捡，也没有人吃；现在在温哥华我也看到有的院子里有小的不大好的苹果、梨子，落得满地都是，因为他们生活都很富裕，不像在生活艰苦的国家人们，都捡去吃，这里大家都不吃，都烂在地下，烂在地下就有鸟过来啄烂的果子，可是烂的果子在地下已经很久了，果子就发酵，有酒的味道了，就变成果子酒了，这个鸟一吃，就醉了，有这种现象。

　　我现在还不是讲鸟吃烂果子吃醉了，我们现在是说徐灿的一首词，这里"金衣"说的是黄莺，黄莺飞上樱桃树为什么？啄食啊，找好吃的东西，这里暗指陈之遴。为什么？因为他在朝廷里边搞党争，跟人家争权夺利。如果从陈之遴来说，可能也有不得已之处。我们上次说了陈之遴之降清，当然有他不得已之处，陈之遴之党争可能也有他不得已之处。我常常提到《论语》上孔子说的话，"躬自厚而薄责于人"，"躬"，就是你自己，说对你自己要厚，而对于人要薄，说的是什么？不是说好的东西都自己要了，给我的"厚"，给你都是"薄"的，不是，它指的是"责"。所以这个"厚"说的是厚责，"薄"说的是薄责。就是说责备自己，要求自己，要"厚"，要严格；但是要求别人要放松，多替别人想一想，他是不是有他不得已的缘故。

　　我常常说我以前还念过王安石的一首小诗，他是模仿佛家偈语写的一首小诗，他说"风吹瓦堕屋"，一阵大风把屋瓦从房顶上吹下来了；"风吹瓦堕屋"还不算，"正打破我头"，把我的头打破了，我当然对这片瓦很生气，可是你看王安石下边的转折，转得非常妙，这表现了人的修养。他说"瓦亦自破碎，匪独我血流"，这两句话真是好，是瓦愿意掉下来吗？是瓦要打破我的头吗？他说一定不是的，因为瓦自己就先摔碎了，不只是我的头被打破了，所以他从此就有一种哲理的体悟。说到我们的人生，他说"众生造众业"，其中"业"，就是我们一切的因缘，他说我们造的业，是"众生造众业"，你的悲欢离合，喜怒哀乐，你种种的祸福盛衰；"众生造众业，各有一机抽"，讲的是佛教的因缘，为什么他做了这件事情，为什么这样的事情发生了？所以"众生造众业"，就好像有一个机关，好像冥冥之中有一个命运，就像木偶戏上面有一个提绳子的人，你要怎么动，怎么走，都不是你的自由，所以说"众生造众业，各有一机抽"。王安石对此就下了一个结论，说"切莫嗔此瓦，此瓦不自由"。就是说瓦把你的头打破了，你都不要骂这个瓦，因为瓦是身不由己的。他说为什么会发生这样的事情？因有种种的原因才导致发生了这样的事情。

　　这是我替徐灿跟陈之遴两个人之间的差别做的一种解释。陈之遴之所以降清，就有我所说的他可能有他的不得已的原因。这是我说的，因为他父亲被崇祯皇帝关在监狱里边，判了刑以后自杀了，他自己是被明朝永不录用，可是作为一个男子，以什么为生呢，所以他降清了。你看连李陵，李陵写过答苏武书，即传下来一封李陵答苏武的一封信，这封信当然不一定是真的。李陵说了，这是李陵说的话，他说"陵虽孤恩，汉亦负德"。说我李陵背弃了国家，就是辜负了国家的恩德，可是汉朝先辜负了我的恩情。当李陵被匈奴抓住后，汉武帝相信了他宠爱的一个贰师将军的话。贰师将军是谁？贰师将军是李广利。李广利是谁？李广利是汉武帝所宠爱的李夫人的兄弟，李广利只给李陵很少的步卒，让他深入匈奴的内部，李陵一直战斗到"兵尽矢穷"，才不得已而被俘。所以汉朝对他的处置，是有不公平的地方的，因此司马迁才替李陵说话，而司马迁因为替李陵说话，而受到汉朝的腐刑处罚。李陵曾自己解释说"陵虽辜恩，汉亦负德"，即我背弃了国家，国家也背弃了我。那么陈之遴之所以降清，是因为明朝先把他父亲关起来了。他父亲为什么被关起来？因为他父亲做右副都御史要带兵保卫京畿，而在明朝末年，各地方盗贼蜂起，打仗失败了是无可奈何的事情，胜败乃兵家之常事，当时就算守卫失利，也有不得已之处。因战争失利，所以他父亲被关起来。后来陈之遴就降清了。清朝在刚入关的时候，朝廷里边有满汉之争，还有南北之争。中国就因为地方太大了，各地方的语言不完全相同，风俗习惯也不完全相同，所以有的时候相同语言、相同习惯的人就容易结合在一起。在朝廷里面常常有党争，所以就有满汉之争，有南北之争。他要在朝廷里边立足，所以他就卷入党争里面去了，如此一来就发生了很多事情。

徐灿说的"晶帘宛转为谁垂"，"金衣"就"飞上"了"樱桃树"。其实这两句我认为她所隐含的意思是对于她丈夫在清朝做官的不满。徐灿的词里边一直是充满对于故国的怀念。她说"故国茫茫，扁舟何许"，故国早已灭亡，"茫茫"，就是早已不存在了，如果我们驾过一叶扁舟（就知道"茫茫"的意思）；当年吴越战争后，范蠡就驾着一叶扁舟，到"茫茫"五湖之中归隐去了。"夕阳一片江流去"。你看落日西斜，没有办法挽回了；大江的东去，你也没有办法挽回。所以"夕阳一片江流去"，这一切都是没有办法挽回的。"碧云犹叠旧河山，月痕休到深深处"。"碧云"，就是天上的云；"叠"，就是重重叠叠地遮掩了，"碧云"重重叠叠地遮掩了，她说"碧云犹叠旧河山"，那山河都在大地上，怎么会在天上，且被碧云遮掩，这要接着她下一句来看。她后面说的是"月痕休到深深处"。"月痕"，是说到月中的影像，月亮不是有很多黑影子吗？在中国古代的传说中，月中的那个影像，就是大地山河的影像，所以她说"碧云犹叠旧河山"，是说我希望浮云把月亮里山河的影子遮住，月痕休到深深处。不要透过乌云照到乌云深处月亮的影子。月亮的影子是什么？月亮的影子就是山河。她说因为我看到月中山河的影子，就想到国家的败亡，所以说"碧云犹叠旧河山，月痕休到深深处"。这首词虽然很短，但是它里边隐藏了非常多的含义。

徐灿的词里边是隐藏了很多很多的含义的，我们再看她一首《永遇乐·舟中感旧》，这是一首长调的词。《永遇乐·舟中感旧》：

> 无恙桃花，依然燕子，春景都别。前度刘郎，重来江令，往事何堪说。逝水残阳，龙归剑杳，多少英雄泪血。千古恨，河山如许，豪华一瞬抛撇。　　白玉楼前，黄金台畔，夜夜只留明月。休笑垂杨，而今金尽，秾李还销歇。世事流云，人生飞絮，都付断猿悲咽。西山在，愁容惨黛，如共人凄切。

这是徐灿写的一首长调，当然也是感慨家国了。她说"无恙桃花，依然燕子"，春天又来了，桃花像从前一样的开；"无恙"，是不改变的，没有变化的，桃花又开了，桃花依旧在，人面桃花，一样的桃花，桃花像从前一样的美丽。"依然燕子"，燕子到春天又从南方飞回到北方来了。"无恙桃花，依然燕子"，从我看去，虽然是同样的桃花，虽然是同样的燕子，但是我觉得春天的景色跟当年是完全不一样了。

"前度刘郎，重来江令，往事何堪说"（这个"说"字是入声字，这是和"别"字押韵）。我说过，陈之遴降清以后，当然就在京师了，他就把妻子接到京师来。徐灿第一次到京师，那是在明朝的崇祯年间，那时候他们两个人有一段非常欢喜快乐的生活。在合欢树下，在京师的西城。现在又回到京师来了，景色依然，"无恙桃花，依然燕子"；可是从徐灿看来，春天的景色不一样了。"前度刘郎"，我们说中国的旧诗就是没有办法绕过出处，它总要有一个出处。这个是唐朝刘禹锡的诗，你知道在唐朝顺宗时期，有一次永贞的革新，那个时候，刘禹锡，还有一个有名的柳宗元，本来是要实行很多新的改革，有很好的政治理想，可是后来朝廷骤然之间全改变了，刘禹锡、柳宗元都被贬了，贬到很远的地方去了。十年以后，把他们召回首都，召见了一次，然后再次贬了出去。那时候京师就是长安，刘禹锡第一次从贬所回到长安，写了《元和十年自朗州承召至京，戏赠看花诸君子》说：

> 紫陌红尘拂面来，无人不道看花回。玄都观里桃千树，尽是刘郎去后栽。

他说"紫陌红尘拂面来"，"紫陌"，就是首都的大街、大道，很多车马，所以很多"红尘"。"紫陌红尘拂面来，无人不道看花回"。没有人不说是看花回来的，唐朝是很流行看花的。前几天我接到一个日本朋友给我的来信，说日本正值樱花的季节，多少人都去看花，如何如何的，其实日本所留下来的，是唐朝的遗风。花开的时候大家在花下饮酒、唱歌，在花下流连。"紫陌红尘拂面来，无人不道看花回。玄都观里桃千树，尽是刘郎去后栽"，他说道路上的车水马龙，大家天天都去看花，"无人不道看花回"。哪里的花？"玄都观里桃千树"，在唐朝的首都长安城郊外有一个玄都观，在那有很多树的桃花。刘禹锡说"玄都观里桃千树，尽是刘郎去后栽"。这些都是我走了以后才栽种的，我当年在朝廷的时候没有这些桃花。他所说的"玄都观里桃千树"，是暗指新贵，你们新上台的这些高官，这些显宦，你们算什么？我当年在朝廷做官时，你们都还没有出来呢？这是他第一次回来，然后皇帝召见了以后又再次把他们贬出去了。过了几年，又召回来了，刘禹锡就又写了一首诗《再游玄都观》：

> 百亩庭中半是苔，桃花净尽菜花开。种桃道士归何处？前度刘郎今又来。

他说什么呢？他说我现在再回来，是"桃花净尽菜花开"；"桃花"，玄都观里的那些桃树都被人砍了，没有桃花了，变成一片菜园子了。"桃花净尽菜花开"的后边他说，"种桃道士归何处"，你们当年种桃的那些道士跑到哪里去了？我"前度刘郎今又来"。现在是桃花都不见了，种桃的道士也不见了，我是又回来了。"前度刘郎"是说什么？是说政变以后的重回京师，指的就是陈之遴，经过一个明清易代之变又回来了，是"前度刘郎"。

什么叫"重来江令"呢？南北朝的时候，有两个江令，一个就是江淹，一个是江总，两个人都做过县令，所以都称"江令"。你想南北朝的时候，宋齐梁陈短短的几十年，就换了这么多的朝代，所以他们这些人都是由梁而陈而隋的，都是投降了很多次，侍奉了很多朝代的人。江淹、江总是"重来江令"，前一个"前度刘郎"说的是政变之后的重回。徐灿用典故，很有次第，"前度刘郎"讲的只是政变，可是说到"重来江令"的时候就多了一层讽刺意味。讽刺什么？就是易代、改世之际，进入新朝做官，所以她这两句话有深浅的两层意思。"前度刘郎"，刘禹锡只是说政变之后又回来了，朝廷没有改变，唐朝还是唐朝。可是"重来江令"就不同了，"江令"再回来，那是宋齐梁陈的更替，就是朝代都改变了。江淹、江总这些人因为都生在南北朝时候，南北朝是几十年就换一个朝代，所以"重来江令"，就说是出仕新朝，经过国家的灭亡，而在新朝出仕的人，真是"往事何堪说"。这些往事，就是当年徐灿的父亲徐子懋和陈之遴的父亲陈祖苞的那些盛衰往事，以及当年的明朝、现在的清朝，都是"何堪说"。

"逝水残阳，龙归剑杳，多少英雄泪血"，你看徐灿的词真的跟李清照不同，她写了很多的感慨，而且写得委婉曲折，那就是因为词体在演化的时候，经历了南宋，李清照的词还是北宋的作风。词到了南宋的时候，词体发生变化。我以前讲词的时候，曾经把词的风格分成不同的三种：第一种，我说那是"歌辞之词"，就是短小的小令，写美女跟爱情的，这是"歌辞之词"。第二种，我说那是"诗化之词"。五代北宋初期就是"歌辞之词"，至于"诗化之词"，就是苏辛这一类的词，就是像苏东坡的什么"明月几时有"了（《水调歌头》），什么"大江东去"了（《念奴娇》）；就是像辛弃疾的什么"楚天千里清秋"（《水龙吟》）……这些都是"诗化之词"，就是用写诗笔法来写词。可是到了南宋后期发生了一个很重大的改变，我管这一类的词叫"赋化之词"，这是第三种词。这种词就是用写赋的笔法来写词，那么写赋跟写诗有什么不同呢？诗，是言志的，注重的直接的感发，用直接的感发来表达自己内心的情意。什么叫"赋化之词"呢？五代跟北宋初期都是短小的小令，南宋以后长调就流行了。长调流行了以后就不得不铺陈，就是要用很多典故、很多故实把它展开，要不然怎么能有那么长呢？所以要铺陈，所以要安排。写作要有一个层次呀，因为词调那么长，要有层次，要有转折；你一口气什么都说出来了，那只能是小令，长调就不可以。所以时代不同了，李清照的时候这一类"诗化之词"还没有流行，她不知道用这样的写法来写作，所以批评苏词是"句读不葺之诗"。

徐灿生在明清之际，这些"歌辞之词""诗化之词""赋化之词"都在她出生的很早以前都出现过，所以她现在写长调，也要用铺排，要用典故来充实它。徐灿说"前度刘郎，重来江令，往事何堪说。逝水残阳，龙归剑杳"，这里边有很多出处，有很多典故，这就是"赋化之词"。如果直接说明朝败亡我有很多悲哀，这个不可以，所以就要用铺陈，就要用典故，把感情藏在后边来说，这样的话，就保留了词的一种幽微曲折的美感特质。

什么叫"逝水残阳，龙归剑杳"？刚才我已讲了第一首词的"夕阳一片江流去"，夕阳西下，是不能挽回的，那是"残阳"；大江东流，也是不能够挽回的，那是"逝水"。消逝的东西都没有办法把它们挽回来的。这是暗指明朝的灭亡，不但国家灭亡了，他们陈家跟徐家过去的那种美好、快乐、繁华的往事，也不再回来了。所以说"逝水残阳"，就是都流去不回来了。"龙归剑杳"，什么叫"龙归剑杳"？这里边又有一个典故，是有出处的。有一个故事，说晋朝的时候有一个诗人叫张华，张华是非常博学的一个人，有一本书叫《博物志》相传是张华所写的，这里边知识非常丰富。张华在晋朝那个时候，是做宰相的。既然是博学，就上知天文下知地理，他天天晚上仰观天象，中国古代相信天、人是相应合的。人间发生了什么事情，天上就有什么天象。天上如果出现了巨大的异象，人间就要有重大的灾难。张华有一天晚上看天象，发现牛斗之间，即天上的牵牛星、北斗星之间有一种光气上冲于天。他就想，天人之间这种光气，是代表什么意思呢？他找朋友雷焕来讨论，说这个光气是什么气呢？讨论之后，认为是剑气，是宝剑之气上冲于天。这柄宝剑在哪里呢？他们推测说这柄宝剑就在豫章丰城，就是现在江西的一个地方。张华就叫雷焕到豫章丰城找一找这柄宝剑，看看究竟在哪里？雷焕就按照剑气发生的方位找，发现是从一个监狱中出来的。他就去监狱搜查，在监狱的地下挖掘，挖掘出来了一对宝剑，是龙泉跟太阿。然后他将一把宝剑给了张华，一把宝剑自己佩带。结果晋朝发生了"八王之乱"，发生了内乱，张华死了。张华死了以后，他的宝剑就不知道哪里去了。而他这个朋友雷焕，把宝剑给了他的儿子。宝剑都由一个剑鞘套在外面，佩在身上。他的儿子有一天就佩带这把宝剑，从水边经过时候，宝剑从剑鞘里就跳出来，跳到水里去了，这个人就说，宝剑是父亲留下来的，要把宝剑找出来，所以就叫人下水找这把宝剑，潜水人员回来报告，说我们下到水里，只看到两条龙，没有剑，两条龙都游走了。太阿、龙泉是一对宝剑，可见张华丢掉的宝剑也变成了龙，那另外一把宝剑也变成了龙。

现在徐灿说"逝水残阳，龙归剑杳"，就是龙也不见了，剑也不见了。"龙归剑杳"，"剑"是可以杀人的；"龙"，可以是朝代的象征，皇帝的象征，所以她是用了一个典故。但是她的典故中的"龙"字跟"剑"字，都有很深的含义。"龙"是国家的败亡，"龙归"，皇帝已经死了，国家也不存在了；"剑"，也有一个含义，我们说当"满清"攻占南方的时候，南方很多的义士都起义了，所以这个剑可能指的是那些抗清的义士，所以说"逝水残阳"，东流的水不回来了，西下的残阳也不回来了，朝廷皇帝也都早已没有了，抗清的义士也没有了。"多少英雄泪血"，在这大变故之中，有多少英雄义士牺牲了，我们下次会讲到柳如是，柳如是有个男朋友叫陈子龙，他就是当时抗清的义士。

"千古恨"，就是千古以来的盛衰兴亡；"河山如许"，如此的江山，如此的美好的江山都断送了；"豪华一瞬抛撒"，所有的繁华盛世，转眼之间都消灭了，都不见了。

"白玉楼前，黄金台畔，夜夜只留明月。""白玉楼"，这也有一个出处，唐朝的李贺，写诗的文笔很好，说他死的时候曾经做过一个梦，梦见上天召他回去，说建好一座白玉楼，叫他去写文章。"黄金台畔"，也有一个典故，"黄金台"是说到春秋战国时期，燕昭王要招揽贤士，就筑了一座黄金台来招揽天下的英雄豪杰。明清易代的时候，不管是当年"白玉楼前"的文士，不管是"黄金台畔"的高官显宦，都不存在了。所有那些英雄，那些达官显宦都不存在了。"白玉楼前，黄金台畔，夜夜只留明月"，只有月亮是当时的明月，其他都不是当时的了。"秦时明月汉时关"，秦汉的明月永远都在天上。"白玉楼前，黄金台畔"什么都没有留下来，只有当年天上的月亮依然还在。

"休笑垂杨，而今金尽，秾李还销歇。"她不但是用了很多典故包含了很多出处，还用了很多的暗示。说是"休笑垂杨，而今金尽"，这是什么暗示呢？我们管杨柳叫"黄金缕"，她说"休笑垂杨，而今金尽"，就是现在黄金的柳条都不见了，到了秋天的时候，草木凋零，杨柳都枯萎了，叶子都凋零了，你不要笑。岂止是垂杨柳的黄金柳条，不存在了。黄金柳并不是说秋天有黄叶的柳条，是早春的柳条，早春的柳条，鹅黄嫩绿是鹅黄嫩绿的柳条。所以说那杨柳凋残了，不要笑垂杨，因为不只是垂杨。"秾李还销歇"，即使是那秾艳的桃李，现在也完全凋零不见了。代表繁华的秾桃艳李，也都销歇了。

"世事流云，人生飞絮，都付断猿悲咽。"世间的事情盛衰兴亡的改变，就如同天上流动的云影，我们人生也是如此，你落到什么地方，落到什么场合，落到怎么样的生活中，落怎么样的环境中，自己丝毫做不了自己的主张。人生如飞絮，飘到哪里就是哪里，落到泥土中就是泥土中，落到水里边就是水里边。人生如飞絮，所以现在这一切都不可挽回了，这一切只有交给"断猿"。什么叫"断猿"？我们有时也说断雁，断鸿飞雁；我们说鸿雁，说断鸿。什么是断鸿？就是失群的雁。"断猿"，就是失群的猿。孤单的一只猿，失去了它的伴侣悲哀地在那里呜咽啼哭。大家都认为猿叫的声音，好像最悲哀的啼哭，所以民歌说"巴东三峡巫峡长，猿啼三声泪沾裳"。这是《水经·江水注》中的记载，《水经》是一本古代的地理书，讲中国一些河流，江水就是长江，郦道元给《水经》作注，他说在三峡有一首在民间流行的歌谣，说"巴东三峡巫峡长，猿啼三声泪沾裳"，说三峡的山上都是猴子，猴子的叫声是很悲惨的，所以你听到猴子的叫声就像是听到猴子的悲啼。她说现在我所遭遇的，不管是国还是家，都消失不见了，所留下的是哀猿的那种凄惨的啼哭的哀叫的声音。

"西山在"，西山没有改变。我们上次看了陈之遴给徐灿的《拙政园诗余》写的序，说他们原来在城西租了房子，有一个小丘，上到小丘之上就可以看到西山美丽的景色，她说那个西山依然还存在，但远山不含笑了。西山还在，不是含笑了，是"愁容惨黛"，那个山好像也是很忧愁的样子，好像也皱起眉来了。我们不是说山像远山眉吗？说山像一个人的眉毛，现在你看那山就好像女子的眉毛都皱蹙起来了。"如共人凄切"，好像和我们人一同凄凉悲切在那里哀哭，呜咽的哭泣。

从上，你会发现徐灿的词跟李清照是不一样的，真的是不一样的。李清照不肯把国破家亡的内容写在词里面，而且是比较直接地写自己的感情。可是徐灿的词用了很多的铺陈，用了很多的典故，写得非常的曲折。所以说女性词的美感特质，因时代不同、环境不同而不同，这是社会的因素。

我们今天先讲到这里。

四

我们上次曾经讲过，徐灿有一点非常值得注意的地方，那就是徐灿跟她的丈夫陈之遴的感情是非常好的。我们从他们两个人彼此赠答的诗词里边也可以看到这点，陈之遴曾经写一首词给徐灿说是"同心长结"，就是结一个同心结永远不分开，他说希望我常常做"罗带"，这是陈之遴的《西江月·湘蘋将至》里边的话，可见陈之遴跟徐灿的感情是很好的。

但是前些年有人谈到，陈之遴想要娶妾。我们在讲这些女性的词的时候，常常会讲到她的先生要娶妾，那么这些女诗人都做何反应呢？我们以前已经讲过了管道升，她是元朝的赵孟頫的妻子，赵孟頫要娶一个妾，如果是一般的妻子，就是说丈夫对她并不重视，娶妾就是当然之事，根本不用征求他妻子的同意。可是管道升是一个才华很不凡的女子，而且据说她是管仲之后，在当时社会上他们管家也是很有地位的，所以赵孟頫要娶妾就希望得到他的妻子管道升的同意，而管道升就没有同意，她写了一首词说"你侬我侬，忒煞情多；情多处，热似火……将咱两个，一齐打破，用水调和，再捏一个你，再塑一个我。我泥中有你，你泥中有我；我与你生同一个衾，死同一个椁"，赵孟頫就没有敢娶妾。

现在说到徐灿，有人研究过徐灿的生平。民国初年有一个人叫谭正璧，他讲中国的妇女文学时，就提到了这一点，他说徐灿的丈夫陈之遴也要纳妾，而徐灿对这件事情非常地伤心，非常地难过，因为徐灿的词有一首《忆秦娥·春感次素庵韵》，该词如下：

> 春时节，昨朝似雨今朝雪。今朝雪，半春香暖，竟成抛撇。　　销魂不待君先说，凄凄似痛还如咽。还如咽，旧恩新宠，晓云流月。

从表面看，这是描述伤春的一首词，"素庵"，就是她的丈夫，陈之遴的别号叫素庵。"次"，就是次韵，按照她丈夫的词来押韵，每一个韵都跟她丈夫押一样的韵字。"春时节，昨朝似雨今朝雪。今朝雪。半春香暖，竟成抛撇"，她说又到春天的季节了，这春天的季节阴晴不定。近人就写过一首小词，说"阴晴不定"，一下子阴天，一下子晴天，不一定。"阴晴不定，省识春心性"（沈尹默《清平乐·读稼轩粉蝶儿词》），说这个就是春天一般的现象。"省识春心性"，就是说我认识了，我知道了，这种阴晴不定就是春天的性情。现在徐灿写春天，她说"春时节，昨朝似雨今朝雪"，昨天好像要下雨，今天忽然间下起雪来。"半春香暖"，春天过了一半，本来是百花盛开，本来是芬芳的、温暖的，可是转眼之间下起雪来了。"半春香暖，竟成抛撇"。"竟"，有意外的意思，没有想到那些香暖春花的良辰美景，转眼就离开我们了。

她说"销魂不待君先说"。说这美好春天的这种变化，一下就下起雪来了，万紫千红都零落了。这种"销魂"，让我们这样伤感；"不待君先说"，不用你说，这当然是给她先生素庵和韵的词，所以她这指的应该是她先生，说这种使人销魂的事情，不用你先说。"凄凄似痛还如咽"，说我们内心之中的那种悲戚，让人觉得这样沉痛，真是令人呜咽，一种说不出来的痛苦。

"还如咽"，真是说不出来的痛苦。"旧恩新宠"，旧日的恩情，新来的欢宠，她说是变化；旧日的恩情和现在新来的恩宠，像什么？"晓云流月"，就像破晓以前的一片浮云，从月边飞过了，云就把月亮给遮住了。

民国初年，有一个专门研究妇女文学的人，这个人叫谭正璧，他就说这首词是徐灿的"怨词"，就说是她丈夫要娶妾，所以这个"旧欢新宠"，是指丈夫对她的旧恩，现在丈夫有了新宠，而这种感情的变化，已经成了"晓云流月"。

《全清词·顺康卷》所收陈之遴的词，一共是99首，其中赠给徐灿的或者是和徐灿的词有11首之多，学者们都承认陈之遴跟徐灿的感情很好，可是纵然是这么好的感情，陈之遴要娶妾，而徐灿又写了这样的怨词，所以大家都这样以为。

可是我认为这种说法没有了解当时的情况。陈之遴有妾，是绝对可以证明的。在旧传统的时代，很多男子都是有妾的，而徐灿对于她丈夫娶妾的态度是如何的呢？讲义上，徐灿的词后边附录了陈之遴的两首词，我们上次没有看，这是很值得注意的。我们刚才说徐灿那首词，是"次素庵韵"，她是和她丈夫的词，两首词都写的是《忆秦娥》。现在我们就看一看陈之遴原来的《忆秦娥》写的是什么。因为你不能只看徐灿的而不看陈之遴的，徐灿的词是和陈之遴的词，那陈之遴写了什么？他也写《忆秦娥》，是"和湘蘋韵"，就是同样的一个调子，同样的一个韵，两个人都作了词，彼此互相唱和。陈之遴的《忆秦娥·和湘蘋韵》写的是：

> 春三月，天公似吝芳菲节。芳菲节，连朝旧雨，一庭今雪。　年来情绪何堪说，暖风晴日还凄切。还凄切。千愁放下，一般难撇。

他说"春三月，天公似吝芳菲节"。很多听我讲课的人常常说，叶老师不知道你念词时是用的哪个地方的口音？我讲话当然是北方的口音，这是普通话，绝对没有问题。可是我念起词来就不一样了，因为诗词里边有入声的字，如果把它都念成平声就不好听了，诗词都是韵文，所以这个"月""节"我都念成很短促的去声，就是仄声。"春三月，天公似吝芳菲节。芳菲节，连朝旧雨，一庭今雪。年来情绪何堪说，暖风晴日还凄切。还凄切。千愁放下，一般难撇。"所以如果说徐灿是因春天而伤感，说她丈夫纳了妾，那么现在陈之遴也写得很伤感，陈之遴是为什么伤感的？他写的也是同样的感春内容；春，阳春三月，可是"天公似吝芳菲节"；阳春，本来是万紫千红的，本来是百花盛开的，美好的、芳菲的季节，可是上天的天公，好像吝惜舍不得，不给我们这样芳菲美好的春天。他说"芳菲节"，就是指这种芳菲美好的季节。

"连朝旧雨"，每一天都是下雨的；我们说"沾衣欲湿杏花雨"，说"春雨贵如油"。杜甫说"好雨知时节，当春乃发生"（《春夜喜雨》），这是杜甫一首诗中的一句，说好的雨就是知道按照时节降下来的雨。他说"好雨知时节"；什么时间下雨呢？是"当春乃发生"，就是春雨，所以俗语说"春雨贵如油"，俗话都这么说，说春天的雨真是非常珍贵的，像油一样的珍贵。春天下雨，"连朝旧雨"，这草木滋生。可是现在他说是阳春三月，应该是下雨的季节，应该是万物滋生的季节。李商隐也有一首诗，他说春天是个美好的季节，你能听到打雷，"芙蓉塘外有轻雷"（《无题》），春天打雷，惊蛰下雨，这时万物发生，万物都苏醒了。可是他说现在是"一庭今雪"，不是下雨，现在变了，一院子堆积的都是白雪。你知道不管是徐灿所写的，也不管是陈之遴所写的，他们所说的春天芳菲的季节下起雪来，他们都不是只写春天的现实季节，他们所写的都是政治上的遭遇。

那么讲到政治上的遭遇，我现在要请大家回过头来，看前边徐灿的一首《风流子》的词，等一下我们再回来说这首词。为了要把这两首词讲明白，所以我们先要看一看徐灿写的这一首《风流子》的词，"同素庵感旧"，还是和她丈夫的词，就是他们两个人互相唱和的词，所以由此也可见他们夫妻的生活是非常美好的，两人常常写诗来彼此唱和。可是在政治上我们说过陈之遴遭遇很多次的打击。一次是在明朝的时候，我们已经说过了，在明朝的时候，他的父亲陈祖苞因事下狱，而且在狱中自杀了。当时的明朝皇帝是崇祯皇帝，崇祯皇帝就非常的震怒，因为陈祖苞不接受皇帝的惩罚就自杀了，这是违背了圣旨，所以崇祯就下了一个命令，说他父亲死了，陈之遴就永不录用了。可是你要知道在这以前，就是在陈之遴遭遇这件不幸事件以前，当徐灿跟他结婚以后不久，陈之遴考上了进士，而且官入翰林，到翰林院里边去做官，而当时他的父亲陈祖苞没有获罪以前，是任右副都御史的职务，父子俩都在朝廷中做了高官显宦，那个时候陈之遴把徐灿接到首都，就是当时的北京。

可是转眼之间，他们父子两个人都遭遇到了不幸，不但陈之遴被罢官了，而且不久以后明朝也灭亡了。明朝灭亡以后，"满清"入关，不久以后陈之遴就投降清了。陈之遴投降清以后，做官做得也很高，做官做到大学士的位置。我上次也已经说了一点，清朝初年，你想以一个"外族"，即一个少数民族建立新朝，统治中国，这不是一件容易的事情，所以清初的朝廷有满汉之争，就是满人的大臣跟汉人的大臣争权，当然是满汉不和了。而且还有南北之争，北方大臣跟南方过来的大臣也有不和，所以既有满汉之争，又有南北之争。陈之遴当然是南方人，当时还有另外一个南方的人也做了大臣的，他就是陈名夏。陈之遴跟陈名夏两个人就结党，当然他们是为了对抗对方的结党。结党以后在政治上就受到了惩罚。而当时的皇帝是顺治皇帝，顺治皇帝其实对于这些汉人的文臣，是非常优待的。人家把陈之遴告了，第一次告，顺治一点也没有惩罚他。第二次又告了他，皇帝就减免了他几个月的薪俸。第三次又被告了，皇帝就把他的官职做了一些调动，也没有惩罚。第四次又有人告了他，就把他出官奉天，可是过了没有半年，就把他又叫回到朝廷来了；皇帝说这个人很有文才，我不能把他抛弃不用。他第五次又犯了法，而第五次犯法是因为他交结了宦官，你要知道明朝的灭亡就是因为宦官专权，那时候有东厂、西厂和魏忠贤这些个宦官，所以明朝就灭亡了。在中国历代的历史中，原则上都是不许宦官干涉政治的，所以这是重罪，顺治皇帝将他交给"廷议"；"廷议"，就是说皇帝不能私自给他定罪，要交给臣工们讨论，让大家讨论给他定什么罪，但"廷议"的结果是论罪当死，应斩首。可是顺治皇帝还是认为这个人才难得，所以免除他一死，把他流徙到尚阳堡，就把他流放了。

我们知道在清朝初年陈之遴做官做得很高，做到大学士的职位，而且俸禄也很高，所以他在江南买下了拙政园。我们上次也说了，陈之遴给他的妻子徐灿编订了词集，他把徐灿的词集起了一个名字，叫《拙政园诗余》。这个《拙政园诗余》前面有陈之遴替他妻子的词集写的序言，我上次其实也都讲过了。他说徐灿有一个祖姑，就是徐灿祖父的妹妹，她叫徐小淑，也是诗词写得很好的，陈之遴在序言里边提到，徐灿她们家妇女都是能文，都是会写诗词的；他说她的祖姑徐小淑很幸运，所嫁的丈夫做很高的官，一辈子都是富贵荣华，过了很幸福美满的生活。陈之遴就觉得徐灿嫁给他不久，他们家里就连遭不幸，先是他父亲下狱了，而且自杀了；后是他被免官了，而且永不录用了，所以他觉得对不起徐灿。我们说过徐灿是苏州人，她的父亲徐子懋有一片山庄。陈之遴是海宁人，也是海宁的大家族，他们也有一片豪贵的家宅。可是清朝入关以后，当南方起兵跟清朝对抗的时候，就发生了像我们上次提到的"嘉定屠城""扬州十日"之类的悲惨事件，江南遭到很大的破坏。不管是苏州的旧园林，还是海宁陈之遴的家宅，都被毁坏了。现在陈之遴投降了"满清"，做了大学士的高官，所以首先就买了一大片田庄。陈之遴说他的妻子，你遭遇不幸，跟我也经过了很多的患难，将来你会有幸福美好的生活，跟你的祖姑一样，你那时候一定能够写出更好的词来。陈之遴就一直这样讲，也就是说他们两个人只有刚刚结婚的那一两年，有一段美好的生活。

徐灿的《风流子·同素庵感旧》，就是想到今昔的盛衰和旧朝新朝的种种改变，她说：

> 只如昨日事，回头想、早已十经秋。向洗墨池边，装成书屋；蛮笺象管，别样风流。残红院、几番春欲去，却为个人留。宿雨低花，轻风侧蝶；水晶帘卷，恰好梳头。　　西山依然在，知何意、凭槛怕举双眸。便把红萱酿酒，只动人愁。谢前度桃花，休开碧沼；旧时燕子，莫过朱楼。悔煞双飞新翼，误到瀛洲。

徐灿说"只如昨日事，回头想、早已十经秋"。"十"字是入声，一定要读成仄声，如果按普通话读音"十经秋"就变成三个字都是平声了，这样念起来不好听，所以"十"字是入声。"只如昨日事，回头想、早已十经秋。向洗墨池边，装成书屋；蛮笺象管，别样风流。残红院、几番春欲去，却为个人留。宿雨低花，轻风侧蝶；水晶帘卷，恰好梳头。"所以这是当年，你想她写的当年那个时候正是新婚燕尔的时候，她说丈夫考中了进士又做了高官，她从江南来到了首都，她说现在想起来，就好像是昨天一样，都在我们的记忆之中，可是回头一想一算"早已十经秋"，就是十年都过去了。

"向洗墨池边，装成书屋"，她不是在北京的西城租了房子吗？我们上次也讲到这一段了。她说想当年，园中有一个小池子，在这个小水池子旁边盖了一个小书房，所以是"向洗墨池边，装成书屋"，丈夫也会写诗词，妻子也会写诗词。

"蛮笺象管"，是"别样风流"。"蛮笺"，是南方最漂亮的纸；"象管"，就是用象牙做笔管的毛笔。就是美好的文具了，美好的纸笔。你想我们那个时候写诗填词真是"蛮笺象管，别样风流"。

"残红院"，就算是春天已经迟暮了，就算是落花已经飘零了，那残红的院落，"几番春欲去，却为个人留"，大自然尽管是春天要走了，我们的春天还在呀。大自然的那个春天要走了，可是我们夫妻之间的春天还是在的，所以说是"几番春欲去，却为个人留"。春天就为我们留住，我们的心里是春天仍在，不管外面是什么季节。

"宿雨低花"，那隔宵下的那些小雨，把花压低了。杜甫写的《春夜喜雨》一首诗就曾经说"晓看红湿处，花重锦官城"，所以杜甫的题目是《春夜喜雨》，他觉得下雨是非常欢喜的一件事情，使他高兴的一件事情，其实春天的雨是美好的，所以昨天晚上，"好雨知时节，当春乃发生"，早晨一看红颜色的花，花上有很多的雨水；"湿"，花上有雨，花上有雨水，花就怎么样？花就重了，大朵的花，如果上面有雨了，花就垂下来了，所以说是"晓看红湿处，花重锦官城"。徐灿说是"宿雨低花"，就正是杜甫说的昨天晚上下了雨，"低花"，花头就重了，就垂下来了。

"宿雨低花，轻风侧蝶"，一阵微风吹过，蝴蝶就侧飞过去了，这么美好的春天，就算是残红的院落，就算是下过雨的花朵，对新婚燕尔的幸福美好的人说起来，都是美好的。

"水晶帘卷，恰好梳头"，当然是徐灿在梳头了。中国古诗中有这么一句，这是男子的诗，说"水晶帘下看梳头"（元稹《离思》其二），我们不是说过男子喜欢欣赏女子的各种姿态吗？像南朝的宫体诗，都是把这女人当作艺术品来看的。所以如果你有一个所爱的美丽女子，你就在水晶帘下看她梳头，可以欣赏她的美好身姿。"水晶帘卷，恰好梳头"，一方面写她自己梳头，一方面其实是写陈之遴"水晶帘下看梳头"的夫妻恩爱和美好。这是从前，这是当年，这还是明朝时期，是陈之遴父亲没有获罪之前。

陈之遴投降"满清"后，他们再回到北京来，"西山依然在"，北京郊外的西山是一直不改变的，一直到今天你如果到北京还是可以远远地看见西山的，不过现在也很难说了，北京现在起了很多的高楼大厦，可能也看不见西山了。从前是可以看见西山的，特别是在后海，后海有一座小桥叫银锭桥，银锭桥是专门在北京城里看西山的地方。所以徐灿说现在我们又回到北京了，"西山依然在"；我们说山是不改变的，李后主说的什么"无限江山"，（《浪淘沙》）也认为江山是不改变的。"西山依然在，知何意、凭槛怕举双眸。"为什么？现在陈之遴一样在朝廷里边做很高的官，西山同样还在，可是为什么徐灿说我现在再靠在栏杆边，就"怕举双眸"，就不忍心再看那远方的西山。

"便把红萱酿酒，只动人愁。"什么叫红萱呢？"红萱"就是萱草，是一种植物；萱草，在中国的古代传说这个草是可以忘忧的。她说现在就算有红萱这样美好的植物，这个可以忘忧的萱草，而且是红色的萱草、美丽的萱草酿成酒，也"只动人愁"。你看，从前就是春天走了，我们的春天都在，"几番春欲去，却为个人留"。现在西山也依然在，而我是"怕举双眸"。就是把那个让人忘忧消愁的萱草，而且是红色的萱草酿成了酒，也"只动人愁"，只是引动我的哀愁。即使是有消愁的酒，也只是引动我的哀愁。

"谢前度桃花，休开碧沼；旧时燕子，莫过朱楼"。这个"谢"，不是感谢，这个"谢"有点像西方人家要给你一杯水，你说 No, thank you。你说 Thank you 是谢，可是你说 No，所以这个"谢"是"谢绝"的意思，就是不接受。所以她说"谢前度桃花，休开碧沼"，我要对那个美丽的桃花说 No, thank you。就是你不要再开了。"谢前度桃花，休开碧沼"，"沼"，是池沼，在那碧绿的水池旁边的桃花，我要跟你说你不要再开了，因为我们的心情完全不一样了。看见桃花再开，只是触动人的哀愁，所以说"谢前度桃花，休开碧沼，旧时燕子，莫过朱楼"。春天的时候天气温暖了，那南方的燕子都回到北方来了，我希望旧时的那个燕子，不要再飞过我们的红楼，我们还是有红楼，当年陈之遴在清廷做了高官，可是这是新的朝代了，完全不一样了。所以说"谢前度桃花，休开碧沼，旧时燕子，莫过朱楼"。

"悔煞双飞新翼，误到瀛洲。""悔煞"，是极端的后悔。我们本来是比翼双飞的，我们本来是新婚燕尔的，她说我真是后悔，我们比翼双飞的新婚燕尔的这一对夫妇，为什么你错飞了，为什么飞到瀛洲来呢？"瀛洲"，中国古人都说十八学士登瀛洲，所以"瀛洲"是指做了高官。徐灿跟陈之遴夫妻的感情一直是很好的，但是在政治上他们经过了国破家亡这么一个非常悲惨的遭遇，陈之遴是不甘心这种败亡的，所以陈之遴回来，不但要做官，而且要在政治上跟人家斗争，这是陈之遴。可是徐灿呢？她是希望老老实实地过贫穷的安静的生活，这是他们两人之间矛盾的地方。所以她说"悔煞双飞新翼，误到瀛洲"。

现在我们把这个背景了解以后，再来看他们的两首词，徐灿所写的"旧恩新宠，晓云流月"，就是说的新朝跟旧朝之间有多少的恩怨。当然了，无论是新朝或者是旧朝，对于陈之遴来说，都是有恩也有怨的。旧朝是有恩怨的，他的父亲在旧朝被判了死罪，他自己被永不录用，可是他们曾经荣华富贵过，他的父亲曾经做高官，他自己曾经在翰林院里边做学士，那不是有恩也有怨吗？那么现在陈之遴投降"满清"了，来到了新朝，我们说过顺治对于陈之遴是很重用的，这当然是恩，可是那些斗争，如刚才我们说的，历史上是所记载的，他至少有四次被他的政敌告发，所以新朝也有新朝的恩怨。所以徐灿所说的"旧恩新宠"，不是她的丈夫要娶妾，不是他们两夫妻之间的"旧恩新宠"，她写的是他们所经历的改朝换代的政党之争的这种"旧恩新宠"，你说徐灿说她丈夫娶妾有怨情是"旧恩新宠"，刚才我们看了陈之遴的词，陈之遴也说"连朝旧雨，一庭今雪"。当年曾经有过恩宠，我们说"雨"，雨不但是滋生万物的，而且我们常常说是"雨露之恩"。帝王对后妃，那是雨露之恩；帝王对臣子，也是雨露之恩。所以这个"雨"代表的是那些雨露之恩。"连朝旧雨"，是说当年曾经得过的那些雨露之恩，可是谁想到今天"一庭今雪"，满院子都是寒冷的雪。

"年来情绪何堪说"，所以近年来我的情绪，怎么样说呢？真是难以诉说的，我现在的这种情绪，这种恩怨交结的情绪，真是难以诉说的。

"暖风晴日还凄切"，不但是满庭寒冷的雪让我觉得悲哀，就是"暖风晴日"，我的内心也是凄切的。所以你看人如果内心是快乐的，就"几番春欲去，却为个人留"；如果人是悲哀的，她说就是"暖风晴日还凄切，还凄切。千愁放下"，就算我们俩说的，把这一切的烦恼、不幸都放开吧，还是"一般难撇"，我们怎么放得下呢？

"只如昨日事，回头想、早已十经秋"，当年的快乐，现在的这种恩怨，真是"旧恩新宠"，所以我说谭正璧以为徐灿写的是她自己对陈之遴要纳妾的恩怨，这是完全错误的。也许我这样把春天美好的季节，讲成朝廷的政治恩怨，也许有人还不相信，那我们就再看下边的一首还是陈之遴的词《虞美人》，题目写得很清楚，是"戏赠湘蘋"，还是写给徐灿的，而且有一点开玩笑的性质。《虞美人·戏赠湘蘋》：

　　藤花葛蔓闲牵绕，枉送韶颜老。双鸾镜里试新妆，夺得一枝红玉满怀香。　　劳君拣尽吴山翠，心已三年醉。闺人常作掌珠擎，那得老奴狂魄不钟情。

这就是徐灿要给她丈夫纳妾。陈之遴说"藤花葛蔓闲牵绕"，他说人的感情就如同爬藤的花，有很多枝枝蔓蔓的"闲牵绕"；"枉送韶颜老"，人就在这种恩怨情仇的感情之中转眼人就衰老了。"双鸾镜里试新妆",我们经常说"鸾凤","鸾凤";鸾,指的是女的;"双鸾",是两个女的。"双鸾镜里试新妆",就是两个人同时在那里照镜子,刚刚打扮得非常美丽。

"夺得一枝红玉满怀香"。你现在找到一枝最美丽的花,而且是最贵重的花,是红色的像玉一样的满怀都是香气的花。"红",美丽的颜色;"玉",珍贵的品质;"香",这么芬芳的花;"一枝",所以是一枝花;"夺得",他不是"戏赠湘蘋"吗?他说你现在找到了一个美丽的女子,你跟这个美丽的女子,"双鸾镜里试新妆",两个人一起化妆;因为你找到了一个这么美丽的一个女子,所以是"夺得一枝红玉满怀香"。你怎么找到这么美丽的女子呢?

"劳君拣尽吴山翠","拣"是挑选;吴山,江南的山,是很美丽的;"吴山翠",江南的美女。"劳君拣尽吴山翠,心已三年醉"。他说真是麻烦你费心,你千挑万选,挑选了很多江南的美女;你选中了这个女子,已经有三年之久了。

"阃人常作掌珠擎","阃人"就是徐灿。我们现在常常管妻子叫内人,内人就是阃人,男子治外,女子治内;我们常常说女儿是掌上明珠,所以美丽年轻的女子就是掌上的明珠。他说连我的妻子(阃人),都把这个年轻美丽的女孩子当作掌上的明珠这样地举着;"擎",捧在手心里边。

"那得老奴狂魄不钟情",我的妻子都对她这么喜爱,我这个老奴怎么能够对她不钟情呢?而这个"老奴"其实是有一个典故。我说中国有很多的笔记小说,都很有意思,记载了很多历史故事,如《世说新语》里边就记载了一段故事,说东晋时候的大将军桓温为大司马,手握重兵;这桓大司马既然是带兵的,就常常出外去作战。东晋的时候,大家都知道北方是五胡十六国,中国是分裂的,所以东晋是偏安,我们所以叫它东晋;西晋是在北方,那西晋已经亡了,被很多少数民族给占领了,所以他们迁都到南方,所以就叫作东晋。当时的北方有五种胡人,先后建立了十六个小国,就是所谓"五胡十六国",其中有一个国家叫成汉——你知道大国的领导就是皇帝,这些小国的领导都叫国主,所以说李煜是南唐国主——这个成汉的国主名叫李势。这个桓大司马带兵去打仗就把成汉给打败了,李势有一个很美丽的妹妹,所以桓温就把李势的妹妹给俘虏了,带回来了。当时东晋在金陵,就把她带回金陵来了。可是这个桓温的妻子本来就是非常嫉妒的,控制丈夫非常严厉,像"河东狮子"的一个女子。她一听说她丈夫带回了一个年轻的女子，安置在外；就是说有一个外室，把掠来的李势的妹妹给安置了，所以他妻子大怒，有一天就带着一群奴婢就是男女的仆人，跑来要打这个女子，要跟他们吵闹。他的妻子那天一大清早就到了，看到李势的妹妹正在对镜梳妆，长发垂地，就是说头发很长而且美丽，一直垂到地那么长；这个李势的妹妹，一见到她这么凶恶地跑来，就起身来跪在她的面前说，我很不幸，我被你的丈夫给俘虏在这里，我正是求死不得，你今天能够把我处死，这是我很幸运的一件事情。说得非常的委婉，结果桓温的妻子就被她感动了。不但没有打她，而且把她带回家里去了。这个桓温的妻子就说了一句话，说"我见犹怜，何况老奴"？她说这个女孩子这么温柔秀美，这种态度，连我看了都觉得值得怜爱，何况那个老家伙。所以这个"老奴"的称呼，就是在这种情境之下所说的。古人写词用典故，用得很恰当，都很有分寸。

所以陈之遴就说我的妻子都把她"常作掌珠擎"，"那得老奴狂魄不钟情"。我现在只是说明就是有人对于徐灿的这首《忆秦娥·春感次素庵韵》词有一点点的误会，他们是没有仔细地看，我就是要说明徐灿的《忆秦娥·春感次素庵韵》这首词中的"旧恩新宠"原来是一种政治托喻，而且我们以前还讲过谢道韫，我们说谢道韫的风度，气质是不一样的。我们以前也讲过朱淑真了，她说"娇痴不怕人猜，和衣睡倒人怀"（《清平乐》）。朱淑真写的不是跟她丈夫的感情，李清照所写的是跟她丈夫的感情，徐灿所写的也是跟她丈夫的感情。朱淑真所写的是婚外情，写得如此之大胆，如此之坦率，说"娇痴不怕人猜"，我和衣就睡倒人怀。当然她的真率也未尝没有真率的好处，但是如果说到修养、风度、气质，这三人是真的不同的。一般很有教养的大家的闺秀，不说这样的话。上次我也说了，朱淑真是有婚外情的，如果有了婚外情会怎么样写，我上次说有婚外情写得很好的有李商隐的一些诗。大家就说这是男子写的婚外情，女子要写婚外情，不这样大胆地写，怎么写呢？讲完徐灿以后我们还要讲柳如是，柳如是以后还有一个女作家吴藻，讲到吴藻的话，你就可以看一看吴藻是怎么样写的了。当然了现在我只是说明这一点，就是谭正璧对徐灿的这首词有一种误解。

我们现在再把徐灿跟李清照做一个比较。当然主要是说时代不同了，文化的背景不同了；李清照的时候，是北宋的末期，那时候大多词所写的还是以伤春怨别为主调，李清照写了很多跟她丈夫伤春怨别的词。至于说豪放一派写家国悲慨的词，在北宋末期还没有流行，所以李清照没有把破国亡家写进词里面去，这就是时代作风的不同。徐灿写了家国的悲慨，上次我们所看的徐灿《永遇乐》"无恙桃花，依然燕子"的那一首的下阕说"白玉楼前，黄金台畔，夜夜只留明月。休笑垂杨，而今金尽，秾李还消歇。世事流云，人生飞絮，都付断猿悲咽。西山在，愁容惨黛，如共人凄切"，写的都是家国的悲慨，所以这是时代不同和文化的背景不同造成的。除了时代跟文化的背景的不同外，造成徐灿词跟李清照词有这一点点的分别以外，还有一点我觉得是很妙的差别，那就是李清照有时候会写出一些向丈夫撒娇求爱的极为女性的词句，如其《减字木兰花》说"卖花担上，买得一枝春欲放"，"云鬓斜簪，徒要教郎比并看"；又如《浣溪沙》说"眼波才动被人猜"。这种女性化的词，徐灿写得不多，徐灿的词其实写得相当的男性化，她不是写那种很娇柔的要得到丈夫怜爱的词句。这类词徐灿不大写，不是说绝对没有。这是徐灿跟李清照的又一点不同。

　　整理到上面一节，本来此一篇讲稿已近结束，而巧的是我在整理论说女性词的结集时，发现了一篇旧日的讲稿。2003 年 11 月我曾应南京大学之邀，去做过一次题为《从李清照到沈祖棻》的讲演，此一讲演录音后经学生整理已经发表于 2004 年《文学遗产》之第 5 期中。在那篇讲稿中，我曾经对女性词之发展与演进，做过一次整体的回顾，其间也曾将徐灿的词与李清照的词做过一些简单的比较。整体说来，她们两个人都是出身名门世家，有很好的文化根底，又同样嫁给了一个才学足以匹配的夫婿，夫妇间都不乏唱随之乐，而且两人也同样经历了亡国易代的变乱。其主要的差别则是李清照从来不把时代的乱离直接写到词里面去，而徐灿后期的词作则充满了沧桑的悲慨。盖此一差别主要由于词之美感特质随时代之演进而使得作者对之有了不同的认知所致。在李清照之时代，她一直以为词之为体盖当以叙写男女之爱情为主，而不可以把男性之志意与沧桑之悲慨直接写到词里面去，所以乃曾讥讽欧苏之词，以为皆"句读不葺之诗耳"。可是到了徐灿的时代，历史早已经历了南宋、元、明的几次世变沧桑，在小词中写入沧桑之悲慨，固已属一般之常态，所以徐灿的词在此一方面乃与李清照有了显著的不同，此一点固为一般读者之所共知，不再加赘论。我现在所要提出的则是徐灿之词，在古今所有的女性之词作中，她的词独独表现有男性之意境，因此她是一位极为难得的女性作者。我现在所说的"双性"与我以前在论述《花间》词时所说的"双重性别"并不相同，之所以说

《花间》词有"双重性别"是因为词的作者本为男子，而在其所写之词作中乃假托女性之口吻而出。至于徐灿之词则一向皆以作者之女性直感出之，写沧桑之慨如此，写闺阁之情也是如此，只不过值得注意的是，徐灿在国变乱离之后的作品中都表现出了一种在过去女性词作中从来不曾有过的特质，那就是她在经历了世变沧桑之后，不仅写出个人的乱离之悲慨，还写出了一种男性士人之志意和持守，并且在其叙写之际使用了男性士人之使事用典、论断和评说的笔法。我们在前面所引的她《永遇乐》（无恙桃花）一词就是最好的例证，这种风格无论是在徐氏之前或之后的女性词人中都是极为罕见的，而更难得的则是徐灿与其夫婿陈之遴对于出仕新朝的看法虽然也有着明显的不同，然而徐灿则都以委婉之口吻出之，在不同之意愿与选择中，一直保持了一种委婉顺从的妇德之美，凡此种种在中国女性之词史中实为仅见，因特在此文之结尾表而出之。

「诗/歌/研/究」

两宋词中有关歌妓之感官书写

王伟勇*

内容提要 宋词所见歌妓之感官书写，可包含视觉、听觉、触觉、嗅觉及综合书写、身世书写等，本文仅处理视觉、听觉与此二觉综合书写之作品。就视觉书写言之，可分整体书写与局部书写两类：前者以书写歌、舞妓为主，兼及其他艺妓；且多就眼睛、体态、举止等，予以多角度书写，又有动、静态之别。后者以娇羞之体态、背立之身影、曼妙之舞姿最常见，而以舞妓之特写最为动人。就听觉书写言之，两宋词着墨最多者，厥为歌妓之声容，次为弹、唱之声容，又次为弹奏之乐音。其中乐音之书写，率为白居易《琵琶行》所制约，殊少创意。就视觉、听觉之交写言之，可归纳出三种写作策略：一为一歌一舞之方式铺展，一为上、下片分写歌、舞之方式呈现，一为侧重上片或下片，进行视、听觉之交写。诚然变化多端，巧妙纷呈，殊有可观。

关键词 歌妓 舞妓 艺妓 感官书写

一 前言

宋代"妓"之制度，承自唐代，可分为官妓、家妓、私妓三种；官妓复包含教坊歌妓、军中歌妓、中央及地方官署之歌妓。此中教坊与军中歌妓，

＊ 王伟勇，台湾成功大学中文系教授。

规模相似，系相并而行之中央乐团，一般文人鲜能涉足。余三类歌妓，即中央及地方官署之歌妓、家妓、私妓，则时见宋代词人书写。唯使用名称不一，除依归属与服务对象区分之官妓、家妓、私妓外，既有统称之妓、歌妓，亦有娘、姬、鬟、侍儿、侍人、籍中人、官奴等称呼。如柳永《长相思》（画鼓喧街）题云"京妓"①，张先《醉垂鞭》（朱粉不须施）题云"赠琵琶娘，年十二"（第1册，第72页），张先《碧牡丹》（步帐摇红绮）题云"晏同叔出姬"（第1册，第106页），苏轼《南歌子》（绀绾双蟠髻）题云"楚守周豫出舞鬟，因作二首赠之"（第1册，第379页），周紫芝《南柯子》（蝉薄轻梳鬓）题云"方钱唐出侍儿，范谢州要予作此词"（第2册，第1143页），辛弃疾《浣溪沙》（侬是嵚崎可笑人）题云"赠子文侍人名笑笑"（第3册，第2453页），辛弃疾《乌夜啼》（江头三月清明）题云"戏赠籍中人"（第3册，第2549页），姚述尧《南歌子》（罗盖轻翻翠）题云："王清叔会同舍赏莲花，席间命官奴索词"（第3册，第2010页），韩淲《浣溪沙》（小雨收晴作社寒）题云"夜饮潘舍人家，有客携家妓来歌"（第4册，第2884页），刘辰翁《水调歌头》（雨声深院里）题云"余初入建府，触官妓于马上；后于酒边，妓自言，故赋之"（第5册，第4099页），等等，皆是其例。

复依上述原则，检索宋词中书写"妓"之作品，有三百余首；若与实际写妓而未附题之作品一并计数，恐达四五百首。如此庞大之素材，学者虽曾予以运用，写成《宋词文化学研究》②《唐宋词社会文化学研究》③《唐宋词与唐宋歌妓制度》④ 等书，然专从词人书写之角度，予以全面归纳分析，迄今犹未见任何论文，实有发挥之空间。笔者有鉴于此，爰自感官入手，探讨两宋词人对于"妓"之书写。而感官原指感觉器官，如耳、目、舌、鼻、皮肤等⑤，于是经由此等器官之感受，写出关于"妓"之种种，均

---

① 见唐圭璋编纂、王仲闻参订、孔凡礼补辑《全宋词》第1册，中华书局，1999，第43页。按：以下凡引自本书之作品，均径标其册数、页码于其后，不一一附注，以省篇幅。

② 蔡镇楚：《宋词文化学研究》，湖南人民出版社，1997。按：此书七、八、九章部分小节，皆涉及歌妓。

③ 沈松勤：《唐宋词社会文化学研究》，浙江大学出版社，2004。按：此书上编为"歌妓制度的积淀"，第31~171页。

④ 李剑亮：《唐宋词与唐宋歌妓制度》，浙江大学出版社，2006。

⑤ 根据肯·罗宾森（Ken Robinson）、卢·亚若尼卡（Lou Aronica）著《让天赋自由》（谢凯蒂译，台北，天下远见出版股份有限公司，2009，第65页）一书宣称，多数心理学家认为人的感官除众所周知的五种外，尚有热觉、痛觉、平衡觉（或称"本体觉"）、直觉由于此四觉已溢出一般之认知，且宋词亦不易举例，故仅附注说明，不列入讨论范围。

应属于"歌妓感官书写"之范畴。唯仔细阅读所有内容后，发现经由"目"之视觉所呈现之作品最夥，约占五分之三；次为"耳"之听觉及"耳""目"兼写之作品；又次为"皮肤"之触觉、"鼻"之嗅觉；至于"舌"之味觉，虽随视、听两觉，不免涉及饮酒之味觉，且点到为止，难成一类。碍于单篇论文之字数限制，于焉本文仅就有关歌妓之视觉、听觉，以及两觉交写之宋词，予以归纳析论；其余书写，则俟来日另文处理。

二　关于歌妓之视觉书写

两宋词中关于歌妓之视觉书写，可分整体书写与局部书写。整体书写，系指就歌妓之眼睛、体态、举止等，予以具体、多角度之描述；局部书写，系就前举各项中之单一样态，予以聚焦特写。兹举证分述如次。

（一）整体书写

两宋词人对于"妓"之整体书写，以歌、舞妓最为常见，且视觉之渲染尤重于听觉、触觉。如柳永（字耆卿，987？~1053？年）《长相思·京妓》（画鼓喧街）下片：

> 向罗绮丛中，认得依稀旧日，雅态轻盈。娇波艳冶，巧笑依然，有意相迎。墙头马上，漫迟留、难写深诚。又岂知、名宦拘检，年来减尽风情。（第1册，第43页）

吕胜己（字季克，曾受业朱熹，生卒年不详）《满江红·郡集观舞》：

> 檀板频催，双捻袖、飞来趁拍。锦裀上、娇抬粉面，浅蛾脉脉。鸾舰莺窥秋水净，鸿惊凤翥祥云白。看妖娆、体态与精神，天仙谪。
> 鞋带紧，弓靴窄。花压帽，云垂额。□回雪、定拼醉倒，厌厌良夕。明日恨随芳草远，回头目断遥山隔。料多情、应也念行人，思佳客。（第3册，第2274页）

赵长卿（疑名师有，自号仙源居士，生卒年不详）《水龙吟·江楼席上，歌姬盼盼翠鬟侑樽，酒行，弹琵琶曲，舞梁州，醉语赠之》上片：

酒潮匀颊双眸溜。美映远山横秀。风流俊雅，娇痴体态，眼前稀
有。莲步弯弯，移归拍里，凌波难偶。对仙源醉眼，玉纤笼巧，拨新
声、鱼纹皱。（第 3 册，第 2334 页）

以上三词，皆属视觉之总体书写，共同特色系就动态着眼。柳永词写
出轻盈之雅态、艳冷之眼波、巧笑及有意相迎之举止，惜乎个人"名宦拘
检"，以致风情减尽，未能承受此温情。吕胜己所作，虽题为"郡集观舞"，
然并未针对舞姿予以特写，仅起首两句泛泛及之。自"锦袜上"以下，先
写粉面、浅眉，以及灵动之眼波、妖娆之体态与精神；而后再写束腰之鞓
带、如弓之窄靴、插花之舞帽、垂额之鬈发，诚然面面俱到，富丽极矣！
赵长卿所作，先写两颊之酒窝，一对乌溜之眼睛及秀长之眉毛；再写娇痴
之体态，随拍移动之弯弯莲步；末乃书写玉手弹琵琶、愁锁眉头之表情，
确乎楚楚可人。

虽然，两宋词人亦恒挥其生花妙笔，书写歌妓静态之整体美感。如黄
庭坚（字鲁直，1045～1105 年）《蓦山溪·赠衡阳妓陈湘》：

鸳鸯翡翠，小小思珍偶。眉黛敛秋波，尽湖南、山明水秀。娉娉
袅袅，恰近十三余，春未透。花枝瘦，正是愁时候。　　寻花载酒。
肯落谁人后。祗恐远归来，绿成阴、青梅如豆。心期得处，每自不由
人，长亭柳。君知否。千里犹回首。（第 1 册，第 500 页）

黄庭坚《好事近·太平州小妓杨姝弹琴送酒》：

一弄醒心弦，情在两山斜叠。弹到古人愁处，有真珠承睫。　　使
君来去本无心，休泪界红颊。自恨老来憎酒，负十分金叶。（第 1 册，第
530 页）

晁补之（字无咎，1053～1110 年）《斗百花·汶妓褚延娘》上片：

脸色朝霞红腻。眼色秋波明媚。云度小钗浓鬓，雪透轻绮香臂。
不语凝情，教人唤得回头，斜盼未知何意。百态生珠翠。（第 1 册，第
746 页）

毛滂（字泽民，？～1120 年）《于飞乐·别筵赠歌妓姊妹》：

> 并梅兄，双蝶子，烟缕衫轻。凤凰钗、缭绕香云。淡梳妆，□得
> 恁，雪腻酥匀。揉春捻就，更是他、花与精神。　黛尖低，桃萼破，
> 微笑轻颦。早做成、役梦劳魂。好风前，佳月下，莫忘行人。扁舟去
> 也，没个事、多样离情。（第 2 册，第 889 页）

以上四词，皆偏静态之整体书写。黄庭坚作品，系书赠衡阳妓陈湘，起首两句即藉鸳鸯、翡翠两种相偶厮守之禽鸟，表达"好逑"之情；而后接写其秋波明媚、婀娜多姿、青春正好，显然属意之至。下片复借杜牧故事，写唯恐再见时，陈湘已然"绿叶成阴子满枝"①，倾慕之情，不言而喻。翻读《山谷词》，发现黄庭坚另有两阕词亦赠此妓：一调仍寄《蓦山溪》（稠花乱叶），云："斜枝倚，风尘里，不带尘风气。"（第 1 册，第 402 页）。一调寄《阮郎归》："盈盈娇女似罗敷。湘江明月珠。起来绾髻又重梳。弄妆仍学书。歌调态，舞工夫。湖南都不如。它年未厌白髭须。同舟归五湖。"并附题云："曾夆文既盼陈湘，歌舞便出其类，学书亦进。来求小楷，作《阮郎归》词付之。"（同上）斯可见此妓既娴淑能书，又能歌善舞，不带风尘气，无怪乎黄庭坚为之倾倒不已。至于《好事近》一词，系写太平州（今安徽当涂县）小妓，因离别在即，致弹琴时，不觉泪落双眼，亦偏重静态之书写。其下片虽云"来去本无心"，实亦情牵此妓，故填词写之。

　　晁补之词，先写红腻之脸颊、明媚之秋波，而后续写夹钗之发鬓、细白之香臂，以及斜盼不语之举止，终乃以"百态生珠翠"总结，要亦自静态着眼。毛滂所作，系叙写双妓，上片描述穿着轻飘之薄衫、夹带凤钗之

---

① 有关杜牧之故实，（宋）胡仔《苕溪渔隐丛话·后集》引《丽情集》载："大和末，杜牧自侍御史出佐沈傅师宣城幕，雅闻湖州为浙西名郡，风物妍好，且多丽色，往游之。时刺史崔君，亦牧之素所厚者，颇谕其意，凡籍之名妓，悉为之致。牧殊不惬所望，史君复候其意，牧曰：'愿得张水戏，使州人毕观之，俟其云合，牧当间行寓目，冀此际或有阅焉。'史君大喜，如其言。至日，两岸观者如堵，迨暮竟无所得。将罢，忽有里佬引鬒髻女，年十余岁，牧熟视之，曰：'此真国色也！'因使语其佬，将至舟中，佬女皆惧。牧曰：'且不即纳，当为后期；吾十年必为此郡，若不来，乃从所适。'因以重币结之。……大中三年，移授湖州刺史，比至郡，则十四年，所约之妹，已从人三载，生二子矣。……因为《怅别》诗曰：'自恨寻芳到已迟，往年曾见未开时；如今风摆花狼藉，绿叶成阴子满枝。'"（《国学基本丛书》第 15 卷，台湾商务印书馆，1968，第 522～523 页）此事又见《唐阙史》《太平广记》《唐诗纪事》《唐才子传》等书，内容亦有出入。

发鬓、淡妆流露之雪肤，并以如花之精神作一小结；下片复写其尖低之画眉，笑靥之桃脸，足叫人魂牵梦萦。

除歌、舞妓外，两宋尚有其他艺妓活跃于社交场合中。见诸记载，即有擅长箜篌、琵琶、笙、棋、画诸妓，被词人以整体之方式，写入词中。如张先（字子野，990～1078 年）《醉垂鞭·赠琵琶娘，年十二》：

> 朱粉不须施。花枝小。春偏好。娇妙近胜衣。轻罗红雾垂。 琵琶金画凤。双绦重。卷眉低。啄木细声迟。黄蜂花上飞。（第 1 册，第 72 页）

谢薖（字幼槃，号竹友，？～1116 年）《减字木兰花·赠棋妓》：

> 凤箎度曲。倦倚银屏初睡足。清簟疏帘。金鸭香销懒更添。 纤纤露玉。风霭纵横飞钿局。颦敛双蛾。凝伫无言密意多。（第 2 册，第 912 页）

辛弃疾（字幼安，自号稼轩居士，1140～1207 年）《念奴娇·赠妓，善作墨梅》：

> 江南尽处，堕玉京仙子，绝尘英秀。彩笔风流，偏解写、姑射冰姿清瘦。笑杀春工细窥天巧，妙绝应难有。丹青图画，一时都愧凡陋。
> 还似篱落孤山，嫩寒清晓，只欠香沾袖。淡伫轻盈，谁付与、弄粉调朱纤手。疑是花神，谪来人世，占得佳名久。松篁佳韵，倩君添做三友。（第 3 册，第 2442 页）①

以上三词，均书写"妓"之才艺，张先所作系写琵琶妓，上片描述此妓天生丽质，不必施朱抹粉；且尚年轻，穿着与身材相配之红罗衣。下片叙写弹奏之琵琶有金画凤装饰，演奏者则头系双丝带，低眉专注，拨动丝弦。末结两句虽兼写声音之清细迟缓，如啄木之禽鸟、花间之黄蜂，然仍以视觉之整体呈现为主。谢薖所描述之棋妓，上片先写其睡足，则精神可见；

---

① 此词词题，一作"戏赠善作墨梅者"，见邓广铭《稼轩词编年笺注》第 3 卷，上海古籍出版社，1993，第 335 页。并校云："四卷本乙集（吴讷《唐宋名贤百家词》本）作'赠妓，善作墨梅'。汲古阁影钞本'妓'字原作'奴'，后用粉涂去右旁，未改正。"（第 336 页）

次写清簟疏帘，点染清雅之氛围。下片转写此妓如玉之纤手，下棋快如风雹，敛眉凝注，心思细密，棋艺之高亦可见也。

至于辛弃疾所作，起首先写画妓气质英秀，彩笔风流，而后用心描述所画之墨梅，如藐姑射山中之神人①，冰姿清瘦，巧夺天工，胜却当时丹青妙手。下片叙写此墨梅栩栩如生，但欠蕊香沾袖耳；"淡伫轻盈"以下复称赏此妓何啻花神，去来人世，并请添上松、竹，以成岁寒三友。斯可见此词兼叙画妓与其作品，极尽视觉之整体描摹。

（二）局部书写

对于歌妓之局部书写，就视觉而言，较为两宋词人着墨者，厥为娇羞之体态、背立之身影以及曼妙之舞姿。兹举证如次。

黄公度（字师宪，1109～1156年）《菩萨蛮·公罢归抵家，赋此词。先是公有二侍儿，曰倩倩，曰盼盼，在五羊时，尝出以侑觞。洪丞相适景伯为赋〈眼儿媚〉词云……》：

> 眉尖早识愁滋味。娇羞未解论心事。试问忆人不。无言但点头。
> 嗔人归不早。故把金杯恼。醉看舞时腰。还如旧日娇。（第2册，第1719～1720页）

袁去华（字宣卿，高宗绍兴十五年进士，生卒年不详）《山花子·成支使出侍姬，次穆季渊韵》上片：

> 雾阁云窗别有天。丰肌秀骨净娟娟。独立含情羞不语，总妖妍。（第3册，第1950页）

辛弃疾《蝶恋花·席上赠杨济翁侍儿》：

> 小小华年才月半。罗幕春风，幸自无人见。刚道羞郎低粉面。傍人瞥见回娇盼。　　昨夜西池陪女伴。柳困花慵，见说归来晚。劝客

---

① 《庄子·逍遥游》（第1卷，台湾古籍出版社，1996，第9页）："藐姑射之山，有神人居焉，肌肤若冰雪，绰约若处子。"

持觞浑未惯。未歌先觉花枝颤。（第 3 册，第 2427 页）

以上三词，均直接写出歌妓娇羞之体态。黄公度写歌妓忆人而羞于启齿之情态，以及借酒浇愁，醉舞动人之娇嗔。袁去华写成支使之侍姬丰肌秀骨，含羞不语，娇妍无比；辛弃疾写杨炎正（字济翁，年五十二登进士，生卒年不详）侍儿，年甫十五，羞于见人，却时回娇盼，又未惯应酬之生涩。此外，两宋词人对于"背立"之侍妓，亦颇好奇，常以之入词，如陈师道（字无己，一字履常，号后山居士，1053~1101 年）《南乡子·并引：晁大夫增饰披云，务欲压黄楼，而张、马二子，皆当年尊下世所谓英英、盼盼者。盼卒，英嫁，而盼之子莹，颇有家风，而曹妓未有显者，黄楼不可胜也。作〈南乡子〉以歌之》：

风絮落东邻。点缀繁枝旋化尘。关锁玉楼巢燕子，冥冥。桃李摧残不见春。　　流转到如今。翡翠生儿翠作袊。花样腰身官样立，婷婷。困倚阑干一欠伸。（第 1 册，第 758 页）

李石（字知几，号方舟，1108~？年）《渔家傲·赠鼎湖官妓》：

西去征鸿东去水。几重别恨千山里。梦绕绿窗书半纸。何处是。桃花谿畔人千里。　　瘦玉倚香愁黛翠。劝人须要人先醉。问道明朝行也未。犹自记。灯前背立偷弹泪。（第 2 册，第 1685 页）

黄公度《卜算子·公赴召命，道过延平，郡宴有歌妓，追诵旧事，即席赋此》：

寒透小窗纱，漏断人初醒。翡翠屏间拾落钗，背立残缸影。　　欲去更踟蹰，离恨终难整。陇首流泉不忍闻，月落双溪冷。（第 2 册，第 1719 页）

以上三词，陈师道写歌妓之体态，见于末结三句；所以知其为"背立"者，以词下附注云："周昉画美人，有背立欠伸者，最为妍绝，东坡为赋《续丽人行》。"至于李石、黄公度词中写"背立"之歌妓，一见于下片，一见于上片，皆以灯影映衬，亦觉朦胧可怜，叫人疼惜。实则宋人好写"背立"侍妓，亦有所承，典出李商隐《无题二首》之一：

　　八岁偷照镜，长眉已能画；十岁去踏青，芙蓉作裙衩；十二学弹筝，银甲不曾卸；十四藏六亲，悬知犹未嫁；十五泣春风，背面秋千下。①

是知女子年十五，情窦已开，对于人世之悲欢离合，已能有感；且体态成熟，婀娜多姿，故最为文人所怜惜，时以之入词。此外，两宋词人尚有不少运用歌妓姓名进行体态书写，颇能表现因难见巧之功夫。如：

向子諲（字伯恭，自号芗林居士，1085～1152年）《 醉人娇·钱卿席上赠侍人轻轻》：

　　白似雪花，柔于柳絮。胡蝶儿、镇长一处。春风骀荡，蓦然吹去。得游丝、半空惹住。　　波上精神，掌中态度。分明是、彩云团做。当年飞燕，从今不数。只恐是、高唐梦中神女。（第2册，第1258页）

辛弃疾《浣溪沙·赠子文侍人名笑笑》：

　　侬是嶔崎可笑人。不妨开口笑时频。有人一笑坐生春。　　歌欲颦时还浅笑，醉逢笑处却轻颦。宜颦宜笑越精神。（第3册，第2453页）

以上两词，皆借歌妓姓名作文章。向子諲所作，就"轻轻"一名，予以书写。词之上片，以"雪花""柳絮""游丝"等物状写"轻"字；下片以"波上""掌中"写体态之"轻"盈，再以"彩云"为喻，谓此妓较赵飞燕有过之而无不及，几似高唐神女之化身。②辛弃疾所作，就严焕（字子文，登绍兴十二年第，生卒年不详）妓名"笑笑"者着墨，且逐句嵌入"笑"字，书写其"笑""颦"之体态，别出心裁！

---

①　此诗见收于清康熙敕撰《全唐诗》第16册第539卷，中华书局，1992，第6165页。
②　关于赵飞燕之故事，（汉）伶玄撰《赵飞燕外传》（台北，艺文印书馆，1966，第1页）云："赵后飞燕，……纤便轻细，举止翩然。""高唐神女"故事，见于宋玉《高唐赋》《神女赋》，收录于（梁）萧统编、唐·李善注《文选》第2册第19卷，台北，文津出版社，1987，第875～889页。

若就特殊才艺之局部书写论之，两宋词人着墨最多者，在于舞妓之书写，如张先《天仙子·观舞》：

> 十岁手如芽子笋。固爱弄妆偷傅粉。金蕉并为舞时空，红脸嫩。轻衣褪。春重日浓花觉困。　斜雁轧弦随步趁。小凤累珠光绕髻。密教持履恐仙飞，催拍紧。惊鸿奔。风袂飘飘无定准。（第1册，第92页）

苏轼（字子瞻，号东坡居士，1036~1101年）《南歌子·舞妓》：

> 云鬟裁新绿，霞衣曳晓红。待歌凝立翠筵中。一朵彩云何事、下巫峰。　趁拍鸾飞镜，回身燕漾空。莫翻红袖过帘栊。怕被杨花勾引、嫁东风。（第1册，第421页）

晁补之《碧牡丹·王晋卿都尉宅观舞》：

> 院宇帘垂地。银筝雁、低春水。送出灯前，婀娜腰肢柳细。步蹙香裀，红浪随鸳履。梁州紧，凤翘坠。悚轻体。　绣带因风起。霓裳恐非人世。调促香檀，困入流波生媚。上客休辞，眼乱尊中翠。玉阶霜、透罗袜。（第1册，第743页）

以上三例，皆针对歌妓之舞技，予以局部书写。张先之作见之于下片，先写乐舞搭配，再写舞者发上累珠之装扮；而后转叙舞者随拍飞舞之状，身似惊鸿飞奔，袖如疾风飘掠，毫无定准，精彩之至！苏轼之作，上片先写舞妓"云鬟""霞衣"之装扮，而后凝立待乐，遂似一朵云彩，飘然出场。下片写其舞姿，起拍若鸾凤飞镜，回身如飞燕漾空，教人眼花缭乱；末结更幽默，写道若教此妓舞出帘栊，名声传扬，则恐为人争爱，主人断难留置身边，可谓极称赏之能事。其实苏轼可谓写舞妓之高手，其词中尚有多阕作品道及，特录供参考。

苏轼《南歌子·楚守周豫出舞鬟因作二首赠之》之一：

> 绀绾双蟠髻，云敧小偃巾。轻盈红脸小腰身。叠鼓忽催花拍、斗精神。　空阔轻红歇，风和约柳春。蓬山才调更清新。胜似缠头千

锦、共藏珍。（第 1 册，第 379 页）

之二：

　　琥珀装腰佩，龙香入领巾。只应飞燕是前身。共看剥葱纤手、舞凝神。　　柳絮风前转，梅花雪里春。鸳鸯翡翠两争新。但得周郎一顾、胜珠珍。（第 1 册，第 379 页）

苏轼《南乡子·用前韵赠田叔通家舞鬟》下片：

　　花遍六幺球。面旋回风带雪流。春入腰肢金缕细，轻柔。种柳应须柳柳州。（第 1 册，第 413 页）

苏轼《减字木兰花·赠徐君猷三侍人：胜之》：

　　双鬟绿坠。娇眼横波眉黛翠。妙舞蹁跹。掌上身轻意态妍。　　曲穷力困。笑倚人旁香喘喷。老大逢欢。昏眼犹能仔细看。（第 1 册，第 416 页）

　　以上四阕，或以"柳絮""雪梅""回风"状舞姿，或以"柳枝"状舞腰，或径以"轻盈""掌上身"状身材，甚而以"笑倚人旁香喘喷"状舞罢之样态，是真书写之能手也。其所书写的对象，包括周豫（曾知洪州、楚州，生卒年不详）所出舞鬟，以及田叔通（曾知宿州，生卒年不详）、徐大受（字君猷，曾知黄州，生卒年不详）① 之家伎。

　　至于晁补之所作，先写如春水般之筝声送出灯前细腰、婀娜之舞者。而后就舞者于香红之毡上，随《梁州》曲快速跳动如浪般之舞步，场面之热闹可以想见；"凤翘坠。悚轻体"两句，尤可见舞者随急曲卖力跳动，体态轻盈，教人屏气凝神，惊叹不已！下片承上铺叙，写舞者随香檀促拍声，

---

① 按：笔者所见《东坡乐府》之注者，皆称此徐君猷即徐大受，然昌彼得、王德毅、程元敏、侯俊德编《宋人传记资料索引》（第 3 册，台北，鼎文书局，1980，第 2017 页）所载两"徐大受"，一为南宋高宗绍兴二十一年（1152）进士，一为南宋孝宗宗淳熙十一年（1185）举特科，均与此无涉，俟考。

起跳《霓裳》曲，霎时绣带满场飞起，叫观者颇觉置身仙境，舞技之动人亦可知也。末结劝观舞之上宾，何妨尽情饮醉，把握今宵，直至霜侵罗袂，方可罢休；欧阳修所谓"直须看尽洛城花，始共春风容易别"（第 1 册，第 132 页，调寄《玉楼春》），盖亦此境也。

三　关于歌妓之听觉书写

关于歌妓之听觉书写，两宋词人最着墨者，厥为歌妓之声容，次为弹、唱之声容，又次为弹奏之乐音。兹举证分述如次。

（一）歌妓之声容

歌妓之声容，之所以常入词人笔下，盖缘演唱者声情流露，而聆听者"察言观色"，心有戚戚，产生共鸣，遂书写入词。如苏轼《菩萨蛮·歌妓》：

> 绣帘高卷倾城出。灯前潋滟横波溢。皓齿发清歌。春愁入翠蛾。
> 凄音休怨乱。我已无肠断。遗响下清虚。累累一串珠。（第 1 册，第 391 页）

周邦彦（字美成，1057～1121 年）《望江南·咏妓》：

> 歌席上，无赖是横波。宝髻玲珑敧玉燕，绣巾柔腻掩香罗。人好自宜多。　　无个事，因甚敛双蛾。浅淡梳妆疑见画，惺松言语胜闻歌。何况会婆娑。（第 2 册，第 793 页）

李石《朝中措·赠赵牧仲歌姬》：

> 绿杨庭院觉深沉。曾听一莺吟。今夜却成容易，双莲步步摇金。
> 歌声暂驻，颦眉又去，无计重寻，应恨玉郎觱酒，教人守到更深。
> （第 2 册，第 1681 页）

以上三词，均书写歌妓之愁容。苏、周所作，均由眼波入手，然苏词自上片过渡至下片，以"凄""怨"承"愁"，抒情外露，因之末结虽企图称赏歌妓之音声如串珠，亦不庶予人"有我"① 太深之嫌。周词则以"敛双蛾"轻点，带出歌妓之"言语胜闻歌""会婆娑"，婉约中见欢情，自较超脱。至于李石之作，则是猜测歌妓颦眉之原因，应系埋怨"玉郎"沉湎于酒，未能怜香惜玉，叫人徒守空闱。此猜测未免一厢情愿，然对主人赵牧仲而言，已然给予十足颜面。而笔者观察两宋词人，写"欢容"之作品终究多于"愁容"，兹举例如次。

张先《庆春泽·与善歌者》：

> 艳色不须妆样。风韵好天真，画毫难上。花影滟金尊，酒泉生浪。镇欲留春，傍花为春唱。　　银塘玉宇空旷。冰齿映轻唇，蕊红新放。声宛转，疑随烟香悠扬。对暮林静，寥寥振清响。（第 1 册，第 98 页）

苏轼《减字木兰花·赠徐君猷三侍人：庆姬》：

> 天真雅丽。容态温柔心性慧。响亮歌喉。遏住行云翠不收。　　妙词佳曲。啭出新声能断续。重客多情。满劝金卮玉手擎。（第 1 册，第 416 页）

史浩（字直翁，1106～1194 年）《青玉案·为戴昌言歌姬作》：

> 年来减却风情大。百样收心待不作。恰恨仙翁停画舸。雪中把酒，美人频为，浅破樱桃颗。　　清歌谁许阳春和。悄不放、遥空片云过。惊落梁尘浑可可。一声啭处，故园春近，桃李还知幺。（第 2 册，第 1638 页）

袁去华（字宣卿，高宗绍兴十五年进士，生卒年不详）《思佳客·王宰席上赠歌姬》：

---

① 语出王国维《人间词话》（收录于唐圭璋《词话丛编》第 5 册，台北，新文丰出版公司，1988，第 4239 页）："有有我之境，有无我之境。'泪眼问花花不语，乱红飞过秋千去'，'可堪孤馆闭春寒，杜鹃声里斜阳暮'，有我之境也。'采菊东篱下，悠然见南山'，'寒波淡淡起，白鸟悠悠下'，无我之境也。有我之境，以我观物，故物皆着我之色彩。无我之境，以物观物，故不知何者为我，何者为物。古人为词，写有我之境者为多，然未始不能写无我之境，此在豪杰之士能自树立耳。"

把酒听歌始此回。流莺花底语徘徊。神仙也许人间见，腔调新翻辇下来。　　银烛炧，玉山颓。谁言弱水隔蓬莱。绝胜想象高唐赋，浪作行云行雨猜。（第 3 册，第 1949 页）

辛弃疾《如梦令·赠歌者》：

韵胜仙风缥缈。的皪娇波宜笑。串玉一声歌，占断多情风调。清妙。清妙。留住飞云多少。（第 3 册，第 2546 页）

以上五阕词，张先、苏轼居处北宋一统之时代，歌舞升平，自然可聆听"振清响""遏行云"①之妙歌，能欣赏"风韵天真""容态温柔心性慧"之歌妓；但仅存半壁江山之文人，如史浩、袁去华，以及立志"了却君王天下事，赢得生前身后名"（第 3 册，第 2502 页，调寄《破阵子》）之辛弃疾，亦不免写出聆赏清妙歌声之词句，上揭作品所谓"一声啭处，故园春近""腔调新翻辇下来""留住飞云多少"是也。斯可见其时文人生活之一斑，所谓"大德不逾闲，小德出入可也"②岂是之谓乎？

（二）歌妓弹唱之声容

两宋尚见兼擅弹、唱之歌妓，其声容亦恒被书写入词，如王之望（字瞻叔，？～1171 年）《惜分飞·别妓》：

要眇新声生宝柱。弹到离肠断处。细落檐花雨。夜阑清唱行云住。
洞府春长还易暮。凡客暂来终去。不忍回头觑。乱山流水桃溪路。
（第 2 册，第 1731 页）

辛弃疾《菩萨蛮·赠周国辅侍人》：

画楼影蘸清溪水。歌声响彻行云里。帘幕燕双双。绿杨低映窗。

---

① 典出《列子·汤问》（第 5 卷，台湾古籍出版社，1996，第 189 页）："声振林木，响遏行云。"
② 语出子夏，收录于（宋）朱熹集注《四书集注》第 10 卷，台北，世界书局，1972，第 133 页。

曲中特地误。要试周郎顾。醉里客魂消。春风大小乔。（第 3 册，第 2488 页）

韩玉（字温甫，生卒年不详）《减字木兰花·赠歌者》：

香檀素手。缓理新词来伴酒。音调凄凉。便是无情也断肠。　　莫歌杨柳。记得渭城朝雨后。客路茫茫。几度东风春草长。（第 3 册，第 2653 页）

赵福元（生平事迹不详）《鹧鸪天·赠歌妓》：

裙曳湘波六幅缣。风流体段总无嫌。歌翻檀口朱樱小，拍弄红牙玉笋纤。　　腔子里，字儿添。嘲撩风月性多般。忔憎声里金珠迸，惊起梁尘落无帘。①（第 4 册，第 3379 页）

以上四词，皆兼写弹、唱之声容。王之望所作，上片写歌妓擅弹奏，至断肠处，甚乃"细落檐花雨"②；夜阑转清唱，亦足响遏行云。然弹、歌纵好，亦难留"暂来终去"之客人，真两无奈矣！辛弃疾所作，系写周国辅（生平事迹不详）之两位家妓，既擅歌，又能弹；且以"曲有误，周郎顾"③之熟典切主人周氏，虽见巧妙，然声容之书写终觉不足。韩玉所填，亦属与歌妓离别之作；既写歌者弹、歌之凄凉，又写"客路茫茫"之无奈，颇有"人生底事，来往如梭"（苏轼《满庭芳》，第 1 册，页 278）之叹！赵福元所作，上片起两句，写此妓体段风流动人，后两句写歌、弹皆美，尽属泛叙。然下片一转，既具体写出随腔添字、嘲撩风月之歌声，复具体描述"忔憎声里金珠迸"之乐声，终以"惊起梁尘落舞帘"作结，真别出

① 《全宋词》于此下按云："'无'字误，圣译楼抄本《翰墨大全·诗余》作'舞'。"按：圣译楼为清李祖年（1869～1928 年）藏书楼。
② 此语系化用杜甫诗《醉时歌》（收于《全唐诗》第 7 册第 216 卷，第 2257 页）："清夜沉沉动春酌，灯前细雨檐花落。"该句意谓：动人之细腻歌声，足叫檐前雨映如花之烛灯渐减残光。
③ 典出陈寿《三国志·吴志·周瑜传》："瑜少精意于音乐，虽三爵之后，其有阙误，瑜必知之，知之必顾，故时人谣曰：'曲有误，周郎顾。'"（晋）陈寿撰、（宋）裴松之注《新校本三国志注附索引》第 2 册第 54 卷，台北，鼎文书局，1984，第 1265 页。

心裁，洵为个中最生动之声情书写！

（三）乐声之书写

在两宋词中，还发现针对歌妓弹奏之乐声予以书写之作品。虽未必直书歌妓，然此乐声出自歌妓，因之笔者乃于本小节附带论之，其例如次。苏轼《诉衷情·琵琶女》：

> 小莲初上琵琶弦。弹破碧云天。分明绣阁幽恨，都向曲中传。　　肤莹玉，鬓梳蝉。绮窗前，素娥今夜，故故随人，似斗婵娟。（第1册，第398页）

黄庭坚《忆帝京·赠弹琵琶妓》：

> 薄妆小靥闲情素。抱着琵琶凝伫。慢捻复轻拢，切切如私语。转拨割朱弦，一段惊沙去。　　万里嫁、乌孙公主。对易水、明妃不渡。泪粉行行，红颜片片，指下花落狂风雨。借问本师谁，敛拨当心住。（第1册，第508页）

晁补之《绿头鸭·韩师朴相公会上观佳妓轻盈弹琵琶》：

> 新秋近，晋公别馆开筵。喜清时、衔杯乐圣，未饶绿野堂边。绣屏深、丽人乍出，坐中雷雨起鹍弦。花暖间关，冰凝幽咽，宝钗摇动坠金钿。未弹了、昭君遗怨，四坐已凄然。西风里、香街驻马，嬉笑微传。　　算从来、司空惯，断肠初对云鬟。夜将阑、井梧下叶，砌蛩收响悄林蝉。赖得多愁，浔阳司马，当时不在绮筵前。竞叹赏、檀槽倚困，沈醉到觥船。芳春调、红英翠萼，重变新妍。（第1册，第735页）

以上三词，皆写妓弹奏琵琶之声容。苏轼之作，以"弹破碧云天"状声音之高亢，"分明"两句，运用杜甫《咏怀古迹五首》之三"群山万壑赴荆门，生长明妃尚有村。……千载琵琶作胡语，分明怨恨曲中论"[1] 之语

---

[1] （唐）杜甫：《咏怀古迹五首》，收于《全唐诗》第7册第230卷，第2510～2511页。

典，从虚处落笔写弹者之"幽恨"，堪称言简意赅。黄庭坚、晁补之所作，皆化用白居易《琵琶行》描写琵琶声情之文字，所谓"轻拢慢捻抹复挑，初为霓裳后六幺。大弦嘈嘈如急雨，小弦切切如私语。嘈嘈切切错杂弹，大珠小珠落玉盘。间关莺语花底滑，幽咽泉流水下滩。水泉冷涩弦凝绝，凝绝不通声暂歇。别有幽愁暗恨生，此时无声胜有声。银瓶乍破水浆迸，铁骑突出刀枪鸣。曲终收拨当心画，四弦一声如裂帛"① 是也。且皆用王昭君出塞，藉琵琶抒恨之典故②，以状琵琶之声情。然黄作以小令填制，文字精练，并以"一段惊沙去"过渡，转用明妃典，既奇特复圆活，"泪粉"以下，写乐器及弹奏者之声容，又以"敛拨当心住"陡结，真足以媲美白居易之作。反观晁补之，虽以慢词铺写于韩忠彦（字师朴，韩琦长子，1038~1109 年）席上听佳妓弹琵琶之音声，然自上片"花暖间关"，至下片"浔阳司马"云云，处处为白居易《琵琶行》所制约，殊少创意。

琵琶以外，尚见两宋词人书写其他器乐及歌妓之声容，并录供参考。苏轼《菩萨蛮·赠徐君猷笙妓》③：

　　碧纱微露纤摽玉。朱唇渐暖参差竹。越调变新声。龙吟彻骨清。
　　夜阑残酒醒。惟觉霜袍冷。不见敛眉人。胭脂觅旧痕。（第 1 册，第 391 页）

张孝祥（字安国，1133~1170 年）《菩萨蛮·赠筝妓》：

　　琢成红玉纤纤指。十三弦上调新水。一弄入云声。月明天更青。
　　匆匆莺语哢。待寓昭君怨。寄语莫重弹。有人愁倚栏。（第 3 册，第 2206 页）

---

① （唐）白居易：《琵琶行》，收于《全唐诗》第 13 册第 435 卷，第 4821~4822 页。
② 王昭君生平见《后汉书·南匈奴传》（百衲本"二十四史"）第 2 册第 79 卷，第 1342 页；王昭君马上弹奏琵琶之故事，见（晋）石崇《王昭君辞·序》（收于张溥编辑《汉魏六朝百三名家集》第 2 册，台北，文津出版社，1979，第 1518 页）："匈奴盛，请婚于汉，元帝诏以后宫良家女子明君配焉。昔公主嫁乌孙，令琵琶马上作乐，以慰其道路之思，其送明君，亦必尔也。"
③ 苏轼此作，《全宋词》并未附题，南宋傅幹《注坡词》（第 7 卷，北京图书馆出版社，2001，第 192 页）则有之。

刘清夫（字静甫，生卒年不详）《金菊对芙蓉·沙邑宰绾琴妓，用旧韵戏之》：

> 浅拂春山，慢横秋水，玉纤闲理丝桐。按清泠繁露，淡伫悲风。素弦瑶轸调新韵，颤翠翘、金篆芙蓉。叠韄重锁，轻挑慢摘，特地情浓。　　泛商刻羽无穷。似和鸣鸾凤，律应雌雄。问高山流水，此意谁同。个中只许知音听，有茂陵、车马雍容。画帘人静，琴心三叠，时倒金钟。（第 4 册，第 3434 页）

以上三词，虽兼写视觉与听觉，然后者分量尤重前者。苏轼之作，系写"笙"音如"龙吟彻骨清"，然吹笙之歌妓乃"敛眉人"，亦别有衷肠也。张孝祥之作，系写筝声既出，足叫"月明天更青"，复似莺语流啭，清脆入耳；洎乎弹弄《昭君怨》，则叫人断肠不已，显见筝声可抒欢情，亦可写哀情。刘清夫之作，堆栈不少前人书写各种乐器音声之典故，以状琴声，甚可怪也。如上片"清泠繁露"两句，出自王褒《洞箫赋》："朝露清泠而陨其侧兮，玉液浸润而承其根"[①]；下片"泛商刻羽"，出自宋玉《对楚王问》："引商刻羽，杂以流徵，国中属而和者不过数人而已。"[②] 亦见于苏轼《水龙吟》（楚山修竹如云）"嚼徵含宫，泛商流羽，一声云杪"[③]（第 1 册，第 277 页）；"问高山流水"句，用"伯牙鼓琴"故事[④]，以喻琴声之高妙；"有茂陵"句，用司马相如鼓琴挑动卓文君之故事[⑤]；"琴心"为曲名，见载于《列仙传》。[⑥] 如此繁富之用典，乃未见出自作者具体书写琴声之文字，斯为下矣！

---

① （汉）王褒：《洞箫赋》，收于《文选》第 2 册第 17 卷，第 782～790 页。

② （战国）宋玉：《对楚王问》，收于《文选》第 4 册第 45 卷，第 1999—2000 页。

③ 此词序云："咏笛材。公旧序云：时太守闾丘公显已致仕居姑苏，后房懿卿者，甚有才色，因赋此词。一云赠赵晦之。"见《全宋词》第 1 册，第 277 页。

④ 语出《列子·汤问》（见《列子》第 5 卷，第 191 页）："伯牙善鼓琴，钟子期善听。伯牙鼓琴，志在登高山，钟子期曰：'善哉！峨峨兮若泰山'；志在流水，钟子期曰：'善哉！洋洋兮若江河'。"

⑤ 典出司马迁《史记·司马相如传》（《史记》第 4 册 117 卷，台北，洪氏出版社，1974，第 3000 页）："相如之临邛，从车骑，雍容闲雅甚都。及饮卓氏，弄琴，文君窃从户窥之，心悦而好之，恐不得当也。既罢，相如乃使人重赐文君侍者通殷勤，文君夜亡奔相如。"

⑥ 语出（西汉）刘向《列仙传》（收录于《文津阁四库全书》子部第 352 册，卷上，第 628 页）："涓子者，齐人也。……其《琴心》三篇，有条理焉。"

四　关于歌妓之视觉与听觉交写

前两节析论歌妓之视觉、听觉时，部分举证不免涉及视、听觉之书写；唯明显有其侧重，故予判然区隔。本节所称视觉、听觉之交写，系指两觉于一阕词中，同时书写，分量均等，难以区隔，故特予以拈出，举例析论。如柳永《木兰花·四首之一》：

> 心娘自小能歌舞。举意动容皆济楚。解教天上念奴羞，不怕掌中飞燕妒。　玲珑绣扇花藏语。宛转香茵云衬步。王孙若拟赠千金，只在画楼东畔住。（第 1 册，第 43 页）

赵令畤（字德麟，1064～1134 年）《浣溪沙·刘平叔出家妓八人，绝艺，乞词赠之。脚绝、歌绝、琴绝、舞绝》：

> 稳小弓鞋三寸罗。歌唇清韵一樱多。灯前秀艳总横波。　指下鸣泉清杳渺，掌中回旋小婆娑。明朝归路奈情何。（第 1 册，第 638 页）

以上两词，均属视觉、听觉交写之作，且全词写作技巧，皆以一歌一舞之方式铺展。如柳词上片"解教天上念奴羞"句，以"念奴"[①]喻指歌妓声音之动听；"不怕掌中飞燕妒"，以"飞燕"[②]点出歌妓舞姿之曼妙。下片"玲珑绣扇花藏语"，先以带扇藏语写歌声；"宛转香茵云衬步"，后以香茵衬步写舞姿，手法与上片相同。赵词写刘光世（字平叔，1086～1142 年）家伎八人之绝艺，上片"稳小弓鞋三寸罗"句，写歌妓足轻舞妙；"歌唇清韵一樱多"句，写歌妓口小歌清；益以横波明眸，诚然楚楚可人。下片"指下鸣泉清杳渺"句，写琴音；"掌中回旋小婆娑"句，写舞姿，一句一

---

① 念奴，唐倡女名。元稹《连昌宫词》（见收于《全唐诗》第 12 册第 419 卷，第 4612～4613 页。）云："力士传呼觅念奴，念奴潜伴诸郎宿。"自注："念奴，天宝中名倡，善歌，每岁楼下酺宴，累日之后，万众喧隘，众乐为之罢奏。玄宗遣高力士大呼于楼上曰：'欲遣念奴唱歌，邠二十五郎吹小管，看人能听否？'未尝不悄然奉诏，其为当时所重如此。然而玄宗不欲夺狭游之盛，未尝置在宫禁。"

② 飞燕，即汉成帝后赵飞燕，其故事见《赵飞燕外传》。

景，切合序中所称"脚绝、歌绝、琴绝、舞绝"，洵为综合书写之代表作。又如贺铸（字方回，1052～1125 年）《艳声歌》（八首之一）[1]：

> 蜀锦尘香生袜罗。小婆娑。个侬无赖动人多。是横波。　　楼角云开风卷幕，月侵河。纤纤持酒艳声歌。奈情何。（第 1 册，第 648 页）

晁补之《菩萨蛮·代歌者怨》：

> 丝篁斗好莺羞巧。红檀微映燕脂小。当□敛双蛾。曲中幽恨多。
> 知君怜舞袖。舞要歌成就。独舞不成妍。因歌舞可怜。（第 1 册，第 744 页）

蒋捷（字胜欲，宋恭帝德祐年间进士，生卒年不详）《念奴娇·梦有奏方响而舞者》：

> 夜深清梦，到丛花深处，满襟冰雪。人在琼云方响乐，杳杳冲牙清绝。翠篁翔龙，金枞跃凤，不是龢宾铁。凄锵仙调，风敲珠树新折。
> 中有五色光开，参差帔影，对舞山香彻。雾阁云窗归去也，笑拥灵君旌节。六曲阑干，一声鹦鹉，霍地空花灭。梦回孤馆，秋笳霜外鸣咽。（第 5 册，第 4362 页）

以上三词，亦属视觉、听觉交写，然系采分片呈现之方式处理。贺词上片写舞，下片写歌，所谓"蜀锦尘香生袜罗，小婆娑""纤纤持酒艳声歌"是也。晁词上片写歌，下片写舞；并带出"独舞不成妍""因歌舞可怜"之观点，叙中有议，别出心裁。至于蒋捷所作，虽托之于梦，而云"梦有奏方响而舞者"，然岂非"少年听雨歌楼上，红烛昏罗帐"之写照？视为夫子自道可也。上片状写歌妓弹奏方响[2]之声音，既"清绝"复"凄锵"，恰似

---

[1] 此词题下注云"《太平时》七首（按：实有八首）"，兹从之。

[2] 方响，乐器名，本为钢制，为长方形十六片，以各片之厚薄分音之高下；排置一架，分为两行，皆斜倚之；用小槌击之而发声。（唐）苏鹗《杜阳杂编》（第 25 卷，台湾商务印书馆，1979，第 17 页）载："（唐文宗）大和九年，宫人沈阿翘……进白玉方响。"按：此后乃有玉制方响面世。

"风敲珠树新折";下片转写舞姿,纯属泛写,不如上片写乐音精彩,然"六曲阑干"以下,写"空花灭",写"梦回孤馆,秋筚霜外呜咽",则似"而今听雨僧庐下,鬓已星星也"之写照①,显亦宋室沦亡后之作品,诚然意在言外也。再如苏轼《浣溪沙·席上赠楚守田待问小鬟》②:

> 学画鸦儿正妙年。阳城下蔡困嫣然。凭君莫唱短因缘。　　雾帐吹笙香袅袅,霜庭按舞月娟娟。曲终红袖落双缠。(第 1 册,第 410 页)

管鉴(字明仲,孝宗淳熙三年,权知广州经略安抚史,生卒年不详)《桃源忆故人·郑德舆饯别元益,余亦预席。醉中诸姬索词,为赋一阕》:

> 寿芽初长香英嫩。拾翠芳洲春近。倩笑脸霞羞褪。真个都风韵。　　垂鬟小舞幺歌趁。莺语绿杨娇困。多少旧愁新恨。一醉浑消尽。
> (第 3 册,第 2032 页)

赵长卿《水龙吟·江楼席上,歌姬盼盼翠鬟侑樽,酒行,弹琵琶曲,舞梁州,醉语赠之》:

> 酒潮匀颊双眸溜。美映远山横秀。风流俊雅,娇痴体态,眼前稀有。莲步弯弯,移归拍里,凌波难偶。对仙源醉眼,玉纤笼巧,拨新声、鱼纹皱。　　我自多情多病,对人前、只推伤酒。瞒他不得,诗情懒倦,沉腰销瘦。多谢东君,殷勤知我,曲翻红袖。拼来朝又是,扶头不起,江楼知不。(第 3 册,第 2334 页)

---

① 宋遗民亡蒋捷尝填《虞美人》(《宋词》第 5 册,第 3444 页)词书写其亡国前后之心境,词云:"少年听雨歌楼上。红烛昏罗帐。壮年听雨客舟中。江阔云低断雁叫西风。而今听雨僧庐下。鬓已星星也。悲欢离合总无情。一任阶前点滴到天明。"

② 词题原作"赠楚守田待制小鬟",有数字之差,此盖《二妙集》版本。兹从南宋傅干《注坡词》(第 11 卷,第 302 页)。按:《东坡外制集》上卷,录有《知楚州田待问可淮南转运判官》,正作"田待问",故从之。实则待制,系等待诏命之谓,始创于唐太宗,宋因其制,于殿阁均设置此官。参俞鹿年编《中国官制大辞典》,黑龙江人民出版社,1992,第462 页。今考"田待问",为官楚州乃地方官吏,自不宜称"待制";称"待问",则有等待叩问之意,系对儒者之礼称,非官职。至于"田待问"为何人?(清)王文诰《和田仲宣见赠》(《苏文忠公诗编注集成》第 5 册第 24 卷,台湾学生书局,1987,第 2698 页)下按云:"田待问,字仲宣,时知楚州,公过楚州作也。"

以上三词，就写作技巧而言，系于半阕词中交写歌妓之歌、舞，另半阕则旁涉其他内容，与前面两类又不同。如苏词上片，先泛写楚州"田待问"小鬟，年妙动人，足以迷倒阳城、下蔡等楚州人士①；下片起两句，转写此妓善吹笙，复善舞蹈，交写听觉（吹笙）、嗅觉（香袅）、触觉（霜庭）、视觉（雾帐、按舞、月娟娟），诚然繁富多样。次如管词其末结附注云"寿、英、翠、倩，皆公家侍儿名"，是知该词上片纯以嵌字技巧，点出郑德舆（生卒事迹不详）家里四位歌妓之芳名与年纪、体态；下片起两句，始具体书写四妓之舞姿、歌声与言谈，足教人消醉解忧，斯亦视觉、听觉交写之例也。至于赵词，上片"酒潮"以下，至"眼前稀有"，纯属视觉书写，包含歌姬带酒潮之双颊、乌溜之明眸、秀美之眉毛、娇痴之体态等；而后书写其按拍移动之莲步，以及巧移纤手、颦眉巧拨琵琶之样态，兼视觉与听觉而有之，颇耐品味。然其下片转写迷醉此姬之心情，已然超越视、听觉，流露作者"志之所之"矣！

五　结语

关于歌妓之感官书写，宋词所见，实可包含视觉、听觉、触觉、嗅觉以及综合书写、身世书写等，内容极其丰富。然碍于篇幅，本论文仅处理视觉、听觉以及此两觉综合书写之作品。爰就析论所得，略作结语如次。

其一，就视觉书写言之，可分整体书写与局部书写两类。前者以书写歌、舞妓为主，兼及擅长箜篌、琵琶、笙、棋、画等艺妓；且多就歌妓之眼睛、体态、举止等，予以多角度书写；又有动态、静态之别。后者则以娇羞之体态、背立之身影以及曼妙之舞姿最常见，而以舞妓之特写最为动人。

其二，就听觉书写言之，两宋词人着墨最多者，厥为歌妓之声容，次为弹、唱之声容，又次为弹奏之乐音。此中，书写歌妓之"欢容"，尤多于"愁容"，斯可见当时文士听歌，以舒畅情怀为主。而弹、唱之声容，亦兼有悲、欢，唯难见侧重。至于乐音之书写，率为白居易《琵琶行》所制约，殊少创意。

---

① 宋玉《登徒子好色赋》（收于《文选》第 2 册第 19 卷，第 892～894 页）云："东家之子……嫣然一笑，惑阳城，迷下蔡。"按：苏轼此词，正用此典。而阳城、下蔡，乃战国楚地，此处用以代指楚州。

　　其三，就视觉、听觉交写言之，两宋词人所采取之书写策略凡三：一为全词以一歌一舞之方式铺展；一为上、下片分写歌、舞之方式呈现；一为侧重上片或下片，进行视、听觉交写。诚可谓变化多端，各呈巧妙，斯亦本论文撰写之一得也。

《和晏叔原小山乐府》探论

〔日〕萩原正树[*]

内容提要 次韵的手法，不光在诗，在词中也同样重要。词原本是歌谣文学，所以在宴席中多被歌唱，同席的人有作次韵词的，也有通过书翰互赠次韵词的情况。此外，出于对同时代人或对古人的敬慕之情而作的次韵词也有很多，比如，收录次韵词的词集有南宋陈三聘的《和石湖集》、方千里的《和清真词》和杨泽民的《和清真词》等。这种次韵词专集《和晏叔原小山乐府》，王兆鹏先生曾指出，这一书名见于《景定建康志》卷三十三中。《和晏叔原小山乐府》为佚书，至于其具体规模，不得而知；但据《景定建康志》所载"二百四十六版"可知，其书为具有相当规模的词集。那么，这本《和晏叔原小山乐府》中都收录了哪些人的哪些作品呢？本文将通过调查《全宋词》揭示有可能录入《和晏叔原小山乐府》的作品23首，并对此进行初步分析，就《和晏叔原小山乐府》的内容和背景进行若干考察。

关键词 晏几道 次韵 赵长卿 《和晏叔原小山乐府》

一

中唐以后，通过次韵同一时代文人或者古人的诗，表达社交的心情或

---

* 萩原正树，日本立命馆大学文学部教授。

尊崇之意的现象，屡见不鲜。同时代文人的次韵诗中，白居易和元稹的例子比较著名；而次韵古人诗的例子，则会立刻想到苏轼的《和陶诗》。

这种次韵的手法，和诗同样，在词中也非常重要。这点已经有相关研究进行了探讨①。词原本是歌谣文学，所以在宴席中多被歌妓歌唱，同席的人戏作或出于礼节作次韵词；也有离开音乐，通过书翰互赠次韵词的情况②。此外，出于对同时代人或对古人的敬慕之情而作的次韵词也有很多，甚至出现了收录次韵词的词集。南宋陈三聘的《和石湖词》、方千里的《和清真词》、杨泽民的《和清真词》，以及陈允平的《西麓继周集》即此例。《和石湖词》为陈三聘次韵同时代范成大的词集③，而两本《和清真词》和《西麓继周集》则收录了北宋周邦彦作品的次韵词。

次韵词的单行集，已知的仅有上述四书，但王兆鹏先生在近年的著作《宋代文学传播探源》（"武汉大学学术丛书"，武汉大学出版社，2013）中指出另有一书存在。

　　《景定建康志》卷三十三记载，建康存有书版"唐《花间集》一百七十七版"、"《和晏叔原小山乐府》二百四十六版"。《和晏叔原小山乐府》，久已失传，宋元人书目也未见著录。依《花间集》五百首小令占一百七十七版推算，二百四十六版的《和晏叔原小山乐府》约有七百首小令。数量相当可观。和晏几道一人之词达七百首之多，而且编成一集，这从一个侧面反映出晏几道词在当时的影响和受欢迎的程度。但不知这些词作是一人所和还是多人追和。

即南宋周应合编《景定建康志》卷三十三《书版》中见《和晏叔原小山乐府》这一书名，且所藏版木有二百四十六块。收录500首小令的《花间集》

---

① 巩本栋有专著《唱和诗词研究——以唐宋为中心》（中华书局，2013）。又可参照〔日〕内山精也的《苏轼次韵诗考》《苏轼次韵词考—诗词间に见られる异同を中心として—》（均收录于内山氏著《苏轼诗研究·宋代士大夫诗人の构造》东京，研文出版，2010）的两篇论文和刘华民《宋词次韵现象探讨》（《常熟理工学院学报》2006年第1期）等。
② 参照〔日〕村上哲见博士《诗と词のあいだ–苏东坡の场合》（《东方学》第35号，1968）。
③ 陈三聘的《和石湖词跋》（彊村丛书本《和石湖词》所收）有"一日，客怀诗词数十篇相示曰，此大参范公近所作也。三聘正容敛衽登受……既去，披吟累日，辄以芜言属韵，可笑其不自量矣，然使三聘获登龙门宾客之后尘，与闻黄锺大吕之重，平时之愿，至足于此。"陈三聘的生卒年不详，应该是和范成大同时期的人。

有"一百七十七版"，王兆鹏先生由此推测出《和晏叔原小山乐府》中收录词约 700 首，这是目前所知次韵词集中规模最大的①。

《和晏叔原小山乐府》为佚书，如王兆鹏先生所述，书中所收为一人之作，抑或为多人的唱和之作，则不得而知。再者，原本书中收录的作品，现阶段也无从得知。但是，现存的宋词几乎被囊括在唐圭璋所编的《全宋词》及其补编②中，因此通过仔细调查《全宋词》，就有可能寻得次韵晏几道的作品。

本文将通过调查《全宋词》所获得的晏词的次韵词，对此进行初步分析，同时就《和晏叔原小山乐府》的内容和背景进行若干考察。

二

《全宋词》中所见晏几道词的次韵之作有以下 23 首。先依次列出的是晏几道的原作，后列出的为次韵作品，并且每项都注明了《全宋词》的册数和页数。

1. 晏几道《临江仙》（第 1 册，第 221 页）

斗草阶前初见，穿针楼上曾逢。罗裙香露玉钗风。靓妆眉沁绿，羞脸粉生红。　　流水便随春远，行云终与谁同。酒醒长恨锦屏空。相寻梦里路，飞雨落花中。

（1）赵长卿《临江仙》（第 3 册，第 1811 页）

豫买一妾，稍慧，教之写东坡字。半年，又工唱东坡词。命名文卿。元约三年，文卿不忍舍主，厥母不容与议，坚索之去。今失于一

---

① 《和石湖词》《汲古阁钞宋金词七种》所收本及以此为底本的《全宋词》中包含残缺词二首，共 72 首（彊村丛书本《和石湖词》71 首），方千里《和清真词》93 首，杨泽民《和清真词》92 首，陈允平《西麓继周集》123 首（周邦彦的词集中包含不见原作的二首）。

② 本稿使用的是 1965 年 6 月由中华书局刊行的《全宋词》初印本。另孔凡礼辑《全宋词补辑》（中华书局，1981）也列入调查。

农夫，常常寄声，或片纸数字问讯。仙源有感，遂和其韵。①

破靥盈盈巧笑，举杯滟滟迎逢。慧心端有谢娘风。烛花香雾，娇困面微红。　　别恨彩笺虽寄，清歌浅酌难同。梦回楚馆雨云空。相思春暮，愁满绿芜中。

2. 晏几道《临江仙》（第 1 册，第 222 页）

身外闲愁空满，眼中欢事常稀。明年应赋送君诗。细从今夜数、相会几多时。　　浅酒欲邀谁劝，深情惟有君知。东溪春近好同归。柳垂江上影，梅谢雪中枝。

（2）赵长卿《临江仙》（第 3 册，第 1811 页）

夜坐更深，烛尽月明，饮兴未阑，再酌，命诸姬唱一词

夜久笙箫吹彻，更深星斗还稀。醉拈裙带写新诗。锁窗风露，烛灺月明时。　　水调悠扬声美，幽情彼此心知。古香烟断彩云归。满倾蕉叶，齐唱传花枝。

3. 晏几道《临江仙》（第 1 册，第 222 页）

旖旎仙花解语，轻盈春柳能眠。玉楼深处绮窗前。梦回芳草夜，歌罢落梅天。　　沉水浓熏绣被，流霞浅酌金船。绿娇红小正堪怜。莫如云易散，须似月频圆。

（3）赵长卿《临江仙》（第 3 册，第 1773 页）

暮春

春事犹余十日，吴蚕早已三眠。多情忍对落花前。酴醾飘暖雪，

---

① 基于这词序，也许文卿或是赵长卿误解《临江仙》词是苏东坡的作品。赵长卿有苏东坡词的次韵之作六首《虞美人（冰塘浅绿生芳草）》《诉衷情（檀心刻玉几千重）》《西江月（稳唱巧翻新曲）》《谒金门（今夜雨）》《南歌子（霜结凝寒夜）》《点绛唇（云雾山横）》，但是《诉衷情》是晏殊和苏轼的互见词，《点绛唇》是苏轼和秦观的互见词。

荷叶媚晴天。　　香淡无心浸酒，绿浮可意邀船。时光堪恨也堪怜。
单衣三月暮，歌扇一番圆。

4. 晏几道《临江仙》（第1册，第222页）

梦后楼台高锁，酒醒帘幕低垂。去年春恨却来时。落花人独立，
微雨燕双飞。　　记得小苹初见，两重心字罗衣。琵琶弦上说相思。
当时明月在，曾照彩云归。

（4）赵长卿《临江仙》（第3册，第1788页）

初夏
帘幕轻风洒洒，园林绿荫垂垂。楝花开遍麦秋时。雨深芳草渡，
蝴蝶正慵飞。　　憔悴三春心事，风流一弄金衣。韶光老尽起深思。
日长庭院里，徒倚听催归。

5. 晏几道《蝶恋花》（第1册，第223页）

卷絮风头寒欲尽。坠粉飘红，日日香成阵。新酒又添残酒困。今
春不减前春恨。　　蝶去莺飞无处问。隔水高楼，望断双鱼信。恼乱
层波横一寸。斜阳只与黄昏近。

（5）赵长卿《蝶恋花》（第3册，第1772页）

暮春
芍药开残春已尽。红浅香干，蝶子迷花阵。阵是清和人正困。行
云散后空留恨。　　小字金书频与问。意曲心诚，未必他能信。千结
柔肠愁寸寸。钿钗几日重相近。

6. 晏几道《蝶恋花》（第1册，第223页）

初捻霜纨生怅望。隔叶莺声，似学秦娥唱。午睡醒来慵一饷。双

纹翠簟铺寒浪。　　雨罢苹风吹碧涨。脉脉荷花，泪脸红相向。斜贴绿云新月上。弯环正是愁眉样。

（6）赵长卿《蝶恋花》（第 3 册，第 1809 页）

　　登楼晚望，闻歌声清婉而作此
　　闲上西楼供远望。一曲新声，巧媚谁家唱。独倚危栏听半晌。长江快泻澄无浪。　　清泪恰同春水涨。拭尽重流，触事如何向。不觉黄昏灯已上。旧愁还是新愁样。

7. 晏几道《蝶恋花》（第 1 册，第 223 页）

　　庭院碧苔红叶遍。金菊开时，已近重阳宴。日日露荷凋绿扇。粉塘烟水澄如练。　　试倚凉风醒酒面。雁字来时，恰向层楼见。几点护霜云影转。谁家芦管吹秋怨。

（7）赵长卿《蝶恋花》（第 3 册，第 1779 页）

　　春残
　　绿尽烧痕芳草遍。不暖不寒，切莫辜良宴。卷画屏风开羽扇。薄罗衫子仙衣练。　　晚雨小池添水面。戏跃赪鳞，又向波心见。持酒伊听声宛转。樽前唱彻昭阳怨。

8. 晏几道《蝶恋花》（第 1 册，第 223 页）

　　喜鹊桥成催凤驾。天为欢迟，乞与初凉夜。乞巧双蛾加意画。玉钩斜傍西南挂。　　分钿擘钗凉叶下。香袖凭肩，谁记当时话。路隔银河犹可借。世间离恨何年罢。

（8）赵长卿《蝶恋花》（第 3 册，第 1809 页）

　　天净姮娥初整驾。桂魄蟾辉，来趁清和夜。费尽丹青无计划。纤纤侧向疏桐挂。　　人在扶疏桐影下。耳畔轻轻，细说家常话。年少难留应不借。未歌先咽歌还罢。

9. 晏几道《蝶恋花》（第 1 册，第 223 页）

碧草池塘春又晚。小叶风娇，尚学娥妆浅。双燕来时还念远。珠帘绣户杨花满。　　绿柱频移弦易断。细看秦筝，正似人情短。一曲啼乌心绪乱。红颜暗与流年换。

(9) 赵长卿《蝶恋花》（第 3 册，第 1809 页）

宁都半岁归家，欲别去而意终不决也

叶底蜂衔催日晚。向晚匀妆，巧画宫眉浅。翠幕无风香自远。金船酌酒须教满。　　未说别离魂已断。雨幌云屏，只恐良宵短。心事不随飞絮乱。宦情肯把恩情换。

10. 晏几道《蝶恋花》（第 1 册，第 224 页）

碾玉钗头双凤小。倒晕工夫，画得宫眉巧。嫩曲罗裙胜碧草。鸳鸯绣字春衫好。　　三月露桃芳意早。细看花枝，人面争多少。水调声长歌未了。掌中杯尽东池晓。

(10) 赵长卿《蝶恋花》（第 3 册，第 1788 页）

初夏

乱叠青钱荷叶小。浓绿阴阴，学语雏莺巧。小树飞花芳径草。堆红衬碧于中好。　　梅子弄黄枝上早。春已归时，戏蝶游蜂少。细把新词才和了。鸡声已唤纱窗晓。

11. 晏几道《蝶恋花》（第 1 册，第 224 页）

醉别西楼醒不记。春梦秋云，聚散真容易。斜月半窗还少睡。画屏闲展吴山翠。　　衣上酒痕诗里字。点点行行，总是凄凉意。红烛自怜无好计。夜寒空替人垂泪。

(11) 赵长卿《蝶恋花》（第 3 册，第 1797 页）

深秋

一梦十年劳忆记。社燕宾鸿，来去何容易。宿酒半醒便午睡。芭
蕉叶映纱窗翠。　　衬粉泥书双合字。鸾凤鸳鸯，总是双双意。已作
吹箫长久计。鸳衾空有中宵泪。

12. 晏几道《鹧鸪天》（第 1 册，第 225 页）

彩袖殷勤捧玉钟。当年拼却醉颜红。舞低杨柳楼心月，歌尽桃花
扇影风。　　从别后，忆相逢。几回魂梦与君同。今宵剩把银釭照，
犹恐相逢是梦中。

(12) 赵长卿《鹧鸪天》（第 3 册，第 1809 页）

晨起，忽见大镜，睹物思人，有感而作
睡觉扶头听晓钟。隔帘花雾湿香红。翠摇钿砌梧桐影，暖透罗襦
芍药风。　　闲对影，记曾逢。画眉临镜霎时同。相思已有无穷恨，
忍见孤鸾宿镜中。

(13) 陈允平《思佳客》（第 5 册，第 3104 页）

用晏小山韵
一曲清歌酒一钟。舞裙摇曳石榴红。宝筝弦蠹冰蚕缕，珠箔香飘
水麝风。　　娇姹妊，笑迎逢。合欢罗带两心同。彩云不觉归来晚，
月转觚稜夜气中。

13. 晏几道《鹧鸪天》（第 1 册，第 225 页）

一醉醒来春又残。野棠梨雨泪阑干。玉笙声里鸾空怨。罗幕香中

燕未还。　　终易散，且长闲。莫教离恨损朱颜。谁堪共展鸳鸯锦，同过西楼此夜寒。

（14）赵长卿《鹧鸪天》（第 3 册，第 1810 页）

　　　月夜诸院饮酒行令
　　宝篆烟消香已残。婵娟月色浸栏干。歌喉不作寻常唱，酒令从他各自还。　　传杯手，莫教闲。醉红潮脸媚酡颜。相携共学骖鸾侣，却笑卢郎旧约寒。

（15）陈允平《思佳客》（第 5 册，第 3105 页）

　　锦帏沉沉宝篆残。惜春无语凭阑干。庭前芳草空惆怅，帘外飞花自往还。　　金屋静，玉箫闲。一尊芳酒驻红颜。东风落尽荼蘼雪，满院清香夜不寒。

14. 晏几道《鹧鸪天》（第 1 册，第 226 页）

　　守得莲开结伴游。约开萍叶上兰舟。来时浦口云随棹，采罢江边月满楼。　　花不语，水空流。年年拼得为花愁。明朝万一西风动，争向朱颜不耐秋。

（16）赵长卿《鹧鸪天》（第 3 册，第 1810 页）

　　暇日泛舟，游客有叹居士发白者。未竟，忽见临江倚楼人，因思向来有感作此
　　绿水澄江得胜游。浪平风软称轻舟。樽前我易伤前事，柳外人谁独倚楼。　　空感慨，惜风流。风流赢得谩多愁。愁多着甚销磨得，莫怪安仁鬓早秋。

15. 晏几道《鹧鸪天》（第 1 册，第 226 页）

　　斗鸭池南夜不归。酒阑纨扇有新诗。云随碧玉歌声转，雪绕红琼

舞袖回。　　今感旧，欲沾衣。可怜人似水东西。回头满眼凄凉事，
秋月春风岂得知。

（17）赵长卿《鹧鸪天》（第 3 册，第 1779 页）

　　咏燕
　　梁上双双海燕归。故人应不寄新诗。柳梧阴里高还下，帘幕中间
去复回。　　追盛事，忆乌衣。王家巷陌日沉西。兴亡无限惊心语，
说向时人总不知。

（18）陈允平《思佳客》（第 5 册，第 3105 页）

　　玉辔青骢去不归。锦中频织断肠诗。窗凭绣日莺声婉，帘卷香云
雁影回。　　金缕扇，碧罗衣。蝶魂飞度画阑西。花开花落春多少，
独有层楼双燕知。

16. 晏几道《鹧鸪天》（第 1 册，第 226 页）

　　题破香笺小研红。诗篇多寄旧相逢。西楼酒面垂垂雪，南苑春衫
细细风。　　花不尽，柳无穷。别来欢事少人同。凭谁问取归云信，
今在巫山第几峰。

（19）赵长卿《鹧鸪天》（第 3 册，第 1790 页）

　　初夏试生衣，而婉卿持素扇索词，因作此书于扇上
　　牙领番腾一线红。花儿新样喜相逢。薄纱衫子轻笼玉，削玉身材
瘦怯风。　　人易老，恨难穷。翠屏罗幌两心同。既无闲事萦怀抱，
莫把双蛾皱碧峰。

17. 晏几道《鹧鸪天》（第 1 册，第 226 页）

　　清颍尊前酒满衣。十年风月旧相知。凭谁细话当时事，肠断山长

水远诗。　　金凤阙，玉龙墀。看君来换锦袍时。姮娥已有殷勤约，留着蟾宫第一枝。

（20）赵长卿《鹧鸪天》（第3册，第1810页）

　　偶有鳞翼之便，书以寄文卿

　　一曲清歌金缕衣。巧佞心事有谁知。自从别后难相见，空解题红寄好诗。　　忆携手，过阶墀。月笼花影半明时。玉钗头上轻轻颤，摇落钗头豆蔻枝。

18. 晏几道《鹧鸪天》（第1册，第226页）

　　小令尊前见玉箫。银灯一曲太妖娆。歌中醉倒谁能恨，唱罢归来酒未消。　　春悄悄，夜迢迢。碧云天共楚宫遥。梦魂惯得无拘检，又踏杨花过谢桥。

（21）陈允平《思佳客》（第5册，第3105页）

　　曾约双琼品凤箫。玉台光映玉娇娆。银花烛冷飞罗暗，宝屑香融曲篆销。　　帘影乱，漏声迢。佩云清入楚天遥。题红未托相思约，明月空归第五桥。

19. 晏几道《清平乐》（第1册，第231页）

　　波纹碧皱。曲水清明后。折得疏梅香满袖。暗喜春红依旧。　　归来紫陌东头。金钗换酒消愁。柳影深深细路，花梢小小层楼。

（22）卢祖皋《清平乐》（第4册，第2406页）

　　玉肌春瘦。别凤离鸾后。柳外画船看翠袖。眼艳风流依旧。　　杏梁语燕绸缪。可堪前梦悠悠。几度欲成花雨，断云还过南楼。

20. 晏几道《玉楼春》（第 1 册，第 236 页）

雕鞍好为莺花住。占取东城南陌路。尽教春思乱如云，莫管世情轻似絮。　　古来多被虚名误。宁负虚名身莫负。劝君频入醉乡来，此是无愁无恨处。

（23）辛弃疾《玉楼春》（第 3 册，第 1964 页）

风前欲劝春光住。春在城南芳草路。未随流落水边花，且作飘零泥上絮。　　镜中已觉星星误。人不负春春自负。梦回人远许多愁，只在梨花风雨处。

以上可以确认的是，晏几道的 20 首原词共有 23 首次韵词①。（13）陈允平的《思佳客》词小序云"用晏小山韵"，由此可知此词确为晏词的次韵之作，而其他作品则没有标注有关次韵词的文字。但是，无论哪首作品，都用的是同样的词牌、同样的韵字和同样的顺序，因此这 23 首都应是晏几道的次韵词。

23 首次韵词按作者来分的话，赵长卿 17 首，陈允平 4 首，卢祖皋和辛弃疾各 1 首，其中赵长卿的次韵词占绝大多数。接下来将对作者及其次韵词进行探讨。

三

赵长卿，名师楝，字长卿，号仙源居士，宋之宗室，太祖赵匡胤的八

---

① 不像上述严密次韵但接近次韵的用韵词有如下二首。晏几道《清平乐》："留人不住。醉解兰舟去。一棹碧涛春水路。过尽晓莺啼处。　　渡头杨柳青青。枝枝叶叶离情。此后锦书休寄，画楼云雨无凭。"（第 1 册，第 231 页）朱敦儒《清平乐》："相留不住。又趁东风去。楼外夕阳芳草路。今夜短亭何处。　　杏花斜压阑干。朱帘不卷春寒。惆怅黄昏前后，离愁酒病厌厌。"（第 2 册，第 862 页）晏几道《浣溪沙》："绿柳藏乌静掩关。鸭炉香细琐窗闲。那回分袂月初残。　　惜别漫成良夜醉，解愁时有翠笺还。欲寻双叶寄情难。"（第 1 册，第 239 页）沈与求《浣溪沙》："花信催春入帝关。玉霙争腊去留间。不禁风力又吹残。　　客舍不眠清夜冷，紫愁一缕袅旃檀。空庭月落斗阑干。"（第 2 册，第 981 页）二首均为前阕的韵相一致，此次不列入次韵词。

世孙。生卒年不详，约北宋末至南宋初在世①。

赵长卿及其词，明毛晋云"不栖志纷华，独安心风雅，每遇花间莺外，辄觞咏自娱。……虽未敢与南唐二主相伯仲，方之徽宗，则迥出云霄矣。"（《宋六十名家词》之《〈惜香乐府〉跋》）称其置身于风雅之境而乐于讽咏，其作品虽不及南唐二主却远胜徽宗。又，《四库全书总目提要》"惜香乐府"条云："然长卿恬于仕进，觞咏自娱，随意成吟，多得淡远萧疏之致。"清冯煦《蒿庵论词》（顾学颉校点本，人民文学出版社，1959）云"坦菴介菴惜香皆宋氏宗室，所作并亦清雅可诵"，与毛晋的评价相差无几。概括起来即赵长卿是位宗室子弟，好尚风雅并作清雅之词的词人②，而这点又和被喻为"金陵王谢子弟"③的晏几道的境遇相类似。毛晋在《小山词》跋中云"晏氏父子具足追配李氏父子"，和《〈惜香乐府〉跋》同样，引李璟、李煜父子而论，绝非偶然。

又，（1）《临江仙》、（20）《鹧鸪天》的小序中出现名叫"文卿"的家妓，其他作品中也见数名妓女的名字④，这点和吟咏与妓女"莲、鸿、蘋、云"间的"悲欢离合"的晏几道的作品又异曲同工。若将长卿的（1）《临江仙》和（20）《鹧鸪天》置入晏几道的词集《小山词》中，估计很难区分得开。

赵长卿的词境整体与晏几道近似，但观其次韵词，则与原词的主题和意境多有不同。比如，7. 晏几道《蝶恋花》有"已近重阳宴"句，咏九月晚秋，而（7）赵长卿《蝶恋花》小序云"春残"，歌咏晚春至初夏时节。又，14. 晏几道《鹧鸪天》咏由夏至秋美丽莲花凋落的忧愁，而（16）赵长卿

---

① 参照赵润金《赵长卿世系考证》（《南华大学学报》第 13 卷，2012 年第 1 期）。赵长卿《鼓笛慢》词（第 3 册，1785 页）的小序云"甲申（南宋孝宗隆兴二年）五月"，由此推测亡于南宋隆兴二年（1164）以后。

② 如《四库全书总目提要》"惜香乐府"条中"卷六中叨叨令一阕，纯作俳体，已成北曲"所云，赵长卿也有大量使用如元散曲俗语的作品，但是次韵晏几道的作品中并未出现，因此不纳入本稿论述范围。关于赵长卿词中俗语的使用，请参照袁志成、周治满《论赵长卿词的艺术特色》（《怀化学院学报》第 25 卷，2006 年第 6 期），何春环《论宗室词人赵长卿俗词创作因缘与承传变异——兼与柳永、黄庭坚俗词比较》（《南昌大学学报》第 39 卷，2008 年第 4 期），房向莉、房日晰《赵长卿及其词作》（《西北大学学报》第 41 卷，2011 年第 5 期）等论文。

③ （南宋）王灼《碧鸡漫志》卷二《各家词短长》（岳珍《碧鸡漫志校正》，巴蜀书社，2000）中有"叔原如金陵王谢子弟，秀气胜韵，得之天然，将不可学"。

④ 《浣溪沙》（第 3 册，第 1778 页）小序有"小春"，《鹧鸪天》（第 3 册，第 1790 页）小序有"婉卿"，《醉蓬莱》（第 3 册，第 1793 页）小序有"才卿"，《水龙吟》（第 3 册，第 1805 页）小序有"盼盼"，《临江仙》（第 3 册，第 1810 页）小序有"梦云"之名。

《鹧鸪天》词虽然同样描写泛舟光景，如小序"游客有叹居士发白者"所云，实则描写对自己白发的感慨。又，15. 晏几道《鹧鸪天》以追忆过去和女性共度的时光为主题，[1] 而（17）赵长卿《鹧鸪天》则为咏燕的咏物词，内容不同。

正如巩本栋所指摘"从诗词唱和的角度看，唱和之作在题材和主题、手法和风格等方面，多趋于相同"[2]，一般唱和之作在题材和修辞等手法上相同或者类似的情况比较多，但赵长卿次韵晏几道词的作品，原词和唱和词之间并无太大的相似性。

这也适用于词的音律方面。比如，方千里的《和清真词》，《四库全书总目提要》云"邦彦妙解声律，为词家之冠。所制诸调，不独音之平仄宜遵，即仄字中上去入三音，亦不容相混。……故千里和词，字字奉为标准"，指出方千里的次韵词不仅平仄而且连平上去入的四声都是以周邦彦的词为准据的。据杨易霖《周词订律》[3]，《瑞龙吟》（一三三字体）除二字和《霜叶飞》（一一一字体）除三字后，均符合四声。以此考察，很难说赵长卿的次韵词是严格遵循四声的。现举 4. 晏几道《临江仙》和（4）赵长卿《临江仙》的例子如下。

4. 晏几道《临江仙》

　　去去平平平上　上平平入平平　去平平去入平平　入平平入平上去平平

　　梦后楼台高锁，酒醒帘幕低垂。去年春恨却来时。落花人独立，微雨燕双飞。

　　去入上平平去　上平平去平平　平平平去入平平　平平平入去平去上平平

---

[1]　晏几道《小山词》原序云："始时沈十二廉叔、陈十君龙家有莲、鸿、苹、云、品清讴娱客。每得一解，即以草授诸儿，吾三人持酒听之，为一笑乐而。已而君龙疾废卧家，廉叔下世，昔之狂篇醉句，遂与两家歌儿酒使俱流转于人间。……追惟往昔过从饮酒之人，或垅木已长，或病不偶。考其篇中所记悲欢合离之事，如幻如电，如昨梦前尘，但能掩卷抚然，感光阴之易迁，叹缘之无实也。"

[2]　巩本栋：《唱和诗词研究——以唐宋为中心》，"第十章　南宋词坛的复雅之风与三家〈和清真词〉"，第 237 页。

[3]　杨易霖：《周词订律》（香港，太平书局，1963）；原刊本为民国二十六（1937）年上海开明书店刊。

记得小苹初见，两重心字罗衣。琵琶弦上说相思。当时明月在，曾照彩云归。

（4）赵长卿《临江仙》

平入平平上上　平平入去平平　去平平去入平平　上平平上去
平入去平平

帘幕轻风洒洒，园林绿荫垂垂。楝花开遍麦秋时。雨深芳草渡，蝴蝶正慵飞。

平去平平平去　平平入去平平　平平上去上平平　入平平去上
上上去平平

憔悴三春心事，风流一弄金衣。韶光老尽起深思。日长庭院里，徙倚听催归。

　　虽然只是五十八字的小令，但是前阕十字，后阕十三字的四声却不同，次韵词的严密性终究不及方千里这点，可谓一目了然。

　　当然，这得归因于所使用的词牌以及周邦彦和晏几道音乐素养的不同。《瑞龙吟》和《霜叶飞》均为周邦彦的自度曲，是后世词家最为推崇的四声模板，而《临江仙》是五代两宋时期已经被广泛使用的词牌，因此不必非得依照晏几道词的四声来作词。周邦彦除《瑞龙吟》和《霜叶飞》之外还有多首自度曲①，如沈义父《乐府指迷》中所称"凡作词，当以清真为主。盖清真最为知音，且无一点市井气"，指出周邦彦精通音律。晏几道没有自度曲，清万树《词律》中列举了周邦彦的词45首，而晏几道的词则不及半数仅19首，作为模板词体的作者，晏几道并不受重视。因此，赵长卿并没有完全拘泥于晏几道的四声来作词。②

---

①　根据〔日〕村越贵代美《北宋末の词と雅词》（东京，庆应义塾大学出版会，2004）《南宋における周邦彦》所揭示的表Ⅱ"周邦彦が用いた词牌"，周邦彦创始的词牌上升到五十调。

②　如蔡嵩云在《柯亭词论》中所论及："词守四声，滥觞南宋。在北宋并无守四声之说。南宋发生此种词派，亦非无因。"（唐圭璋编《词话丛编》第五册，中华书局，2005年重印本），留意到四声差异是在南宋以后，这样一来的话，北宋末至南宋初的赵长卿可能还没有遵四声的意识。

如上所述，赵长卿的次韵词无论从内容方面还是音律方面，都与原作晏几道词保留了一定距离的。

四

接下来探讨一下陈允平的 4 首次韵词。

陈允平的次韵词都是唱和晏几道《鹧鸪天》的词作，陈允平题为《思佳客》。《词律》卷八《鹧鸪天》云"又名思佳客"，则《思佳客》为《鹧鸪天》的别名。

首先就 12. 晏几道《鹧鸪天》和（13）陈允平《思佳客》进行比较。（13）陈允平的《思佳客》，如前文所述，是 23 首当中唯一注明"用晏小山韵"的次韵作品。

晏几道的《鹧鸪天》是描写和美丽的妓女分别与再相会的词，也是屡屡出现在词话和词选中的名作。前阕描写身着华服的妓女斟酒、轻歌曼舞的场景。后阕描写和梦寐以求的女性终于得以再次相会，反而怀疑自己是在梦中①。陈允平的《思佳客》词前阕描写酒席上妓女的歌唱、衣装、精美的乐器和芳香，后阕描写和妓女的重逢及夜里的欢娱。可知此词是对应晏几道的原词内容而作的。陈允平的词中没有出现晏几道词后阕中两度使用的"梦"字，因此再度相逢似乎并不是在长期别离而是短期别离后（或者刚刚别离后），且陈词缺乏晏几道词的深邃和余韵，但是，仍然可以说是蹈袭原词主题而作的。

13. 晏几道的《鹧鸪天》和（15）陈允平的《思佳客》也是原词和次韵词对应较好的例子。晏几道的《鹧鸪天》中描写晚春季节，有位女性或者男性满怀离恨，独自一人度过漫漫长夜的情景。陈允平的《思佳客》，前阕所表现的主人公似乎是女性，同样描写室内独自一人度过的场景。后阕中将晏词的"莫教离恨损朱颜""同过西楼此夜寒"两句的意思，用"一尊芳酒驻红颜""满院清香夜不寒"相反的词意句表现出来，由此可见其功夫之一斑。晏词感叹眼看离恨折损芳姿，却无人同眠鸳鸯锦被，共度寒春之夜；陈允平则写饮酒半酣，春风吹落荼蘼，花飘如雪，庭院中溢满清香，

---

① 比如，张草纫《二晏词笺注》（上海古籍出版社，2008）解释为前后阕中诉说的人均为女性，此处不采此说。

夜亦不寒。即其所咏之意完全与晏几道词相反，也正因为如此，反而衬托出独自一人度过春宵的寂寥。在此处并没有沿袭原词的意境，而是通过相反的意思和变化来进行表现。

对于陈允平和周邦彦的词，巩本栋云"陈允平学清真词，则于声律、字句、结构等皆效原作，大致比较匀称，和作温婉、雅丽、平正、与《日湖渔唱》的风格差别不大"①，这说陈允平经常仿效周邦彦的原作。而陈允平次韵晏几道的词，又何尝不是如此。

在声律方面，陈允平似乎并未着重于晏几道的作品。现将 12. 晏几道《鹧鸪天》和（13）陈允平《思佳客》的四声对照做如下揭示。

12. 晏几道《鹧鸪天》

　　上去平平上入平　平平平入去平平　上平平上平平入　平上平平
去上平

　　彩袖殷勤捧玉钟。当年拼却醉颜红。舞低杨柳楼心月，歌尽桃花扇影风。

　　平入去　入平平　上平平去上平平　平平去上平平去　平去平平
去去平

　　从别后，忆相逢。几回魂梦与君同。今宵剩把银釭照，犹恐相逢是梦中。

（13）陈允平《思佳客》

　　入入平平上入平　上平平去入平平　上平平入平平上　平入平平
上去平

　　一曲清歌酒一钟。舞裙摇曳石榴红。宝筝弦蠹冰蚕缕，珠箔香飘水麝风。

---

① 巩本栋：《唱和诗词研究——以唐宋为中心》第十章《南宋词坛的复雅之风与三家〈和清真词〉》，第 241 页；杜丽萍《论南宋"和清真词"现象——以方千里、杨泽民、陈允平为核心》（《兰州学刊》2012 年第 1 期所收）也说："陈允平是对周邦彦词精髓领会最深刻的词人。陈允平的和词往往能够抓住周邦彦词的精髓，对周邦彦词的主题和情绪都把握得比较准确，在揣摩周词整体风格的基础上加以模仿，颇为神似周词原作。"

平去去　去平平　入平平去上平平　上平入入平平上　入上平平
去去平

娇娅妮，笑迎逢。合欢罗带两心同。彩云不觉归来晚，月转舳舻
夜气中。

前阕有十处、后阕有九处四声不一致的地方，可见其不及周邦彦词对
四声的严密性。①

陈允平生活在南宋末期，同样存在于南宋末的《和晏叔原小山乐府》
中是否揭载其作品呢？

关于陈允平的生平，详见桂珊《陈允平生平考》（《郑州师范教育》第
1卷，2012年第2期）。据此可知陈允平的生年上限为南宋宁宗嘉定十一年
（1218），卒年为元成宗元贞年间（1295～1296），即《景定建康志》成书的
景定二年（1261）陈允平年逾四十，离去世有三十余年的岁月。如此一来，
《景定建康志》所记载的《和晏叔原小山乐府》一书中收录陈允平作品的可
能性就相当小了。陈允平的四首作品皆为次韵晏几道的词，但在没有确凿
证据的情况下，现阶段只能认为没有被收录到《和晏叔原小山乐府》中。

如下再来简单探讨一下卢祖皋和辛弃疾的次韵词。

卢祖皋的《清平乐》，虽然前阕第一句和后阕第一、二句的韵字有异，但
看作次韵词作也无可厚非。晏几道的《清平乐》描写春到的喜悦和游览光景
及"金钗换酒消愁"的豪奢酒宴，而卢祖皋的作品则描写分别之后的男女在
春季再次相逢的场面及之后的样子。两词的主题不同，但都以美好的春天为
背景。晏词着重于风景；卢词着重于人物及叙事，甚至给人留下卢祖皋书写
晏词续编的印象。卢祖皋的作品取径于唐五代小令，更觉其词风接近晏几道。

20. 晏几道的《玉楼春》和（23）辛弃疾的《玉楼春》皆于前阕抒惜
春之情。后阕中，晏词厌倦多误于虚名的人生，自言自语般想进入无愁亦
无恨的"醉乡"。这首词也可以认为是晏几道袒露自己情绪的作品，旨趣不
同于其他作品。② 辛弃疾的后阕则描写镜里照朱颜的女性，感伤年华随春无

---

① 杜丽萍在《论南宋"和清真词"现象——以方千里、杨泽民、陈允平为核心》中，就方千
里、杨泽民、陈允平对周词四声的遵守程度说"方千里胜过陈允平，陈允平又胜过杨泽民"。

② 王双启《晏几道词新释辑评》（《历代名家词新释辑评丛书》，中国书店，2007）中就此词
说："此词是晏几道直抒胸臆之作，袒露了他的心绪与情感，《小山集》中类似的作品不
多，故而值得重视。"

情逝去，自己仍孤独一人，泪流不止如遭遇风雨的梨花般。后阕的主题虽然不同，但都从惜春之情说起，二词又各自进行拓展，趣味深长，特别是还可以领略到辛弃疾词风的广阔多样。

五

如上所述，对晏几道词的次韵，在内容和音乐方面都忠实于晏几道原作的作品较少，甚至可以认为偏离原作的作品居多，但无论如何都是晏词的次韵作，这点毋庸置疑。除陈允平的 4 首次韵词外，其他的 19 首很有可能收录于《和晏叔原小山乐府》中。

虽说上述词偏离原作，但既然使用了次韵的手法，那么就可以确定的是作者对原作是有某种认知存在的。

赵长卿和其他词人次韵晏几道的词，到底是出于何种原因呢？收录约 700 首词作的大型作品集《和晏叔原小山乐府》是否有过编辑和刊行呢？

以方千里、赵长卿、陈允平唱和周邦彦的词为背景，南宋时词的雅化和尊崇周邦彦之风这点已有数家进行了指摘。[1] 晏几道和周邦彦同样，也有词作受到好评如潮的时期。这点在南宋的各种词话中都可以得到确认。[2] 在此举两个晏几道的名字被咏进词作中的例子。

李太古《南歌子》（第 5 册，第 3557 页）

月下秦淮海，花前晏小山。二仙仙去几时还。留得月魂花魄，在人间。　　河汉流旌节，天风袅珮环。满空香雾湿云鬟。何处一声横笛，杏花寒。

胡于《鹧鸪天》（孔凡礼《全宋词补辑》，第 97 页）

---

① 比如，〔日〕村上哲见在《宋词研究·唐五代北宋篇》"第五章　周美成词论"中有所指摘，巩本栋在《唱和诗词研究——以唐宋为中心》"第十章南宋词坛的复雅之风与三家〈和清真词〉"中详细论及。又，杜丽萍在《论南宋"和清真词"现象——以方千里、杨泽民、陈允平为核心》一文之"'和清真词'现象的文化解析""'和清真词'看'和韵词'的创作心态"二节中关于"和韵词"的创作心理举了"学习的心态""推崇周邦彦的心态""文人逞才使气的心态"三点。

② 例如，王灼《碧鸡漫志》和《直斋书录解题》卷二十一（徐小蛮、顾美华校点，上海古籍出版社，1987）中有"其词在诸名胜中，独可追逼花间，高处或过之"。

　　袅袅薰风响珮环。广寒仙子跨清鸾。谁教瑞世仪周闲，自赋多才
继小山。铃阁静，画堂闲。衮衣象服镇团栾。年年此日称觞处，留待
菖蒲驻玉颜。①

　　李太古的《南歌子》词中，将晏几道与秦观并列，云"二仙仙去几时
还。留得月魂花魄，在人间"，将二人比作仙人，高度评价他们因其词而留
"月魂花魄"在人间。胡于的《鹧鸪天》词，前阕末有"自赋多才继小山"
句，称赞晏几道为"多才"人物。李太古和胡于两人的传记不详，关于李
太古，《全宋词》小传中云"太古，古艺人"，似为艺人。如此的话就可以
认为《南歌子》的歌词曾在听众前被歌唱过，而"晏小山"之名和其文学
评价也有可能广为人知。

　　南宋时，对晏几道的评价颇高，应该是其文学符合当时的好尚。和晏
几道同时代的黄庭坚评其词"可谓狎邪之大雅，豪士之鼓吹，其合者高唐
洛神之流，其下者岂减桃叶团扇哉"（《小山词序》），言晏词为花街柳巷之
"大雅"，即使非得意之作也不逊于"桃叶""团扇"。清陈廷焯在《白雨斋
词话》卷一中云"诗三百篇，大旨归于无邪。北宋晏小山工于言情，出元
献、文忠之右"；又，卷七云"李后主、晏叔原皆非词中正声，而其词则无
人不爱，以其情胜也。情不深而为词，虽雅不韵何足感人"②，称道其词之
"情"深胜于他人。"虽雅不韵，何足感人"，已经将"雅"作为前提，在
此基础之上如果没有以深情作支撑的"韵"（调）的话，就不能打动人心。
又，陈廷焯在《词坛丛话》中云"北宋之晏叔原，南宋之刘改之，一以韵
胜，一以气胜，别于清真、白石外，自成大家"③。晏几道胜在"韵"，其调
别于周邦彦和姜夔，可谓独成大家。

　　上述陈廷焯为清末人，估计南宋时人们也多对晏几道作品之不同于周
邦彦的"雅"，所抒发的感情之深挚和词的高格调进行了评价。

　　晏几道的词作中蕴含了北宋的"太平"，南宋人读其词时怀念之感会油

---

① 胡于的这首作品又被当作金元好问的作品揭载在唐圭璋编《全金元词》上册（中华书局，
　　2000，第133页）中。词的内容如下："袅袅香风响佩环。广寒仙子跨青鸾。谁教瑞世仪仪周
　　国，天赋多才继小山。铃阁静，画堂闲。衮衣象服□团圆。年年此日称觞处，留得菖蒲驻
　　玉颜。"
② 唐圭璋编《词话丛编》第4册，第3782、3952页。
③ 唐圭璋编《词话丛编》第4册，第3724页。

然而生吧。晏词中呈现一派"太平"气象这点，和晏同时代的晁端礼在《鹧鸪天》词的小序中就已经指出："晏叔原近作《鹧鸪天》曲，歌咏太平，辄拟之为十篇。野人久去辇毂，不得目睹盛事，姑诵所闻万一而已"。（第1册，第437页）

　　晏几道词的高评价应该和次韵集《和晏叔原小山乐府》的编纂相关联。即便如此，《和晏叔原小山乐府》所收约700首中，作为收录作的候补，从《全宋词》中仅搜得19首，数目实在过于稀少。时至今日，随着时间的流逝很多作品都散佚了，让人不胜惋惜。

郑珍诗作之现代性

〔加〕施吉瑞 著 王 立 译*

内容提要 郑珍（1806～1864 年）是晚清贵州籍著名诗人，清代宋诗派的代表人物；他影响了贵州沙滩诗人群体，也对清末文学、科技和思想的发展有重要影响。本文通过对郑珍诗歌的解析，揭示郑珍思想中显著的现代性。他的现代性表现积极和消极的两面性，积极性表现为实事求是的理性主义、对个人的强调、包容性的思维、对女性的同情、对科学的利用等；消极性表现为强烈的内疚和焦虑感、疏离和迷茫、思想上的危机感，等等。这些思想在他的诗作中都有清晰的表达。

关键词 郑珍 宋诗派 沙滩群体 现代性

一 早期的思想根源

郑珍和 19 世纪前的那些中华帝国末期的士人没有区别。和他们一样，郑珍将大量的时间和精力投注于科考与对古代经典的研读中。虽然他从未获得任何官职，但他在官学中任教并能积攒足够的钱修建宅院，在花园中建藏书楼以存放他收藏的多幅明清文人的珍贵字画。虽然郑珍和前代文人

---

* 施吉瑞，加拿大不列颠哥伦比亚大学亚洲系教授；王立，马来西亚大学文学博士。

有很多共同之处，但他已逐渐具备了后来传递给他的朋友和弟子的现代性的思维——从中可窥见郑珍与其他文人的区别。本文主要讨论郑珍思想中的"光明面"和"阴暗面"，即对其思想的"积极性"和"消极性"的研究。郑珍思想中的"光明面"和"阴暗面"几乎同样重要，而在诗作和少量文章中偶然凸显的两种思想的交融，对21世纪的读者而言，使其作品更具魅力。

先来检视郑珍思想中的"光明面"。郑珍的生活和文学创作受到多人影响。因此，按照大致的时间顺序来讨论郑珍所受到的影响，不失为一个理解他思想的"光明面"的便捷途径。郑珍的父母是他最早的老师，他们给他的初始教育决定了儒家理论是他最根本思想的组成部分。郑珍父亲大概寄希望于郑珍通过科举考试来光宗耀祖，所以从很早开始就教授郑珍儒家经典。尽管如此，郑珍的父亲还鼓励他阅读非儒家典籍，如《山海经》，这些体验给孩童时的郑珍带来巨大的影响。同时，郑珍的父亲自己不能算一个标准儒生，他是看病的郎中，闲暇之余总是种花、垂钓以及与朋友小酌。不过郑珍父亲在这方面的不足却被郑珍的母亲所弥补——郑珍的母亲从各方面都符合儒家所推崇的慈母典范，家境不富裕，她就起早贪黑地劳作，照顾家人，毫不放松对孩子的教育。她力主儿子"必勤必正"，要求他"孝弟长厚"，按照圣人的标准来教育他，但她也具备一些有别于传统女性的思想，如下文所述，她的思想中亦有来源于其他方面的观念。

郑珍大多数时候也是标准的儒生。他是父母的孝子，照顾弟弟和表兄弟们；是慈爱的父亲，他花费了大量精力教育独子郑知同。他孜孜不倦地学习，先是希望能通过科考获得官职，这样就能实现自己的主张并帮助平民百姓；在求仕路无望后，他成了一名优秀的老师，为19世纪中叶的贵州培养出一批思想杰出的人才。

除了父母的教诲之外，郑珍对思想世界的探索主要得益于他的第一位先生及他在湘川书院的短暂经历。在湘川书院里，他不仅学习如何写八股文章，还有机会阅读了大量历史书籍。此外，黎氏家族也让郑珍获益匪浅。黎安理对郑珍的指导时间很短，因为老人回到沙滩后不久就辞世了。故而，即使郑珍非常敬仰黎安理，但郑珍真能从黎安理那里学到他及前人擅长的八股文章也值得怀疑。因此，这段时期对郑珍影响最大的是他的舅父、未来的岳父、黎安理的儿子黎恂。

　　黎恂曾教导郑珍学习韩愈的诗文和宋代大思想家的作品。韩愈对郑珍诗风的影响比较大。虽然韩愈也是思想家，但宋代思想家对郑珍思想的影响更深。郑珍在一首诗中（1849）描摹出自己的理想世界，他写到理想居所的西邻是北宋新儒家邵雍和程氏兄弟。而郑珍最敬重的是这些思想家的后继者南宋的朱熹，在早年研读过关于朱熹的碑文后，他就曾作诗句（1828）"恭读晦翁书"。[①] 后来随着时间的推移，郑珍对朱熹的尊崇不断加重，在此后的一首描绘镇远附近壮观石洞的诗作（1850）中，能更清晰地见出郑珍对朱熹的极度尊崇。在描写了千奇百态的岩石（蹲蟆颐、蜂房、千橹篷）后，郑珍总结道：

　　　　凭高发深喟，永怀云谷翁。[②]

　　尽管郑珍在注释中说明了这个洞和朱熹在历史上的关联——明朝时地方官员曾在洞里的庙中为朱熹设祭，而设祭的庙到郑珍时期已残破，但那些不了解郑珍对朱熹是如何尊崇的读者很难领会郑珍在石洞中奇幻般的游历以及与宋代理性主义者朱熹的关联。

　　遗憾的是，郑珍没有留下关于宋代新儒家研究的文字，但他的儿子说"先子晚年于道益深"，而且他的父亲曾私下对他说过"朱子一生精力尽在四书集注，根抵尽在近思录，[③] 吾五十已后，看二书道理，历历在目前滚过"。[④] 郑珍原本打算 60 岁时完成汉学研究，然后将余生投入宋学研究，他甚至为宋学研究作品取了书名——《危语》，但他从未开始这项研究，因此亦无只言片语留下来。不管怎样，郑珍的人生观、世界观的构建从朱熹的著作中汲取了诸多养分，虽然汉学派否定朱熹的形而上学，郑珍却接受了

---

① 郑珍著、龙先绪注释《巢经巢诗钞注释》第一卷《游石鼓书院次昌黎合江亭元韵》，三秦出版社，2002，第 22 页；郑珍著、白敦仁笺注《巢经巢诗钞笺注》第一卷《游石鼓书院次昌黎合江亭元韵》巴蜀书社，1996，第 41 页。

② 朱熹又号云谷老人。郑珍著、龙先绪注释《巢经巢诗钞注释》第九卷《北洞》，第 367 页；郑珍著、白敦仁笺注《巢经巢诗钞笺注》第九卷《北洞》，第 730 页。

③ "四书"包括《论语》《孟子》及《礼记》中抽出来的两章《大学》《中庸》。《近思录》的英译本是 *Reflections on Things at Hand*（朱熹编，Win-Tsit Chan 译）。

④ 郑知同：《敕授文林郎徵君显考子尹府君行述》，第 708 ~ 709 页。

朱熹所主张的世界是由不灭的理和理所统治物质的气组成的观点。①

二　汉学思想

接下来对郑珍思想发展产生重大影响的是莫与俦。莫与俦是最早将郑珍带入汉学研究领域之人。由于其后不久郑珍就结识了程恩泽，程恩泽对郑珍的汉学研究也有影响，故我们将此两人一起讨论。② 莫与俦是阮元的弟子，阮元是 19 世纪汉学的主要推进者，程恩泽和阮元也有关联——程氏的老师凌廷堪也是阮元一个儿子的老师。

虽然郑珍在此之前并不知道汉学，但从此以后，汉学深深地影响了郑珍的学习和行为。③ 汉学形成于 17 世纪末，当时的学者们意识到对儒家经典的许多评注都被唐代、宋代学者及明代新儒家们掺杂了大量的道教和佛教观点。清代早期很多学者认为，对经典的篡改导致了宋代国势被削弱，并部分地导致了明朝的灭亡和满族的轻易入关；所以他们主张应该恢复儒家经典的本来面目。由此，这些学者拒绝接受汉代以后对儒家经典的修改，他们认为汉代的注释尚未被儒家之外的那些传统浸染、最接近儒家经典的本貌。④ 这就是此一学术派别名为"汉学"的缘故。

郑珍特别敬重东汉两位著名的学者——遍注经典的郑玄和编写了中国第一部字典的许慎。这部字典对理解经典中字意大有裨益。郑珍被郑玄所

---

① 从郑珍写给他的舅父和岳父黎恂的悼文中可见。郑珍并非对朱熹的观点全盘接受，甚至在他第一首谈到朱熹的诗中即质疑其对人欲的反对，朱熹主张"明天理灭人欲"。参见朱熹《朱子语类》，vol. 1，20.389。朱熹主张"勿为婴儿之状，而有大人之志"，即人必须压抑婴儿般的愿望才能成为真正的新儒家。郑珍则在诗中表明"丈夫宁不然？谁能拔寒饿？……安即脱婴状，岩栖振癯情"。换言之，一个来自富裕家庭的人也许能按照朱熹的标准生存，但大多数穷人还是会有对食物和居所有所需求的。参见郑珍著、龙先绪注释《巢经巢诗钞注释》第一卷《游石鼓书院次昌黎合江亭元韵》，第 22 页；郑珍著、白敦仁笺注《巢经巢诗钞笺注》第一卷《游石鼓书院次昌黎合江亭元韵》，第 41 页。关于朱熹的语句，参见同书郑珍的原注。像郑珍这样对朱熹关于人欲的观点进行质疑的学者很多，一个最典型的例证就是袁枚。参见 Schmidt, *Harmony Garden: The Life, Literary Criticism, and Poetry of Yuan Mei*, Routledge, 2003, pp. 59 –60。
② 关于郑珍在汉学中地位的探讨，参见陈奇《郑珍与汉学》，《贵阳师院学报》1985 年第 1 期，第 25 ~ 30 页。
③ 参见陈奇《郑珍与汉学》，《贵阳师院学报》1985 年第 1 期，第 25 ~ 30 页。西方学界关于汉学最完善的研究是 Elman, "From Philosophy to Philology: intellectual and social aspects of change in late imperial china," *Council on East Asian Studies*, Cambridge: Harvard Univ. , 1984。
④ 参见 Elman, " From Philosophy to Philology, " pp. 2 –6。

深深吸引，编写了关于郑玄和他弟子的研究著作。他在 1852 年为郑玄的诞辰举行了纪念活动，并赋诗：

> 洪惟高密公，译圣窬千代。如从圣人手，亲授所以裁。六学文数万，一字不可杀。历宋渐阴雾，迄明乃昏昧。

如今惨淡的局势发生变化：

> 国朝复天明，绝学邈无对。①

郑珍对许慎的崇拜无与伦比，郑珍那首描绘其理想居所的诗篇中不仅提及要与新儒家比邻，而且写到东邻是许慎和另一位东汉学者、注释《左传》的贾逵（30 ~ 101 年）。

对郑珍及其同时代学者而言，顾炎武和阎若璩是清代汉学运动中的两位英雄。在 1834 年写给好友张琚的诗中，郑珍描述了这两位学者之前的学界情形：

> 世儒谈六经，孔子手删正。安知口所读，皆属康成定。念昔诸大师，鞠躬守残剩。微公集厥成，吾道何由径。众流汇北海，乃洗秦灰净。② 师法千年来，儒者各涵泳。未闻道学名，自见忠孝竟。程朱应运生，力能剖其孕。格致岂冥悟，祖周宾郊郑。③ 俗士不读书，取便谈性命。开卷不识字，何缘见孔孟。颓波见前明，儒号多佛性。及时了稽古，小悟非大醒。绝学与皇朝，谈经一何盛。顾阎实开宗，醇博亦莫更。后起复宏畅，贾孔妒且敬。④

---

① 郑珍著、龙先绪注释《巢经巢诗钞注释》第一卷《七月初五家康成公生日》，第 391 页；郑珍著、白敦仁笺注《巢经巢诗钞笺注》第一卷《七月初五家康成公生日》，第 773 页。

② 指秦始皇焚书坑儒。

③ 龙先绪注释本中，此处不是"郊"，而是"效"。

④ 贾是指唐代学者贾公彦（650 ~ 655 年间活跃），以注释《周易》《仪礼》著名；孔颖达（574 ~ 648 年），孔子第 32 代孙，以注经著名。郑珍著、龙先绪注释《巢经巢诗钞注释》第二卷《招张子佩琚》，第 87 页；郑珍著、白敦仁笺注《巢经巢诗钞笺注》第二卷《招张子佩琚》，第 160 页。

从诗中可见清人对宋明思想的典型评论，即宋明学者扭曲了许多儒学的基本思想，接受了一些与儒学根本无关的佛学观点。这股风气直到清初顾炎武和阎若璩提出回归汉代宗师、着眼于经典本身时，才被遏制。

郑珍是三代不仕清的黎家人的姻亲，郑家先祖中也没有在清代为官者，而顾炎武抗清失败后拒绝出仕，因此对郑珍而言，顾炎武是位颇具吸引力的思想家。顾炎武亦为程恩泽的宋诗派的许多成员所尊崇——何绍基和祁寯藻的幕僚张穆（1805～1849 年）于 1843 年为其设立的位于北京南城报国寺附近的祠堂非常有名。[1] 19 世纪的尊顾之风也许有暗藏于民间的抗清思想的推波助澜，更重要的兴起原因是郑珍及宋诗派成员对顾炎武的推崇，因为顾炎武是恢复儒家经典旧貌的汉学运动的基本研究方法——"实事求是"的主要提出者。为了扫清笼罩于经典之上的宋明形而上学的空想推测，顾炎武引入考据或考证的方法，即在仔细收集材料数据后，公正地推论、归纳，以期获得经典文献的原初本意。顾氏的方法与现代西方科学的研究方法相类，致使有些学者以为教会所翻译的、在中国广泛传播的西方科学和数学书籍影响到了顾氏的治学思想，但这样的影响其实很难证实，而且宋诗派的成员也许会指出，早在宋代既有类似的治学思想，不过没有在清代学者中普及而已。[2]

阎若璩在郑珍诗作中出现的频率虽然没有顾炎武那么高，但由上述所引的诗中可见，郑珍对阎氏亦相当推崇。阎氏的生平不类顾氏般跌宕起伏，虽然阎若璩一心想从仕，却始终未通过乡试，也没有通过 1679 年的博学鸿儒科，因此他未获官位，像郑珍一样终生致力于文本研究。仕途虽不畅，但阎若璩的研究对清代学术有重要贡献，特别是他指出《古文尚书》这本被传布千年并作为科考必读的著作是伪作。此一研究结果震惊了与阎氏同时代的学者，并引发了对古代史料文献的普遍质疑，这样的质疑类似于欧洲 19 世纪兴起的"圣经的高等批评"。

顾炎武和阎若璩之后不久，汉学分成几个地方派别。了解郑珍对这些

---

[1]　关于张穆的生平参见 Arthur W. Hummel, *Eminent Chinese of the Ch'ing Period*, 1644 - 1912, vol. 1, Global Oriental, 2010, pp. 47 -48。张穆以其对蒙古地区的研究而著名。何绍基非常重视这座祠堂，以至于他常在其诗作中提到，甚至在他途赴贵州任乡试考官时还写了长诗与祠堂作别。参见何绍基《东洲草堂诗钞》卷一《别顾先生祠》，学识斋，1868，第 231 ～232 页。

[2]　关于受西方影响的讨论参见〔日〕官崎市定《四书考证学》，第 379 ～387 页及 Elman, *From Philosophy to Philology*, pp. 47 -48。

学派的观点对揭示郑珍及其所在的宋诗派对中国现代性的形成所起的重要作用大有助益。1835年郑珍最后一次和程恩泽会面时，程恩泽强烈地建议他学习惠士奇（1671~1741年）及其子惠栋（1697~1758年）和大学者王念孙（1744~1832年）及其子王引之（1766~1834年）的著作。① 惠士奇和惠栋是汉学苏州学派（吴派）的奠基者，郑珍虽然遵从老师的意见阅读了他们的著作，但他对他们的著作不置可否。郑珍不喜欢惠氏研究的原因也许是他们死死揪住郑玄对经典的注释不放，而且他们亦与非本派别的学者格格不入，这些都与本书绪论中提到的郑珍现代性中的积极一面——开放性思维——背道而驰。②

郑珍虽然从未将自己归入汉学某派，但他可能对安徽省的徽州派（即安徽学派或者皖派）更加钟情，徽州派当时的代表学者是王念孙和王引之。郑珍似乎认为徽州派得到顾炎武和阎若璩的真传，所以在诗作中夸赞顾氏和阎氏对汉学的贡献后，他写道：

近来经韵翁，照古有全镜。帝遣明六书，③ 群硕莫敢诤。更得庐王辈，④ 精识邈乎夐。⑤

诗中赞扬的训诂学家是以《说文解字注》闻名于世的段玉裁（1735~1815年），段氏的著作收录于《经韵楼丛书》，而《说文解字注》对郑珍的小学研究影响巨大。⑥ 诗中所指的王氏当然是王念孙和王引之，郑珍尤其对

① 黄万机：《郑珍评传》，巴蜀书社，1989，第37~38页。关于惠士奇、惠栋、王念孙、王引之的传记，分别参见 Arthur W. Hummel, *Eminent Chinese of the Ch'ing Period*, 1644 - 1912, pp. 356 - 357，357 - 358，829 - 831，841 - 842。亦可参见 Elman, *Classicism, Politics, and Kinship: the Ch'ang-chou school of new text Confucianism in late imperial China* (Berkeley: University of California Press, 1990, pp. 103 - 104) 关于惠氏父子的介绍。王引之曾担任过贵州乡试的考官。
② 黄万机：《郑珍评传》，第219页；Elman, *Classicism, Politics, and Kinship*, pp. 6 - 8。
③ "六书"是指中国文字的六种构造方法。
④ 卢文弨（1717~1796年）严格地说并不算徽州派，但他以注经著名。他的传略参见 Arthur W. Hummel, *Eminent Chinese of the Ch'ing Period*, 1644 - 1912, pp. 549 - 550。
⑤ 郑珍著、龙先绪注释《巢经巢诗钞注释》第二卷《招张子佩琚》，第87页，；郑珍著、白敦仁笺注《巢经巢诗钞笺注》第二卷《招张子佩琚》，第160页。
⑥ 关于段玉裁的传略参见 Arthur W. Hummel, *Eminent Chinese of the Ch'ing Period*, 1644 - 1912, pp. 728 - 784。关于段玉裁对郑珍的影响，参见郑知同《敕授文林郎徵君显考子尹府君行述》，第705页。

王念孙的十章《广雅疏证》印象深刻。《广雅疏证》是对公元 3 世纪前的字典《广雅》的研究，最后一章是由王引之在其父去世后完成的。① 在为老师莫与俦庆贺 76 岁生日的诗篇（1838）中，郑珍写道"恨我不见王怀祖"，王怀祖即王念孙。在另一首写给程恩泽的诗作中，他说自从 1834 年王引之离世后，北京城便没什么值得交谈的人了。②

　　郑珍对徽州派的创始人戴震也非常敬仰，戴震是段玉裁和王念孙的老师。郑珍在其诗作中描述，阎若璩那些"前茅"去世后，戴震"持中权"。③ 甚至在其视力衰退后，郑珍仍不能放弃对戴震作品的研读：

　　　　初冬记读东原集，灯下尤能细字清。自过一回庐大戴，④ 遂为六月左丘明。⑤

三　常州派

　　郑珍所推崇的汉学大家中，明显缺少了常州派。常州派的成员在 19 世纪末的洋务运动中发挥了重要作用。⑥ 此派别和汉学中的大多数派别不同，常州派重视今文经。今文经是从秦朝焚书之后再次流传至汉初的经典，因用当时流行的隶书抄写而得名。今文和流行于周末、秦朝的古文（主要是小篆）书写形式完全不同。而很多经典都是在那个时代完成的。西汉思想

① 参见《敕授文林郎徽君显考子尹府君行述》一文郑知同的注释。
② 郑珍著、龙先绪注释《巢经巢诗钞注释》第五卷《郡教授独山莫犹人与俦先生七十六寿诗》，第 185 页；郑珍著、白敦仁笺注《巢经巢诗钞笺注》第五卷《郡教授独山莫犹人与俦先生七十六寿诗》，第 353 页。郑珍著、龙先绪注释《巢经巢诗钞注释》第二卷《王个峰言某家有说文》，第 484 页；郑珍著、白敦仁笺注《巢经巢诗钞笺注》第二卷《王个峰言某家有说文》，第 997 页。
③ 郑珍著、龙先绪注释《巢经巢诗钞注释》第四卷《乡举与燕上中丞贺耦耕长龄先生》，第 152 页；郑珍著、白敦仁笺注《巢经巢诗钞笺注》第四卷《乡举与燕上中丞贺耦耕长龄先生》，第 290 页。
④ 庐辩活跃于 6 世纪，为汉代集成的《大戴礼记》做注释。
⑤ 郑珍著、龙先绪注释《巢经巢诗钞注释》第七卷《自去年九月目渐失明》，第 238 页；郑珍著、白敦仁笺注《巢经巢诗钞笺注》第七卷《自去年九月目渐失明》，第 501 页。左丘明被认为是《左传》的作者；根据司马迁的记述，左丘明失明后，写了另一部著名的历史著作《国语》。参见班固《汉书》第六卷二"司马迁传"三二《报任少卿书》。
⑥ 西方汉学界关于常州派的代表性研究，参见 Elman, *Classicism, Politics, and Kinship*。

家董仲舒（公元前 179～前 104 年）构建起他的新儒学殿堂，并借由今文经形成汉代时的正统思想。

公元前 2 世纪中叶，在山东曲阜孔庙建筑的夹壁中发现了用小篆写的儒家经典。由于这些用古文写成的经典被认为更接近周朝时的原貌，它们由此取代了今文版本。郑珍最崇拜的郑玄是古文经典的主要推动者之一。那时也有以大儒何休（129～182 年）为主的反对者。郑玄和何休争论的一个主要焦点是古文《左传》和今文《公羊传》，哪个对《春秋》解释得更为贴切。据传《春秋》是由孔子所著的关于他祖国鲁国的历史著作。杰出的东汉学者贾逵认为《左传》修正了很多对《春秋》的误读，并以此传授弟子，何休写下《春秋公羊解诂》反驳贾逵，并以《公羊传》为正统。郑玄在狱中读完此书后非常失望，特意写了三篇文章反驳何休的结论。最终，郑玄的观点被广大学者接受，一直到 18 世纪，《左传》都被认为是《春秋》的正解，在科举考试中具有举足轻重的作用。

庄存与（1719～1788 年）由于再次攻击《左传》的正统地位，试图将《公羊传》立为正宗而被认为是常州派的创始人。不过在郑珍所处的时代之前，常州派最有影响力的人物是刘逢禄，[①] 他因质疑《左传》这部中国最有名的经典是为《春秋》做注释并撰写《左氏春秋考证》而著名在郑珍所处的时代，龚自珍是常州派最著名的代表人物。龚自珍跟随外祖父段玉裁学习小学，直接从刘逢禄那里获得常州派的真传。彼时常州派另一位重要人物是现今以地理研究特别是以其海外地理研究专著《海国图志》著称的魏源。魏源与刘逢禄、龚自珍都是密友。[②] 常州派借由 1898 年未遂的百日维新的主要领导者康有为、梁启超的推动而在清末声名显赫。

常州派和汉学其他派别的主要区别不仅在对经典的文字解释上，还在对孔子的评价上；其他派别视孔子为老师，而常州派认可的《公羊传》似乎支持西汉对孔子的评价，认为其是先知、改革者，是素王。[③] 因此，常州

---

① Elman, *Classicism*, *Politics*, *and Kinship*, pp. 249 - 250；Arthur W. Hummel, *Eminent Chinese of the Ch'ing Period*, 1644 - 1912, pp. 206 - 208；关于刘逢禄，参见 Elman, *Classicism*, *Politics*, *and Kinship*, pp. 214 - 256；Arthur W. Hummel, *Eminent Chinese of the Ch'ing Period*, 1644 - 1912, pp. 518 - 520。

② 关于魏源地理研究及其思想的代表性研究著作是 Jane Kate Leonard, *Wei Yuan and China's Rediscovery of the Maritime World*, Cambridge, Mass, and London：Harvard University Press, 1984；魏源亦是位优秀的诗人。

③ Elman, *Classicism*, *Politics*, *and Kinship*, p. xxvii.

派学者往往积极于政治改革，在郑珍时代，龚自珍就运用诗文作为工具推动亟待发生的变革。[①] 龚自珍的政治思想虽然在他生前毫无影响，但其辞世几十年后，这位常州派中积极的政治改革家成了康有为革新运动的启迪者之一。[②]

郑珍无论在诗作或文章中都从未提及常州派的成员——无论过去的还是和他同时代的。他肯定受到他老师程恩泽的影响，程恩泽从未涉及常州派；另外，也有可能是因为读过阮元编写的清代经学集大成《皇清经解》——这部巨著中亦未将常州派学者纳入其中。程恩泽和阮元从未因自己的偏好而敌视常州派。程恩泽在北京结识了不少常州派成员，包括刘逢禄和龚自珍，阮元和刘逢禄关系不错，刘逢禄鼓励阮元重印《十三经注疏》这一古代学术集成的皇皇巨制，并为阮元校订《皇清经解》。刘逢禄还让阮元出版了包括他自己 7 本书在内的一些常州学派的最新著作。[③] 阮元后来似乎也接受了一些刘氏著作中肯定《公羊传》的观点，并追随汉代今文经大师何休将他在广州建立的学堂命名为"学海堂"。何休因为博学而被称为"学海"。阮元亦敬重孔子后裔、亲近常州派的孔广森（1752～1786 年）的学问，称读过孔氏的注释后"始知圣智之所安在"。[④] 总之，郑珍所在的宋诗派的重要成员与公羊派学者的亲密友谊，并不意味着宋诗派接受了公羊派关于经典的那些观点，只是表明他们都具有学术上的包容性，而这种包容性在沙滩群体中尤为突出。

郑珍的作品中避而不谈龚自珍情有可原，因为龚自珍的诗文在郑珍的时代尚未广泛传布。虽然龚自珍的作品在北京已以手抄本的形式流传，但第一部印刷本是作者于 1823 年自行刊印的仅有三章的文集，而龚氏较完整

---

① 关于龚自珍的改革思想参见下文。

② 笔者认为大多数中国思想史中关于常州派对康有为的改革思想的影响，都有过度强调之嫌。

③ 关于程恩泽与刘逢禄、龚自珍的交游，参见 Elman, *Classicism, Politics, and Kinship*, p. 221；关于阮元与刘逢禄的友谊，参见 Elman, *Classicism, Politics, and Kinship*, p. 219 – 221。龚自珍在为阮元的编年自传所写的序中记述了与阮元的关系，参见龚自珍《龚自珍全集》集三（后面标注此书卷次时为"第一册、第十册等"，不一致，请核实）《阮尚书年谱第一序》，中华书局，1959，第 225～226 页。龚自珍也曾给宋诗派的何绍基写过一封友善的短信，参见龚自珍《龚自珍全集》集三《与何子贞书》，第 355 页。

④ 关于孔广森的传略，参见 Arthur W. Hummel, *Eminent Chinese of the Ch'ing Period*, 1644 – 1912, p. 434；赵尔巽《清史稿》第四册第八卷一，"列传二六八"，"儒林二"，第 13209 页。

的印刷版诗文集直到 1860 年代郑珍辞世前不久才出版。[①] 由于 19 世纪末康有为和梁启超的鼓吹，以及过去 50 年中国和西方所记载的中国现代史，常州派在郑珍时代所起的作用被误解了。有些学者如阮元可能被刘逢禄的一些观点说服，但对于他们及绝大多数的同时代学者而言，常州派都属于非主流。虽然常州派在 19 世纪末和 20 世纪头十年叱咤风云，但其所主张的以《公羊传》来正解儒家经典并不为今天的中国学者接受。[②]

最后我们要再次强调，虽然郑珍似乎和徽州派学者如戴震及其追随者有更多的共同点，但他并不认为自己属于汉学或宋学中哪一个特别的派别，他对所有的书都如饥似渴地阅读。其子郑知同说父亲希望"汇汉宋为一数"，郑珍曾对儿子说：

> 尊德性而不道问学，此元明以来程朱末流高谈性理，坐入空疏之弊；明于形下之器，而不明于形上之道，此近世学者矜名考据，规规物事，陷溺滞重之弊，其失一也。程朱未始不精许郑之学，许郑亦未始不明程朱之理。奈何歧视为殊途，偏执之害，后学所当深戒。[③]

因此，郑珍虽然对许多汉学学者评价甚高，可他从未放弃对被彼时大多数中国人奉为人生和宇宙指导的儒家经典正确理解的追求。汉学是实现这一愿望的有力工具，但它并不完善，需要其他杰出的研究成果来补充——特别是程氏兄弟和朱熹的著作。汉学对于郑珍现代性的发展的最大作用，不在于它的不同派别所强调的那些差别，而在于向学者们反复灌输科学、合

---

① 参见樊克政《龚自珍年谱考略》，商务印书馆，2004，第 236、647~648、673~674 页。魏源曾于 1842 年编辑了一部二十四卷本的诗文集并为之序，但似乎从未刊印。参见樊克政《龚自珍年谱考略》，第 646 页。国家图书馆的电子书目列出大量的 1821 年以后的龚自珍作品的不同卷版，有一些是手抄本，但笔者从未见过。最全的版本直到 19 世纪 60 年代郑珍去世前才出版，参见 http://www.nlc.gov.cn/。

② Burton Watson 对《公羊传》有寥寥数语的介绍。参见 Waston, *Early Chinese Literature*, Columbia University Press, 1962, pp. 39 – 40。与此潮流大为不同的研究著作是蒋庆的《公羊学引论》（辽宁教育出版社，1995），该书详尽记述了公羊派的研究进程，并将公羊派视作现代政治变革的典范。但该书也仅重点描述了公羊派学术的政治影响，并未详细说明《公羊传》如何能阐释其他经典。关于心性儒学或政治儒学这一公羊派和其他儒家学派区别的初步探讨，参见蒋庆《公羊学引论》，第 1~21 页。在该书序言中，蒋庆的朋友提及《公羊传》在当代中国学界非常小众；参见蒋庆《公羊学引论》，序言，第 1~4 页。

③ 郑知同：《敕授文林郎徵君显考子尹府君行述》，第 708 页。

理的研究方法。这些研究方法是清代恢复经典运动之必需，也是郭嵩焘等19世纪学者解决现代问题的方法。而解决现代问题，就更需要朱熹的反省和自律思想为指导。中国思想的这两方面既是宋诗派又是晚清革新者的根本。曾国藩是这两方面最强有力的综合者，他救清朝于危难之中并开启中华帝国实现工业化的进程。

四　政治与贫穷

我们谈了不少郑珍的学术和思想倾向，但仍未涉及儒家学者最核心的思想之一——政治思想。郑珍科举未中致使其几乎不能对他那个时代的政治生活造成任何影响，但如果我们想了解沙滩群体对中国早期现代性的贡献，以及为何他们受到曾国藩洋务运动的热忱欢迎，则需要讨论郑珍的政治理想。

尽管郑珍不能采取什么政治行动，对社会的影响也仅能通过其教学、写作及个人典范来实现，但他和绝大多数儒生一样，认为学习知识的唯一目的就是付诸实践，或者正如他在写给莫友芝的弟弟莫庭芝的信中说的那样：

> 大抵吾辈读书，求知难，能行更难。然必能行得一分，始算得真知一分。①

知和行的关系已经争论了数个世纪，不过郑珍在这里似乎奉行的是明代思想家王守仁提出的知行合一。王守仁对贵州的知识分子影响甚重。②

儒家学者经常强调要保障和改进平民的生活，孔子曾对他的弟子端木赐（子贡，B. C. 520 ~ B. C. 450?）说，充足的食物比军队更重要，而比充足的食物更重要的是"民信之矣"。③ 郑珍写道：

---

① 郑珍：《巢经巢文集》第二卷《与莫芷生书》，中央民族大学出版社，2013，第45页。《巢经巢文集》中用了"知"的异体字。莫庭芝字芷生；这封信是写给莫庭芝的。

② 关于王守仁的思想和相关文献介绍参见 Wing-Tist Chan（陈荣捷），*A Source Book in Chinese Philosophy*，Princeton University Press，1969，pp. 654 – 691。

③ 《论语》，《颜渊》，23. 12. 7。

饥寒乱之本也，饱暖治之原也。故衣食自古圣人之所尽心也。[1]

虽然历朝历代的皇帝也多信奉这些教义，但显而易见，统治者对百姓生活的改进远远不够，正如郑珍早年诗中（1832）所写[2]：

晚望

向晚古原上，悠然太古春。碧云收去鸟，翠稻出行人。水色秋前静，山容雨后新。独怜溪左右，十室九家贫。[3]

诗的开端描绘出一片古代诗人常赞颂的和平景象——人们随意在碧绿的稻田中穿行，河水静静地流淌。但是一定有什么特别失误之处，因为大量的百姓生活困顿，而如果朝廷在风调雨顺时期都不能保障人民的生活，那到了灾荒年间又会如何？

由于隔绝、多山，清朝时贵州属于经济不发达地区，但三年后（1835），郑珍跟随他的舅舅黎恂去北京时，他发现即使湖北这样地势平缓、土壤肥沃的省份，其情况也好不了多少。河边的人们靠捕鱼根本不足以为生，在河流水位低时，他们要用渔网做"篱笆"围出临时的土地以耕种。不幸的是，这些对他们生活至关重要的"耕地"的命运完全依赖河面的变化，往往在庄稼未收获时即被河水冲走。在名为《奇观》的记述这样用渔网围起来的田地诗末（1835，2），郑珍写道：

不愁网破篱无补，但惧水反鱼游圃。此时篱倒蔬亦无，顿顿餐鱼奈何许。[4]

---

[1] 郑珍：《巢经巢文集》第一卷，"自叙"，第217页。

[2] 关于郑珍批评清廷令百姓生活困顿的情况请参见曾祥铣《民生疾苦——郑珍诗歌的聚焦点》，《贵州文史丛刊》1994年第6期，第83~85页；龙飞《试论郑珍关心民生疾苦的诗歌》，《和田师范专科学校学报》2008年第2期，第110~111页。

[3] 郑珍著、龙先绪注释《巢经巢诗钞注释》第二卷，第64页；郑珍著、白敦仁笺注《巢经巢诗钞笺注》第二卷，第117页；刘大特：《宋诗派同光体诗选译》，巴蜀书社，1997，第37页。

[4] 郑珍著、龙先绪注释《巢经巢诗钞注释》第三卷《网篱行》，第105页；郑珍著、白敦仁笺注《巢经巢诗钞笺注》第三卷《网篱行》，第200页。

九年后（1843），当郑珍故地重游时，他发现局面更糟糕了：

> 今来不复一家在，城门出入惟乌鸢。

交通系统也被严重破坏，无人修复被洪水冲毁的主要干线。在郑珍要离开这片荒芜之地时，他发现仍有人居住，一位当地的农民告诉他这些年的惨状。拥有大片平原稻田和丰富的劳动力的公安本应是片富庶之地，但"平田若席人烟稠，红菱双冠稻两熟"在当时已不复存在。20 年来，长江年年泛滥，最近一次洪灾时，"间殚为江大波吼，北风三日更不休"，可怜老人的儿女和衰弱老妻都被洪水冲走。如今无人有钱买种子和耕田，老人只能用手刨地种了些灾后仍存活的菜蔬来维持生存，他希望他的这块田地不要再被洪水冲毁。地方官府不但没有给他任何帮助，而且逼迫他缴纳捐税。他非常清楚这些洪灾都是由于无能的地方官军没有和专家咨询，不懂如何能修堤坝保护这片富饶的土壤所致。诗末郑珍责问，对于这位农民不幸的命运，"谁欤职恤此方者？"[1]

贵州由于群山环绕，农田不会被洪水冲走，但局面也一年年恶化。到1835 年，许多人被迫迁移走，郑珍在一首诗中描写了他们的惨状（1835，3）：

> 最有移民可怜愍，十十五五相携持。涕垂入口不得拭，齿牙噤瘮
> 风战肌。壮男忍负头上女，少妇就乳担中儿。老翁病妪呻且走，欲至
> 他国知何时。

百姓生活如此艰难，必然波及商业：

> 行商早宿释荷担，野店闭门无所为。

但地方官员生活腐化：

> 尔守尔令宁见此，深堂密室方垂帏。羊羔酒香紫驼熟，房中美人

---

[1] 郑珍著、龙先绪注释《巢经巢诗钞注释》第六卷《江边老叟诗》，第 254 页；郑珍著、白敦仁笺注《巢经巢诗钞笺注》第六卷《江边老叟诗》，497 页；刘大特：《宋诗派同光体诗选译》，第 71 页。

争献姿。盐絮尖叉自矜饰，亲谀幕赞纷淋漓。

无论富商还是官员都对眼前的局面无动于衷，无人伸手去救助那些可怜人。

情况一直在恶化，而商人和官府却在不断敛财，郑珍对此非常愤慨。在一首写于 1843 年四川之旅的诗中，郑珍给予最强烈的鞭挞：

> 三代井法废，大利贵贾魁。肥痈享厚息，锦绣挥舆僮。生人十而九，无田可耕栽。力恶不出身，令力致无阶。每每好身手，饿僵还裸埋。试令去此险，一钱谁乞哉？拔彼一牛毛，活我万叟孩。

郑珍自己也很穷困，所以他可能较先前的中国诗人更能理解社会底层民众的艰辛，对这样的困境被忽视尤不能容忍。

郑珍最杰出的反映民间疾苦的诗作写于他临终前那四年，彼时腐败的吏治和频繁的起义导致贵州民众的生活趋于赤贫。[1] 在其中一些作品中，郑珍描绘出官府和官兵如何将遵义地区的百姓逼入绝境：

经哀死（1860）

> 虎卒未去虎隶来，催纳捐欠声如雷。雷声不住哭声起，走报其翁已经死。长官切齿目怒瞋，吾不要命只要银。若图作鬼即宽减，恐此一县无生人。促呼捉子来，且舆杖一百。陷父不义罪何极，欲解父悬速足百。鸣呼，北城卖屋虫出户，西城又报缮三五。[2]

这些官吏只在乎租税和劳役，根本别指望他们能有任何同情心，儒家精神已经丧失殆尽。

这以后没多久，郑珍就经历了他自己极端不幸的晚年。很快，他的邻居们都已经"近鬼"，百姓"人相食"以弃尸果腹，而官员们则：

---

[1]　关于这一时期郑珍诗作的研究文章主要有龙光沛《从郑珍哀望民的诗看清朝的没落》，《贵州文史丛刊》1989 年第 4 期，第 76～81、102 页；龙先绪《清代贵州厘金与郑珍的〈抽厘哀〉》，《贵州文史丛刊》1999 年第 6 期，第 51～52 页；胡琨《敢有歌吟动地哀——试析郑珍"九哀诗"》，《贵州大学学报》2003 年第 3 辑，第 104～106 页。

[2]　郑珍著、龙先绪注释《巢经巢诗钞注释》第五卷，第 591 页；郑珍著、白敦仁笺注《巢经巢诗钞笺注》第四卷，第 1233 页；刘大特《宋诗派同光体诗选译》，第 82 页。

乘时当致富，持算亦由天。①

记述官府的无能和腐败的古代诗作很多，但很少像郑珍的诗作这样具有较强的感染力。郑珍现代性中消极的方面，特别是疏离和迷茫，与其所处时代社会和政治局面的衰退有关。本节开始时我们写道，郑珍坚信学知识是为了付诸行动，因此就不会对于其理性的生活和他所提出的有利于改进中国人生活，挽救帝国于迫在眉睫的危难的各种可行性措施而感到惊奇。

五　官员和科考

怎样才能挽救这个危局？就我们刚才所提到的来说，官府本身就是19世纪中国存在的巨大问题。早年，郑珍就发现他那个时代的大多数官员都因不具德才而不能胜任官职，并于1828年写过"达官大要非奇士"②的诗句。郑珍的老师程恩泽是一位饱学博闻、耿介诚实又关心民生疾苦的官员。像郑珍好友平翰那样勤学、正直的官员往往由于与他们所辖无关的不良结果受到降职或者严厉处罚，而那些昏庸、腐败的官吏却飞黄腾达。

郑珍认为，彼时吏治败坏的部分原因是科举考试的不完善。和一些同时代的人不同的是，他对科举考试必须写的八股文没有那么反感，他还称赞过外祖父黎安理及早期清代文人的八股文写得好。③在郑珍看来，并非文体本身有什么不妥，而是官府没有认真检视学生们的实践行为。清初，在鳌拜摄政时期的1663年，年幼的康熙汲取明代和清初的教训，将科考重点放在策问上，但后来发现改变后作用不大，因此只执行了四年。1756～1757年间，乾隆再次更改科考制度，将鳌拜时期列为考试第一项策问移入末项，只从5篇文章中出30道题。龚自珍和魏源皆对这种考试方式的不足提出过批评，但之后的情形越来越糟，到了郑珍时代，策问已经被严重忽略。因此，龚自珍、魏源之后，郑珍继续抨击着科考的不足，而他这种批判无疑激发了

---

① 参见翻译部分"1863年二月"之abc三首诗。
② 郑珍著、龙先绪注释《巢经巢诗钞注释》第一卷《送王香杜金策归诸城》，第27页；郑珍著、白敦仁笺注《巢经巢诗钞笺注》第一卷《送王香杜金策归诸城》，第52页。
③ 尤可参见郑珍诗作"1834年二月"的开始部分。

他的得意门生黎庶昌对科举考试中忽视策问而生发的更进一步的批评。①

　　郑珍认为另一个更严重的问题是太平天国起义期间出现的官府为了不顾一切地敛财而实施捐官的举措。中国很早就有捐官的现象，但在洪秀全向清廷和儒家文化发起挑战后发展到极点。② 1860 年，郑珍写过一首题为《西家儿》的诗作，讲述邻家少年想让父亲给他买个官职，这样他就不用为了科考而努力读书了。正如少年所说，因为各地起义频繁，很多省份已经取消了乡试：

　　　　州家久罢童子试，乡贡长停鹿鸣声。③

这个的时候似乎没必要刻苦学习了：

　　　　处处卖官贱如土，阿爷只识求科名。同学去年尤乞相，今日巍巍八扛上。荣身何必在读书，学作贵人吾岂让。④

郑珍力劝这位学子继续学业：

　　　　嗟汝小儿休叹呻，孔孟固应避钱神。便嗾汝爷排上兑，只今三卯正需人。⑤

---

① 关于郑珍对科考的想法，参见黄万机《郑珍评传》，第 210 页。关于鳌拜摄政期的科考变革，参见 Benjamin A. Elman, *A Cultural History of Civil Examinations in Late Imperial China*, University of California Press, 2000, pp. 530 - 536。关于鳌拜（卒于 1669 年）及康熙时其他三位辅臣的传略，参见 Arthur W. Hummel, *Eminent Chinese of the Ch'ing Period*, 1644 - 1912, pp. 599 - 600, 663 - 664。关于考试变革后这段时期的试卷和乾隆时 1756～1757 年的乡试、会试试卷对比，参见 Elman, *A Culture History of Civil Examinations in Late Imperial China*, pp. 521, 545。关于黎庶昌的提议，参见黄万机《黎庶昌评传》，贵州人民出版社，1989，第 36～37 页。
② 参见 Chung-li Chang, *The Chinese Gentry*, *Studies on their Role in Nineteenth—Century Chinese Society*, University of Washington Press, 1968, pp. 3, 5, 6, 11 - 12, 29 - 30, 103 - 105, 108 - 1111, 139 - 140, 以及 p. 153 页表 23 关于 1821～1852 年售卖"监生"一职的表格。
③ 这些考试由于太平天国起义和其他起义而被停；白敦仁版此处是"鸣鹿"。
④ 意即他也可以像那些身居高位的人一样行为、做事，根本不用学习。
⑤ 郑珍著、龙先绪注释《巢经巢诗钞注释》第五卷，第 588 页；郑珍著、白敦仁笺注《巢经巢诗钞笺注》第四卷，第 1226 页。

也许这位邻人不会听从郑珍的建议，因为捐官这项新生意正在如火如荼地发展起来。

科考走上末路并非仅由于捐官所致，各地军事力量的兴起和经济崩溃也是重要原因。① 在同时期所写的另一首《东家媪》诗中，郑珍批评已经掌管了贵州省的军事势力忽视科考。② 在诗作《东家媪》中，开篇即老妇如何责骂她的老学究丈夫：

> 当年自比朱买臣，今日穷无一棺土。赫赫军功邻舍郎，生时曾为煮兰汤。役门转眼土门贵，但要人尊新嫁娘。③

朱买臣（卒于公元前 116 年）是汉朝一位学者。家贫，40 岁时还和妻子一起担柴去街市卖。妻子不堪贫困离去，当他 50 岁得官后，妻子要求归家，被拒绝后自尽。④ 郑珍劝老妇汲取朱妻的教训：

> 嗟汝老媪莫长怨，郅恽耻以取高官。此翁正颇重听亦何伤，不见太公龋齿师文王！⑤

汉代，大学者郅恽（大约活跃于 31 年）对高官厚禄毫无野心；而文王是周朝的开国君主，敬重博学之人而不论他们的年龄大小，请了 72 岁的姜尚（姜子牙、姜太公）做他的老师和军师。⑥

对郑珍和持有相似观点的学者来说，当务之急是恢复、整顿科考系统——对实践的考核应给予重视，捐官应停止，那些位居高官、仅懂舞刀弄枪者应退职。郑珍和他的沙滩群体都认为，科考的主要目的是筛选睿智、

---

① 关于这段时期中国的各地起义，参见 Philip A. Kuhn, *Rebellion and Its Enemies: Militarization and Social Structure*, 1796 – 1864, Harvard University Press, 1971。

② 无论从创作时间还是从题目上看，上述两首诗都是一个系列的。

③ 白敦仁版是"但看人尊新嫁娘"。

④ 班固，《汉书》第六卷四上，"列传三四上"，第 2791 页。

⑤ 郑珍著、龙先绪注释《巢经巢诗钞注释》第五卷，第 589 页；郑珍著、白敦仁笺注《巢经巢诗钞笺注》第四卷，第 1229 页。

⑥ 关于郅恽的传略，参见范晔《后汉书》第二第九卷，"列传十九"，中华书局，1966，第 1023 ~ 1024 页。

诚实且能解决那些导致平民生活堕入谷底的经济和社会问题的官员。可惜这些建议根本不被重视，最终武臣取代了学者，皇帝甚至将军事力量至于首要。清朝灭亡后将中国分崩离析的军阀势力已在酝酿之中。

六　平息战乱和重建中国文化

在科举制度恢复和重建之前，各地的战乱应必须被平息。郑珍曾给地方官府建议如何处理好军起义的问题，而他的建议完全被忽视甚至被认为是无稽之谈。郑珍没有钱和权力，不能像曾国藩那样去打仗，但他的军事才能通过1855年在荔波临时组建军事力量而有所显现。他认识到没有官府授权，他的领导权力不能保证。

表弟唐炯是郑珍心目中的武将典范。唐炯诚实、勇敢，他能单骑闯敌营，力劝众多的起义人员放下武器、返回家乡（1859，4）。郑珍等学者期望官府重整科考后，能选拔出唐炯这样的官员：

> 南溪大令唐鄂生，短小谦下如晏婴。到官未岁民士悦，远近俱以青天名。

只有这样的官员才能赢得民心，才能公正并有效地治理国家。

和任何敦厚知礼的儒者一样，唐炯也爱好和平，但当战乱发生时，他能迅速做出反应，他的决断与大多数官员的懦弱、犹疑形成鲜明对比：

> 滇西奔命官迫变，入蜀索仇破三县。径趋南广度金沙，恣睢平羌南北岸。提军按司远如猬，巡道总戎近若鹳。坐视郡尾四十日，讲和不许况云战。大令呼民授以兵，提戈直指叙州行。红旗一点卓贼近，贼中望见唐字惊。一战火逼翠屏下，再战尸膊旧州坝。三战阵前皆弃兵，稽首青天求我贳。

唐炯非常勇敢，更重要的是，他像郑珍相信荔波人民一样，他相信百姓能自发地保护家园。

唐炯单骑闯敌营其实非常冒险，不过他成功了。他在老百姓中威望非常高，人们称呼他"青天"，以至于起义军官兵也信任他，并在他的劝说下同意解散，由官军护卫回乡：

> 文臣顾身武臣忌，回山倒海一令为。

不幸的是军队和地方的上级长官都不接受这个结果，特别是不能面对起义造成的可怕损失，于是：

> 明朝大吏期合攻，蔗林影动星散同。城内城外一梦醒，晓视贼垒成沙虫。

叛军、百姓都死伤甚重，幸存者对官府的敌意更甚了，判军扬言要报仇雪恨。

唐炯和郑珍对待起义军的态度与一般官员们不同。唐炯和郑珍都明白，起义是因为人民不堪重负，这是由于官府的盘剥和国家资源的管理严重失调所致。应该先平息起义，但想重获民心则必须由像唐炯或其他经改革后的科考选拔出的无私官员去实施宽松的政策。正如郑珍所写：

> 吾观自古办贼者，要以剿始以抚终。力足杀人亦有限。

起义平息后，民众重新安居乐业，中国一定能强盛。这一定需要政治改革和民族经济得以恢复，也需要文化生活得以重建。在贵州起义频发的那些艰难岁月中，郑珍正在忙于文化重建。在其生命最后十年中，即使在健康不断恶化的情形下，郑珍也没有停止学术研究，而且他的诗作、绘画、书法水准都达到了新的高度。这些活动在一定程度上缓解了他对岁月的忧惧，但从他离世前两年所做的一首关于他和挚友萧光远游览遵义附近的桃源山的杰作（1862，2）中可见，即使在形势不利的情况下，他仍然在思考中华文化的复兴。在此诗前小序中，郑珍写道，美景已被甲寅年（1854）战争摧毁，"山经甲寅兵燹"，"亭观荡然无遗"。诗以对桃源山已经荒芜小径的描写为开篇，"两翁（郑珍和萧光远）洞口如鹤清"：

> 树荫萍合白日静，怪鸟苍岩时一鸣。仙人骑白龙，上云吹玉笙。
> 似闻呼我我懒应，恍若隔世思前生。

郑珍希望像道家的仙人一样逃离贵州战乱中残破的现实生活，可他又懒于应和那些"恍如隔世"的仙人邀约。

回忆依旧，郑珍想起此地刘綎将军神龛被破坏前的自然风光，刘綎是明朝时率领郑珍祖先移民贵州的人。而从谪仙亭的顶层可以看到"万里天风生暮涛"。郑珍小时候读书的书院就在附近，他也在那里捉烹金鲫鱼，摘花"惹僧骂"。郑珍长大后曾旧地重游，他和他的朋友"笑歌同醉山水窟"。

如今一切面目皆非：

> 何年一炬尽焦土，荆棘钩衣长禾黍。旧迹低徊待细量，后生宁复知其处。

不止这一处被毁坏：

> 一梦中间无不有，痛死忧生十居九。黄鹤双阡海岳楼，凄凉血尽啼鸟口。只今与此同荒烟，丙舍无归余白首。群盗如毛尚未息，人生忧患岂无极。

郑珍的母亲在第一次鸦片战争爆发时辞世，不久，其父也去世；曾经的世界一去不复返。

"往昔不再"一直是郑珍现代性的一个消极方面。当"伤今感昔泪沾巾"时，郑珍和他的朋友张进思谈心，一直谈到次日天明。经这次谈话后，郑珍能从长远角度看待问题，他的现代性中的积极方面——宋代的乐观主义精神——再度增强。在对未来期许的激励下，虽然战乱还在，但他和朋友已经开始规划如何恢复桃源山上被破坏的古建筑。而他们首先要恢复的既非刘綎的神龛亦非谪仙亭，而是新建立的纪念聂文启将军（1606～1644年）的庙。这位将军的英勇事迹先前不见于史书，是当时不久前才被彼时的学者——郑珍——发现！

郑珍生前无缘见到重建，不过战乱最终还是被平复了，清廷又维持了相对稳定的五十年。基于同治中兴的、虽被 20 世纪科举制度反对者抹黑的重要革新发生了。这场革新是为了维护中国主权和领土的完整，促进中国向西方国家学习，为中国的工业化奠定基础。① 曾国藩绘制了这场与郑珍所建议的极其相似革新蓝图并实施了第一步。

尽管曾国藩非常欣赏郑珍，希望郑珍成为自己的幕僚，但实际上，关于革新，郑珍并没有给予曾国藩任何直接的建议，不过郑珍的许多政治理想都已广泛地被同时代思路开阔的学者所接纳。因此我们不能低估郑珍的朋友和学生们对曾国藩革新的影响。莫友芝是曾国藩最信赖的幕僚，在其恢复中国传统文化的革新中起到重要作用，他与曾国藩在南京建立的重印古代文献的金陵书局关系紧密，并游历江南寻求古籍。郑珍的表弟、学生黎庶昌所起的作用甚至超过莫友芝，他最终成为"曾门四弟子"之一，记录了曾国藩生平的许多细节。黎庶昌继续执行了由曾国藩和莫友芝发起的文化恢复计划，在日本期间他发现了许多在中国已佚的古代文学作品，而他在英国、法国、德国、西班牙任职期间的贡献更大——他所做的引人入胜的文章大大地促进了中国人对西方世界的了解。

七　女性

虽然绝大多数中国女性的生活千百年不变，但出生于晚明和清朝学者家的女性，其命运已经开始改变。追溯至 16 世纪，明朝激进的思想家李贽（1527～1602 年）提出女性具有与男性相同的智力水准，作品被广泛传布的晚明诗人钟惺（1574～1624 年）认为，女性的诗作水准高是于男性的。② 男性的思想仍是主导，可随着时间的推移，越来越多的出生于学者家庭的女性开始读书、写字，也开始参加类似于男性们的文学活动。1657 年，诗人王士禛（1634～1711 年）邀请了不少女诗人参加他于济南大明湖畔举行的秋柳诗会。18 世纪末，袁枚和陈文述（1775～1845 年）大力推广女性的

---

① 19 世纪时，清廷依次丢失的土地是：割让香港岛（第一次鸦片战争），东北的领土被俄国人改名为滨海省（乘 1858 年第二次鸦片战争割地），丧失台湾（1895 年中日甲午战争）。台湾在"二战"后被归还，香港于 1997 年回归。丧失的最大面积的领土是民国时期丧失的"外蒙古"。还有些小片领土被清廷"租出"。

② 关于李贽认为女性有能力理解儒家之道的文章，参见李贽《焚书》第二卷，中华书局，1975，第 59～60 页。李贽认为，一些女性因为被限制在闺阁内，所以思路不开阔。而男性、女性只有在智力水准上平等了，两性之间才能建立理想的关系。钟惺：《名媛诗归》，木刻版，约成书于 1626 年，序言。钟惺认为，诗是"清物"，好逸、喜净幽，而女子在这些方面胜于男子，因为她们不需要参加科考做仕途营生。

诗作，袁枚还招收了大量的女弟子，关于女性创作的讨论也在他的诗话中占据了一定篇幅。① 因此清代女性作品出现繁荣局面就不令人惊奇了。收诗总数超过 4.89 万首的《全唐诗》中仅有约 600 首的女性诗作，而据现代学者胡文楷经研究发现，清代诗文集中出现名字的女性作者就有 4000 人。② 另外，男性作品中对女性投注了更多的关注，如袁枚就有两首动人的叙事长诗以纪念他的妹妹和幼女。18 世纪末到 19 世纪初，少数男性作者已不仅仅推广女性的诗篇或描述女性的生活，而且开始抨击传统对女性的束缚，第一波浪潮兴起，俞正燮（1775～1840 年）为标志性人物。俞正燮反对纳妾和缠足。③ 因此，虽然梁启超在 1897 年曾写到晚清女性"孤陋寡闻"，"天下间之事物一无所闻"，溺于"丑习"，"近于禽兽"，但她们在相当长的一段时期内为中国文化贡献良多。④

虽然像俞正燮这样男性提出了激进的女性生活改良的方案，但女性的社会地位并无显著的改善，不过 18 世纪时，上流社会的女性在家庭生活中的重要性逐渐增加。⑤ 袁枚基本上是由其祖母、母亲、姑妈养大，他所受的教育大部分来自她们，他后来隐退后居家从文，家庭成员也以女性居多。他父亲作为权要的幕僚经常不在家，袁枚的母亲不仅要督促儿子的学业，还需做些女红或其他营生以补贴家用。可能有人认为，偏远的贵州比袁枚

---

① 参见李毓芙编辑《王渔阳诗文选注》，齐鲁书社，1982，第 2 页注释；姚品文《清妇女诗歌的繁荣与理学的关系》，《江西师范大学学报》1985 年第 1 期，第 53 页。李毓芙编辑《王渔阳诗文选注》第 20～23 页有一系列男女诗人所作的互赠答诗四首。关于陈文述传略参见 Arthur W. Hummel, *Eminent Chinese of the Ch'ing Period*, 1644 – 1912, pp. 103 – 104。陈文述的两位妾和他的两个女儿都会写诗，他的一位女婿是著名的诗人汪端（1793～1839年）。关于袁枚对于女性作品的推广参见 Schmidt, "Yuan Mei（1716 – 98）on Women," *Late Imperial China* Vol. 29, Number 2, December 2008, pp. 133 – 150。

② 参见曹寅编辑《全唐诗》。关于胡文楷统计的清代女性作者，参见胡文楷《历代妇女著作考》，目录 vi—xlviii。胡氏真正见到的是 800 位女性作者的作品，其余 200 位女性作者的名字或作品名称是从其他人的作品集中辑录的。凡在诗集中偶现几首作品的女性作者皆未被胡氏计算在内。

③ 关于俞正燮的传略，参见闵尔昌《碑传集补》卷九，复印本，学识斋，1868，第 1a～2b 页。

④ 详见梁启超《论女学》《变法通议》；两文均收录于梁启超《饮冰室合集》第一卷《饮冰室文集》，中华书局，1989，第 37～44 页。关于梁启超如何为了"鼓励"（20 世纪的）女性进行革新而忽视历代女性对文学和教育所做贡献的论述，参见 Megan M. Ferry, "Woman and Her Affinity to Literature," Charles A. Laughlin ed., *Contested Modernities in Chinese Literature*, Palgrave Macmillan, 2005, pp. 33 – 50。

⑤ Susan Mann, *The Talented Women of the Zhang Family*（University of California Press, 2007）对这类女性做了精彩的阐述。

的故乡杭州要保守得多，而郑珍也是在女性做主的家庭中度过青少年时期的。他的父亲将大多数时间花费在免费的行医、垂钓和饮酒上，因此家里的收入主要靠郑珍母亲的体力劳动如种菜、养家禽、缫蚕丝来赚取。梁启超所指的女性"近于禽兽""孤陋寡闻"是指清代女性完全靠男性养活，但郑珍和袁枚的母亲会认为这样的说法即使不是赤裸裸的侮辱也是完全的误解。

很明显，郑珍对待女性的开明态度无疑受到其母亲的影响。黎氏接受了传统的儒家对女性的观点，但她以非传统的方式去解读：

> 母曰：妇人在家从父，出嫁从夫，夫死从子，此是不易正理。若遇变，须是自家作主，从便误了一生。妇言妇容妇功，只完全一个妇德。言只要低声下气，即朴钝也不妨；容只要穿裹整洁，即丑陋也不妨；功则自小来针黹纺织酒食菹醢，直是一生作不尽。妇人舍此三者，从何处寻出德来？[①]

郑珍的母亲赞同所谓的"三从四德"，但同时她认为，女性遇到变故应该"自家作主"，若不如此，便耽误了自己的一生。另外，她似乎没有强调妇德（如贞操），而是认为女性必须谈吐得当，容貌整洁，会操持家务，如此才是妇德。郑珍对母亲的这些观点无论是否记录在册，貌似都非常认可。

郑珍的母亲是家庭的主导，而且可以说，如果没有被同代人所羡慕的母亲持久的帮助和支持，郑珍就不可能取得那么多成就。不过需要指出的是，郑珍诗作中关于母亲和妻子的描述的篇幅在古代文学中可谓之最，而且郑珍深爱并尊重他的妻子，从未像袁枚或其他18、19世纪的名作家那样纳妾。因为贵州风气相对保守，所以郑珍从未收过女学生或者女弟子，但他显然认为女儿的教育是非常重要的，在他的教导下，淑昭成了出色的诗人。

虽然经历17、18世纪后，上流社会的女性地位已有了提升，但到19世纪，女性仍然是社会中最弱势的群体。在太平盛世，她们尚且有很多困境；在内战频发、贫困加剧的时期，她们的遭遇更艰难。在上文引述的郑珍写于1835年关于移民的诗篇中，我们能看出女性为了在绝境下生存而奋力挣扎，年轻的母亲"就乳担中儿"，她们希望自己的孩子们能幸免于饥饿和疾

---

① 郑珍：《巢经巢文集》第？卷《母教录》，第177~178页。

病，而不要像郑珍的孙子、孙女们那样，在他的晚年时遭遇那样的不幸。

战争时期，对女性而言，生活更难熬，因为她们的居所被毁坏，而且她们常受到官兵和叛军的奸污。比这悲惨遭遇更不幸的是，遇到这样的情形，女性往往选择自杀，她们深知一旦遭此侮辱，将永难在世上容身。贵州自杀和被兵卒屠杀的女性数量巨大，以至于在 20 世纪初出版的郑珍和莫友芝编著的《遵义府志》的续编中，辟专章记述这些女性。①

郑珍对自己家庭中女性的关爱之情也让他对于晚年时贵州社会治安已被彻底摧毁后的女性不幸境遇倍加重视：

陈氏妇（1862）②

万卒塞娄关，不能杀一贼。婉婉一妇人，死贼在顷刻。智哉陈氏妇，贼至知无生。临崖坐待之，果来捉之行。贼不能捉反为捉，与贼同坠贼犹活。折腰痛叫不遽死，三日之后畀豺豺。③

当深陷乱军时，陈氏意识到自己的死期来临。自杀是她唯一的选择，但她并未像懦弱的官兵那样惊恐害怕，而是机智地和敌人同归于尽。

这首短诗已是有力地控诉了，而郑珍就这类主题所写的最感人的一首是关于赵福娘之死的叙事诗。赵福娘和郑珍是同乡，郑珍可能也认识她的家人（1862，1）。事件发生的情形和陈氏的差不多，不过诗篇很长（72 句），详细地记述了赵福娘的故事。赵氏出身和郑珍一样低微，她过着平常的生活，养大了 7 个孩子后，希望和她情投意合的丈夫及可爱的孙子们安度晚年。不幸的是，灾难降临，战乱发生后，她随丈夫、女儿、孙女一起逃难。

全家人在罗闽河边休息吃饭时，太平军突然出现。家人们四散奔逃，兵卒对他们赶尽杀绝。赵氏用身体为丈夫阻挡袭来的兵器后，坠崖，腕臂尽折，鲜血淋漓。郑珍没有接着写后来怎样，但我们也能从他的诗句中猜出几分："何由知苦辛？"福娘的丈夫设法逃脱乱兵，兵过后他赶回此地找寻

①　续编《遵义府志》第一部分中有这些女性的或长或短的介绍，第二部分是其他 865 名女性的名录。而这个令人震惊的数字仅是遵义地区而非整个专区的，由此可见整个专区受害的女性之多，而且那些社会底层的受害女性还未被记入。参见周恭寿编辑《续遵义府志》第八册第二、三卷，"列传五"，"贞烈"，第 11a ~ 40a、3231 ~ 3288 页。

②　关于陈氏的生平，参见龙先绪《郑子尹交游考》，中国文史出版社，2004，第 145 页。

③　郑珍著、龙先绪注释《巢经巢诗钞注释》第五卷，第 626 页；郑珍著、白敦仁笺注《巢经巢诗钞笺注》第五卷，第 1323 页。

家人，看到女性们都已自尽，"气绝卧草根"，而她的小孙女"没首浴牛水"。

赵氏的丈夫悲痛欲绝地返回故里，设法找到便宜的棺木和墓地埋葬家人。当他返回河边搬运尸体时，他惊异地发现赵氏的身体下压着些银两，她想藏起来不让乱军发现而留给为她们收尸的人做丧葬费。他愧疚难当：

> 惭杀被掠者，忍死随贼群。一旦终弃汝，虽生等于尘。

福娘的故事再次证明女性比男性更勇敢，更有智慧，诗篇最后结尾是：

> 叹息遂成诗，因之传弗谖。

郑珍对赵福娘的悼念说明郑珍如此看重女性对社会的贡献，而且他对19世纪女性勇敢、足智多谋的评价，也是他积极的现代性的一个亮点。

八 郑珍的包容性

贵州学者黄万机在与笔者的多次谈话中，特别推崇被他称为"包容性"的郑珍的这一特点，他还举出贯穿于郑珍写作、研究和生活中的许多例子来说明。[①] 我们在绪论中已将"包容性思维"列为他积极现代性的第三方面，而包容性也是迄今所发现的他的其他现代性的基础。包容性促使郑珍试图将汉学和宋学有机结合，使他对女性问题持有更开放的想法，令他同情穷人和弱者。在其之前，许多清代学者也喜欢综合性思考，努力提升女性的地位，或尝试改善穷人的生活，但在许多情况下，郑珍都比他的先辈们走得更远。例如，儒家的基本观点之一就是改善民众生活，早先的学者们这样做是因为他们担心过度贫穷会导致政局不稳。郑珍对贫穷和治安混乱的相关性有充分认识，但较之先前那些学者不同，他更多地从人本出发来考虑贫穷的危害，比如，对美的追求不限于富人或者像他这样的学者，有时也能见于简单的手艺人：

---

① 黄万机和笔者在 2010 年夏天进行多次对话。参见黄万机未刊稿《论沙滩文化的包容性和开放性》及他的同名会议论文发表于《纪念莫友芝诞辰 200 周年暨遵义"沙滩文化"学术研讨会论文汇编》，2011，第 232～238 页。

赠刘生子莹之璓。生布衣，业烛笼为活。（1845）

　　华亭萧木匠，[①] 富水李衣工。[②] 诗并传当世，生今继此风。穷居临粪巷，秀句出灯笼。吾道无绅布，怀哉五字功。[③]

第一、二句暗比王士祯，接纳、鼓励像刘之璓这样贫苦的布衣诗人在 17 世纪末到 18 世纪初即有先例，但郑珍走得更远——他不避讳这位穷困的诗人住在"粪巷"，又指出在文学之"道"的包容性，那就是跨越经济层面的区隔。[④]

郑珍的包容性使其重新思考儒家的信条，包括被严格执行、禁绝想象的孝道：

　　子寿侍其亲琴坞辅辰观察南还时，拾得怪石于白茅滩上，[⑤] 琴坞因以为砚，左右之，子寿属余作拾砚图并石状，系以诗（1855）：
　　亲生虽曰严，[⑥] 其实不难事。苟有孩提爱，随物得其意。海南玉糁羹，岂真苏陀似。[⑦] 老人谓其绝，在意不在味。[⑧] 黄子好气象，和顺出中积。以之奉晨昏，能离膝上置。[⑨]　　南归逐锦帆，鱼笋日亲馈。泊

---

① 清初诗人王士祯说，华亭（花亭，即上海）附近的松江出手艺人。参见王士祯《渔洋诗话》第二卷，扫叶山房，1914，第 8 页。

② 这位裁缝诗人也典出王士祯。参见王士祯《香祖笔记》第三卷，上海古籍出版社，1982，第 5 页。

③ 郑珍著、龙先绪注释《巢经巢诗钞注释》第七卷《赠刘生子莹之璓》，第 305 页；郑珍著、白敦仁笺注《巢经巢诗钞笺注》第七卷，第 598 页。

④ 19 世纪前唯一一位与郑珍相类的作家就是袁枚。参见 Schmidt, *Harmony Garden*：*The Life*，*Literary Criticism*，*and Poetry of Yuan Mei*，2003, pp. 215 – 216。

⑤ 黄彭年的父亲黄辅辰（1805~1870 年）虽家贫却勤学，1835 年中进士，彼时自山西任上返贵州组建官军抗击太平军。黄辅辰亦是诗人和画家。参见龙先绪《郑子尹交游考》，第 69~70 页。

⑥ 此句语出《孝经》中"孝莫大于严父"（即尊敬他）。参见《尔雅逐字索引　孝经逐字索引》，商务印书馆，1984，9/2/27。关于"严"的解释，此处引用黄得石译注《孝经今注今译》第九卷，"圣治十六"，天津古籍出版社，1988。

⑦ 典出苏轼《玉糁羹》诗序："过子忽散出新意，以山芋作玉糁羹。色香味皆奇绝。天上酥陀则不可知。人间绝无此味也。"这首诗苏轼写于被贬海南途中。参见《施注苏诗》第四卷十《过子忽出新意以山芋作玉糁羹》，学识斋，1868，第 8、486 页。

⑧ 《施注苏诗》第四卷十《过子忽出新意以山芋作玉糁羹》，他为他孩子的爱而非食物本身感到高兴。

⑨ 高官王述（302~368 年）爱儿甚切，以至于让成年的儿子坦之坐在自己的膝盖上。在这里，郑珍说，他的朋友对待儿子不像王述那样，而是像他们当时所做的，让儿子跟随自己的调任。郑珍用了此典故的反义。见房玄龄《晋书》第七卷五，"列传四五"，中华书局，1974，第 1963 页。

舟白茅洞，拾石漁水裔。嬉弄上家尊，谓可博饼饵。焉知大欢赏，赞
曰天然裂。宝待越下岩，擕笔复图记。信知承志物，[1] 不在钟鼎贵。为
画江介情，用愧偭愙辈。[2]

郑珍以轻松的诗句将儒家著作中对孝道过激的解释忽略，将孝道这一儒家
基本精神简化为父子之间的爱——一个孝顺的孩子想让父亲开心，而这位
父亲根本不在意孩子所送礼物的贵贱。[3] 诗中，儿子对父亲的关爱恰似孩童
时从父亲那里获得的，而父亲也依然爱着孩子。郑珍诗中的每句话都符合
《孝经》，但他的包容和开放难以令那些生长于传统家庭的中国人接受。

郑珍希望跨越学术门户、性别、社会经济的藩篱以重新思考旧有的价
值观，这已经非常了不起了，而且他还能超越语言和民族的界限去思考，
正如 1855 年他在荔波之战时写于苗乡的一首诗中所表现的：

宿拉冷寨[4]

去官无知者，一笑乃闲人。[5] 匹马趁行李，溪光终日亲。投宿入蛮
寨，贼远喜俗淳。其人尽楼居，此家还富民。诸男徙山洞，老妇独看
门。[6] 诧是宦家子，赤脚来依因。吹灯进糯饭，一裔媚女孙。[7] 与语各不
晓，拍笑致情真。鼓角声绝耳，恍然定心魂。始复脱衣卧，不知何处村。[8]

---

[1] 典出《礼记》"君子所谓孝者，先意承志"。参见刘殿爵（D. C. Lao）和陈方正编辑《周
礼逐字索引》（台湾商务印书馆，1994）"祭仪"，25. 35/127/19。参见王梦鸥译注《礼记
今注今译》第二册第四卷，天津古籍出版社，1987，第 619 页。

[2] 典出《礼记》，"严威严恪，非所以事亲也"。参见《周礼逐字索引》，"祭仪"，25. 14/
125/7；王梦鸥《礼记今注今译》下册第四卷《祭仪》，第 611 页。郑珍著、白敦仁笺注
《巢经巢诗钞笺注》第二卷《祭仪》，第 1001 页。

[3] 关于极端孝道的一个典型例子是郭巨埋儿奉母。郭巨约生活在 2 世纪，他为了让母亲有饭
吃，就决定把自己的儿子活埋了，因为儿子总是分吃郭巨孝顺给母亲的食物。最早撰文抨
击郭巨的是袁枚，参见 Schmidt, *Harmony Garden*, p. 9。幸运的是，在郭巨掘坑埋儿时，挖
出了一釜黄金，孩子的性命由此保住。

[4] 位于荔波西北。

[5] 白敦仁版此句是"仍"，而非"乃"。

[6] 由于文言文对数量表述比较含糊，所以此处可能不止一位老妇，但郑珍此处借鉴了杜甫
《石壕吏》中"老翁逾墙走，老妇出门看"的意象，因此笔者的英文将其翻译为"一位老
妇"。参见《杜诗引得》，54/11/4。

[7] 郑珍的原注为："土俗以糯饭为贵，见孩孺，先以糯一团肉一裔与之，示亲爱。"

[8] 郑珍著、龙先绪注释《巢经巢诗钞注释》第二卷，第 464 页；郑珍著、白敦仁笺注《巢经
巢诗钞笺注》第二卷，第 954 页。

对于苗族老妇在危难中给予郑珍一家的帮助，郑珍非常感激。虽然郑珍和她语言不通、习俗不同，但他并未将其视作异类，而是自然地接受了他们的善意。郑珍能在苗寨借宿并非偶然，他在荔波教的学生就来自多个民族，他最好的一个朋友莫树棠则是壮族。① 郑珍的绝大多数学术研究都是针对汉族的，但他对于贵州其他民族的文化也非常感兴趣，他的一首令人印象深刻的学术诗作就是关于一座曾属于16世纪初彝族头人的铁钟。②

对于思想开放、包容性强的人，贵州是个与不同语言、不同文化习俗的人和平相处的理想之所。如果郑珍能再长寿些，就能去华东游历，接受曾国藩的邀请参加洋务运动，那么他又会如何对待西方的民众和文化呢？很可能开始的时候，他会反对，如郑珍的一首诗中描绘了英国在第一次鸦片战中对中国侵略所引发的极大的民族愤慨；而且郑珍也会为西方货物对中国经济造成的冲击担忧。然而也可以推测，郑珍对西方的反应与和他同时代的另一位宋诗派成员郭嵩焘的反应类似。郭嵩焘于1877年首次在西方国家开设了中国使馆。郭嵩焘思想的一个主要的转折点是1856年他的第一次上海之旅。上海是当时外国人在中国的一个主要聚居处。虽然不久前英军对中国的战争激发了他的民族自尊心，令他鄙视外国人，但上海外国人聚居地的进步、繁荣还是给他留下深刻印象。最后令他的看法发生转变的是他在老城区的城墙外漫步时，偶然遇到几个外国人，他们"与予握手相款曲，彼此言语不相通晓，一面之识，而致礼如此，是又内地所不如也"。③这些战场以外的"洋鬼子"没什么可怕的，他们甚至比大多数中国人都礼貌。如郑珍在诗中对拉冷寨的苗民所描述的那样，洋人也天生具有人性中普遍存在的礼貌和善良。

对于社会问题，郑珍和郭嵩焘都具有一种结合汉学和宋代新儒家理学的理性的解决方法，他们同情平民百姓，支持女性境遇的改变，长期致力于对不同背景下的普遍人性的挖掘——只要这些人不是侵略者。④ 不仅郑珍和郭嵩焘如此，在郑珍生前或去世后离开贵州的沙滩群体成员们也都具有

① 黄万机：《郑珍评传》，第212页。根据黄万机研究，莫友芝有一部分布依族的血统。
② 郑珍著、龙先绪注释《巢经巢诗钞注释》第九卷《安贵荣铁钟行》，第349～354页；郑珍著、白敦仁笺注《巢经巢诗钞笺注》第九卷《安贵荣铁钟行》，第696～706页。
③ 《郭嵩焘日记》卷一，咸丰六年二月初十（1856年3月16日），湖南人民出版社，1988，第34页。
④ 关于郭嵩焘对女性的观点，参见丁佳音《郭嵩焘诗歌的诗学文化研究》（硕士学位论文，华东师范大学，2008，第41～45页）中引用的原文及评注。

这些特性，正是这些 19 世纪中国知识界的精英们，推动了政治革新，开启了向其他国家特别是向西方国家学习的持久的风气。他们也学习了郑珍的包容性。

九　负面的思想：传统和命运

我们已经详述了郑珍思想的光明面（积极面），下面要论述郑珍思想的消极面。对这些负面的思想，在一些郑珍的诗文中已可窥见，尤其是在那些表达郑珍不幸的个人经历和他对于 19 世纪政治、社会局面失望的作品中更为突出。实际上，在本文所述的郑珍积极思想中，很多也具有十分消极的一面。当郑珍抨击政治、经济体系和科考制度时，这种两重特性便很明显。因为这些方面不仅暴露了清政府和社会的阴暗面，而且这些时代的缺憾（尤其是科考制度中的不公正）恰是郑珍负面的现代性的主要来源。

由科考制度缺陷引发的消极现代性不能作为认定郑珍比早期中国诗人更具现代性的依据，虽然郑珍以全新和更震撼的手法描述了科考中的不幸，但类似的遭遇在 19 世纪前的诗作中频频出现。但是，郑珍人生观的消极方面无论从质还是量上都与他前辈作者所表达的有所不同。开始时，郑珍受他所研究的汉学的影响，对人生观完全是理性的质疑，正如下面这首关于壮丽山景的诗作（1860，2）所表述的，他还不能彻底接受人类思维能真正理解宇宙奥秘的观念：

> 寻常雷劈山，瞬息已变更。何况天地母，可以智力思议求其能？
> 看山自有真，心会不在远。强欲索根原，纵得亦已浅。

这段诗文之前部是夹杂了非科学成分的对壮丽地貌的描绘，郑珍试图还原其在"混沌时"的形成过程，这表明郑珍对当代欧洲的地理学有相当程度的认识。然而在诗的结尾，他承认试图还原山的形成史是徒劳的，认识到这是"纵得亦已浅"。这种认识在郑珍之前的诗作中不算少见，但在这首首次对自然风貌做理性观察的诗中出现，却是令人诧异的。另外，当郑珍的生活中遭遇不测时，他往往从理性的汉学（和科学）中抽身，退却到非理性中，正如下文所述，这是郑珍的现代性的两重性的典型特征。

比起对理性知识的偶尔质疑，郑珍更重视对传统知识的价值判断。这种求索始于他文学生涯之初（1830），并纵贯其大半生：

> 酒壮夜行胆，长歌声绕林。入竹闻犬吠，遥看灯影深。虚堂聚学
> 子，为说梁父吟。① 古人不可见，弃置徒劳心。②

也许有人说郑珍在诗中对年轻人的评论似乎有些反传统，而且是酒醉之言，不过这样的说辞在郑珍的诗中却不罕见，特别是遭受多次科考落榜打击的时候，正如他在 1844 年的诗中所写：

> 感春二首
> 都门阳春三月时，生气浩浩暄风吹。驴骡蚤虱各得遂，一士闭门
> 长嗟咨。③ 巨编挂眼看不见，④ 恨恨掷去不复悲。贫贱读书且不许，皇
> 天作孽谁能违？⑤

北京和煦的春日和士子的劳碌形成对比，士子还不如"驴骡蚤虱"那样能自由地享受阳光。郑珍的眼疾很可能是因为他辛苦地编纂《遵义府志》所患，眼疾导致他一段时间不能读书，不过他发现这样的"牺牲"让他比平时更快乐，所以他说像他这样的穷人不该终日治学。

教授儿子郑知同时遇到的困难让郑珍甚至怀疑传统教育的价值，如他在 1837 年诗中写道：

> 寒日在黄叶，萧萧儿授经。读书究何用，只觉伤人情。

同样的情形还有，如虽然热衷于收藏，但郑珍有些时候又对传统中对文物的尊崇，特别是清人对历史文物的疯狂表示质疑：

---

① 这是三国时诸葛亮（181～234 年）未出名前耕田时喜欢唱的一首古曲。参见陈寿《三国志》第三册第五卷《蜀书·诸葛亮传五》，中华书局，1982，第 911 页。
② 郑珍著、龙先绪注释《巢经巢诗钞注释》第二卷，第 48 页；郑珍著、白敦仁笺注《巢经巢诗钞笺注》第二卷，第 86 页；刘大特：《宋诗派同光体诗选译》，第 36 页。
③ 白敦仁版以"户"代替"门"。
④ 白敦仁版以"莫"代替"不"。
⑤ 郑珍著、龙先绪注释《巢经巢诗钞注释》第七卷，第 262 页；郑珍著、白敦仁笺注《巢经巢诗钞笺注》第七卷，第 507 页。

　　拓长生无极瓦当，寄黄虎痴，媵以短句

　　地上黄白壤，有自盘古时。① 阅历万万载，古莫古于斯。秦砖汉瓦亦是泥，得者矜袭观者奇。世间万事总如此，笑人无过书騃（呆）子。②

在前人的作品中，也常见这类对古物质疑的诗词。由于不满意对前人的借鉴，杨万里于1162年烧了千首自己的诗作，并用以下诗句鼓励他的朋友们不要模仿前人：

　　黄陈篱下休安教，陶谢行前更出头。③

著名词人辛弃疾有两句词对传统表示了更加强烈的质疑：

　　近来始觉古人书，信着全无是处。④

如上文所引的郑珍写于1830年的诗作，这首词大概也是酒后为之，但宋代的尤其是南宋的文人，经常表现一种前人少有的质疑过去的精神，此为中国文学作品中最早质疑传统的词句。而到了郑珍的年代，尤其在受宋代文人影响的诗人中，这种质疑精神更加普遍了。

　　虽然郑珍时常质疑古典学术，但他并未让这种质疑影响到他的追随者，特别是黎汝谦，而且他将生命的最后时光都投注到中国古典学术中。较郑珍对古典学术偶有质疑更有意味的是，那些他毫不迟疑地接受的儒家基本观念如何让他经常陷入困境，有时甚至让他觉得死亡对他而言是最好的结局。也许最主要原因是儒家相信"命"，正如《论语》中所记述的孔子那句

---

① 盘古是中国神话里开天辟地的神。

② 郑珍著、龙先绪注释《巢经巢诗钞注释》第九卷，第361页；郑珍著、白敦仁笺注《巢经巢诗钞笺注》第九卷，第772页。

③ 关于杨万里焚诗，参见杨万里为早期存诗所作的《江湖集序》；杨万里：《诚斋集》第八册卷十，学识斋，1868，第672a页。陈师道（1053~1102年）是黄庭坚的一个追随者，也是杨万里早期所模仿诗人之一。这句诗出自《跋徐恭仲省干近诗》（三首之三）（《诚斋集》第二册第六卷，第251b页）。

④ 辛弃疾著、朱德才编校《辛弃疾词新释辑评》第二卷《西江月·遣兴》，中国书店，2006，第1147页；此词作于1194~1202年，编校者弱化了其中的反传统意味，认为是辛弃疾所表达的是对彼时时局的不满。

名言"死生有命,富贵在天"。① 这个观念在郑珍思想中根深蒂固,如在他早年写给一岁儿子的诗作中(翻译部分,1832)即有"穷达知有命",并对儿子说"命来即称官"。在另一首早年写给莫友芝的诗中(1836,3),郑珍写道:

> 吾侪傥定穷,理也奈何彼。

然而郑珍并非真正的宿命论者,这一点可从 1860 年当黎庶昌去武昌开创新篇章时,郑珍为他写的赠序中见出:

> 人之制于天权于人者不可必。惟在己者为可恃。格致诚正以终其身,是不听命于天人者也。功名事会不倘至,起而行之,无乐焉;不则胼胼于畎亩。歌啸于山林,亦乐焉。此所谓豪杰之士,不待文王而兴者也。②

这段话是对一个初出茅庐年轻人的鼓励,但也可以看作儒家学者将积极的哲学观点付诸实践。这种积极的观念甚至使他们不惧怕死亡,如郑珍于 1834 年写的关于外祖父黎安理的诗句:

> 想见仁人心,何尝只有死。

在郑珍所尊崇的宋代大师特别是苏轼的作品中,常见到这类不屈服于命运的叙述,但当郑珍的晚年生活每况愈下,家人一个个惨死,他眼见中国社会在土崩瓦解时,他心目中无情甚至是残酷的命运也许就慢慢强大起来。1855 年孙子阿庬死于天花时,他写道"终然俱不保"(1855,2),不久之后的另一首诗中(1855,3)他写道:"不识彼苍意。"无论上天是个残酷的造物主,还是郑珍的不幸是源于自身的,我们都暂且搁置,先看看郑珍诗作中关于上天的描述。

十 上天和自责

中文"天"的意思非常丰富,随时代不同而异,也因作者不同而异。

---

① 《论语》,《颜渊》,22/12/5。
② 郑珍:《巢经巢文集》第三卷《送黎莼斋表弟至武昌序》,第 86 页。

有时"天"就是指天空；有时指掌控世事的神力，与道教中的"道"很相似；还有时又代表一个造物主，如孔子在其最钟爱的弟子颜渊英年早逝时说"天丧我"①。郑珍作品中的"天"也有这些含义，不过郑珍似乎更认为天是一个对人类的行为做出奖惩的神。例如，在早年关于碧霄洞的佳作中（1829，1）他写到黄螟大概会被天惩罚，因为它鲁莽地造了这个地下世界；在另一首早期关于及时雨的诗作中（1829，2），他写道：

> 皇天助人在俄顷，欲任智力嗟难哉。

也许接受老天爷帮助的人们都没有做过什么触犯神灵的事情吧。

但是，当郑珍的生活每况愈下，更加贫困时，他就开始质疑上天对他的公正性，在1839年他在一首诗（1839，2）中写道：

> 天岂欲我穷，天岂欲我衰。②

这类质问由来已久，但郑珍诗作中的质问和前人作品中的质问之区别是，他将上天令他如此不幸的原因很大程度上归咎于自己，他可能是中国历史上最能自责的文人。郑珍经常将家庭穷困的原因归结为自己没能通过科考，在1837年所作的官员乡试的作品（1837，4）中，他写道：③

> 父母两忠厚，辛苦自凤婴。一编持授我，望我有所成。未尽无所成，而世以此轻。

在1838年新年所作的一首诗中，当时他离家远行，他描述了当他意识

---

① 《论语》，《先进》，20/11/9。

② 郑珍著、龙先绪注释《巢经巢诗钞注释》第五卷《春日尽》，第201页；郑珍著、白敦仁笺注《巢经巢诗钞笺注》第五卷《春日尽》，第382页。

③ 关于科考所带来的压力的研究，参见 Elman, "Anxiety, Dreams of Success, and the Examination Life," *A Cultural History of Civil Examinations*, pp. 295 – 370；其中，最后一节 "Alternative Responses to Failure" （pp. 360 – 370）值得特别注意。关于中国传统社会中自责的讨论，最经典的研究是 Wolfram Eberhard, *Guilt and Sin in Traditional China* （Berkeley and Los Angeles, California: University of California Press, 1967）。Eberhard 的论述更多的是从宗教和文化的角度出发，但他关于羞愧和自责的区别的论述在研究郑珍的儒家思想中非常有用。

到母亲的年夜饭没有他的丰盛时的痛苦，诗作最后写道：

> 哽咽难再道，弃置观衾裯。

在写于 1836 年生日时的诗中，他的自责更甚，结尾时说：

> 千秋非所知，儿死此事毕。

郑珍的落榜不仅让母亲失望，而且也让他的父亲和自小就对他青眼有加的黎氏亲戚失望，也许正如他为外祖父黎安理所写的巨篇（1834，2）中所述：

> 即以负先生，又以负母氏。所欲非所为，永惭庐东里。

郑珍与黎家的关系不仅在在于他的落榜让他的外祖父和舅舅们失望，还在于让他的妻子受到拖累，或如他于 1843 年写给她的诗中所说：

> 资身无术具衣粮，贫乞燔馀亦自伤。吾道果然成石觚，人情固厌索槟郎。

郑珍的自责大多源于他未能金榜题名，无法在清朝衙门里找个合适的职位，但当他家中的灾难接踵而至时，他认为这是上天因为更深层的原因而惩罚他，在他 1843 年写给好友平翰的这首诗（1843，1a）中，这样的想法业已形成：

> 渊明拙乞食，孙楚每遭骂。廿年疢疾中，术慧破足藉。焉知屠龙就，天乃不我赦。

在写于 1859 年关于孙子玉树种痘防天花的诗中有：

> 门衰生不殖，德薄天益刑。

玉树还于 1862 年死了，他写道：

> 天胡不我哀？万事忽如失。（1862，5ac）

及：

> 天邢满身绕，余殃及此辈。

同样的，当女儿赟于 1854 年暴亡时，郑珍写道"致儿夭折宁关数"；5 年后他弟弟郑珏去世时，他写道：

> 致汝苦生还苦死，敛时犹是阿兄衣。（1859，1a）

郑珍究竟如何"触怒"了上天？他又如何"失德"？很难用他不能谋得官职来解释，因为如我们所知，他的母亲起初并不期望他做官。郑珍也不是中国第一位贫困的诗人，而且在孔子的时代，孔子对他最钟爱的弟子颜回的描述是：

> 子曰："贤哉回也！一箪食，一瓢饮，在陋巷，人不堪其忧，回也不改其乐。贤哉回也！"①

至少孔子不以贫穷为耻，而且在孔子的时代，如果一个人虽然穷但仍能保持内心的宁和、喜悦，那他其实比那些富贵者更了不起。

那么，郑珍真正的"罪过"是什么？这个问题其实很难回答，因为我们永难了解一个人生活的全部细节。一种可能是他为对妻妹的不伦之恋而自责。无论他怎么努力，都无法忘怀她，而且深受命运嘲弄的是，他生命中最后的日子是在她摇摇欲坠的棚屋中度过的。郑珍大概未想保留词作，因为只有几首以手稿的形式被留下来——大概彼时郑珍已到暮年，未及烧毁。从晚唐开始，词即与爱情相关，郑珍烧毁词作的原因很可能是因为那些作品饱含了他太多的激情。② 由此看来，那些直白地写给湘佩的词作③可

---

① 《论语》，《雍也》，10/6/11。
② 郑珍著、龙先绪注释《巢经巢诗钞注释》，"附词"，第 697~700 页。也可参见张剑《郑珍佚词〈贺新郎〉解析》（《文史知识》2008 年第 8 期，第 56~59 页）一文中关于南京图书馆发现的郑珍的另一首词。
③ 例如，《醉寄湘佩》三首，见郑珍著、龙先绪注释《巢经巢诗钞注释》，"附词"，第 680 页。

能是被郑珍的亲戚留存下来的。

　　另一个自责的原因可能是郑珍对母亲具有被现代人（特别是西方）称为"过度依赖"的亲密。为一个生活在百多年前异域他乡的人做心理分析难乎其难，不过郑珍诗作中对母亲的描写无论在中国古代文化还是在诗歌的语境中，都非比寻常。在记述女儿淑昭一岁生日的诗篇中，写到他进京参加会试时母亲的不忍相别，他告诉女儿：

　　　　酸怀汝祖母，不忍见子别。倚槛饲么豚，泪俯蚕盘抹。

郑母喂猪的场景在中国古诗词的离别中也算常见，但接下来的是：

　　　　岂知出门后，慈念益悲切。前阡桂之树，朝暮指就啮。子身向北行，母目望南咽。旁人强欢慰，止令增感怛。

幸好淑昭的出生让郑母高兴起来，因为忙于照顾小婴儿，郑母摆脱了忧虑。相类的情形虽然在过去和现在都很普遍，但如此描写母亲却非比寻常。

　　许多年后（1843 年），郑珍经过年幼时曾常随母亲经过的村庄时，他回忆起当年和母亲一起走的情形：

　　　　篮舆送侄我从后，一步低回一肠断，秋雨烂途度阡陌，婿乡未到天暮色。每逢曲处便看我，远听慈声唤窗棂。当时归去自洗泥，女须詈我冠犹儿，抛书寸步不离母，随母应到羹扫脐。

至少清代，儿子描写与母亲或者其他女性亲属如此亲密的肢体接触是很不寻常的，甚至连他的家里人都嫌他太"孩子气"了。而他并不在意他们，只是沉浸在对母亲的爱里。①

　　郑珍对母亲所有的热爱都随着 1840 年她的辞世而告终。母亲的去世让他在很长一段时间内失去了对做学问甚至对生活的兴趣。从 1842 年他 3 年守丧结束时写的一系列追忆母亲的诗作中可见其绝望之深。虽然这些诗作也

---

　　① 另外两个类似的例子是袁枚和黄遵宪。袁枚与其祖母同榻一直到他 23 岁；黄遵宪与他的曾祖母关系也十分亲密，曾祖母在他小的时候对他的照顾无微不至，还把他打扮成小姑娘。参见 Schmidt, *Harmony Garden*, pp. 103, 5 - 6。

许并非只为了追念母亲和她所在时日，但强烈的怀恋之情常常跃然纸上。
第一首诗（1842，1a）是关于桂树的，每当他离开垚湾时，母亲便在桂树
下张望，"桂之树下坐石弦"，直到最后彼此"两不见"，郑珍描述了在母亲
离世后桂树在他心中引发的感情：

> 嗟嗟乎，桂之树，吾欲祝尔旦暮死，使我茫无旧迹更可怜。吾不
> 祝尔旦暮死，使我自今抚尔长潸然。桂树止无情，永念对葱芊。

如此剧烈的爱恨交加的表达非常吸引现代读者（及 19 世纪末的读者），但
这样的表达不禁令与郑珍同时代的人认为是不平常甚至是不适当的。

其后，郑珍的生活围绕着母亲的坟墓，那里是"哀雏叫深夜"之地
（1843，2a），他把家和书斋都迁到墓地旁边，并忙于对父母的祭祀。在
1850 年的一首写他派儿子知同从镇远回家的诗作（1850，2）中，郑珍对墓
地的思念甚至重于居所：

> 悠悠我之思，上念父母阡。

郑珍如此在意父母的墓地，一方面是出自传统中的孝道，另一方面也是更
主要的，是他对他们深深的爱以及他强烈的过分的情感和自责。人类总是
难以摆脱自责的折磨。而当政治、经济局势恶化，当外来的侵略者长驱直
入、恣意妄为时，整个中华民族都感到从未有过的自卑和自责。郑珍和洪
秀全辈由于科考落榜和穷困而产生的自责迅速地转化为民族的自责，这种
自责是中国早期现代性中最突出和令人不安的一个特性。①

十一　郑珍"非正统"的行为

尽管郑珍和他母亲的关系有些不寻常，不过他还是那个时代典型的文

---

① 关于这种全民性，特别是民国时期全民性的自卑、自责情绪的精彩分析，参见 Jing Tsu（石
静远），"Community of Expiation: Confessions, Masochism, and Masculinity," *Failure, National-
ism, and Literature: The Making of Modern Chinese Identity*, 1895 – 1937, Stanford University
Press, 2005, pp. 167 – 194; "Kumen, Cultural Suffering," *Failure, Nationalism, and Literature*
pp. 195 – 221。

人——全心投入细致的古典文献研究中，努力寻求它们数百年前的本意。在对他积极现代性的研究中，主要考察的是儒家经典或儒家经典的衍生作品，但考虑到贵州省的具体情况和宗教中庸之道，我们还需仔细地分析这个问题。因为在中国，还能在哪里找到像镇远青龙洞这样的地方——其孔庙、道观、佛寺比邻相建、唇齿相依？[①]中国人的思想确以中庸之道闻名，但在一个剥离宋明理学中释道成分，努力将其还原回圣人本意的年代中，较之前代，如此融通混杂似乎更不易被接纳。

郑珍虽致力于对儒家经典的清理，但他的诗作中经常显示释道的影响，这些很难被同样思想背景的学者所接受，而且这些影响中常暴露一些貌似完全与他的思想相悖的阴暗面。与先前的学者不同，他态度鲜明地反对自己的思想中融入释道，在谈到过去的宗教时，他曾写道："佛之行背伦弃常，广张罪福以资诱胁，祸仅足以乱天下。"[②]可尽管怀有这样的思想，郑珍还是欣然在昆明参观佛寺（1837，1和2），承认素食的好处，用佛教用语"妙明心"（1843，2b）来形容自己的思想。[③]

郑珍虽危言耸听地说佛教"足以乱天下"，但佛教对于他而言，既有光明的一面又有阴暗的一面。他赞叹佛寺的辉煌，有时也被佛教的一些理论所吸引，不过他对佛教中的一些异端组织还是记忆犹新的，特别是白莲教，白莲教从嘉庆年间发动起义，到了郑珍那个时代，仍然威胁着大清的安危。从这个角度而言，他反对佛教，同时，他又被流行于华东、华南的形态各异的佛教造像所吸引，在他早年一首艰涩的关于碧霄洞的作品（1829，1）中，在描写岩石造型时，他也借用了佛教造像：

厥仙佛菩萨，拱立坐跪拜。携簠簋咸施，与跛瞽兀癞。

一般很少将佛教和这些奇怪的意象联系起来，但如果有人有幸去昆明附近

---

① 关于这个地方的介绍参见《中国名胜词典》，上海辞书出版社，1981，第957~958页。

② 关于郑珍同代人对佛教危害社会的抨击研究，参见 Judith A. Berling, "When They Go Their Separate Ways: The Collapse of the Unitary Vision of Chinese Religion in the Early Ch'ing," In Irene Bloom & Joshua A. Fogel eds., *Meeting of Minds: Intellectual and Religious Interaction in East Asian Traditions of Thought*, New York: Columbia University Press, 1997, pp. 219 – 24。

③ 郑珍：《巢经巢文集》第三卷《甘秩斋黜邪集序癸卯五月》，第75页。郑珍著、龙先绪注释《巢经巢诗钞注释》第六卷《至仁怀厅五日即病》（四首之三），第241页；郑珍著、白敦仁笺注《巢经巢诗钞笺注》第六卷《至仁怀厅五日即病》（四首之三），467页。

的筇竹寺参观，看到过形态怪异甚至可说是恐怖的五百罗汉时，则不难理解郑珍在作品中的描绘。①

无论怎样，佛教对郑珍的世界观影响不大，而道教对他的影响很大，比如，起源于汉代的养生术和与之相反的老子、庄子作品中的哲学观念"道"。②粗略看起来令人费解，因为郑珍曾说道教对许多前代大儒"昏塞其肺腑"，清代时道教的发展也急转直下。③ 在一首和陶潜的诗（1842，2b）中，他说佛教和道教都是徒然在"立物表"，在同系列的另一首诗（1842，2c）中，他对道教对未来的预言嗤之以鼻。④ 然而，尽管郑珍和他的许多同代人都对宗教感到疑惑，但他们很难不接触宗教，因为郑珍所挚爱的母亲就是一位虔诚的信徒，她定期祭拜据说掌管福禄寿的北斗星。⑤ 实际上，郑珍自己也祭拜一些道家神仙，如文昌帝君；又如在母亲病危时他祭拜孙思邈，而他最后一首诗是祈求孙思邈将他从即将来临的可怖的死亡中挽救出来。⑥ 打个也许不恰当的比喻，郑珍对道教时而发生的尊崇，正如许多现代的西方学者一样，他们从小就接触基督教，到了成人后，他们不再去教堂，但是当他们或家人遇到致命的危险时，他们仍然向上帝寻求帮助。郑珍对孙思邈

---

① 这些罗汉是黎广修于 1883～1890 年创作的。有的乘风破浪，有的骑着蓝色的狗、螃蟹、独角兽！这些塑像虽然是在郑珍死后完成的，但也代表了晚清中国西南如四川、贵州、云南等地的佛教造像风格。可惜这些塑像艺术后来都被毁坏了，因此很难了解这方面艺术的具体的发展情形。

② 很遗憾笔者不能对哲学的道和宗教的道做出很清晰的区分。参见 Kristofer Schipper, Franciscus Verellen, *The Taoist Canon: a Historical Companion to the Daozang*, vol. 1, University Of Chicago Press, 2005, pp. 6 – 7。不过郑珍那个时代的人大都根据宋代以来的观念来区别二者。

③ 郑珍：《巢经巢文集》第四卷《跋学蔀通辨》，第 103 页。在这篇文章中，郑珍可能将哲学的道和宗教的道混同了。

④ 严格地说，对未来的预言并非道教专有，但道士（及和尚）经常在法事中用到。郑珍在诗中和他同时代的许多学者一样，都将预言与道教相关联。

⑤ 六朝时既有对北斗星的祭祀。参见 Schipper, Verellen, *The Taoist Canon*, vol. 1, p. 85。不过直到晚近，祭祀仪式才完备起来，特别是有了如《太上玄灵北斗本命延生真经》的经文。参见 *The Taoist Canon*, vol. 2, pp. 952 – 954。

⑥ 文昌帝君是主管学业的神仙，配有振奋精神的祭仪。参见 Schipper, Verellen, *The Taoist Canon*, vol. 2, pp. 633 – 634, 732。关于郑珍对这些神仙的尊崇，参见郑知同《敕授文林郎徵君显考子尹府君行述》，第 708 页。关于孙思邈的诗，参见郑珍著、龙先绪注释《巢经巢诗钞注释》第二卷《五月一日祀唐孙华原先生》（1833）（第 75 页）及同书第六卷《至仁怀厅五日即病》（翻译部分，1843，2）（第 241 页）。

罕见的尊崇也还情有可原——因为孙思邈在唐代行医，确有其人。①

　　郑珍对道教的兴趣不仅限于医道，一首早期的诗作（1830）说明他也临摹道家经书：

> 晚兴
> 写毕黄庭册，②归从道士家。晚风亭子上，闲看白莲花。③

在后期的一首关于他喜欢食素的诗（1855，6）中，他认为食肉有害健康，写道"冤我脏神哭"，显然用了道教的五脏（心、肝、肺、肾、脾）由5位神仙掌管的观点。④甚至有时郑珍梦想成为道家神仙（1837，2）：

> 登高临风望乡国，似到蓬莱方壶之绝境。忽讶何时身已仙，老亲稚子抛不得，失声一呼落羽翼。

即使他已经长出翅膀，胡僧指着带他脱离尘世的"归鹤"，但儒家的对父母、孩子的责任也让他不能离开尘世。

　　郑珍对妻妹的感情是他个人生活超出严苛的儒家道德樊篱的一面，在前文介绍他的生平时我们引用过的诗句中，他借用道教神仙麻姑来指代她：

> 安得麻姑携手去，十洲三岛看梅花。

这里麻姑一方面代表真实的人（湘佩），另一方面是郑珍想脱离晚年困境的象征——在汉学的现实世界中绝无可能。

　　在极端艰难的情形下，郑珍甚至渴望逃离现实，成为道教居士。在他

---

① 关于孙思邈，参见 Schipper, Verellen, *The Taoist Canon*, vol. 1, pp. 338 - 340；另外，有关医道的下文也和他有关。这有可能是郑珍的父亲和祖父因为行医即尊崇孙思邈，但未找到他们尊崇孙思邈的证据，目前所知的郑珍家人和道教有关的仅限于郑母一人。

② 郑珍抄写的《黄庭经》深受书法家喜爱，最早也是最著名的抄写《黄庭经》的书法家是王羲之（303~361年），他当时是为了换鹅而抄写此经的。

③ 郑珍著、龙先绪注释《巢经巢诗钞注释》第二卷《晚兴》，第46页；郑珍著、白敦仁笺注《巢经巢诗钞笺注》第二卷，第82页。

④ 郑珍著、龙先绪注释《巢经巢诗钞注释》第二卷《黎仁风复淳招饮许旌阳祠醉书》，第458页；郑珍著、白敦仁笺注《巢经巢诗钞笺注》第二卷《黎仁风复淳招饮许旌阳祠醉书》，第938页。

最后一次会考落榜时他写道：

> 名场遍走历纷纷，水尽山穷看白云。三十九年非到底，请今回向玉晨君。① （1844）

玉晨君就是太上玉晨大道君，是道教三清之一，产生于原始道教，后被上清茅山派的主要创始人陶景弘尊崇。②

初看起来，郑珍对道教的兴趣似可成普遍存在于中国早期知识分子中的宗教和哲学相混合的又一例证，但我们已经了解到郑珍认为道教对先前的思想家危害甚重，而且虽然并未给他带来超越现实生活的改变，但道教对郑珍而言，却有一个既吸引他又令他排斥的阴暗面。那首本文已经两次引用的，创作于早期的诗作《碧霄洞》是这两个方面的绝佳例证，虽然诗中佛教的意象多于道教，而19世纪的读者们仍难以忽视这首诗和中国诗文作品中描述的道教地下仙境的关联——最著名的是李白的《梦游天姥吟留别》。李白的这首杰作描述了他攀登了天姥山，并进入神话中的一个地下的道教仙境中：

> 青冥浩荡不见底，日月照耀金银台。霓为衣兮风为马，云之君兮纷纷而来下。虎鼓瑟兮鸾回车，仙之人兮列如麻。③

无疑，山峦开裂显现这些夺人心魄的场面时，李白深受震撼，不过这种震撼更多的来自对奇观的敬畏，而非对洞穴里黑暗或妖魔的恐惧。正如诗中所说，这些都是一场梦，最后李白在床头感叹道：

> 世间行乐亦如此，古来万事东流水。④

---

① 郑珍著、龙先绪注释《巢经巢诗钞注释》第七卷《自清明入都病寒》（六首之四），第260页；郑珍著、白敦仁笺注《巢经巢诗钞笺注》第七卷《自清明入都病寒》（六首之四），505页。

② 此神又被称为灵宝天尊、上清大帝。在网页：http://www.dysc.com.cn/dysc/dsptext.asp？lm-dm = 1101&wddm = 0011&file = 200852211010011.htm（2009年11月26日访问）上有神像和相关讨论。也可参见 Schipper, Verellen, *The Taoist Canon*, vol. 1, p. 425, 1085. 参见陶弘景著、王京州校注《陶弘景集校注》第九卷《洞玄灵宝真灵位业图》，"玉清三元宫"，"右位"，上海古籍出版社，2009。和郑珍相类，陶弘景也对医学感兴趣。

③ 〔日〕花房英树：《李白诗歌索引》，上海古籍出版社，1991，第467页。

④ 〔日〕花房英树：《李白诗歌索引》，上海古籍出版社，1991，第467页。

郑珍的诗歌开篇更独特，他描述了一条巨大的黄龙如何口吐洪水造出这个他所探访的洞穴：

> 吐泄夺造化，挍炼鼓橐韝。天动九地裂，顿辟一世界。雷电下挝撼，投楔却奔溃。

在这番从他早年所读的《山海经》和韩愈诗作中借鉴颇多的、不同寻常的造洞传说之后，郑珍、他的舅舅黎恂、他的表妹千万年后出现于此，他们是乘车而非腾云驾雾到这里的。郑珍承认这个地方最初发现时，肯定有"魇死者"，但对郑珍而言，巨穴是个让他十年前就惊诧不已的"灵境"。抵达这一自然奇观时，郑珍一行人：

> 谽谺见巨口，俯瞪吓焉退。定魂下窅窱，窈窱半明晦。一謷劢啸呼，乡砰磅礴磕。

而所见之景是那样神奇，令人惊诧，甚至可怖：

> 大孔雀迦陵，宝璎珞幢盖。钟鼓干羽帔，又杵臼磨硙。虎狮并犀象，舞盾剑旌斾。础楹芬藻井，釜登豆鬲鼐。更龟鳖蛙蟾，及擂炮鳌铠。

上文已经提到过罗汉、菩萨怪异的形象，而这里亦有：

> 倒茄垂瓜卢，悬人头肝肺。

而这些却实在与李白美妙的描绘相去甚远！虽然郑珍在结尾时也表达了希望用自己的文学才华"为尔破荒昧"，他希望更多的人能和他一样"咄喏同感喟"，但大多数读者发现郑珍所描述的洞穴中的阴暗、恐怖景物在他们脑海中挥之不去。

郑珍对于道教的爱恨交加，不仅表现在为数不多的、在常见于道教文学描写中的地下"灵境"游览中，而且表现在他对道教仪轨和佛教仪式既有兴趣又有反感之情感中。因为郑珍生活的年代，起义频发，而大多数起义头目都自称有法术，所以郑珍对如被算命先生舒犬左右的杨龙喜等人的行为心怀恐惧。舒犬把一块石头放在杨龙喜的枕头下面，当杨龙喜睡觉时，石头发出了神秘的光，于是很多人迷信杨龙喜。同样令郑珍厌恶的是号称信上帝但其实仪轨类似于早期佛教或道教的太平军，如在其描述太平军围困遵义的诗中所述：

> 壕边作女乐，地底行魃蜮。① （1862，6）

虽然厌恶这类"巫术"，郑珍却似乎多次请教灵媒和算命先生，如一首他写给两个弟弟的诗所述：

> 日者昔语我，子限一星带。看来两不育，此语信著蔡。② （1836）

那个年代中，郑珍肯定不是唯一一个去找算命先生的人，但郑珍明显为自己所为感到不安，如一首名为《自讼》（1861，1）的，属于他笔调最为轻松的作品之一的诗所写，诗的主人公是一位流动的"髡民"，他"打包郡城隈"，靠"日持相人术，诱胁叟及孩"谋生。③ 郑珍自幼受教于19世纪汉学派的理性思维，又阅读过批判算命术的古籍文献，因此他：

> 口不谈珞璐，面不临镜台。

然而近来，他却对算命越来越感兴趣，开始阅读这方面的书籍，还让这位僧人帮他算命，邀僧人去他的书房以摆出命理图，但他的好友萧光远却对此无甚兴趣。这时，僧人：

> 降词复借色，令以吾年推。彼乃唱腐偈，悦我及黄鲐。

---

① 郑珍著、龙先绪注释《巢经巢诗钞注释》第六卷《闰八纪事》，第632页；郑珍著、白敦仁笺注《巢经巢诗钞笺注》第五卷《闰八纪事》，第1334页。
② 郑珍著、龙先绪注释《巢经巢诗钞注释》第三卷《适滇》，第114页；郑珍著、白敦仁笺注《巢经巢诗钞笺注》第三卷《适滇》，第213页。
③ 郑珍提到和尚的落发，说明这个"髡民"穿着僧袍。

可能预言者夸张地奉承郑珍可以长寿，或他的"腐偈"与杨龙喜的军师舒犬或太平军的魔咒相类似，郑珍徒生厌恶，并在诗作结尾对自己的行为甚悔，用儒家的宿命论攻击道教的迷信，总结为：

> 萧君诚笃道，得不惭愚呆。漫写讼吾过，自警非诗牌。

但郑珍从未完全放弃道教，在他生命最后的时刻，他并未念诵儒家经典或引用戴震的学术作品，而是祭拜了他最敬爱的神祇孙思邈（1846，3）。因为郑珍已危在旦夕，他的表弟黎兆祺和亲戚们跪拜孙思邈并将他们要给郑珍服用的药方向之禀告。是郑珍本人教会他们这些离经叛道的事儿，虽然郑珍认为儒家允许祭神，可他却不能确定这样的祭拜是否有效。突然间，郑珍的亲戚们说看到郑珍已经去世的父亲骑着马立在神像旁边，郑珍认为这是可能的，因为他的父亲是个免费给人看病的好人，神祇是不会忘记他的善行的：

> 闻亲所在赶不往，事虽恍惚理由常。

这时亲戚们都簇拥着郑珍，争着地让他尝试他们手中拿着的药方，而这只能让他增加"感怆"，那一刻他为自己选择死亡而感到烦恼：

> 文章事业止如此，六十而死非夭亡。先人果随隐君后，负书便可同颉颃。居生何补亦何味，更要白辛须备尝。

郑珍甚至不能决定他究竟想要什么（假定他能选择），他的诗歌宗师韩愈说过"百年未满不得死"，最后郑珍还是在不确定中坐着，"坐对射壁灯煌煌"。诗中所描述的痛苦、孤单、不确定和我们现代社会中的类似——和前一个世纪诗作被广为传颂的袁枚绝命诗对比，也许能更清晰地表现出来：

> 病剧作绝命词留别诸故人
> 每逢秋到病经旬，今岁悲秋倍怆神。天教袁丝亡此日，人传宋玉是前身。① 千金良药何须购，一笑凌云便返真。倘见玉皇先跪奏，他生

---

① 宋玉是东周时的著名诗人。

永不落红尘。①

袁枚似乎无怨无悔地接受死亡的来临，为自己不需再买药而感到解脱。他将很快大笑着去往天庭，相信天帝会同意他不再投胎人世的请求。袁枚虽对 19 世纪的现代性贡献良多，但他和郑珍完全是生活在不同的时代。

十二　后继者

郑珍的典范作用在其 1864 年离世后仍影响到沙滩群体的现代性。这一群体的所有成员都和郑珍关系密切并将郑珍铭记在心。不可否认，他们在离开沙滩后接受了新的影响，但他们终生都持守在贵州期间学习到的核心价值观；当郑珍死后多年，他们仍称颂郑珍对他们的影响。

对老师的敬爱有时甚至会让他们去冒巨大的危险。例如，1888 年，黎庶昌在中国驻日使馆工作时，因为上书朝廷请求在沙滩为郑珍修建祠堂而被连降三级。黎庶昌知道上这样的奏章违反朝廷规矩，但他对郑珍如此敬仰，宁愿牺牲自己的仕途。② 郑珍的得意门生，被郑珍称为"他日承吾志者其此子乎"的黎汝谦虽未有这样激烈之举，但他终生推广老师的作品——1891 年任横滨领事时，他将郑珍的学术作品和诗歌送给年轻的郑孝胥（1860 ~ 1938 年），郑孝胥后来成为民国时期的大诗人之一。③

郑珍死后 33 年，黎汝谦仍在诗中表达对郑珍的敬仰，参见他后期所写的一首佳作（1897），这是首诗被他题写在一本当时新出版的郑珍诗集上。这首诗从学生们的角度以欢快的笔调描绘了郑珍，其中形象的描述手法显然得益于郑珍的叙事诗。诗中黎汝谦也表达了自己未能成为老师的合格继

---

① 袁枚：《小仓山房诗集》第三卷十七，学识斋，1868，第 1079 页。
② 参见黄万机《黎庶昌评传》，第 106 ~ 111 页。
③ 关于郑珍对黎汝谦的赞扬，参见周恭寿编辑《续遵义府志》第七册第二卷十上（"列传"，第 10a、2753 页）及龙先绪《黎汝谦年谱》（未刊稿）第 5 页。黎汝谦是郑珍妻子堂弟黎兆祺的第三子。如前文所述，黎兆祺在郑珍死前为他举行道教祭祀。黎汝谦传略参见周恭寿编辑《续遵义府志》第七册第二卷十，"列传上"，第 10 ~ 11、2753 ~ 2756 页。我唯一所见的一篇关于黎汝谦文学创作讨论的期刊论文是龙先绪《兼论黎汝谦的文学成就》，《贵州师范大学学报》1993 年第 2 期，第 50 ~ 51 页。郑孝胥致谢黎汝谦的诗作收录于郑的诗集中，参见郑孝胥《海藏楼诗》第一卷《黎受生遗郑子尹书四种及巢经巢诗钞》，扫叶山房，出版时间不详，第 13a 页。

承者而感到遗憾，也担心他题写在老师大作上的诗歌"污公趺"。① 黎庶昌
和黎汝谦的作品都清晰地表明，虽然他们受到其他作者特别是曾国藩圈子
中的成员的影响，但郑珍的典范是他们的现代性的最初的来源。

郑珍的朋友和亲属对其现代性的发展总结如下。郑珍的儿子郑知同是
沙滩群体主要成员中最后一位离开故乡的（1874），他并未忽视身边正在展
开的新时代。他离开贵州后的第一站是四川，在那里他任职于张之洞幕下。
不过1879年早春，他已经到了武昌，春末时他乘汽船去往上海。他一定为
首次接触现代科技而兴奋，因为他为这次长江之行写下同系列4首绝句，探
究现代旅行对多少个世纪以来的传统羁旅诗的改变——现代旅行的速度加
快，诗人们不能再在沿途的景点中逗留。② 不过郑知同并未对这样的变化而
不满，他轻松地将从父亲处继承的对中国科技的兴趣，转向那时传入清帝
国的西方新科技，而且他的诗比黄遵宪在从旧金山使馆回中国时所乘汽船
上写的同类诗还要早六年。③

当他抵达上海后，上海的西化并未令郑知同反感，郑知同还在这个时
期为远足去西城观览那里的一座英式花园而写下他最著名的诗作之一。诗
中郑知同感叹英国人居所的美丽和富有，并表达了自己对一位偶然相遇的
英国女士的爱慕！④遗憾的是，郑知同虽是他那个时期最出色的书法家和诗人，
但他生活在新的现代社会的衰落期，1890年卒于广州，鲜为同代人熟知。

郑珍密友莫友芝的生平则平顺得多，因为他1858年离开贵州后不久，
便成为广为人知的杰出学者和清代最著名的诗人之一。郑珍从莫友芝的父
亲那里受教颇多，特别是在汉学方面，而汉学是郑珍思考、解决问题的主
要门径之一。在莫友芝离开沙滩前，郑珍和他几乎形影不离，互赠大量诗
歌，在郑珍臭椿蚕养殖的科技文章写作和其他方面多有合作。影响当然是
双向的，但两个人中，年长的（诗名更甚的）郑珍对莫友芝的影响要大于
莫友芝对他的。离开贵州后，莫友芝不断地推广郑珍的作品，而且曾国藩

① 黎汝谦：《夷牢溪庐诗钞》第七卷《题巢经巢诗钞》，学识斋，1868，第2~3页，第690页。郑珍同龄人所写的同样感人的诗为黎兆祺所写。参见黎兆祺《忆西行并序》，《西营山人诗钞》，4-6b-7。

② 郑知同：《屈庐诗集笺注》第四卷，中国文联出版公司，2004，第170~171页。

③ 黄遵宪著、钱仲联笺注《人境庐诗草笺注》第一册第五卷《八月十五夜太平洋舟中望月作歌》，中华书局，1963，第395页。现代科技在个人生活中的运用所带给黄遵宪的困扰远大于郑知同。

④ 郑知同：《屈庐诗集笺注》第四卷《偕莫绳孙游观上海城北英国园林》，第172页。

显然是受了他的影响才邀请郑珍来做幕僚的，尽管郑珍未能成行。

莫友芝离开贵州成为曾国藩幕僚后不久，就受到西方的影响。虽然他来自中国最隔绝的省份之一，并负责为曾国藩寻找古代典籍的珍版，但他开始阅读西方科学和政治方面的著作后，很快认识到本杰明·富兰克林关于闪电实验的重要性，并欣赏美国的民主和逐渐强大起来的美国。① 同时，莫友芝对西方的军事威胁及西方对中国文化的影响日渐关心，在 1861 年的长诗中写道：

　　　一我天地间，古今足推到。②

然而，在莫友芝现代性发展中最令其震撼的事，发生在 1865 年他从江苏到上海搜集珍版书的时期。他上海之行的主要目的是和丁日昌（1823～1882年）讨论版本，丁日昌是大藏书家，彼时任辖上海的苏松太道台。③ 丁日昌恰好也管理彼时中国最大的现代化的工业体——江南机器制造局。莫友芝上海之行的主要精力投注在珍版图书的搜求中，但他五月二十九（6 月 22日）的日记却记录了一段新奇的经历——他首次参观江南机器制造局：

　　　竹儒来邀同往外虹口铁厂观西洋制造诸机器，局中以一大屋分置诸器，截者磨者钻者开槽者截圆者来镂者刻螺者并施之，铜铁大小各数事，每事以轮运之，或一或二或左右诸轮，皆皮环系于上衡，于旁屋置火水，复有轮运之，其气行于上衡以运诸轮。一室之中，百轮俱转，众工齐作，亦奇观也。

日记中莫友芝描述了在他故乡贵州从未见过的由蒸汽机驱动的金属加工机，

---

① 莫友芝：《郘亭日记》，国家图书馆出版社，2015，第 239～240、287 页。

② 莫友芝著，龙先绪、符均笺注《郘亭诗钞笺注·后集》第七卷《杂感》，三秦出版社，2003，第 502 页，。

③ 关于丁日昌，参见 Arthur W. Hummel, *Eminent Chinese of the Ch'ing Period*, 1644 - 1912, pp. 721 - 722。新的、详细的丁日昌传参加赵春晨《晚清洋务活动家——丁日昌》，广东人民出版社，2007。关于丁日昌对江南机器制造局的管理参见 Thomas L. Kennedy, *The Arms of Kiangnan: Modernization in the Chinese Ordnance Industry*, 1860 - 1895, Westview Press, 1992；特别是见该书 pp. 44 - 48。在大量的政治和学术活动之外，丁日昌也写诗，他的诗集是《百兰山馆古近体诗》。关于这一时期上海道台的研究参见 Yuen-Sang Leung, *The Shanghai Taotao, Linkage Man in a Changing Society*, 1843 - 1890, Honolulu: University of Hawaii Press, 1990。

但他很快就对这些机器赞不绝口，因为他曾和郑珍一起研究过养蚕的技术，或因为他读过郑珍关于秧马的诗。虽然对这些技术完全陌生，莫友芝却对其并不排斥，反而夸奖"亦奇观也"，这个说法通常用于夸赞高峰或大河。

莫友芝对新技术夸赞有加，其随后所为更是出人意料。由其子莫彝孙的陪同此番安徽、江苏之行，对莫友芝的学术活动大有助益；而彼时，莫友芝决定将莫彝孙留下，在丁日昌的照拂下在江南机器制造局工作。① 莫彝孙就是莫友芝那个由于学业出众而被郑珍选为女婿的儿子。莫彝孙需要将其所有的时间都花在"算学制造及地理"的学习上，自然也包括当时翻译成中文的微积分的新书介绍。②

不幸的是，莫彝孙 27 岁时因病卒于上海（1870 年），他的弟弟莫绳孙继承了他的事业，并因名盛而于 1885 年时被任命为中国赴欧洲使团，跟随新派驻的大使刘瑞芬（1827~1892 年）前往英国和俄国。莫绳孙是沙滩三大外交官中最不出名的，但他给我们留下出访欧洲的精彩日记（可惜竟然还未正式出版），并将一部俄文军事规则翻译为文言文（也未出版）。③ 莫绳孙并非是莫家唯一对中西方关系做出贡献的人，莫友芝的弟弟莫祥芝在东西方关系中扮演了重要角色，他于 1876~1879 年和 1884~1887 年两度出任上海县丞。④

黎家人对郑珍现代性的发展程度甚至大于莫家。现在说的黎庶昌尤以此著名，因为他是中国首次派驻西方常设使馆的三人之一。他跟随郭嵩焘和第二号人物（副使）、死硬的保守派刘锡鸿（1848 年中举）于 1877 年前往伦敦。⑤ 不像郭嵩焘，黎庶昌在中国时对西方没有了解，但他很快接受了英国的生活方式，并于 1877 年 3 月（农历二月）给朋友写信，热情洋溢地介绍

①　莫友芝：《邵亭日记》，第 362 页。也可参见黄万机《莫友芝评传》，第 265~266 页。
②　莫友芝：《邵亭日记》，第 362 页。
③　张剑：《莫绳孙年谱简编》，《莫友芝年谱长编》，中华书局，2008，第 553~554 页。《莫绳孙年谱简编》由收藏于台北"国立"图书馆的莫绳孙大量未出版的日记和信件编辑而成，这些资料对先前的中国大陆学者来说都很难看到。莫绳孙翻译的俄文军事规则也在收存在台北。
④　黎庶昌：《拙尊园丛稿》第二卷《莫善征墓志铭》，中国文史出版社，2007，第 41b、144 页。
⑤　刘锡鸿的存世作品收录于《刘光禄遗稿》。目前所见的关于刘锡鸿的研究专著有张宇权《思想与时代的落差：晚清外交官刘锡鸿研究》（天津古籍出版社，2004）。关于在伦敦期间刘锡鸿对变革、现代化的反对，参见刘锡鸿《英轺私记》（岳麓书社，1986）中的介绍文章《郭嵩焘的死对头》。

英国的繁荣，赞扬英国议会制度和民主体系。[1] 黎庶昌始终不断地在努力了解英国，在 1880 年 8 月（农历七月），他完成了一篇著名的散文，这篇文章恐怕是桐城派第一篇正式的、纯文学的、介绍作者在西方经历的作品，而且也应该是中国第一篇纯文学的、赞扬英国文化精神、思想的文章——一般的赞扬之作都是关于西方科技的。[2]

踏着郑珍的足迹，黎庶昌不断地推行革新，1862 年他两次就政体改革给朝廷上书提出详细的建议。两度在驻日使馆任职，接触到明治维新西化中的日本社会后，他更坚信中国的革新应该依据西方模式。[3] 经过长期思考，1884 年 4 月（农历三月）——比康有为百日维新还早十四年——黎庶昌向总理衙门递交了关于政治革新提案的《敬陈管见摺》，要求总理衙门转呈朝廷。[4] 黎庶昌深知他此举所冒的风险。他已亲眼所见郭嵩焘由于出版了从上海到伦敦的旅行日记，在朝廷激起轩然大波而致使其外交生涯被毁，他也见到 1879 年郭嵩焘辞职后因为担心生命安全而不敢去北京上朝。[5] 幸而黎庶昌没有付出同样的代价，但正如我们所提到的，4 年后他被降职。

黎庶昌的哥哥黎庶蕃（1829 ~ 1886 年）虽无外交官这样显赫的职业经历，但如同其他受教于郑珍的沙滩群体成员一样，他很快也去了上海，并以进步的思想、开放的头脑著称。他是我所知道的唯一写诗（1877 末到 1878 初）赞颂中国第一条铁路（上海至吴淞口，于 1876 年农历五月十八、公历 6 月

---

① 黎庶昌：《与李勉林观察书》，《西洋杂志》，湖南人民出版社，1981，第 180 页。

② 早些时候，James Legge（1815 ~ 1897 年）的中国古代文学作品英译版的协作者，也是中国现代新闻业的奠基者之一王韬（1828 ~ 1897 年），曾在一篇八股文（a less elegant style）中写道："中文原文。"参见王韬《游博物院》，《漫游随录》，社会科学文献出版社，2007，第 127 页。这段叙述是在关于苏格兰女性虽貌美却不易被勾引讨论后的总结，真是典型的王韬风格。

③ 关于对这些文献的探讨参见黄万机《黎庶昌评传》，第 32 ~ 35 页。原文见黎庶昌《拙尊园丛稿》第一卷《上穆宗毅皇帝书》（第 1 ~ 10、21 ~ 39 页）及同卷《上穆宗毅皇帝第二书》（第 39 ~ 61 页）。Mary Wright 论述了包括黎庶昌在内的官员就频发的起义批评朝廷一事，但未提及黎庶昌早期的革新活动，参见 Wright, *The Last Stand of Chinese Conservatism: The Tǔng-Chih Restoration, 1862 – 1874*, Stanford Univ Press, 1957, p. 67 及 p. 327 的注释 96。

④ 全文见于黎庶昌《拙尊园丛稿》第四卷，第 1 ~ 7、369 ~ 380 页。相关讨论见黄万机《黎庶昌评传》，第 106 ~ 111 页。

⑤ J. D. Frodsham, *The First Chinese Embassy to the West : Journals of Kuo Sung-tao, Liu Hsi-hung and Chang Te-yi*, Oxford University Press, 1974, p. lxi.

30 日正式通车），并在清廷决定拆毁铁路时予以抨击的中国文人。① 他也可能是第一位赞颂现代铁路运行奇迹的中国诗人。

黎汝谦比黎庶昌和黎庶蕃的名气更大，难怪郑珍将他指定为自己真正的继承者。像老师一样，黎汝谦也数次科考落榜，而且如果不是 1882 年跟随黎庶昌去神户领事馆工作，他也就没有机会在仕途发展。也许因为是郑珍的学生，黎汝谦很快就适应了日本的生活，开始西方文学的学习。他喜欢西方绘画和音乐，空余时间翻译华盛顿·欧文（1783~1859 年）的五卷本《乔治·华盛顿传》——这是美国作家的著作第一次被翻译成文言文，比林纾翻译的欧文作品（1906）早了近 20 年。② 黎汝谦第二次的领事馆工作是在横滨（1890~1893 年），其间他结识了郑孝胥，这段时间他最显著的成绩之一是创作了一首关于文学理论和实践的长诗，这首诗标明他以自己的观点对郑珍的文学理论得以继承和发展。③

1893 年回国后，黎汝谦的命运波澜起伏，其结局悲惨甚过于其师郑珍。但是，正是在黎汝谦的晚年，他的诗文造诣达到顶峰，同代人无出其右。1895 年时，黎汝谦已吸收了文化相对论的观点，在诗作《各国妆饰歌》的结尾写道：

> 我今多见成达观，各从其俗皆天然。不须勉强生分别，风气成时即自安。④

---

① 黎庶蕃：《椒园诗钞》第五卷《火轮车》，黎庶昌编辑《黎氏家集》第七至八卷，遵义黎氏日本使署，光绪十四年，第 24b~25a。关于这段铁路的建设和拆毁的情况，参见 Reid Alan, *The Woosung Road: The Story of the First Railway in China* 1875 – 1877, Woodbridge: Monewden Hall Suf-folk, 1979 一书。

② 关于黎汝谦对西方绘画的评论，参见黎汝谦《夷牢溪庐文钞》第六卷《日本东京油画记》，学识斋，1868，第 14、624 页。一首关于西方音乐、舞蹈的诗作，参见《夷牢溪庐诗钞》第三卷《西领事请观跳舞会》，第 656 页。黎汝谦未用欧文的原书名，而改为《华盛顿全传》。这本译作有两个版本：《华盛顿传》（上海，1886）和《华盛顿 Taixi 史略》（上海，1897）。容易找到的这本书的原文版本是 Washington Irving, Allen Guttmannand James A. Sappenfield eds., *Life of George Washington*（五卷本之三）。本书初版时所获评价升高，如今被认为是 1775~1865 年间所写的最佳的华盛顿传。参见编辑推荐，*Life of George Washington*, pp. xxxvi – xxxvii。

③ 黎汝谦：《夷牢溪庐诗钞》第四卷《与吕秋樵增祥大令郑苏戡孝胥舍人论诗》，第 16~18、666 页。

④ 黎汝谦：《夷牢溪庐诗钞》第六卷，第 4~5、681~682 页。

虽然离开沙滩时日已久，黎庶昌的人生观仍秉承了郑珍的开放性思维和对问题的理性解决方式。

虽然这样的哲学观给他带来思想方面的宁静，但他还是对中国被日本和西方列强瓜分的未来而担忧，他越来越明确地认识到中国自身对此局面应负更多的责任。他的失望在讽刺散文《畏垒国游记》（1898 或 1899）中达到顶点，该文章中他为国家的不幸命运而哀痛，批评在此之前的激烈革新为时已晚，他与彼时的中国社会和中国文学都很疏离。① 在一次纪念五四运动及其作家的集会上，笔者曾用中文发言称黎汝谦是 "19 世纪的鲁迅"。

上文简述了郑珍的现代性如何被他的朋友和学生所发展。笔者将在其他文章中讨论郑珍的后继者对郑珍的现代性的继承。我们这部分总结大量地论述了郑珍现代性的积极一面，特别是他与彼时中国保守、排外的风气迥异的开放性思维和包容性是怎样令他的学生们从西方文化和政治体系中学到对中国最有益的内容的。

郑珍现代性的消极面也同样存在。虽然后期沙滩群体的成员也对科考怨声四起，但郑珍现代性的这个消极面对他们的事业影响不大，因为他们大多数从科考以外的体系谋得幕僚或外交官的职位。他们对当时最大的担心是由于外强侵略和西方文化对他们所珍爱的信仰的挑战。不可否认，他们现代性的积极和消极面都受到他们所接触的中国和外国学者的影响，但他们的核心价值观已被中国第一位现代主义者、他们深爱的导师、最伟大的清代诗人郑珍所塑造。

十三　郑珍现代吗？

郑珍的思想中到底具有多大比重的现代性？很难对这个问题给出明确的答案，因为郑珍的思想相当复杂，而且不乏矛盾之处，尽管他几乎完全未受到中国之外的影响；但本文讨论到他的许多积极现代性都和 19 世纪西方的现代性雷同。同时，他也展现了包括内疚、焦虑、疏离、迷惑和思想危机这些在 19 世纪西方社会中十分典型的消极现代性。

在他年轻时，这些消极的现代性在中国传统的禁锢中逐渐萌发，其中

---

① 黄万机《黎汝谦与维新运动》（《贵州文史丛刊》1998 年第 4 期，第 1～6 页）讨论了黎汝谦对革新的支持。

大多数都是针对彼时社会实际和思想问题。激发郑珍消极现代性产生的社会际问题主要是经济的全面衰退和政局的日益动荡——这些被郑珍同时代的人（和当代许多学者）认为是朝代更迭时的必然结果。对郑珍和许多同时代的文人而言，另一个同样严重的社会实际问题是科举考试本身的不公平——科考不鼓励原创性，而原创性是郑珍的一个基本特点，也是文学创作的根本。郑珍对古典传统的质疑至少部分源于科考体系限制了谋职的范围，而这也是洪秀全等人起义的主要原因。

然而，郑珍对传统的质疑并非仅出于这样实用的原因。起初，他不可避免地受到由汉学对儒家经典来源的重写评定而引发的越来越盛的质疑的影响，这类质疑甚至让 18 世纪的文人如袁枚对核心文献的可靠性产生怀疑——如《论语》是否能代表孔子的思想。[①] 后来，像郑珍这样 19 世纪的学者认识到，汉学虽能为这类学术问题提供有效的解决方法，但它不能满足精神需求或解决人生重大问题。他十分渴望从宋学中汲取养分以解决这些问题，可他却从未实现这一愿望，主要是因为他的健康恶化，但也不排除他认识到尽管汉宋调和对曾国藩、郭嵩焘这些人可行，对思想层面而言却很难完全通用。[②] 清代的研究已经证实宋代和明代的思想家误解了孔子留下的信息（假设《论语》和其他儒家经典能够告诉我们孔子想表达的是什么）。的确还需要找到其他的解决途径，但对郑珍而言，很难从传统之外找到门路。求助于像道教这类非儒家的思想，尽管能获得暂时的解脱，但最终还会让他感到自责和更焦虑，而且离真理更远。于是，他只能寄托于哲学的和感情的麻痹，最终他带着遗憾离开世界。

虽然郑珍大部分消极现代性可归咎于先前的传统文化，但也有一些原因和其他国家有关。确实很难判断清朝的政治和经济衰退完全是出于中国自身的因素，还是也部分出于世界政治、经济变化的因素；不过无论怎样，第一次鸦片战争之后，外部的影响都是越来越强大。类似太平天国起义这样的事情也许不需要和其他国家的接触即能发生，但基督教对起义发动的影响不可小觑，继而引起如曾国藩等对太平天国强烈的对抗（和许多方面的革新）。这些对抗和革新包括建立地方士绅领导的、完全独立于清朝军队

[①] 参见 Schmidt, *Harmony Garden*, pp. 62 – 63, 98 – 99。

[②] 参见王汎森（Wang Fansen）《中国近代思想与学术的系谱》（河北教育出版社，2001）；其中，特别值得注意的是"旧典范的危机"一章（第 3～110 页），对比了郑珍和晚清文人的困境。

的团练来防御太平军侵袭，征收厘金并将此演变为正式的国家税收，通过设立现代的西化的武器制造厂而极大地增强了军队的火力装备，雇用外国专家和外国士兵并对其配以最现代化的武器。即使我们将太平天国运动和曾国藩等人的对抗完全看作中国本土化事物，第一次鸦片战争中英国对清廷的轻而易举的胜利也促使了清政权内部的反对派增强，加速了清政权的瓦解。同样的，不断增加的与西方的贸易固然为中国的经济发展提供了新的机会，可大量的鸦片和廉价的工业化批量生产的产品的流入，引发了社会和经济主体的崩溃，西方商品的影响甚至在 1841 年在偏远的贵州也以能见到。

郑珍的消极现代性在第一次鸦片战争后、他的母亲去世时加剧——这一点并不奇怪。在他为母亲的服丧期满后写的第一批诗（1843）中，在他写给朋友广东学者陈体元的那首诗里，郑珍开始思考引发战争的新的商业文化的重要性。其后，在他生命中最后十年间，他逐渐认识到，清廷政治和经济的衰退导致了富商和军人中（具有讽刺意味的是，后者与曾国藩的革新有关）涌现出新的权力阶层，而这个变化威胁到了已有 2000 千多年历史的中国文化的人文主义的根基。郑珍消极现代性的绝大部分都是中国社会和文化的内部原因的产物，但这些消极现代性在第一次鸦片战争后加重并最终发生了重大变化。像很多同代人一样，郑珍对新局面无能为力，只能依托他的那些杰作表达他的悲哀，然而他的消极现代性影响到了他的继承者，因为莫友芝和黎庶昌都有类似的消极现代性。由于更多地受到外部世界的影响，他们的消极现代性并非和郑珍的完全相同，然而即使一些内容有所相异，他们表达的方式还是相似的。

到此为止，我们可能对郑珍消极现代性更感兴趣，但这文也用了较多篇幅讨论积极现代性。本书绪论中我们曾说过真正的现代性不仅仅和存在主义的焦虑这类"消极"因素有关，它的积极方面是与希望像自主的、有创造力的人那样去冷静、理想、思路开阔地看待问题的愿望密切相关的。如此一来我们就明白为何郑珍和宋诗派其他成员及沙滩群体能以睿智的思路去观察世界，因为他们长期接受汉学的研究方法的训练，这使得他们能迅速地认清现代西方科技的优势，并将他们的视线很快延伸到政治和社会领域。

郑珍无缘切实地接触到 19 世纪欧洲的新科技，对西方政治也没有了解，但我们很容易想象到，如果郑珍 1877 年能和郭嵩焘一起去欧洲，他定能毫不迟疑地接受蒸汽船和铁路，他也能明白郭嵩焘和黎庶昌所推举的政治改革的好处，因为黎庶昌的革新方案很大程度上是从郑珍的提议上发展而来的。即使没有去伦敦，他的汉学背景也已经让他对数学和自然界产生了兴趣，而且能充分理解科技和民众福祉的关联。与大多数同时代的中国文人不同，对民族差异，郑珍的观念相对淡薄，但对女性抱有高度同情，表明他非常容易接受西方文化。我们不难想到他一定会像郭嵩焘、黎庶昌那样和英国学者相处融洽，也会像郭嵩焘那样乐于与受过教育的英国女士交往。郑珍的作品和行为中，占主导地位的是积极现代性。虽然在临终之前，郑珍的疑虑和焦灼刻不能止，但受他所尊崇的宋代大师们的激励，郑珍对于长远的未来还是基本保持乐观态度的。

十四　与龚自珍的对比

因为大多数研究中国思想史的中国和西方的学者都强调龚自珍在中国现代性发展中的重要性，所以本文以郑珍和龚自珍的对比收尾。[①] 这样的对比能让我们拉长焦距来看郑珍的革新主张，也让我们看清与龚自珍相较，郑珍应该被如何评价——许多当代学者认为，龚自珍是 19 世纪初期中国文人的评定标杆。在对比之前，我们要注意，虽然他们的生活年代有重叠，但龚自珍在第一次鸦片战争结束前去世，他那时的中国和郑珍去世前 20 年的中国非常不同。因此龚自珍不可能提出如何平息内乱或如何重建中国文化，而这些问题在郑珍晚年却非常迫切地需要解决。

我们也要认识到，从 19 世纪到现在，中国学者对龚自珍的革新主张的评价差异巨大，部分原因是他的文风艰涩含混，也可能是不同的读者试图从他的文章中找到不同的观点。如同美籍华裔学者房兆楹（1908～1985 年）在 Hummel 的 *Eminent Chinese of the Ch'ing Period*，1644 - 1912　中的所写的龚自珍一文中，传说他"主张废止科考"，建议"女性放足"，希望官员不用给皇帝磕头，并说"所有这些在他那个时代都是大革命"。[②] 而另一位中

---

① 下面很多讨论也涉及魏源的革新，简便起见，笔者没有核查文献细节。魏源也喜欢革新，可他像龚自珍一样，没有提出多少细节性建议。魏源和龚自珍的革新最大的区别是，魏源对来自域外的影响更持开放态度，更注重科学。关于魏源政治和经济的革新思想参见李汉武《魏源传》，湖南大学出版社，1988，第 155～196 页。

② 参见 Arthur W. Hummel, *Eminent Chinese of the Ch'ing Period*, 1644 - 1912, p. 433。

国当代的研究龚自珍的专家孙钦善对龚氏的评价是仅提出革新的想法，却没有给出任何具体措施。[①] 梁启超居然也持同样的观点。梁启超对龚自珍风靡清末最后几十年功不可没，但他对龚自珍的风格很失望，他说龚氏"所有思想，仅引其绪而止，又为瑰丽之词所掩"。尽管梁启超赞扬龚自珍的文笔，而他也说"初读定庵文集，若受电然，稍近乃厌其浅薄"。[②]

中国当代学者陈铭于 1998 年出版的龚自珍传，论述严谨、详细，可谓对其政治革新最精确和公允的评论。[③] 虽然龚自珍算是彼时著名的革新推广者，但他的诗句"何敢自矜医国手，药方只贩古时丹"告诫我们，不要对他寄予像房兆楹或梁启超那样的期望。[④] 同时，我们应留意陈铭的评价，龚自珍的文字并不能说明他想复古，和先前的许多革新者一样，他只是借用古代的事例去抨击当时的弊端。

龚自珍关于变革的大多数建议都出自《对策》和《御试安边绥远疏》这两篇参加科考的文章。[⑤] 一个主要的建议是革新"不必泥乎经史";[⑥] 换句话说，实践结果比拘泥于儒家经典更重要，这一点无疑会被郑珍接受，这也是宋诗派文学理论中对待传统的通用之法。龚自珍认为，政府应该主要关心的是促进农业，当然这并不意味着要阻碍商业，这个观点郑珍也会赞同。龚自珍承认一些西方技术的价值，建议朝廷"应颁制西洋奇器"，同时他也对西方国家产生怀疑，敦促政府为军队提供"足食足兵"，将他发展农业的主张和增强国家防务的观点相关联。[⑦] 龚自珍一方面担心从英属印度大量流入的鸦片，另一方面也担心沙皇俄国对中俄漫长边境的威胁，他建议朝廷应向现在的新疆所在地区移入汉农。

除了这些行政方面的建议外，龚自珍还主张他所在的士大夫阶层和皇帝的关系发生根本改变。他认为，在上古时代，贤士能拥有独立于君主的高职，君主对待他们更像对待谋士，而非像后来对待卑微的仆人。虽然他并未说所有官员的地位都应恢复到上古时那样，但他认为至少一部分官员

---

① 孙钦善：《龚自珍诗词选》，中华书局，2006，第 12~13 页。
② 梁启超：《清代学术概论》，商务印书馆，1921，第 122~123 页。
③ 陈铭：《龚自珍评传》，"社会更法思想"，南京大学出版社，2011，第 161~197 页。Shirlee Wong, *Kung Tzu-chen*, pp. 5 - 30 及 p. 91 的论述虽不是特别详细，不过亦可参阅。
④ 龚自珍：《己亥杂诗》，《龚自珍全集》第十册，第 513 页。
⑤ 《龚自珍全集》第一册，第 1、114~117、112~114 页。
⑥ 《龚自珍全集》第一册《对策》，第 117 页。
⑦ 《龚自珍全集》第一册《西域置行省议》（第 110 页）和《御试安边绥远疏》（第 113 页）。

的地位应该提高，他的这一主张称为"宾宾说"。① 根据龚自珍的观点，这样的谋士应被皇帝像客人一样招待，谋士对君主应该诚实，而不必像他所在时代的官员对皇帝那样忠心耿耿，甚至在旧的朝代灭亡后可以去为新的君主服务。②

龚自珍并未告诉我们如何实施这些革新。关于他和郑珍都认为的科考制度应该进行的革新，他也没有说明如何实施。只有提一个较为可行的方式是，这样的谋士应该是招募来的。龚自珍的科举之路虽比郑珍顺利得多，他1829年中进士，但因认为字迹不优美而在殿试中名次不高，致使他不能进翰林院。而进翰林院是升任高职的主要途径。不满于在京担任低衔职务，龚自珍抛出了讽刺性的文章《干禄新书自序》，嘲笑好书法才能任高官的体制，但未论述整个科考体系应该如何改变。③

龚自珍的革新中没有特别过激的提议，而初看起来，郑珍亦同样没有过激建议，甚至更保守——特别是他没有像龚自珍那样坚持主张革新的必要性。但是，仔细研究后却会得出迥异的结论。虽然对龚氏在中国厄运来临前提出警示的赞扬无可厚非，但他的革新方案缺乏以郑珍为代表的宋诗派的包容性，不能成为太平天国运动后的中国实行的革新方案的基础。龚自珍曾受教于当时的汉学大家、他的外祖父段玉裁，他也受到常州派的影响，因此很难证明他也拥有郑珍赞赏的思想体系。正是这个不足，令龚自珍和其他学派的很多文人一样不能包容持不同意见者。例如，龚自珍试图妖魔化那些不赞同他和林则徐推行的解决鸦片问题方式的士绅，说他们"天下黠滑游说"，而且认为对这类士绅"宜杀一儆百"。④

龚自珍的不包容性还表现在他因为中国的许多弊端而谴责外国人。他虽然承认有必要买一些外国制造的产品，但总体上他对西方怀有不合理的敌意，甚至认为西方生产的钟表和玻璃是"妖"所为，在中国应被禁止。⑤

---

① 文言文中，"宾"可解作客人、谋士、侍从。关于这一观点的相关讨论，参见陈铭《龚自珍评传》（第176～179页）和《龚自珍全集》中包含四部分文章《古史钩沉论》（第20～28页）。

② 这些谋士被龚自珍称为"men of the mountains"，参见龚自珍《龚自珍全集》第一册《尊隐》，第86～89页；相关讨论见陈铭《龚自珍评传》，第179～180页。

③ 相关讨论参见 Shirlee Wong, *Kung Tzu-chen*, pp. 26－27；《干禄新书自序》，见龚自珍《龚自珍全集》第三册，第237～238页。

④ 参见《龚自珍全集》第二册《送钦差大臣侯官林公序》，第170页。相关讨论参见陈铭《龚自珍评传》，第173页。

⑤ 参见《龚自珍全集》第二册《送钦差大臣侯官林公序》，第169页。

第一次鸦片战争爆发前，他对西方的仇恨更甚，在1839年的诗中他写道：

> 貔貅貔貅厉牙齿，求覆我祖十世纪。我请于帝诅于鬼，亚驼巫阳莅
> 鸡豕。①

我们需要注意的是这首诗写于第一次鸦片战争爆发前，而即使在第一次战争爆发后，郑珍在谈到西方时也未使用过这样的词句，因为他认识到造成这场灾难的原因至少有部分是清朝官员和军队的无能。彼时中国的文人都将注意力集中到英国的恶行上，但不久之后，宋诗派的成员如郭嵩焘、曾国藩和黎庶昌为救治中国而开始切实行动。丑化西方于事无补，只有汲取了西方最先进的科技和政治的优点，中国才能发展得足够强壮以抵御未来的侵略。

　　龚自珍在其他方面也缺乏郑珍和宋诗派的包容性。例如，他反对缠足，他和很多妓女和艺人之外的女性交往，这些女性在他的诗文中无足轻重。② 尚无证据表明他收有女弟子，他甚至没有教过女性的家庭成员写诗。龚氏确实谈到一些关于19世纪贫穷的问题，而他的《平均篇》也被一些人当作重分田地的号召。③ 正如陈铭所指出的，这篇文章仅提出在小范围内实施重分田地，而非针对整个国家，同时他建议将土地给予那些日渐衰落的士绅，而未考虑彼时赤贫的没有土地的农民。事实上，在另一篇文章中，龚氏认为贫富是天注定的，他写道：

> 贫贱，天所以限农亩小人；富贵者，天所以待王公大人君子。④

而大半生都生活在贫民中的士人郑珍肯定对龚氏的这一观点持否定意见。

　　即使龚氏在文章中主张的是所有民众均分田地，他也似乎尚未认识到19世纪的贫穷不仅是一个单纯的制度问题。换而言之，假设田地被均分了，其结果也不一定能好多少。科技进步是不可少的，而郑珍和他的后继者在这个问题的认识上略胜龚自珍一筹。我们需要注意，根据陈铭论据确凿的

---

① 龚自珍：《己亥杂诗》，《龚自珍全集》第十册，第526页。
② 诗歌翻译及他关于缠足的观点，参见 Shirleen Wong, *Kung Tzu-chen*, pp. 90–91。
③ 参见《龚自珍全集》第一册，第77~80页。
④ 《龚自珍全集》第一册《名良论》，第29页。

研究和与郑珍的对比，龚自珍完全忽视了 19 世纪初中国的数学、科学和技术，而且也从未考虑过如何提高大众生活水准。①

最后，尽管郑珍曾措辞尖锐地谴责富贵者忽视穷人，他的同代人也将他关于如何平息贵州境内起义的建议评价为"疯狂"，但他对于能付诸实践并被别人广泛接受的想法总是很感兴趣。具有理想主义、实用主义和通识的结果是，郑珍从未像龚自珍那样有时太过偏激，比如，龚氏建议林则徐如果想解决鸦片问题，就要处死所有的吸食者；建议朝廷为了弥补进口鸦片的贸易逆差应该不用钱交易，而是退回到以易货贸易的模式。② 郑珍对他人观点的包容和开放深深地影响了沙滩群体的其他成员——一些在中国犹疑地迈出踏入现代世界的第一步时发挥重要作用的人。龚自珍写过"但开风气不为师"，而事实上，他身后也确实未留下什么学生或者弟子，只有大量的诗文。③ 总而言之，龚自珍煌煌孤绝，而郑珍是位伟大的老师，他明白塑造下一代思想的重要性。

---

① 相关评论，参见陈铭《龚自珍评传》，第 171 页。不过，在一篇序言的脚注中，龚自珍提议文人要读一些农业技术的书籍，参见《龚自珍全集》第三册《陆彦若所著书序》，第 197 页。
② 公平起见，我们要指出，一些与龚氏同时代的人，如黄爵兹也有同样的提议。参见赵尔巽《清史稿》卷十八，"本纪十八"之"宣宗本纪二"，中华书局，1977，第 672 页。
③ 龚自珍：《己亥杂诗》，《龚自珍全集》第十册，第 519 页。关于本诗的英文翻译的讨论，参见 Shirlee Wong, *Kung Tzu-chen*, p. 21。这首诗可能是龚自珍自我赞扬之作，不过也可以如笔者所说的那样理解，因为他的确没有什么嫡传弟子。

从新诗到旧诗

——《小雅》诗人紫扬的选择

吴心海[*]

内容提要　《小雅》诗人紫扬，长期从事中学教育及行政工作，晚年放弃新诗创作改写旧诗，无论是生平还是新诗创作情况，几乎都不被新诗研究者所知。本文通过史料钩沉和爬梳，还原了这位 20 世纪 30 年代初中期活跃于北平文坛知名诗人的真实身份：他曾在北平组织过北国文艺社并编辑出版《北国月刊》，在天津《庸报》编辑出版《创作与批评》周刊，在《文史》《盍旦》《众志月刊》《新蒙古》月刊发表过大量作品（以新诗为主），曾编过《涂鸦集》《鸣桴集》《桑离集》，可惜未及出版。1936 年 11 月，当选北方左联后身北平作家协会第一届候补执行委员，是 16 名执行委员和候补执行委员中唯一以创作新诗为主的作家。

关键词　紫扬《小雅》诗刊　《北国月刊》　北平作家协会

一　北平作家协会中新诗界的代表

1937 年 3 月出版的《小雅》诗刊第 5、6 合刊上，有署名"紫扬"的诗作《失题》：

---

* 吴心海，中国江苏网多语种部主任。

抬头看见/玻璃窗外的玫瑰丛，/在秋风里摇着，/有点点的黄叶了。

铺着苍白阳光的地上，/有一只乌鸦的飞影投射：/那是匆匆的过去了/好像往事的追怀。

春光不是还会来的吗？/紫玫瑰鲜艳的照眼，/火暴的阳光带给人希望/心会跳动起来的。

也许在霜叶殷红的时候/趁着清爽下山；/抱膝长吟是寂寞的，/我且检点一下行装吧。

三六，秋

诗中有画，意象纷呈，象征意义很浓，放眼 1930 年代新诗坛，都可堪称佳作。

"紫扬"这个名字，对我来说并不陌生，因为我在多年前搜寻父亲吴奔星民国时期的诗文时，就在 1935 年出版的《人生与文学》第 1 卷第 4 期和第 6 期"诗选"栏目中看到他的名字和先父的名字比肩排列在一起，两人的诗作分别为《秋蝉》和《秋祷（外二篇）》，《京报》、天津《益世报》以及《新诗》杂志在刊有先父诗作的同一个时期，也刊有紫扬的新诗作品。此外，北平师范大学文学团体北国社创办的《北国月刊》，仅见 5 期（其中第一卷 5、6 期为合刊），但每一期上都刊登有紫扬的诗作。1936 年 11 月，北平作家协会（北方左联的后身）成立时，紫扬还当选为第一届候补执行委员，而其他 4 名候补执行委员则是后来在文坛大名鼎鼎的杨刚、陆侃如、冯沅君和王西彦。当时发表的《北平作家协会成立大会速写》[①] 对北平作家协会成立和执行委员、候补执行委员的选举情况有详细描述，紫扬获得的票数和王西彦一样，都是 7 票。值得注意的是，无论是 11 名执行委员（孙席珍、曹靖华、高滔、王余杞、管舒予、李何林、杨丙辰、顾颉刚、李辉英、澎岛、谭丕谟）中，还是在 5 名候补执委中，以写新诗为主的作家都只有紫扬一人，不啻为北平作家协会中新诗界的代表。

在北方左联研究专家封世辉看来："北平作协成立会所选的执委与候补执委，或者文坛名望较高，或者对筹建北平作协贡献较大，或者两者兼而有之。"[②] 不过，对于紫扬的身份和后来的情况，我在相当长的一段时间里

---

① 详见郭虹、辛波《北平作家协会成立大会速写》，《时代文化》1936 年第 1 卷第 2 期。

② 封世辉：《也谈北平作协执委与会刊》，《新文学史料》1993 年第 3 期。

毫无了解，甚至可以说一无所知。我曾试图在号称世界上全文信息量规模最大的"CNKI 数字图书馆"中国知网，以及"由海量全文数据及资料基本信息组成的超大型数据库"读秀上搜索紫扬的资料，未能见到署名"紫扬"的 1949 年的文学作品，也没有一篇专门的文章谈及紫扬的生平或诗歌创作。

《小雅》诗刊的作者，后来淡出诗坛或文坛者众，有的是身体的原因，如侯汝华、沈圣时、史卫斯等，皆英年早逝；有的是投笔从戎或从教，如林丁、敏子、郑康伯等。我也曾经想过，紫扬从文坛消失，或许是上述原因之一所致吧。

二　诗人紫扬与《北国月刊》

2017 年 4 月初，孔夫子旧书网拍卖作家吴伯萧的旧藏，因他和先大伯吴兰阶为北平师范大学英文系的同班同学，因此对这些拍品，我就特意关注了一下，发现其中有"著名诗人、学者臧恺之 1978 年信札"，因卖家没有对臧作介绍，于是我就顺手搜索了一下臧的资料，结果在《中国文学大辞典》第八卷中发现如下介绍：

> 臧恺之（1905—　）现代作家。原名俊声，字恺之；笔名紫扬、叔寒、雪野、朱眉等。河北唐县人。童年入私塾读书，后进保定六中学习。爱好文学，曾组织文学研究会。……发表新诗、小说、散文、杂文。在北京文坛有一定影响。1936 年在第一届北平作家协会上当选为候补执委，后补为正式执委。曾参与文协刊物《联合文学》、《北平新报副刊》编辑工作。北平沦陷后继续留在北平任教。新中国成立后调北京第 8 中学任教导主任，后调北京 32 中任校长。60 年代后写作、发表旧体诗词。1982 年出版旧体诗词集《竹叶藤花集》。①

看到臧恺之的笔名，我不禁像被电击一般，因为我分明记得在翻阅上述《北国月刊》时，诗歌的作者中，除了有紫扬外，叔寒这个名字也是常常出现的；为了证实我的记忆，再翻查一遍此刊，果不其然，除了第 3 期外，每期都有叔寒的诗作！以创刊号为例，此期共发表诗作 5 首，署名

---

① 马良春、李福田总主编《中国文学大辞典》第八卷，天津人民出版社，1991，第 6147 页。

"叔寒"的诗作 3 首，分别是《盛宴》《另一个人间》《破瓶》；署名"紫扬"的诗作 2 首，分别为《献给》《伤逝》；第 2 期则共发表诗作 6 首，其中署名"叔寒"的诗作 3 首，分别是《北大营》《一个幔天谎》《黛玉悲歌》；署名"紫扬"诗作 3 首，具体为《堤上》《如今》《牵牛花》。无独有偶，在同一个时期的北平《新蒙古》月刊上，就在我目力所及的第 1 卷到第 3 卷中，署名"紫扬""臧紫扬""叔寒""俊声"（臧恺之的本名）的诗作有 8 首之多。

对于《北国月刊》，封世辉在《三十年代前中期北平左翼文学刊物钩沉（之一）》一文中有如下介绍：

> 文学月刊，1932 年 9 月 1 日创刊，署"北国月刊社"编辑、刊行，"北平著者书局"经售，实际是由澎岛（许延年，又笔名为铁森）、臧恺之（笔名紫扬、权寒①）等人所组成的、以北平师范大学左翼文学青年为主的"北国文艺社"最早创办的社刊，由澎岛主编，1933 年 9 月出至第 1 卷第 6 期终刊，16 开本竖排的每期百十页的大型文学刊物。②

其中有两处不够确切，一是查看《北国月刊》的版权页，该刊经售处"北平著者书局"应为"著者书店"（第 2 期）或"北平著者书店"（第 3 期、第 4 期、第 5、6 期合刊），创刊号上没有列出经售处；二是臧恺之的笔名"权寒"疑为"叔寒"的误植，因为臧恺之并没有"权寒"这个笔名，《北国月刊》上也没有署名"权寒"的作者。

早在 1934 年 12 月 10 日，上海出版的"社会大众一般读物"《十日谈》，在第 46 期曾在"文坛画虎录"专栏中，刊发《介绍两位新作家》一文，介绍"北方的新进作家澎岛"和"青年诗人臧紫扬"，并称"新作家澎岛"为紫扬的"好友"，两人一同"主办《北国月刊》"，甚至一起创办过"尚志中学"。

关于这段文学经历，臧恺之在《对河北七师的回忆》一文中有所提及：

> 那时，我在北京左翼作家联盟领导下从事文艺工作，办地下刊物

---

① "权寒"疑为"叔寒"之误。
② 封世辉：《三十年代前中期北平左翼文学刊物钩沉（之一）》，《中国现代文学研究丛刊》1992 年第 1 期。

《北国月刊》、《每月文学》、《文史》、《盍旦》等，又在天津《庸报》办一附刊名《创作与批评》，曾以在大名入狱事写过长篇叙事诗，题目是《病院》。意思是不怨天，不尤人，只怨自己做工作有差错出了毛病，监狱生活是一次惩罚和治疗。[①]

臧恺之在《吴检斋先生轶事》一文中，叙述更为详尽：

> 1934 年，检斋先生组织中国大学师生创办综合刊物《文史》，后又创办《盍旦》。教师中有孙席珍、谭丕谟先生，毕业生中有齐燕铭、张致祥等。我们才了解检斋先生虽然讲的是经学，而不是传统的经学家，是以马克思主义为指导思想研究经学的学者。今日各地各大图书馆都可寻到这些刊物，可供研究。兹从略。
>
> 在此前一年师大在校学生谷万川、潘炳皋（笔名病高）、毕业生许延年（笔名澎岛）、臧俊生（字恺之笔名紫扬）、孟式民（即孟景沅笔名老处）等，在左翼作家联盟领导下组织《文学月刊》社出版文艺刊物《文学》由谷万川主编，后又由许延年、臧俊生、李守珍、潘炳皋、孟景沅等组织《北国》社，出版文艺刊物《北国》，后又由以上这些人组织《创作与批评社》，在天津《庸报》出周刊，名《创作与批评》。
>
> 我离开师大以后，检斋先生转移到中大，关系自然疏远了一些。我们这一部分人与《文史》合作是由孙席珍先生介绍的。我们既然比较更深的了解了检斋先生，就愿追随检斋先生干到底。因此也和齐燕铭、张致祥（管彤）成了朋友。齐燕铭又在北平三中教过课，我原在三中任教员，又多一层关系。[②]

由此看来，除了《北国月刊》外，臧恺之还参与过上述多本文学报刊（专刊）的编辑工作。不过，由于这些相关文字散落在他的回忆文章里，且收录于党史资料汇编如《直南一个革命策源地——大名七师》，或纪念文集如《吴承仕同志诞生百周年纪念文集》中，没有专门结集出版，因此一直

[①] 详见中共七师党史资料征编组编《直南一个革命策源地——大名七师》，中共党史出版社，1990，第 116 页。

[②] 详见吴承仕同志诞生百周年纪念筹委会编《吴承仕同志诞生百周年纪念文集》，北京师范大学出版社，1984，第 108 ~ 109 页。

没有得到文学史料研究者的重视，实为憾事。

三　紫扬的新诗作品与诗体尝试

前述《十日谈》第46期刊发的《介绍两位新作家》一文，在"青年诗人臧紫扬"部分提及：

> 北平的《文史》第3期上臧先生的《相逢曲》，曾受一个报纸上的好评："紫扬的《相逢曲》，是一首恋歌，热力很足。"

恕我孤陋寡闻，至今不知评价《相逢曲》的报纸名称及评论者是谁。《相逢曲》是一首长诗，有74行之多，篇幅有限，仅引用部分诗句如下：

> 你是，你是凝着露滴的沙果，/我恨不得把你整个的吞咽。/我想，我想须把宇宙翻转来，/我不能变作海，/把色情变作海，/卷起掀天的浪。/淹没了你和我，/毁灭这个人间，/那时或者有一时的轻快，/一时的松软。/你看我的腿，我的臂，/一条条绷起了颤动的筋，/我额上露出了血的紫管，/我的唇，枯干得要喷，/火焰。我的眼，红的网，/遮掩了神彩。
> ……
> 我抱着你，你这全身冒着火焰的/精灵。我散开我的头发，我扭着/我赤条条的肉身，在这暴的，/暴的，暴风雷雨中去驰逐。/我要你烧干我身上的血，使/我的皮肤，发出焦臭的气味。/我的舌被赤铁撕去，我的眼/被钢叉拧摘了去作鸟饲。/雨是瀑布，不，那倾江倒海，/这也浇不灭你的火焰，/不能阻拦我这死！我要是不死，我按不下我这颗/要跳出胸膛的心，你吃，你拿去……

不知读者诸君能否和我一样能感到作者的激情扑面而来呢？

紫扬的长诗，还有发表在《新蒙古》月刊1935年第3卷第5期上的《我的隐逸》，共有15节，超过100行。不过，这在紫扬新诗创作中只能算中等长度的诗作。我所见到的他最长的一首诗作，是发表于1933年9月《北国月刊》第5、6期合刊的《病院》，署名"叔寒"，有230余行，这是诗人"以在大名人狱事"所写的长篇叙事诗，作者自谓写此诗"意思是不怨天，不尤人，只怨自己做工作有差错出了毛病，监狱生活是一次惩罚和治疗"。《病院》分为5个部分，分别是"头入院""入院""院中杂景""第二天""煞尾"，其引诗部分为：

> 那一回我们入了那所谓"病院"，
> 不怕风，不怕雨，不愁吃穿，
> 大家都乐得偷上几日闲。
> 那闲，确也不是偷来的，偷，
> 这种闲，着实有些儿险。

从引诗就看出全诗整体的俏皮风格和韵律，再加上诗中诙谐的语句及细节描述，颇能引人入胜。我对新诗没有研究，也没有过具体的统计，不知道反映狱中生活的叙事新诗①，尤其是这种长达 200 余行的叙事新诗多不多；不过，如果要编一本诸如"狱中新诗选"之类的书，《病院》绝对应该有一席之地。

《安然逝去》是紫扬发表于《众志月刊》1934 年第 1 卷第 2 期的一首诗作；照引如下：

> 阴沉的天色森森的秋风飘落着潇潇细雨
> 疏林漠漠黄叶随风摇落之寒韵凄零低泣
> 这飘泊异乡的旅客只有红酒半瓶诗一集
>
> 苍茫的云海我曾翘首高唱那不羁的颂歌
> 蓬蓬的芳草早枯萎缤纷的落英又附流水
> 这希望之花蕾已终随时光之驰骋而脱落
>
> 听山寺的晚钟和云间的松涛正奏着葬曲
> 在此烟雨模糊惨淡死寂之深秋我已难留
> 这俄顷纵忆旧情以伤怀能慰灵魂于万一

---

① 冯雪峰有反映上饶集中营的狱中诗作《雪的歌》，是一首抒情长诗，198 行；见冯氏著《灵山歌》，作家书屋，1947，第 23～40 页。

我惆怅的独自在此荒郊之古庙踟蹰太息
是征雁飞急声声说是塞北荒凉不如归去
谁转在此深秋酒已倾杯诗篇哪残毁无余

隐约的寒山我曾彷徨低吟依恋的牵情句
身旁的利剑已投沧波雄骑呀作了轩下驹
待流浪潦倒余生亦无力携此憔悴之残躯

茫茫冥冥摊塌的陈慕中之骷髅向我示意
不见我深沉爱恋之女郎亦再无香唇浓酒
但从此呀得脱离悲哀之网我当安然逝去

这是一首十七言诗，分为 6 节，每节 3 行，总计 18 行，应该是紫扬当时所做的新诗格律体的尝试。他在《众志月刊》1935 年第 2 卷第 5 期发表的《薄暮》，同样是新诗体的尝试，为十言诗，6 节，每节 4 行，共计 24 行。

再看看紫扬发表在《众志月刊》1934 年第 1 卷第 1 期的诗作《是一支箭》：

是一支箭，从你的眼，
飞投；插进我的心。
我无力挣扎，从今
撕下羞红，从我的脸。

你飞跑着过来，垂头，
手剔着指甲，红在颈项；
"作什么"？你强还是我强，
我为珍重也不敢收授。

又飘忽的一闪，明眸，
这一箭直穿过心尖；
我眩乱的心旌摇颤。
是你，终于伸开两手。

"我要"！你迫切的顿着脚，

忸怩着佯怒的腰身，

锁着眉头哑着嗓音，

你知道矜持后的美妙？

一月抄。北平。

这是一首情诗，一共 4 节，每节 4 行，每节第一、四句一个韵脚，第二、第三句为一个韵脚，韵式为 ABBA，人称"抱韵"。除了韵脚外，我读此诗，觉得其中"垂头""明眸"，都很类似英语中的插入语，既满足押韵的需求，又增加了节奏感，放在诗中浑然天成。

再看看他的另一首诗作《黄昏》：

街心的黄昏有些匆匆，/流水般的车马疲累了眼睛；/蓝外套红裤腿瘦损的小脸，/惊起了心头悠沉的梦。

梦是不及追悔的，/把幸福关在风雨的门外了。/蓝外套红裤腿瘦损的小脸，/那慵懒的春天呢。

又一个匆匆的黄昏，/自动车吹过一片蓝云；/不必追上去看个究竟，/无力再叩幸福的门。

（《新诗》1937 年 4 月第 2 卷第 1 期）

此诗和前述紫扬发表在《小雅》上的诗作《失题》为同一个时期。我读了之后，也是感觉诗中有画，当然，也有些许怅然若失。

紫扬的新诗，1949 年后选入新诗选集的只有一首，就是发表于 1937 年《诗歌杂志》第 5 期的《孩子的杀戮》，收录于《"一二·九"诗选》[1]。在作者介绍中，有"长期从事教育工作。从事写新诗 40 年。1970 年代起，写了不少旧体诗词"字样。在我看来，此诗并无客观之处，不过，紫扬在同一期《诗歌杂志》上发表的短论《关于国防诗歌》，和同时期的左翼诗人相比，更强调诗歌的形象艺术，颇有见地，值得研究新诗的专家注意，比如，他指出：

---

[1] 孟英等编《"一二·九"诗选》，中国文联出版公司，1986。

文学——诗歌是形象艺术。于今的进步作品，笔者以为确有一部是口号的，概念的而不是形象的。我们锻炼自己不以口号说服他，不以概念告诉他；要以形象感动他！

要说即是口号也有用。那自然，岂只口号有用，连诸决议、政论、革命军、机枪、大炮，那样都有用。需要明白我们所利用的武器是什么？在写诗时要注意是在写诗，不是在写口号，制标语。如果相信口号可以代替艺术，那无异于从文艺阵线退却，那即是取消艺术。

四　毕生从事中学语文教学

通过"读秀"，搜索"臧恺之"，能够得到的资料显然要比搜索"紫扬"多了一点。比如，《中国文学家辞典·现代》第四分册中，就收录有臧恺之的词条，称其："1931 年于北京师范大学国文系毕业后在北京三中任教至 1949 年，后任北京八中教导主任、三十二中校长至 1966 年。1975 年离休。1930 年代在北京《晨报》、《华北日报》、《世界日报》各副刊发表诗作。……解放后以臧恺之发表文章，六十年代致力于旧体诗词写作，多发表在《光明日报》、《北京日报》、《北京文艺》等报刊。1982 年出版诗集《竹叶藤花集》。"①不过，该词条把他的笔名"紫扬"错成为"紫杨"。无独有偶，《孙席珍评传》在叙述 1934 年 8 月郁达夫北上时说"孙席珍和王余杞、澎岛（许寿彭）、紫阳（臧恺之）等都曾轮流请客作陪。间或陪同出游、听戏。平均每人与郁达夫相见，都不少于七八次"，②"紫扬"错为"紫阳"。

看到《竹叶藤花集》这个名字，不由想起前一段时间书友徐自豪兄曾买过一本诗人王亚平毛笔签（代）赠的自印本旧体诗选，由于"读秀"上没有此书的部分预览，也不提供文献传递，于是有劳自豪兄为我拍摄了封面、目次、前言及部分作品。看了封面、目次，才知道臧恺之和诗人臧克家、王亚平友谊深厚，《竹叶藤花集》书名是臧克家所题，从书中标题上能够看出写给臧克家的诗作计有 4 首，写给王亚平的有一首，另有一首是记述 1974 年 10 月 21 日，与臧克家、王亚平、柳倩、胡絜青、方殷结伴在北京

① 中国文学家辞典编委会编《中国文学家辞典·现代》第四分册，四川文艺出版社，1985，第 595～596 页。

② 王姝：《孙席珍评传》，浙江大学出版社，2013，第 119 页。

中山公园同游的《六老吟》。

从臧恺之的词条来看，他大学毕业后一直从事中学语文教育，1949 年后还担任过中学教导主任、校长等职。对于中学语文教育，臧恺之留下的文字不多，我所见仅有其 1952 年发表在《语文教学》第 9 期的《从实践论体会语文教学》，和 1979 年发表于《中学语文教学》第 2 期上的《从黛玉教诗谈起》；或许当年中学教师不像眼下在评职称时，对论文要求严苛，臧述而不作的可能性较大；当然，因从事行政管理工作，社会活动也比较多①，缺少写作时间的可能性也有。不过，臧恺之当年的一名学生、后来成为知名儿童文学作家的王路遥，在《老师的"评语"鼓励了我》一文中对他有高度的评价：

> 中学时代的生活是难忘的，中学时代的师友是难忘的，中学时代的语文教师臧恺之先生，则是我最难忘的一位师长。后来，我选择了语文教师的职业，又走上了文学事业的道路，都是和他的影响密切相关的。
>
> ……
>
> 开学后的第一次作文，命题范围是"中秋"。同学们大都写的是团圆、赏月，有的还插上一段嫦娥或玉兔的传说。而我却写了一篇《没有月饼的中秋》。那是一九四七年，由于国民党政府发动内战，民不聊生，中秋节竟买不到月饼。在这篇作文里，我写了因为没有月饼可吃，全家人只好坐在叶影斑斓的枣树下，一捧脆枣、一杯清茶，度过了兵荒马乱的中秋月夜。
>
> 作文成绩一向平平的我，没想到这一次作文竟受到了臧老师的极口夸奖。有一句话，我现在还记得清清楚楚："你这篇作文立意新颖，抓住中秋吃不上月饼作文章，很有意思！"
>
> 其实，我只是偶然想到，信笔写出来的，经老师这么一指点，我懂得了许多作文的道理。从此，我开始对作文产生了兴趣。②

---

① 《中国共产党北京西城区历史大事记（1918～2004）》（北京出版社，2008）记载，臧恺之于 1956 年就担任西单区政协副主席，1958 年西单区调整为西城区，他连续担任四届区政协副主席至 1966 年"文革"爆发，1981 年到 1987 年又连任两届西城区政协副主席。

② 王宇鸿选编《为了天边那朵云——作家的中学时代》，湖北教育出版社，1986，第 77～78 页。

窥一斑可见全豹，作为一名语文老师，臧恺之无疑是合格的，甚至可以说是出类拔萃的。

臧恺之担任中学教师的经历里，早年因讲授《中国文学的昨今明》而被投入监狱，值得一记。根据诗人在《对河北七师的回忆》一文里的叙述，他为学生开了一堂名为"新文化史"的课程，教材自己编写，取材于报纸杂志，被捕一事大约发生在1929年"双十节"之后。《洪流：直南—直鲁豫纪事》一书里，也记载有这件事：

> 他们在教材中发现国文教员王痴吾教学生学习高尔基的作品；教育学教员姬得林讲苏联教育，国文教员臧恺之讲过一篇《中国文学的昨今明》，讲的是无产阶级文学，就先后把王痴吾、姬得林、臧恺之三人逮捕。①

好在折腾了一个月后，因为证据不足，臧恺之得以取保获释。对于《中国文学的昨今明》这篇文章，臧本人只是说"对于一年级，只选一些比较短小的文章，包括小说、散文等，也是选自流行的杂志刊物的。只讲过一篇《中国文学的昨今明》是论说文。这篇论文送我入了监狱"②，并没有提及该文的作者是谁。曾在河北七师就读的骆斐然在《使我感到自豪的母校》一文里回忆：

> 我到七师后第一个突出的印象是感到耳目一新，首先是学校的思想新。我第一次在这里开始知道马克思主义、共产主义思想。学校的老师思想都是先进的。所学的课程都是用马克思主义的辩证唯物主义观点进行讲授的。历史课是老师用唯物史观编写的讲义，地理课讲的是经济地理，文学课是用肖三著的《中国文学的昨今明》为课本的。③

事实上，《中国文学的昨今明》的作者，并非萧三（原文中有"肖三"，应为"萧三"；应为误植），而是作家许杰。《上海社会科学志》④ 在"许杰"

---

① 柳村编著《洪流：直南—直鲁豫纪事》，农村读物出版社，1990，第41页。
② 中共七师党史资料征编组《直南一个革命策源地——大名七师》，第112页。
③ 中共七师党史资料征编组《直南一个革命策源地——大名七师》，第155页。
④ 张仲礼主编《上海社会科学志》，上海社会科学院出版社，2002，第1112页。

的词条里有明确记载：

> 民国 18 年，他将讲义定名为《明天的文学》，用张子三的笔名正
> 式出版。他在《中国文学的昨今明》一章中，提出昨天的中国文坛所
> 表现的是反封建的思想，体现在"恋爱文学"里面，"恋爱文学"向前
> 进一步，即今日的中国文坛，就是"革命文学"，而如果社会的演变再
> 向前一步，那么明天的中国文坛，就应该是"无产阶级革命文学"。他
> 是国内最早提出"无产阶级文学"的思想者之一。

五　弃新学旧的自我选择

前文有词条提及臧恺之"60 年代致力于旧体诗词写作"，那么，究竟是
什么原因让 1930 年代以新诗创作知名的臧恺之弃新学旧的呢？徐自豪兄为
我拍摄的《竹叶藤花集》一书前言，回答了这个问题：

> 1925 年考入北师大，接触到许多新文艺刊物，才试作白话诗投稿，
> 也写过小说、散文，但对我说是以诗为主。
> 30 年代在左联领导下参加文艺活动，什么文章都写，还是以诗为
> 主，……北京沦陷时期，以家室之累，留在北京，深居简出，也暗写
> 诗，……皆以散失。北京解放后还写诗，至 50 年代（当然写得不多，
> 因为我的正业是教育行政工作）。但 60 年代初，忽然觉得写白话诗是
> 写不好的，至少对我说，没有这样的才能。因为顶不住有人说的"白
> 话诗，不过白话分行写而已"。又不能放弃写诗，才改弦更张，学写旧
> 体诗词。
> 学习旧体诗词，60 年代学的少，正式学是在"十年动乱"被私设
> 公堂，拘押、批斗之后，又去被迫劳动，后改轻体力劳动以至看传达
> 室之后，70 年代初开始的，以及自由地靠边站，才真正用力学，年已
> 近 70。孔子说："天假我数年，五十以学《易》……"我却是 70 学诗。
> 我写了 40 年白话诗，自己无成就，所以改行，并非反对白话诗，
> 近来有位名诗人，说写旧体诗是"倒退"，我是不敢苟同的。……郭老
> 是写白话诗的，但晚年写旧体诗词了。茅盾先生也只写旧体诗词（也

许我见识少）。叶圣陶先生、谢冰心女士也如此。那都归为"倒退"可以吗？

臧恺之这段前言，写于 1981 年 9 月，当时"张爱玲热"还没有兴起，其实他本人在抗战刚刚结束，就曾在北京《光华周报》第 1 卷第 4 期发表过《张爱玲的〈传奇〉》一文，算得上是战后最早评论张爱玲的文章了。似无研究张爱玲的专家注意过。此处提供一个线索，不赘。

臧恺之毕竟"正业是教育行政工作"，他在诗歌创作上弃新学旧，应该是自主的选择，当然，也难免受到周围亲友的影响。除了女婿白祖诚①外，从诗作《六老吟》看，他晚年交往密切的友人是臧克家、王亚平、柳倩、胡絜青和方殷，除了老舍夫人胡絜青是他大学同班同学外，其余都是 1930 年代崛起的新诗人！不过，这几位新诗人在 1970 年代之后，多多少少都进行过旧体诗词的创作，诗人柳倩晚年创作旧体诗词颇丰，还担任了中华诗词学会顾问，而诗人臧克家在旧体诗词创作上更是写出了若干不让古人的警句，如"老牛亦解韶光贵，不待扬鞭自奋蹄"。在《臧克家全集》② 第 11 卷中，臧克家在 1970 年代致王亚平的几封信中，均谈及和对方推敲旧体诗创作的情形，而诗人夏传才 1983 年所写的《悼亚平》一文，评价他"有些旧体诗写得也很好"。

不过，当年的新诗人，明确表示改弦更张、弃新从旧的，似乎并不多，臧克家本人就有"我是一个两面派，新诗旧诗我都爱"的名言，由于方殷、王亚平分别在 1982 年和 1983 年去世，生命没有给他们表态或抉择的机会，而臧恺之虽然要长寿很多③，却在壮年时毅然决然地放弃了钟情 40 年的新诗。尽管他放弃新诗改写旧诗的理由是"顶不住有人说的'白话诗，不过白话分行写而已'"，"因为旧体诗或词，有一定格律，按格律写，不论好坏，读者承认是诗或词，所以放弃了白话，改学写旧体诗词，理由不过'避难就易'耳"，现在看来，此理由颇有点牵强可笑，但他认为"写了四十年白话诗，自己无成就，所以改行"，应该是真实心境

---

① 白祖诚（1929～2016 年），曾任北京市旅游局党委副书记并兼任北京旅游学院院长，1995 年出版有《藏柏园诗选》，其中 1970 年代有多首翁婿之间的旧体唱和诗词。
② 《臧克家全集》第 11 卷，时代文艺出版社，2002。
③ 据吕锡文主编《北京西城年鉴（2001）》（中华书局，2001）记载，臧恺之于当年 1 月 19 日去世，享年九十有五。

的表达，毕竟20个世纪五六十年代，写新诗比他晚很多的一些后辈诗人纷纷出版诗集，诗名在外，更不用说"六老"中间写新诗的几位，他们在诗坛都是大名鼎鼎，而他因为种种原因，未有新诗集出版，曾编过的《涂鸦集》《鸣枏集》《桑离集》，或散失，或焚毁了①，改行写旧诗，恐怕也是迫不得已的选择。不过，他作为一位新诗人，确实当年"在北京文坛有一定影响"（见《中国文学大辞典》第八卷"臧恺之"条目），不能因为他当年的新诗没有结集出版，就不予重视，20世纪30年代初中期，在北京的新诗坛，紫扬是一个贡献良多、不应该被忘却的名字。至于他创作的新诗，无论是数量还是质量，都有可观之处，就我所寓目的一些篇目来说，水平不在当时的很多新诗名家之下，甚至还有现代格律诗的尝试（如《安然逝去》），很有整理和研究的价值和必要，希望有心的专业人士能够去做这个工作。

附　图

图1　紫扬发表在《小雅》上的新诗《失题》书影

---

① "'七·七'事变后，王振华未来北京，断了音讯。我以家室之累未能离开北京，只是闭门读书，教课糊口。也偷偷地写诗，名曰《鸣枏集》，实际指的是吃不饱饭，枏腹度日。但这些文章和《病院》一类作品，在敌人的高压下都先后或焚毁或散失了。"见《对河北七师的回忆》，载中共七师党史资料征编组编《直南一个革命策源地——大名七师》，第116页。

1974年10月21日作者（右二）与胡絜青（右一）、王亚平（右三）、柳倩（左三）、方殷（左一）、臧恺之（左二）合影于北京中山公园。

图2　1974年10月21日，臧恺之与臧克家、王亚平、柳倩、胡絜青、方殷六老在北京中山公园合影

（此图刊载于《臧克家全集》第四卷中，有劳臧克家先生女儿臧小平大姐告之出处）

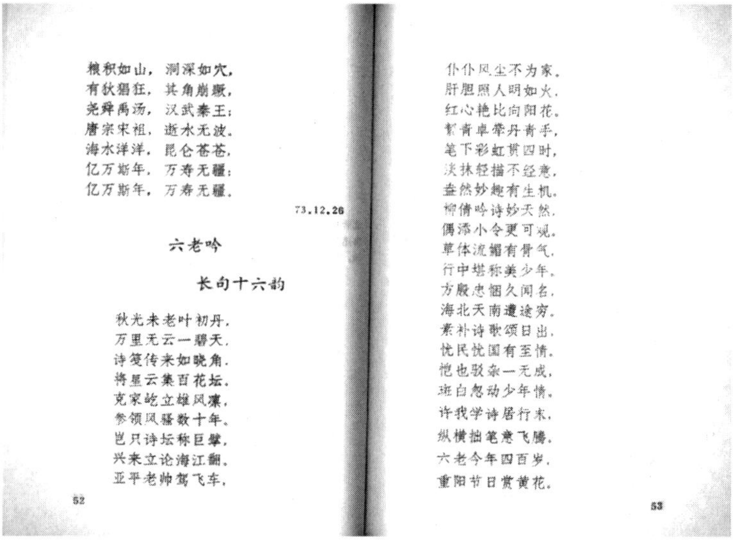

粮积如山，洞深如穴，
有狄猖狂，其角崩厥；
尧舜禹汤，汉武秦王；
唐宗宋祖，逝水无波。
海水洋洋，昆仑苍苍，
亿万斯年，万寿无疆，
亿万斯年，万寿无疆。

73.12.26

六老吟

长句十六韵

秋光未老叶初丹，
万里无云一幕天。
诗笺传来如晓角，
诗星云集百花坛。
克家屹立雄风凛，
参领风骚数十年。
岂只诗坛称巨擘，
兴来立论海江翻。
亚平老帅驾飞车，

仆仆风尘不为家。
肝胆照人明如火，
红心艳比向阳花。
絜青卓荦丹青手，
笔下彩虹贯四时。
泼抹轻描不经意，
盎然妙趣有生机。
柳倩吟诗妙天然，
偶添小令更可观。
草体流媚有骨气，
行中塔称美少年。
方殷忠悃久闻名，
海北天南遭途穷。
素朴诗歌颂日出，
忧民忧国有情。
恺也驳杂一无成，
斑白忽动少年情。
许我学诗居行末，
纵横抽笔意飞腾。
六老今年四百岁，
重阳节日赏黄花。

52

53

图3　臧恺之旧体诗长句十六韵《六老吟》

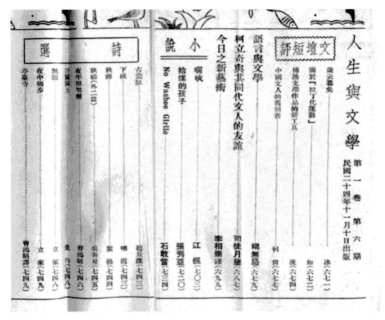

图 4　《人生与文学》第 1 卷 6 期目次，诗选部分紫扬和吴奔星并列出现

台湾现代诗情欲书写的时空情境与发展概况

郑慧如[*]

内容提要 回溯一九五〇年代到一九九〇年代的台湾现代诗，既与时代的政治、社会、经济背景互动，也和文化艺术、文学潮流缠绵，彰显诗作中的情欲观、特殊的写作成规和在地色彩。从一九七〇年代到一九九〇年代的情欲书写来看，可发现台湾诗人并不囿限于区区腰下的现实，而是从腰下的现实开展销魂的全新生命，诗人的许多特质，如冒险、易感、燃烧的情感烈焰、美感、狂野的渴望、无止境的好奇，以及专注于形态与细节，愿意为所爱奉献生命的这些面相，在其中得以显现。观察一九七〇年代到一九九〇年代的台湾现代诗的情欲书写，可发现紧张对立的关系。一方面，诗人称颂小宇宙和大宇宙之间的相互对应；一方面，诗人又主张个体独立于政治社会的大规范之外。本文即论述一九五〇年代到一九九〇年代，台湾的政治、社会、文化背景、文学环境，以及台湾现代诗中情欲书写的大致走向。

关键词 台湾 现代诗 情欲书写

一 前言

情天欲海、人间色相等主题，不只是欲望的思索与实践，而且直接关

---

* 郑慧如，台湾逢甲大学中文系教授。

系到色相所负载的主体，例如，主体的抱负、形象、叙写姿态等。书写主体的身影何在何价、叙写姿态如何，在讲求市场与包装的坊间，具备左右读者腰包的能力。

情欲书写是身体论述的最大一环，而身体论述是情欲书写的前提。把身体论述当作一整套欲望语言，其最大的特征是："身体"是高于"形体"的指称。它综摄了肉身、神识、体制三个向度。从神识、肉身，到体制，自一九七〇年代到一九九〇年代，在台湾现代诗里，形成了成熟而壮阔的脉络。

身份扮装、演出、错位等身体的论述，不但是文史哲学者致力探讨的方向，也是一九八〇年代以降台湾现代中文创作者偏好的主题。身体的问题可以从国族、经济、社会、欲望的层次，转到信息、虚拟、现实、无限变化复制的层次。尤其在二十世纪末，写作和阅读方式繁复多变，人文或人道的主体重新定位，"我是谁"这类发问的方式，不再是创作者积极经营的论题；而伴随"世纪末""世变"而来的末世思想，反而使得许多文学创作不再担负内烁的、原道的使命，演绎出"为什么我是我"的思考方向。

台湾新诗的情欲书写从一九五〇年代之始，就不以肉眼看到的事物取胜，它令人着魔的地方反而是浮现在作者心眼里的景象。"色"有脸部表情、色欲、视觉、神态、色泽、景象，以及感官世界的层层指涉；到了情欲书写极盛的一九九〇年代，"色"几乎已相对于"空"，泛指色尘等现象界的表象。好色与望色同时关系着视觉上的欲求和诊断上的观察，"望而知之，何以为神"也就顺理成章地成为台湾现代诗情欲书写的感官秘密。"形形色色"在台湾的身体诗里，指向生命呈现在表皮的状况。

在现代文学史上，台湾现代诗的情欲书写从一九五〇年代就冒出芽胞，至一九九〇年代达到鼎盛。为方便论述，本文参考以十年为一代的区分方式，将台湾现代诗情欲书写的发展与背景分为三个阶段：其一，一九五〇～一九七九年；其二，一九八〇～一九八九年；其三，一九九〇～一九九九年。大抵采二十年为一区块的方式。其中，第二阶段的一九八〇年代以十年独自区隔，乃因女性主义议题在此时期特别张扬，成为情欲书写的背景或题材。

二 一九五〇～一九七九年

一九五〇年代到一九七〇年代的台湾，或以乡土想象召唤原乡，寄情怀旧；或批判工商剥削，凸显抗争诉求；或关切自身的性别处境和生活欲望。当时的情欲书写已经渐渐在阶级、性别、国族认同等问题上悄悄发芽，而在政治事件、社会现象、艺术领域、文学论争、新诗作品里浮现。

一九五〇年代到一九七〇年代的台湾，政治限制了性别的开展，性别又局限了身体的移动。基层人民制式化，在清一色的性别伦理中达到泾渭分明的阶级区隔程度。例如，一九七一年四月，衣着过分暴露，穿短裤的行为，台北市警察局以奇装异服和妨害优良风俗加以禁止；一九七二年四月，"教育部"下令：女学生头发以齐耳为准；一九七六年一月，"内政部"表示，农会不得强迫女职员婚后离职。①

在艺术创作方面，一九七〇年以后的"回归"热引发各种文学与艺术的寻根活动；一九六〇、一九七〇年代的台湾电影，透过记忆的行动和演出，提供主体议题的思索方向。军教片、反共影片、健康写实片和历史古装片，等等，带领观众想象历史的中国，筛选、重组历史中挣扎的片段，与无奈而无聊的现实结合，指向更好的未来。② 例如，白景瑞导演的《家在台北》，讲的其实是台湾逐渐失去国际舞台后，所高呼的"国"在台北，和台北的实际空间没有关联；而隐藏在李翰祥的《西施》和刘家昌的《梅花》慢节奏之下的，并非两性文化性别的属性差异，而是在"以家喻国"的家长制度里，建构出守贞、忠诚等民族评价的范型。这些无不是以大众文化的立场，作为官方发声的管道。

在文学方面，一九五〇、一九六〇年代的情欲书写，主要在非官方作家的作品里若隐若现。③ 作家对集体记忆潜伏多时的不满，经常利用对身体的暗示，以激猛的表现手法来传达。当时的文学评论习于以男性来象征主体，把力量、独立、尊严这些特质归于男性，而把柔弱、依赖、屈从归于女性；虽然渴望为台湾找到强有力的文化归属，却也流露了传统的性别偏见。例如，在一九七二年的现代诗论战里，"阳痿"和"手淫"一类的字眼就频频出现在赵知悌、陈映真的批评文字中，"病态""贫血""畸形""残

---

① 见薛化元主编《台湾历史年表·终战篇》第1册和第2册，台北，业强出版社，1994。
② 参见林文淇《九〇年代台湾都市电影中的历史、空间与家/国》，收于刘纪蕙编《他者之域：文化身分与再现策略》，台北，麦田出版社，2001，第275~296页。
③ 当时的文学作品大致表现在两种类型的作家笔下。其一，以女性为主的多产作家，像琼瑶、郭良蕙、玄小佛，她们用战争、爱情、谍报混合的写作公式，在一九五〇年代和一九六〇年代的台湾掌握了不少市场。其二，以男性为主，参与文学刊物以鼓吹文学理念，介绍西方文艺思潮，从事文化批评、社会运动、政治抗争的作家，像白先勇、李敖、尉天骢。

废"等字眼也常用来形容现代主义下的现代诗。① 另外，充满眼泪和柔情的闺秀小说，总是布设了文质彬彬的男主角和灵慧动人的女主角，让具有父兄形象的男主角导引女主角进入似有若无的爱情幻象，以公式化的叙事流程铺展言情小说的幻想与意识形态，一边建构了台湾社会的自我形象，一边透露了作者在公共领域里的左冲右突。②

一九七〇年代的台湾，文学创作在家国议题的长久僵持之下，从身份界定到抵抗权威，逐渐从父兄支配的象征系统反躬自鉴，终于在性别论述中找到足资开发的主题。情欲书写便是在一九七〇年代，在"一门之内是为家"的政教机制内开展的。那时候乡土文学勃兴，城市与乡村、家庭与国族之间纠葛纷纭。以男性作家为主力的作品，常以隐喻的话语，质疑从父子到家国之间，唯血缘正统是尚的传承观念；而以女性作家为主力的作品中，则是乡土、母亲、女人三种角色的辩难。例如，王文兴的《家变》，其家之所以"变"，关键就不在儿子如何承继或篡夺了父亲的地位，而是做儿子的断然宣称要让范式宗嗣及身而止，不再结婚生子，这等于是用离经叛道的方式，迂回地终结了文学书写传统的象征体系。而女性作家的作品，如郭良蕙的《心锁》《碎影》《他不在家，真好》，以及欧阳子、施淑青的作品，都是游走于公私领域，反映女性的幽禁、逃逸、病弱。③

一九五〇年代到一九七〇年代之间，台湾现代诗已经出现了情欲书写。例如，陈千武的《镜前》《咀嚼》《昙花盛开在深夜》，余光中的《土鲁番》，白萩的《昨夜》《雨夜》《仙人掌》《妻的肚皮》，痖弦的《巴黎》《深渊》，等等。这些诗作排除了模糊不清的浪漫，思索更切近的人生问题，让富有现实感的声音，在一片虚无声中出现，这除了意味着现代诗在主题上有所突破外，还具有开创诗史的意义。尤值得注意的，为其中的厌弃情绪、男性视角，以及实录精神和清贵思想并存的诗作表现。

其一，作品中的厌弃情绪。当现代主义思潮鼎沸而国族命运凌夷之际，诗人运用移位的语言技巧，连接了身体和政治，将热血次第洒落在稿纸上，把对时局的关怀转化为对欲望的凝视，使得性别成为思考身体文化乃至当

① 参见奚密《台湾新疆域》，载马悦然、奚密、向阳主编《二十世纪台湾诗选》，台北，麦田出版社，2001，第26~85页。
② 相关讨论可参考林芳玫《解读琼瑶爱情王国》，台北：时报出版社，1995，第85~109页。
③ 见梅家玲《性别论述与战后台湾小说发展》，收于梅家玲编《性别论述与台湾小说》，台北，麦田出版社，2000，第13~34页。

时政治的利器。以痖弦的《巴黎》和《深渊》为例。此二诗在浓稠的意象群中调换了时空背景，作者厕身在想象中的巴黎和荒诞怪异的欲望渊薮，看起来《巴黎》似为实指而《深渊》为虚指，但是就主题和笔法来说，这两首诗其实是心心相印的：都指向欲望，都把时空推到遥远陌生的他乡，都刻意制造戏剧情境。从纷乱的情欲世界扣问身体的归趋，作者说：

> 在三月间我听到樱桃的吆喝。
> 很多舌头，摇出了春天的堕落。而青蝇在啃她的脸，
> 旗袍叉从某种小腿间摆荡；且渴望人去读她，
> 去进入她体内工作。而除了死与这个，
> 没有什么是一定的。生存是风，生存是打谷场的声音，
> 生存是，向她们——爱被人膈肢的——
> 倒出整个夏季的欲望。
>
> 在夜晚床在各处深深陷落。一种走在碎玻璃上
> 害热病的光底声响。一种被逼迫的农具的盲乱的耕作。
> 一种桃色的肉之翻译，一种用吻拼成的
> 可怖的言语；一种血与血的初识，一种火焰，一种疲倦！
> 一种猛力推开她的姿态
> 在夜晚，在那波里床在各处陷落。
>
> ——《深渊》第六、七段

> 你唇间软软的丝绒鞋
> 践踏过我的眼睛。在黄昏，黄昏六点钟
> 当一颗陨星把我击昏，巴黎便进入
> 一个猥琐的属于床第的年代
>
> 在晚报与星空之间
> 有人溅血在草上
> 在屋顶与露水之间
> 迷迭香于子宫中开放

　　　　你是一个谷

　　　　你是一朵看起来很好的山花

　　　　你是一枚馅饼，颤抖于病鼠色

　　　　胆小而窭窄的偷嚼间

　　　　　　　　　　　　　　——《巴黎》第一、二、三段

　　这两首诗都是诉诸感官的。"青蝇在啃她的脸""旗袍叉从某种小腿间摆荡"
"一种桃色的肉之翻译""你唇间软软的丝绒鞋""你是一朵看起来很好的山
花"等句，已写活了目不暇接而心旌动摇的叙述者。然而作者用老于世故的
眼光，连接了诗中盎然的生命、叙述者动荡的心境，以及对时局的危机感，
于是政治里的不安成分就与"性"的趣味交缠，而有了这样的句子："很多
舌头，摇出了春天的堕落""生存是风，生存是打谷场的声音""一个猥琐
的属于床笫的年代""在晚报与星空之间/有人溅血在草上""你是一枚馅
饼，颤抖于病鼠色/胆小而窭窄的偷嚼间"。"病鼠"和"青蝇"指的都是惑
于美色的叙述者；"你"既然是"一朵看起来很好的山花"，则单纯地感物
而动，本不至于用"践踏""猥琐"来屈抑自己；唯天生而然的性欲被压抑
转向，却又无以遁逃，方以疑虑甚且恨恶的态度来面对。

　　其二，男性视角。作者用冷眼旁观的方式书写情欲，表现窥探女体的
浓厚兴趣，以及因为窥探而带来的快感；同时还想象女性有同样的视觉需
求和一触即发的情欲反应。例如，陈千武的《镜前》和白萩的《仙人掌》，
虽然用的是女性第一人称的叙述视角，而被作者隐藏的男性声音依然破纸
而出。《仙人掌》写的是夫妻合欢，主要意象是仙人掌，它指的是男性多毛
多欲的手。文字排列出侧卧的女体，一则点逗断续的字林中，因炽热情欲
而咻咻然的呼吸；一则撩起读者的欲念。像陈千武诠释这首诗所说的，仙
人掌"多毛多刺的外形，类似男性粗野的性格，致使诗的暗喻给人很野的
性爱感觉，具有百看不厌的意味"。[①] 已读出作者目光的主动和侵略特质。
而这个特质，是不会因读者的性别而改变的。可以说，作者透过身体书
写，企图观看女性身体中被遮盖的部位和床笫之事，实乃和强势的男性书
写所建构的男性角色，以及男性对女性的认知编织在一起的。《镜前》写
的是女性在做爱之后，独对镜子梳妆的心情。三个段落的层次，从疲惫的

---

①　见陈千武《白萩诗的性爱》，《台湾新诗论集》，高雄，春晖出版社，1997，第251～265页。

身心状态开始，到女主角对爱欲的异样感觉，再回到现实中的道德批判，
全诗如下：

　　　　被扰乱了的发梢
　　　　被吮干了的嘴唇
　　　　负荷疲惫的情愫而匍匐于镜前
　　　　一阵
　　　　纯洁的怀念闪亮于她底眸子

　　　　惯于挑逗的舌尖尚残留着
　　　　一股烂熟的苹果味
　　　　弥漫在白壁之前
　　　　染出了脸上的雀斑
　　　　若无一种油然的顽性冲淡了羞耻……

　　　　她不想再梳一次头发啊
　　　　镜前
　　　　她不想把闪亮的贞洁也梳掉了啊

开篇头两句的两个"被"字，说明了此诗的观看角度：作者看，诗里的主
角被看。"负荷"一词，写出女主角的不得已；"惯于挑逗的舌尖"翻转其
义，表现女主角的谙于情欲；等到"染出了脸上的雀斑"，读者才终于发
现，情不自禁的，是在镜子后面窥探多时的隐藏作者。"白壁"是"白色墙
壁"和"白璧微瑕"的双关语。雀斑为素淡的白壁设色；"闪亮"其中的，
自然是青春而非贞洁。这首诗看起来像是写闺怨，其实是写春思；即使末
段闪烁其词，仍无碍于作者好奇张顾的眼神。就中展示的不是美色，而是
观者的欲望。

　　其三，清贵思想和实录精神并存的诗作表现。对照余光中的《土鲁番》
《双人床》《如果远方有战争》，和痖弦的《巴黎》《深渊》，则陈千武的《咀
嚼》《昙花盛开在深夜》，白萩的《昨夜》《雨夜》《妻的肚皮》等几首诗作，
几乎毫无二致的，一律把诗作的情境对准当下，从意象的选择、时空的描
写，到主旨的彰显，都充满了实录精神。这两种身体书写，大致也反映了

截然不同的两类文学观。《土鲁番》《双人床》《如果远方有战争》和《巴黎》《深渊》，反映了现代主义下，文人紧绷的、浓烈的、不安全的、一往情深的清贵思想；《昨夜》《雨夜》《妻的肚皮》和《咀嚼》、《昙花盛开在深夜》则焕发出新异的、荒凉的、无所谓的、放笔直干的庶民韧性。其后笠诗社主张的本土色彩和"新即物主义"[1]，当即可从陈千武和白萩等元老级的诗人作品中窥见端倪；而尤其重要的是，他们避开了竞丽趋新的晦涩风潮，用比较缩减的写作方式，扣紧眼前的现实，既呈现符合当时的人文关怀，又独具个人特质的情欲诗作，还别于台湾在白色恐怖之后，某些质白无文的抗争作品，以及破碎支离的情欲诗作。例如，陈千武的《昙花盛开在深夜》，以单一意象——昙花——入诗。昙花招示着蓬勃的力量，象征女阴。恣情盛放在下半夜，"暗室不能欺"的生命力，正与此诗第二段的向日葵强烈对比，代表不可抑扼的原欲。全诗如此铺叙：

愿世界常为夜而存在
一朵朵贪欲的混合体
相偎的粉颊即将盛开的肚脐
喇叭出展瓣的心声呵

太阳只保持尊严
鄙视向日葵不断回首的封建性
奔放的爱却不耐烦日出
到日落的火烂
宁可沉沦在夜里认清自己

为了短暂的陶醉而湿润而盛开
用恍惚的眼神拥抱赤裸
的神秘或许
紧紧咬破夜的嘴唇也好

---

[1] 源于德国威玛时期（1919~1933 年）"造形艺术流派"的"新即物主义"，本来指的是反对装饰性浓厚的表现主义，从生活经验出发，以局部的、小范围的素材，诠释整体的样貌。一九六〇年代，台湾的笠诗社成立不久，把"新即物主义"挪用为诗社的文学主张，指的是以清晰准确的语言、纯朴自然的写作手法，在静观中揭露生活惊心、动人的情貌。

　　一朵朵展翼的雌鸟！

　　蜗牛的太阳

　　永恒占据着夜的逆半球

　　因之黑暗重迭着我们的外壳

　　让一切利欲垂钓而振荡而熏香

　　然后急速地萎缩

　　萎缩消灭也情愿

太阳在此中显有所刺。从"蜗牛""只保持尊严""永恒占据着夜的逆半球"等描述，也许不无政治的影射；但是真诚地面对生之能量，才是这首诗的真正意旨。昙花茎叶细长，谢了又开，淫淫如膣，足以夺人精气，因而喻为雌伏的禽鸟，吸引黑夜钻入可爱复可怕的翅翼；进而雌雄双比，又转喻为筋疲力尽的阳具，所以说，"让一切利欲垂钓而振荡而熏香"，也无非是欲望与草木同朽之意。如此的结尾，再回过头来看看第一句的"愿世界常为夜而存在"，可以知道作者之所愿，实在是酣畅的生命观照。

三　一九八〇～一九八九年

　　一九八〇年代的台湾文坛，在情欲书写方面有明显的转变。这转变主要在三个方面：一是论述领域的扩展，一是思维模式的多样，一是女性作者的加入。一九七〇年代以前，除了少数作家如白先勇以外，大致局限在两性的情欲描写上。至一九八〇年代，则扩大为同性爱欲和异性爱欲，更涉猎较广泛的感官层次，例如，扮装、旅行、性别意识觉醒等。至于思维模式方面，一九七〇年代以前，不外是用感官描写来表示对既定体制的反制或驯服。到了一九八〇年代，则有戏谑的、嘲讽的、冷眼的种种观看方式。而最明显的转变，是女性作者加入了情欲论述。例如，李昂以《杀夫》激起了女权风潮；朱天文也常以抒情温和的笔触，探讨现代女性的处境。①

---

　　①　参见刘亮雅《摆荡在现代与后现代之间：朱天文近期作品中的国族、世代、性别、情欲问题》《酷异的欲望迷宫：评纪大伟的〈感官世界〉》《洪凌的〈肢解异兽〉与〈异端吸血鬼列传〉中的情欲与性别》《九〇年代台湾的女同性恋小说——以邱妙津、陈雪、洪凌为例》《爱欲、性别与书写：邱妙津的女同性恋小说》，收于氏著《欲望更衣室》，台北，元尊文化企业股份有限公司，1998，第17～154页。

小说创作对现代诗情欲论述的启发，要在一九九〇年代才见到可观的成果。但是在一九八〇年代，已有部分女诗人触及情欲的议题。钟玲在这方面有重要发现。她在《试探女性文体与文化传统之关系：兼论台湾及美国女诗人作品之特征》一文中说，从一九五〇年代到一九八〇年代，重要女诗人没有一个着重身体意象。直到一九八〇年代，才有利玉芳和夏宇采用这类意象。①

这种转变，是社会及文化上的多方因素造成的。尤其在一九八七年，台湾解严前后，报禁、党禁解除，大陆探亲开放。政治和社会的解严也带来了心理的解放。随之而来的是消费者文教基金会成立，金石堂、诚品等连锁书店引领了阅读人口的品位，文学作品的市场趋向逐渐从精英文化步向轻薄短小的消费文化，走入多元的、开放的大众文化。大众文化塑造出美的新典范，挣脱了单一的美学标准，也增加了性别魅力的类型。例如，同性恋团体出现，便使男性的美得以重新诠释；而红顶艺人这类反串表演，也引发了暧昧的欲望流动，扩大了情欲论述的范围。在解严的民主时代里，早期紧张的社会伦理转为个人式的享受。一九八〇年代中期以后，这种个人主义式的文化观更表现在小说创作上。而两性的社会性别，借由小说也得到一定程度的修改。举个例子，三毛笔下荷西的个性，就和琼瑶笔下男主角的南辕北辙。他们是两种主流文化价值观下的男性典型，前者代表解严后的台湾男性，后者代表解严前的台湾男性。琼瑶笔下的男性，优雅而文弱，大多演示了一九五〇年代及一九六〇年代的漂泊和幽闭；三毛笔下的荷西，则粗犷、开放而包容，展现松绑后的男性。②

社会运动和传播媒体的蓬勃发展，也为文化注入新血，带动一九八〇、一九九〇年代之交的文学潮流。一九八〇、一九九〇年代之交是弱势团体的社会运动期。妇运、同志运动等，都有迥异于一九八〇年代以前的旺盛生命。酷儿论述、性解放运动、两性研讨会等，穿梭在严肃的学院和流行的文化圈之间，借助媒体的倡导，表达文化批判。③ 传播媒体在一九八〇、一九九〇年代之交日趋重要。一则，它和流行市场共同掀起无边界的风尚，

---

① 参见钟玲《试探女性文体与文化传统之关系：兼论台湾及美国女诗人作品之特征》，《中外文学》1994 年第 18 卷第 3 期。

② 参见张小虹《情欲微物论》，台北，大田出版社，1999，第 232～274 页。

③ 有关台湾的女同志运动，可参考张娟芬《姊妹"戏"墙——女同志运动学》"第五章：女同志妇运"，台北：联合文学出版社，1998，第 139～169 页。

从服饰到日常用品，乃至思考模式，几乎操纵了台湾的公共文化，以同质而近于制式的方法，联络了部分社群，排除了媒体外的"异己"。① 一则，一九八〇年代的许多重要作家，如吴念真、张大春、管管、小野等，自一九八〇年代后期以降，纷纷投入影视媒体或文宣工作。

一九八〇年代台湾现代诗的情欲书写，可取林耀德和夏宇的作品为观察样本。这两位诗人情欲书写的相似处在于人：在他们的作品里，看不到淋漓的汗水或涌现的青筋，只有静止的人体。而相异处在于人：林耀德提倡都市文学，多以史诗的架构，渗入科幻、媒体、政治、历史、性爱，以冷眼嘲讽的态度来创作；他的《上邪注》《黑瞳传说》《降雪笔记》《南极记》《北极变》《驯养考》诸作，论者认为是他性爱诗的代表作品；② 夏宇的诗，机灵而戏谑，如《今年最后一首情诗》嘲弄了台湾女性文体中的缠绵语调和轮回观念，而《铜》《一般见识》《姜嫄》等诗，则对女性的避孕、月经、情欲、成长过程等，有显豁而深致的点染。③ 首先，在情欲论述方面，林耀德和夏宇都是飘然不群的疏离者。玛丽·艾尔曼论述女性文体的"瓦解权威"和"瓦解理性方式"时，点出七个文体的特征，为"不顾一切的、胆大的、讽喻的口气、个性鲁莽者那种善变脾气、闪烁不定的、狂乱滔滔不绝的，以及精简的"。钟玲认为，一九八〇年代的台湾女诗人中，只有夏宇的诗作拥有这些特征。④ 夏宇的《考古学》《皮肉生涯》等诗，也是以一种疏离的、超越的、批判的眼光，去回应世界构筑在身体上的矛盾情境。而林耀德的诗，则常常冷静而有力，以先知的姿态君临迷失中的都会文明，把结论下在前面，而独行其是。例如，组诗《道具市杀人事件》里的《黄昏时分的西莉亚》：

> 仰卧是最接近死亡的姿势
> 死亡是最接近睡眠的声音
> 睡眠是最接近欲望的体味
> 欲望是最接近海洋的容颜

---

① 参见廖炳惠《台湾流行文化批判》，《当代》2000 年第 149 期。
② 参见凌云梦《诡异的银碗——林耀德诗作初探》，载林耀德著《都市终端机》，台北，书林出版有限公司，1988，第 253～273 页。
③ 参见奚密、许悔之《夏宇两读》，《诚品阅读》1995 年第 22 期。
④ 参见钟玲《现代中国缪司——台湾女诗人作品析论》，台北，联经出版事业公司，1989，第 146 页。

> 海洋是最接近爱情的果冻
> 爱情是最接近灵魂的锈斑

　　"死亡"这个广角化的情境，用了"睡眠"这个舒坦的姿势来表达，传递出作者对现实的傲慢和轻忽。

　　其次，这两位诗人的身体论述，基本上可以看作对身份的破译方式。林耀德在《女低音狂想曲》的后记里，便说明了这点。他说《女低音狂想曲》采取第一人称叙事观点，是一篇虚构，主要是想描写一位善良的女巫，借此寻找心目中的地母形象。而夏宇在《颓废末帝国Ⅱ——给秋瑾》最后的《注》里，简短补充道："秋瑾奔走革命，偶以男装出现"，指陈回归人类性情中"雌雄同体"的想望，进一步讽刺社会身份下的僵化性别。

　　再次，夏宇和林耀德的情欲论述，充满对人世的倦怠感，夏宇尤甚。林耀德对文明的倦怠表现在轻蔑的文气；夏宇的倦怠，则表现为绕口令的、莲花落式的游戏语调。像夏宇的《某些双人舞》，在第二段以下，句末时而缀以"恰恰恰"作结，轻嗤性交和爱情的虚无。

　　最后，将夏宇和林耀德的情欲论述，置入俄国文学理论家巴赫定（又译为"巴赫汀"）的"两种体现"中来看，正分别代表"丑怪身体"和"官方身体"。[①] 林耀德的身体观，接近规范的、僵硬的、视而不见的"官方身体观"，与特定时空下的主流价值观迎拒不决，而呈现焦虑。夏宇的身体论述，多以可厌的自我为主旨，让诗作浸淫于怀旧、战栗、疯狂、欢会的气氛中，接近所谓的"丑怪身体"观。[②] 林耀德让人着魔的是他的架构，而夏宇令人沉醉的是她的瘫痪。夏宇的诗中洋溢着"我"，万不得已的时候，她会隐退到角落去，让任何声音都进不来。林耀德虚构了一个"无我"的空间，遇到该说"我"的时候，反而自遁于"我们"；诗里的"我"，常常是灵魂出窍的许多"他"。夏宇建造写作的私密空间。林耀德以庄严的步履

---

　　① 参见刘康《对话的喧声：巴赫汀文化理论述评》，台北，麦田出版社，1995，第 261～336 页。
　　② 参见廖炳惠《两种体现》，《回顾现代——后现代与后殖民论文集》，台北，麦田出版社，1994，第 211～224 页。该文比较、叙述了道格拉斯、福柯、巴赫定的身体理论。"丑怪身体"的概念是俄国的文学理论家巴赫定提出来的。所谓"丑怪身体"，指的是社会的反支配力量。它往往结合民间节庆中大吃大喝的意象和无忧无虑的生命，宣扬低下、民俗、市场、欢会、不正统的潜存文化，以对峙于"官方"文化所建构出的政治压抑、意识形态束缚和忧患意识。"丑怪身体"讽刺、瓦解、嘲笑"官方身体"，以去除等第，创造新生命和新秩序，调整威权文化，使文化更具有民俗、土地、大众的色彩。

迈向全方位的自我，用许多不同的"我"建构出"我们"，呈现完美的写作者"我"，经营写作上的公共空间。① 但是，"我们"这个词，并没有具体内容；越多的"我们"，越凸显空洞的理想和没有个性的个人。

四　一九九〇～一九九九年

一九九〇年代的台湾，对于身体这个议题的思索及活动，主要环绕着妇女参政和体制外的妇运而展开。单一性的议题或专业性的妇运团体大量增加，发挥强大的动员能力，从各方面开展身体的论述。②

从一九八五年以后，台湾妇运持续关注的主要议题，按照时间先后来说，顺序是救援雏妓，争取男女平等工作权，提倡两性平等教育，主张政治改革，建立家内平权关系，以及提倡身体自主。其他比较具有阶段性目标的议题则有监督少年福利法之通过，争取夫妻分别报税制度，在两岸婚姻关系中确保台湾妻子的权益，等等。在当时的社会情境里，性活动几近于男性消费女性，所以女性主义者和性观念保守的人士有部分交集，而诉

① 有关公共空间的理论，本文主要受惠于廖炳惠的相关文章。包括《文化批评、社会参与、校园伦理》，《中外文学》第 24 卷第 11 期，1996，第 111～115 页；《泰勒论现代性与多元文化》，《当代》第 100 期，1994，第 10～27 页；《在台湾谈后现代与后殖民论述》，《回顾现代——后现代与后殖民论文集》，第 53～72 页；《作品中有文字共和国吗？——试论〈哈克贝里芬历险记〉对多元文化及公共场域研究的启示》，《回顾现代——后现代与后殖民论文集》，第 275～302 页；《中西女性与公共领域》，《台北县立文化中心季刊》第 38 期，1993，第 13～17 页。廖炳惠介绍了泰勒、哈贝马斯等人对公共空间的观念。在哈贝马斯的研究里，公共空间基本上是起于 18 世纪，在英国的咖啡馆和茶馆、法国的沙龙、德国的文艺中讨论。阅读大众针对文字、书籍，交换意见，形成舆论，传递社群想象，以开放而理智的沟通来达成共识，谓之公共空间。在泰勒的论述中，认为政治具有两个层面，即公共层面和私我层面。私我空间强调在自我认定或身份的建构过程中，有意义的"异己"（significant others）所扮演的重要角色。但在公共空间里，不同属性或身份的建构则端赖公开的对话，希望能在对等承认的论述中建立彼此的平等关系。泰勒以为，健全的民主社会必须建立在这样的关系上。廖炳惠评述了这些西方理论，对于公共空间在当代的实际运用颇有洞见。另外，廖炳惠主编《回顾现代文化想象》（台北，时报出版社，1995）有多篇译文可以参考。

② 1982 以后，积极参与政治活动、具有运动性格的非政党妇运团体，包括成立于 1982 年的妇女新知基金会；1992 年以后陆续成立的各地妇女新知协会；成立于 1987 年，原名新环境主妇联盟、从事环保工作的台北市主妇联盟环境保护基金会；成立于 1987 年，保存台湾妇女历史，鼓励女人参选里长的台北市女性权益促进会；成立于 1987 年，救援雏妓的台北市妇女救援基金会；成立于 1991 年，致力于消除女性就业障碍的女工团结生产线；成立于 1994 年的粉领联盟；成立于 1993 年，自诩为学院内妇运团体的女性学学会；等等。

诸道德的禁欲主张也符合社会的主流价值观，因此救援雏妓、扫黄、焚烧色情书刊等行动屡收立竿见影之效。一九九〇代以后的妇运，一方面用更激烈的手段追求体制的改造，以多变的策略吸引媒体和群众的注目；另一方面更大胆地探索女性心理、身体、文化的各种可能——例如，一九九四年女书店的开业——这些可能侧面赋予了身体论述更丰沛的想象力与活力。①

一九九〇年代初期，民间妇运团体仍徘徊于"务实路线"和"女性中心路线"的两难之中，除了"妇女新知"以外，多数妇女团体为了快速有效地达到组织目标，尽量避免和社会现况的冲突，以争取与体制合作为主。数年之间，妇运团体就蓄积了更大的动员力。在策略方面，从静态和室内活动转变为动态与静态、室内与街头各种方式的交错运用。②

一九九〇年代的视觉艺术，在欲望方面特别着墨，表现突出。如何"看"，如何"被看"，则是关注的焦点。艺术界对身体的反应与沉思，往往就社会议题或女性议题入手，以颠覆父权文化的观点来印证艺术语汇的自主性。例如，一九九七年二月由北美馆主办的"二二八美展"，尝试突破为英雄立碑的纪念方式，以"被遗忘的女性"为展览主题，批评主政者对"二二八"事件的不予正视。③ 又如帝门艺术基金会展出的"窥"，则是以"男性观看与描述女性的方式、角度，用男性建立的视觉模式，导引观者的视觉好奇心，提供观者未预期的视觉报偿，抒发个人的女性观"④。这种以女性自己的见解透视父权文化的用心，也迥异于一九八〇年代以前的艺术创作。在艺术评论方面，陆蓉之、高千惠、叶玉静等学者，不断在《雄狮》《艺术家》上探讨台湾的艺术生态，用多元的角度探讨艺术对应于现实和主体的旨趣，企图以观念性的、思辨性的对话方式与世界文化互动，生命个体的经验和想象也因而锲入大环境中，于是创作者个人的理念，遂展现了特定时空下艺术生态和创作生态的互文关系。⑤

---

① 参见张辉潭《台湾当代妇女运动与女性主义实践初探——一个历史的观点》，硕士学位论文，台湾清华大学，1995；顾燕翎《从移植到深耕：妇女研究在台湾（1985 – 1995）》，《近代中国妇女史研究》1996 年第 4 期。

② 参见黄毓秀《台湾妇运的路线与策略》，《妇女新知》1991 年第 114 期。

③ 参见吴玛《洞里玄机——从图象、材料与身体看女性作品》，收于林佩淳主编《女/艺/论——台湾女性艺术文化现象》，台北，女书出版社，1998，第 197 ~ 210 页。

④ 参见吴玛《洞里玄机——从图象、材料与身体看女性作品》，收于林佩淳主编《女/艺/论——台湾女性艺术文化现象》，第 197 ~ 210 页。

⑤ 参见简瑛瑛《女儿的仪典——台湾女性心灵与生态政治艺术》，收于林佩淳主编《女/艺/论——台湾女性艺术文化现象》，第 175 ~ 196 页。

　　在文学方面，原本荒瘠的台湾女同性恋小说园地，在一九九〇年代造成轰动，像曹丽娟、朱天心、邱妙津、陈雪、洪凌的小说创作，开发了情欲想象，刘亮雅、张小虹等学者已有专论。① 学界和文化界对情欲的思考，集中在生理性别、文化性别、性欲取向、性别差异、国族认同等议题上；而学界对情欲的研究，则在方法上结合精神分析、解构主义、后殖民研究、文化研究，以展现情欲在性别、国族、阶级、族群等意识形态上的纠葛。情欲这个议题终究在一九九〇年代掀起燎原之火，在文学艺术各方面透射出论辩活力和论述激情。

　　一九九〇年代末的台湾文坛，林文月出版《饮膳札记》、焦桐出版《完全壮阳食谱》，学术界与文化界联手举办"饮食文学国际学术研讨会"，一时媒体对文学的报道焦点集中在飨宴与身体、文学、艺术、社会的种种关联上，因应一般人对世纪末直观式的理解，《饮膳札记》和《完全壮阳食谱》这一文一诗的出版也备受瞩目。类似食谱的两本集子，林文月和焦桐的风格迥异。例如，焦桐的《埋头苦干》和林文月的《潮州鱼翅》都以鱼翅为创作题材，然而两位作者出手的方式、给人的感受却截然不同，唯一相同的是不厌其详的做法描述，彰显了"食不厌精，脍不厌细"的文人饮食特征。②

---

① 可参见刘亮雅《摆荡在现代与后现代之间：朱天文近期作品中的国族、世代、性别、情欲问题》，载张小虹编《性/别研究读本》，台北，麦田出版社，1998，第195~214页；刘亮雅《边缘发声：解严以来的台湾同志小说》，载台湾师范大学国文系主编《解严以来台湾文学国际学术研讨会论文集》，台北，万卷楼出版社，2000，第117~142页；刘亮雅《爱欲、性别与书写：邱妙津的女同性恋小说》，载梅家玲主编《性别论述与台湾小说》，台北，麦田出版社，2000，第279~306页；刘亮雅《欲望更衣室：情色小说的政治与美学》，台北，元尊文化企业股份有限公司，1998；刘亮雅《情色世纪末：小说、性别、文化、美学》，台北，九歌出版社，2001；张小虹《性别越界：女性主义文学理论与批评》，台北，联合文学出版社，1995；张小虹：《欲望新地图：性别·同志学》，台北，联合文学出版社，1996；张小虹《性帝国主义》，台北，联合文学出版社，1998。

② 例如，《饮膳札记·潮州鱼翅》中有这样的段落："发鱼翅的发法相当固定，通常需要在宴客之前三天就开始准备。最好是选个晚餐之后碗盘洗净的时间，将六、七片鱼翅略微冲洗后，置入注满冷水的大锅内，让水淹盖过每一片鱼翅。锅取其大，是因为鱼翅浸泡一夜后会伸长变大变软之故。次日早上，将那一大锅有腥味的水倒去，再注入大约七分满的冷水，并加进大约一汤匙的绍兴酒，以及数片姜。用大火把锅内的水烧煮到快要沸腾时，即改用小火，以免鱼翅因温度过高而卷缩起来，等水面冒泡即将滚时，便可以关熄炉火，让鱼翅在紧盖着锅盖的热水中浸泡到水自然冷却。这便是第一次发鱼翅。其时间因季节而异，冬天约需二小时余，夏天则稍久。待锅内水完全冷却后，打开锅盖，倒去大部分的水，再注入新鲜的水，仍保持七分满的水量。倒出去的水，尚有相当浓重的腥味，所以第二锅水中仍不妨酌量再加些酒和姜（煮过的姜，可以扔掉）；然后再依第一次煮发的方法，进行第二次的发鱼翅。如是者三次，才算煮发完毕。"见林文月《饮膳札记》，台北，洪范出版社，1999，第5~12页。

林文月借鱼翅怀人，于饮食过程中详尽陈述而于人事迢递则轻轻带过，文章因而有了记忆的深度和时间的凿痕，也因此，回忆往事虽然只有寥寥数笔，却是文章的精魄。焦桐转化"做鱼翅"的食谱意义，从舌头的记忆转向舌头的革命，在隐喻的层面上，诗作之前的"说明"、"材料"及"做法"，装饰性较强而诗意较弱。

《完全壮阳食谱》出版于一九九九年五月，是焦桐继《蕨草》《咆哮都市》《失眠曲》之后的第四本诗集。焦桐和张小虹分别在序文和后记中，把这本诗集的创作背景、做法、效果说得很清楚，① 其后贺淑玮和唐捐也为它拈出"幽默"和"抗俗"，以对治因"壮阳"之名而可能遭受的讥评。② "壮阳""状阳""戆阳"虽然有同音之趣，为《完全壮阳食谱》铺展出嘉年华式的创作风格，然而怎么也藏不住最明白的动机——卖。媚俗又抗俗、嘲讽与想象兼备的"壮阳"一词，以饱含讥讽的样态横陈在书架上，不断刺激读者的窥探欲和购买欲。书中各色食物都可看作有催淫的功效，无论形状、口感、颜色、质感、味道，都指向性欲——形状偏好长条行和圆形，例如，《洞天福地》的芋圆和《北海蛟龙》的明虾；口感多半丰美多汁，例如，《日出东方》的鸡尾酒，《毋忘在莒》的牛排；颜色与质感引人遐思到两性的性器，例如，《庄敬自强》的小管，《还我河山》的冰糖西米露；味道则浓烈持久，例如，《戒急用忍》的乌骨鸡酒，《红杏出墙》的佛跳墙；等等，无不充满了性欲想象。但是《完全壮阳食谱》最性感的"春药"，还是想象。仿若盐巴吊百味，当"壮阳"一词引诱读者掏出钱包后，即刻呼唤出一种机智，它本身的憨顽于是被严肃的一面取代，塑造出有才有品的

① 焦桐在后记说："《完全壮阳食谱》是用食谱的形式所刻意经营的一本现代诗，以食物为隐喻系统，戏仿各种政治、文化话语，尤其聚焦于生殖崇拜和两性关系。……为了配合壮阳语境的悠久历史，我使用最保守、最传统的修辞策略——以四字成语作为每一道菜的标题。在烹饪方面，安排步骤仪式化，并尽量减少使用昂贵的材料，如同自由、平等、博爱之精神奥义，力求男性壮阳平民化、普遍化，避免寡头垄断。……我总觉得，生聚教训是很壮阳的概念，不能不把它写进食谱里。"见《完全壮阳食谱》，台北，时报出版社，1999，第160页。张小虹的序文《欲望厨房》也说："《完全壮阳食谱》的有趣，不仅在于意识形态上的'撞阳'，也在于内在潜意识中对阳痿的不安，故撩拨出一种诗体语言形式上的杂烩美学。"见《完全壮阳食谱》，第6页。
② 参见贺淑玮《"完全壮阳食谱"之"幽默"策略》，收于焦桐、林水福主编《赶赴繁花盛开的飨宴——饮食文学国际研讨会论文集》，台北，时报出版社，1999，第545~565页；唐捐《向麻木开火："焦桐世纪诗选"导言》，收入焦桐著《焦桐世纪诗选》，台北，尔雅出版社，2000，第7~24页。

简傲人文风尚。

从插画、散文叙述到诗作，《完全壮阳食谱》都在强调、巩固传统的性别定义和规训。它写女人的情欲离不开母职和母性，总是在大地之母的形象上发挥；男性则像奥林帕斯山（也称奥林匹斯山）上的宙斯，色欲满满，横冲直撞，往往展现怯生生的男子汉自尊。对于一九九〇年代末的身体论述而言，《完全壮阳食谱》一则创发了新形势下的"品"的概念，调整了吃东西的嘴和说话的嘴，写食谱的手和写诗的手之间相互依存的关系；再则以轻松、自在、随兴的笔触与夸饰的修辞，表现食物和权力、情欲的互动方式；《完全壮阳食谱》也建立了飨宴一般的诗风，以谑而不虐的讽喻彰显它的文学性与公共性，为二十世纪末的台湾文学界带来放诞而舒缓的社交式阅读。值得注意的是，如果《完全壮阳食谱》歌颂的是形而下的肉体交欢，或是纯粹的食欲，那么以俗抗俗的能量也许就更具威力，因为那样考验了作者对抗"假正经"的功力：一个肆无忌惮的身体，是否能以放纵性欲和食欲来打破既定的规范与疆界，将忧患意识转化为狂欢的笑声；吊诡的是，焦桐创作这本诗集，其本意虽然在于对抗社会规范和惩戒体系，以期产生某种程度的影响，却因为畛域确切、患得患失，反而更接近庙堂文化，不意间竟压抑、排除了一般的认知方式和价值体系。

在"饮食文化"大放异彩的世纪末情调里，一九九〇年代的情欲书写就在时鲜与变化中发展，融合传统定义下男性的积极特质、文化象征，与女性的消极特质、自然象征，把肉体的出入管道透过爱的种种形式，转为另一种艺术或心灵的真实，这既展现作者笔下的性感，又多少具备飨宴的礼仪性与补偿式的宽容。

五 结语

台湾现代诗对于情欲的省思，乃在追寻主体心、形的安顿与净化。既落实到具体的躯壳上而有浓厚的物质性，又把心、形的思索提升到抽象的层面，借以诠释一种相因相袭、风形景从的集体心志。感官世界的想象，观念世界的构筑，与文学世界的常与变固然息息相关，也和社会政治等外在环境互动。

从一九五年代〇到一九九〇年代，台湾现代诗的情欲书写有三个特色：其一，描述的对象以某个个体为主，范围大抵以作者放眼所及的为准，时或涉及奔驰的想象；其二，以若干具体事实来点染个体的特征；其三，除了纯粹的肉体素描以外，有时加入冥想、回顾、展望或批判，而让所描绘的"身体"处于等待诠释的状态。

一九五〇年代至一九七〇年代，台湾现代诗的情欲书写，以富有现实感的声音，思索切近的人生问题；尤值得注意的，是其中的厌弃情绪、男性视角，以及实录精神和清贵思想并存的表现。

一九八〇年代，情欲书写有解放的趋势，官能题材渐成风气。伴着社会运动与传播媒体的蓬勃发展，思维模式多样化、女性作者剧增。在庆典式的氛围里，带动一九八〇、一九九〇年代之交的文学风潮。

一九九〇年代是台湾现代诗情欲书写的高峰期，食与色在二十世纪末的台湾文化界与文学界引起关怀，现代诗在这两方面也有所表现。反省或沉思欲望时，往往颠覆父权文化，以印证文学的自主性。

"色"在台湾现代情欲书写中的重要性，即从眼睛的观察到心灵的透视，表现诗人从自己生命的周期出发，以及由此延展而出的观看角度。诗人以充满视觉意象的语言，融合心灵的、内在的视野，捕捉他们的视觉记忆，浓缩在诗行里。而错觉是"色"的核心。以"色"为戏，"声""色"相从，在所有的情欲书写退为背景之前，虚无或幻设的万紫千红总为读者打开了某一扇窗口。

1990 年代先锋诗歌整体观

罗振亚[*]

内容提要 20 世纪八九十年代之交，先锋诗歌因历史中断后的精神逃亡而完成了向个人写作的历史转型，1990 年代的先锋诗歌注意建构个人化诗学，使以往和抒情对立的叙事晋升为诗人们表现自我和世界的基本艺术手段，而在 1990 年代先锋诗歌的多元书写中，致力于智性思想批判的"知识分子写作"和具有日常、口语、解构向度的"民间写作"构成了对立、互补的差异性对话。

关键词 先锋诗歌 个人化 叙事 知识分子写作 民间写作

一 精神断裂与历史转型

在先锋诗歌的历史上，1989 年具有一定的象征和转折意味。这一年海子、骆一禾的相继夭折，令诗艺界茫然不已，许多先锋诗歌历史的亲历者敏锐地意识到在"已经写出和正在写出的作品之间产生了一种深刻的中断"[①]，诗歌中的神话写作画上了长长的休止符；此后诗歌的运动情结和先锋意识渐入消歇，而多样化的个人写作则悄然拉开了历史序幕。

20 世纪八九十年代之交，先锋诗歌因为历史中断后的精神逃亡，遭遇

---

[*] 罗振亚，南开大学文学院教授。

[①] 欧阳江河：《89'后国内诗歌写作：本土气质、中年特征和知识分子身份》，《今天》1993 年第 3 期。

了难以名状的命运颠踬。海子之死一方面是为诗坛献身精神的符号化，另一方面也构成了文化诗性大规模消失的象征源头，而后许多诗人纷纷踏上精神逃亡之路。他们有的赴死亡的约会，如骆一禾、戈麦、顾城；有的改弦易张，扑入商海或者转写小说、散文，如韩东、海男、张小波、朱文、叶舟；有的干脆逃亡去了海外，如北岛、江河、杨炼、严力、牛波、张枣等，队伍分化、削减和流失的变异现实，使先锋诗歌经受了一次历史的强烈震颤。而更为深刻、本质的精神逃亡有两种：一是既成的诗学路向纷纷中断。后朦胧诗当初的文化神话、青春期写作、纯诗经营等写作方式，在1989 年社会变动的现实冲击面前，均因在理解和表现时代方面的失效而宣告意义消弭，走入终结，如以圆明园诗社等为代表的青春期写作常"一根筋"式的毫无节制地倾泻感情，极容易在过分情调化的颓伤怀旧和过度狂欢的语言暴力中，滑向浮躁和急功近利的陷阱，由于对现实语境缺少关涉而失去了进一步伸展的可能；城市平民口语写作、纯诗写作也或渎神式地拒绝形而上神话，耽于能指迷恋和语言狂欢，弱化终极价值关怀，不无游戏之嫌；或坚守高贵的灵魂和语言的纯粹，在神性原则下建筑和谐、优雅、澄明的神话幻象，太超凡脱俗以致同样悬置了和现实对话的机制。一是继起的新乡土诗热潮使诗歌精神空前倒退。海子死后，在麦地诗歌启迪下，"一群城市里伟大的懒汉"纷纷做起"诗歌中光荣的农夫"（伊沙《饿死诗人》），掀起了一场农业造神运动。诗人们以弯镰收割的乡土意象所渲染的农耕庆典，一定程度上以乡土闲静、优美、纯朴的认同皈依，暗合了现代人寻找精神家园的精神脉动，对抗了都市工业文明的喧嚣异化；但那种土地神话在后工业社会里的表演，总有些矫情，诗人们对其过度沉醉的结果是多数作品缺少深入的当代意识和哲学意识烛照，麦地主题浅表，世俗化为宣情的基调；除了曹宇翔、丁庆友等诗人之外，大批诗人先验地想象、炮制土地神话，优美得偏离了现代乡土古朴而悲凉的灵魂内核；尤其是诗人们一窝蜂地争抢乡土意象的趋时现象，使新乡土诗常常只能在单一指向上踟蹰，使稠密的国产意象里人气稀薄。这种逆现代化潮流而动的向后看的举措，在把新乡土诗推上历史舞台的同时，也把新乡土诗推向了没顶的泥淖。既成的道路中断了，新辟的道路又是向后看的，在这未死方生的悬浮真空之间，诗人们无所适从，茫然不已。他们虽依旧写作，却再也提供不出能够体现先锋进步趋势的新价值指向；于是，在"写"还是"不写"的痛苦抉择中，诗界只能出现或搁笔，或转行，或原地踏步，或六神无主的精神大逃亡这条生路抑或死路了。

那么为什么自朦胧诗以来发展态势一向良好的先锋诗歌，在 1989 年出现断裂？这恐怕要从"无名"时代的诗歌边缘化历史文化语境说起。在被誉为诗歌国度的中国，诗歌历来是文学的正宗；可是从 1980 年代中后期开始却地位旁落，走向了冷寂的边缘。因为随着计划经济向商品经济转轨，西方后现代文化对中心和权威的解构，当历史一经出离以改革开放为主导，充满二元对立观念的有共名主题的 1980 年代，便进入了"多种冲突和对立的并存构成了无名状态"① 的文学基本格局，主题繁复共生，审美日趋多元。而多名即无名，审美群体的分流注定先锋诗歌的黄金时代必然消逝；同时在市场、经济和商业主流话语的压迫下，精神渐轻，诗意顿消，每一个诗人都成了被边缘化的焦虑者，在完全被散文化的文学世界里，世俗、解构和琐碎的"金币写作"策略驱赶尽了神圣的价值诉求，这种欲望化的拜金语境和权力、技术三位一体地合纵连横，自然使诗歌艺术陷入了无边的灾难；另外，"当代文化正变成一种影像文化，而不是一种印刷（或书写）文化"，介入"无名状态"② 的 1980 年代末期后，大众文化媒体和影像艺术在民众生活中横冲直撞，尚未立体化、直观化的先锋诗歌艺术与其相比缺乏优势，抒情空间被挤兑被漠视也就在所难免。

但是把先锋诗歌中断的肇因仅仅归结为一系列事件的压力是不能让人信服的，或者说是先锋诗歌内里的不足埋下了自己断裂的悲剧种子。诗的本质在于它是"诗人同自己谈话或不同任何人谈话"，"它是内心的沉思，或是发自空中的声音，并不考虑任何可能的说话者或听话者"③，这种特征内在地制约着诗歌适于在古典田园和桃花源似的人际生长，而和散文化世俗化的环境氛围相抵牾，所以它置身于世纪末文化境遇本身就是生不逢时的。尤其是后朦胧诗的重重弊端，招来了四面八方的声讨。有人批评它的先锋情结濒临绝境，必被社会群体所冷淡；它的绝对反传统必疏远民族文化，因袭西方现代传统，意蕴肤浅；它的片面技术和艺术竞新必淡化责任感，让社会群体的期待落空④，造成轰动效应也就无从谈起。更耐人寻味的是，

① 陈思和：《试论 90 年代文学的无名特征及其当代性》，《复旦学报》2001 年第 1 期。
② 〔美〕丹尼尔·贝尔：《资本主义文化矛盾》，严蓓雯译，三联书店，1992，第 156 页。
③ 〔英〕格雷厄姆·霍夫：《现代主义抒情诗》，载〔英〕马·布雷德伯里、詹·麦克法兰编《现代主义》，胡家峦等译，上海外语教育出版社，1992，第 286 页。
④ 石天河：《重新探讨"前卫"的真谛》，《诗歌报月刊》1997 年第 1 期。

1980年代的先锋诗歌过于追求实验性，在写作的各种可能性上几乎有尝试，却在哪一种可能性上也没有大的建树。所以当膨胀的可能性该收缩限制，向某种或某几种写作可能性方面深入挖掘诗意时，诗人们却因为个人写作经验的欠缺和个人话语场尚未完全建立起来而迷惑不已，该延续的诗写之路暂时中断了。虽然这期间有《北回归线》《倾向》《九十年代》《现代汉诗》等民刊的出色表演，但依然掩饰不住先锋诗历史中断的迹象，无法改变先锋诗冷寂的阶段性事实。

正是循着先锋诗歌"中断"和"失效"的思路，一些论者判定一进1990年代先锋诗就走入了沉落期。其实他们只看到了一种假象。不错，在中国诗歌命运转折的十字路口，诗人们面临着是否要将写作进行到底，该如何进行到底这"噬心的时代主题"（陈超语）的考验，曾经历过短暂的焦虑和动摇；但伴随先锋诗写作始终的自省、自否精神，他们很快又立稳足跟，沉落了先锋诗运动却没有沉落先锋诗本身，并在淡化先锋情结过程中注意1990年代先锋诗和后朦胧诗中断性的一面同时，更注意寻找、深化1990年代先锋诗和后朦胧诗间延伸连续性的一面，从而在1992年至1993年前后修复了断裂，完成了先锋诗向新样态的转型。诗人们自觉淡化1980年代那种强烈的集团写作意识甚至先锋意识，不再追求打旗称派、搞诗歌运动的激情和锐气，甚至不再关心流派和主义的名分，而是使写作日趋沉潜，悄然回到诗本位的立场，在放大后朦胧诗已有的个体视角、艺术方式基础上，锐意开拓，逐渐促成了诗歌从意识形态写作、集体写作及青春期写作向个人化写作的转型。转型后的先锋诗歌，一是普遍强调写作方向和方式上的个人语言转换，这一点在欧阳江河、王家新、西川、陈东东、翟永明、吕德安、于坚、张曙光等"跨时代写作"者身上表现得尤为突出。二是努力在语言和现实的联系中，寻觅介入现实和传统语境的有效途径与方法。有力体现这一倾向的是在海内外不声不响恢复、创办的民刊，如《今天》（在美国复刊）、《倾向》、《北回归线》、《九十年代》、《现代汉诗》等，它们无不以对抗非艺术行为的姿态，致力于诗歌精神和品格的建设，在平静中重视诗自身，向现实和传统回归，谛听静默的存在之音。这些诗或关注芸芸众生饱含生命的体验和呼唤；或重新探索有效的话语方式，如张曙光、孙文波等人在1980年代中后期就开始尝试的叙事意识的更加自觉，那种叙事话语的起用是技巧的外显，更是对存在状况的一种诗意敞开与抚摸。三是消解了曾经有过的骚动，告别了集体抒情运动的喧嚣，一切都变得沉稳内在，有条不紊；并在静寂平淡的真实局面中专注于写作自身，使技艺晋升为主宰，左右写作的主要力量，叙述的、分析的、抒情的、沉思的、神性的、日常的等各式各样的诗歌品类竞相涌现，姿态万千，迎来了一个从形到质都完全个人化的写作时代。

二　"个人化"诗学的构建

若问朦胧诗、"第三代诗"有何特点，谁都能就其意识形态主题或世俗化倾向述说一二；要想从众语喧哗的 1990 年代先锋诗中整合出某些共同征候则很难。奇怪的是，将"个人化写作"作为进入 1990 年代先锋诗歌的观照点，却因其标志出了 1990 年代先锋诗歌和此前诗歌的本质差异，切合诗人间的差异性大于一致性的个人写作时代的诗歌实际，得到了多数人的首肯。

也许有人会说提出"个人化写作"多余，哪种写作不是个人行为？诗的本质不就是从个人的心灵出发吗？其实不然。作为一个特指概念和一种写作立场，"个人化写作"不能和风格写作画等号，也不能和个性写作相提并论，更不能和狭隘的一己表现的私人写作同等齐观。它是诗人从个体身份和立场出发，独立介入时代文化处境，处理生存与生命问题的一种话语姿态和写作方式，它常以个人方式承担人类的命运和文学的诉求，源自个人话语又超越个人话语。"个人化写作"的另一说法是多元化，它突出了个体生命的声音、风格、语感和话语差异。但这并非意味着个体诗人之间不存在着通约性。1990 年代先锋诗歌可称为一种通往"此在"的诗学，其本质化流向就是对"现时""现事"的格外关注和叙事话语的高度重视（其实是一个问题的两个方面，叙事的大量起用表现诗人对现实存在状况的关怀）；所谓的"个人化"乃指在通往"此在"，在介入"现时""现事"方式和途径上的千差万别。

在如何处理诗与现实的关系问题上，包括"第三代诗"在内的 1980 年代诗歌存在着两种偏向。一种以为"非"诗的社会层面的因素无助于美，所以尽力疏离土地和人类，在神性、幻想和技术领域高蹈地抒情，充满圣词气息；一种坚持诗和时代现实的高度谐和，穿梭于矿灯、脚手架、敦煌壁画、恐龙蛋等意象织就的宽阔雄伟的情境中，大词盛行。它们都没实现维护缪斯尊严的企图，反倒因所指的玄妙空洞加速了诗歌的边缘化。针对这两种偏向，1990 年代具有艺术责任感的先锋诗人强调：在真实大于抒情和幻想的年代，诗歌"永远离不开对现实生存的揭示"①，要尽量使语言和声音落实，"将半空悬浮的事物请回大地"（森子语），走"及物"路线。这种面向"此在"叙述的价值立场，使诗人纷纷规避乌托邦和宏大叙事，从身边的事物中发现诗，挖掘、把握日常的生存处境和经验；甚至对躲不开的历史题材也多从细节进入，尽量摹写历史语境里人的生存状态、精神风貌，把历史个人化，因为在他们看来历史乃任一在场的事件，个人日常细节植入诗歌就渗透着历史因子，就是历史的呈现。读着下面这样的诗，仿佛是在读世俗的世界："一个女人呆坐在长廊里，回忆着往昔；/那时他还是个活人，懂得拥抱的技巧/农场的土豆地，我们常挨膝/读莫泊桑，紫色的花卉异常绚丽/阳光随物赋形，挤着/各个角落，曲颈瓶里也有一块/到了黄昏，它就会熄灭/四季的嘴时间的嘴对着它吹……"（桑克《公共场所》）医院、长廊的女人、阳光、广场的相爱者，一个个分镜头的流转，组构成了琐屑、平淡又真切的生活交响曲，"现时"的当下反应和观照里，渗透着一缕似淡实浓的苍凉阴郁的人生况味。诗歌以这种姿态和日常生活发生关联，无形中加强了艺术的当代性，使个人写作获得了能够承受社会、历史语境压力的能力和品质。

1990 年代先锋诗歌抵达"此在"的目标时，诗人们八仙过海，各臻其态，谁都力争在体验、体验转化方式和话语方式上推陈出新，突出公共背景里个体的差异性；于是在个人化理论和差异性原则的统摄下，出现了抒情主体的个人化奇观。孙文波"经历过什么就说出什么"；臧棣对"生活表面"的着力陈述带着某种虚幻和"思辨"色彩；西渡骨子当中充满对幻美事物接近的企图；② 陈东东常用唯美的目光扫视现实表象的色彩、质地，通过想象力灌注使其和汉语本身增辉；西川既投入又远离，感情节制，追求一种透明、纯粹的高贵的艺术质地……最具典型性的于坚，通过以零度情感疏离对象的"他者"想象方式进入对象，拒绝隐喻，将 1980 年代对都市闲人的调侃深化为对社会历史的戏仿反讽。如反观成长史的《0 档案》，不用具体数字而以不存在的代指"0"来表现不是人在书写语言，而是语言在书写人的语言暴力本质，表现特定年代体制对人的异化，就贯通了琐碎的

---

① 陈超：《深入当代》，载吴思敬编选《磁场与魔方》，北京师范大学出版社，1993，第 329 页。
② 敬文东语，见《对话：当代诗人的现实感》，《扬子江诗刊》2003 年第 2 期。

个人细节和带文化意义的诗歌空间，以对语言和存在关系的超常理解，将历史个人化了。恰像有人所言，1990 年代先锋诗歌的差异性标志着个人写作的彻底到位。

"个人化写作"的意义不可低估。首先，它超越了 1980 年代带有自淫性质的"自我表现"。后者对人性和个性的张扬，多源于缺少理性支撑和阐释的直觉，并不乏自伤、自恋或自傲情怀；而它则指向着书写者独立的精神立场、自律的艺术操守和自觉运作的手段，饱含诗与现实关系的深度思索，并且常呼应着具体的历史情境和人类生活的普泛焦虑、深刻困境，以期"达到能以个人的方式来承担人类的命运和文学本身的要求"。① 如朱文的《黄昏，居民区，废弃的推土机们》写"房地产"建设这个人们身边的事物，通过拆迁、投资商和居民的谈判、居民砸怒推土机等场面，介入了时代的良心，显示诗人对人类遭遇的关怀和命运担待，不但没有陷进狭隘悲欢的吟咏，而且抵达了生活平淡、真实的本质深处，从个人写作出发却传达了"非个人化"的声音。其次，"个人化写作"以沉潜的技术打造气度，将技艺作为评判诗歌水平高低的尺度，回归了写作本身。它的个性化创造，保证诗歌完成了由"第三代诗"的自发语言行为向深思熟虑的自觉操作转移，标志着先锋诗歌的意识和艺术双双步入成熟；将诗歌从 1980 年代的破坏季节带入了 1990 年代的建设季节，艺术水准明显上升，这仅从伊沙、王家新、张曙光、臧棣等诗人普遍运用形态纷然的叙述手法，即可窥见 1990 年代诗艺娴熟和丰富之一斑；"个人化写作"是对艺术思潮写作和文学运动写作历史终结的宣告，淡化了为文学史写作的恶劣风气，使诗人们不再借助群体造势，告别了大一统的集体言说方式，使诗歌写作远离了 1980 年代的集体命名行为，走向了绚烂多姿的时代。最后，"个人化写作"那种历史存在于任何在场、现时、现事的诗歌观念，那种极力推崇张扬的差异性原则，本来是因延续、收缩上个时代的"写作可能性"而生的，却又为诗的进一步发展提供了新的"写作可能性"。

当然，"个人化写作"的缺点也不容忽视。它仍未解决有分量作品少的老大难问题；并且在拳头诗人的输送上还远逊于 1980 年代的先锋诗歌，那时至少还有西川、王家新、翟永明、于坚、韩东等重要诗人胜出，而在诗界整体艺术水平提高的 1990 年代，能代表一个时代的大诗人却几乎没有显

---

① 王家新：《夜莺在它自己的时代——关于当代诗学》，《诗探索》1996 年第 1 期。

影。诗歌走向个人写作后差异性的极度高扬，焦点主题和整体趋向的弱化，也使诗歌失去了轰动效应，边缘化程度愈深；虽然诗人们照样结社、办报、出刊，且印刷质量、装帧设计都日趋精美，但都不再流派化、集体化，也难再激起更多读者的阅读兴趣。尤其一些诗人借"个人化写作"之名，行滥用民主之事，将"个人化写作"当成回避社会良心、人类理想的托词，无限度地膨胀自我的情感与经验，甚至拒绝意义指涉和精神提升，剥离了和生活的关联，使得诗魂变轻。另外过度迷恋技艺，恣意于语言的消费与狂欢，也发生过不少"写作远远大于诗歌"的本末倒置的悲剧。从这个意义上说，"个人化写作"诗学就是一把锋利也容易自伤的双刃剑。

三 "叙事"在诗中成为一种可能

1980 年代诗歌的"不及物"努力，在一定程度上保证了诗歌纯粹的立场，恢复了诗歌的尊严，但也存在着许多弊端：它那种单向、冲动、自戕式的叙事方式，矢志于精神层面的孤绝高蹈，抽空此在细节的神话原型、操作智慧和文化语码的累积，在复杂的生活和心灵面前过于简单化、理想化，忽视了写作本身所处的本土生存与历史境遇，对"不及物"写作的众多仿制也使它新鲜感顿失；"不及物"写作中的说话人往往是作为抒情主体的诗人自身，这种缺少戏剧性技术的写作对诗人要求太高，而且叙事技巧的缺席，也常使其诗学目标大打折扣。为修正诗歌与现实的关系，1990 年代先锋诗人不再以"不及物"作为诗歌的主要手段、认识事物的有效方法，而是延续 1980 年代几种诗歌写作可能性之一种，将"叙事"采纳为谐和主观与客观、文本与意义，并同生存境遇对话的艺术法门，"叙事"遂成为一种方向性的艺术追求。这种"及物"写作主要有以下几点征候。

一是走向日常诗意。在现象学理论建构中，现象与本质间并无严格的区别，抵达表象也就占有了本质。因为现象学是种依靠直觉认识发现事物本质的方法，它关心对象如何是、如何呈现为对象，而不深究对象是什么；所以它往往追求"面向事物本身"的敞开。其具体的方法是通过对存在的、历史的观点悬置和对本质的、先验的还原，清除观念的虚妄和本质的幻念，从而实现"判断的中止"，让事物回到没有超验之物和先人之见的客体真在，最终澄明事物。在这种理论的悬置和还原原则的驱动下，诗歌可以逃避意义先置和观念羁绊，仅仅在现象世界里游弋本身便能获得一种本真的魅力。受其影响，1990 年代诗人们纷纷瞩目日常领域，把外世界的一切都纳入观照空间，热衷于具体、个别、琐碎的记事。单看诗的题目就凡俗得可以，《对着镜子深呼吸》（翟永明）、《种猪走在乡间路上》（侯马）、《为女士点烟》（阿坚）……其平静又透明的语感、调式、情境在琐屑中的穿行，即裹挟着一股拂面的生活气息，不少诗以走向过程和现象还原的努力，在文字背后蛰伏着可能的诗美生长点。如谢湘南的组诗《呼吸》，原生态地表现深圳打工族的快节奏生活，它不用诗人加入评价，仅《零点搬运工》《深圳早餐》《一起工伤事故的调查报告》等题目就能外化出打工生活的繁忙、辛苦和严酷。对"圣词""大词"清除的结果是大量时髦、色情内容的融入，如"我感到愉快的是/黑夜还会持续很久/我会有一次/或许二次/比谁都疯狂的咳嗽"（贾薇《咳嗽》），诗已成为生活化的复制和展览。朱文的《让我们袭击城市》已触及日常生活最细微的皱褶之处，不乏异化痛感的心理咀嚼里也溢出了几许人性的温馨。根本无须作者做出情感判断，日常生活表象"资料"的自动敞开即透着平淡而丰满的诗意光芒。

二是"物"的本质性澄明。"物"并非只指语言之外的客观现实，"及物"也不能只理解为语言对"物"的关涉，也许把"及物"看成是文本和其置身的历史现实语境的相互渗透、修正更为恰当。1990 年代先锋诗歌常以直觉去触摸、揭示事物，使事物的纹理具体、准确、清晰地敞开或显现，有较高的能见度。可贵的是诗人们不以此为终极目的，而是将它们作为载体，寄寓对人类生活本质的理解和人性的内涵。如"历史和声音一下子消失/大厅里一片漆黑……我还记得那部片子：《鄂尔多斯风暴》/述说着血腥，暴力和革命的意义/1966 年。那一年的末尾/我们一下子进入同样的历史"（张曙光《1966 年初在电影院里》），从电影放映中偶然停电的瞬间捕捉历史巨变的信息，其"物"的背后流动的是个体和时代，历史遭遇时的心理痛感，不解和恐惧之中饱含着反思的意味。"排着队出生/我行二，不被重视/排队上学堂，我六岁，不受欢迎/排队买米饭，看见打人/排队上完厕所……有一天，所有的欢乐与悲伤/排着队去远方"（宋晓贤《一生》），用一个"排队"的细节贯穿人的一生和诗的始终，与人生相关的最普通的生活细节成了诗性最重要的援助，朴素的事项碎片后面接通的是无奈、沉重和感伤的生命表情。臧棣的《露水》截取的是早晨去散步时看到露水的一件小而又小的事儿，但它关涉的却是"品格"的大问题，构成了某种精神的檃括，"黑暗之后：它仍/清亮，饱满；尽管渺小/却自成一体，近乎启示"。可见，1990 年代先锋诗歌通过对日常公共事物或历史的走近、观察、提升等重新编码过程，最终澄明、发现了生命和存在中被常识和世俗遮蔽的诗意，并指向了超越细碎琐屑的本质性所在。

三是理性想象的"空间构筑"与"过程还原"。1990年代先锋诗歌回归世俗本真的同时并未去翻版现实的此在，而是借理性想象给诗歌涂上了一层幻想的光环，纳入诗歌的场景、事态等皆为诗人的想象力抚摸过的存在。或者说诗人凭借想象力使场景、事态从凡俗平庸的日常经验中剥离而出，拥有了诗性的含义。这种建设性的想象和理性遇合的形态大致有两类。一类诗着力于"物"的片段，从日常瞬间清晰可感的凝视和场景细节的精确描摹切入感受，倾向于空间上宁静淡远的创造，有种雕塑的立体感。如"我看见卖熟食的桌案上/有什么东西闪光/走近才知道，一个猪头/眼眶下有两道泪痕……我走了过去。我想/或许有什么出了错"（徐江《猪泪》），一次偶然遇到的庸常场面，引发了诗人无限的联想和感慨，令平淡的生活和思想打开了自在的诗意之门。"沃角，是一个渔村的名字/它的地形就像渔夫的脚板/扇子似的浸在水里/当海上吹来一件缀满星云的黑衬衫/沃角，这个小小的夜降落了"（吕德安《沃角的夜和女人》），细节、碎片、局部组构的画面，在静谧、旖旎、平和中展开的神秘，让人心里陡生流连和怅惘的复杂感受。另一类诗则注意容纳事件，节制想象，追求文本的整体效果，体现一种叙事长度和冷静的真实。如肖开愚的诗追求事件的整体脉络，想象连绵不断，有叙事上的长度，《来自海南岛的诅咒》把海南开发的社会事件和个体的经验整合在诗里，容载了更多的信息和技法。西渡的《卡斯蒂丽亚组诗》中的"卡斯蒂丽亚"，完全是从阿索林的散文集《卡斯蒂丽亚花园》中借用而来，或者说完全是虚拟的产物，诗人"可以向这个虚拟的对象尽情倾诉，同时又不冒过分暴露个人生活的危险"[1]，这使卡斯蒂丽亚成了超离具体女人的"象征"，使诗歌具有了一种"抽象的品质"。一般人以为想象和理性是一对相克的因子，可1990年代先锋诗歌想象的具体性，不但没使诗陷于琐屑的泥沼，而且应了画家塞尚的在艺术中唯一的现实主义是想象的怪论，保证了诗歌想象力的准确和活跃。

四是文本的包容性。诗歌文本的包容性，一方面指在意味层面对由线

---

① 西渡：《面对生命的永恒困惑：一个书面访谈》，《守望与倾听》，中央编译出版社，2000，第271页。

形美学原则到异质经验的包容，另一方面指技巧范畴跨文体混响包容的驳杂倾向。必须承认，小说、戏剧包括散文这几种文体，在话语方式的此在性及占有经验的本真性方面均优越于诗歌，而诗要介入、处理具体的人、事和当下的生存及广阔的现实，就势必去关注、捕捉生活俗语中裹挟的生存信息，讲究对话、叙述、细节的准确与否。因此 1990 年代先锋诗歌常敞开自身，借助诗外的文体、语言对世界的扩进来缓解诗歌内敛积聚的压力，使自身充满了事件化、情境化的因子。如西渡的《在硬卧车厢里》似一幕正剧。在南下列车的硬卧车厢里，手持大哥大操纵北京生意的"他"和"异性的图书推销员"奇遇、交谈、融洽、亲密、提前下车，诗歌叙述的是一个可能的暧昧的男女故事，其中有客观的环境交代，有男女从礼貌到微妙的对话，还有女人为男人泡方便面和男人扶女人的腰下车的动作，有女人不无好奇的轻浮的性格刻画，更有作为旁观者的"我"的分析、微讽和评价，日常情境、画面的再现和含蓄微讽的批评立场结合，显示了诗人介入复杂微妙生活能力之强。伊沙有首"杂感诗"，"一头黑猩猩／来到我们中间／他说他要逛一逛／世界上最大的动物园"（《风光无限 37》），这首杂感诗的机智和幽默背后，隐伏着人比动物更加动物的深刻批判。张曙光更深信诗"往往是回忆的结果，即使它描写的是眼前的情境"[1]，所以他常把自己当观察对象，通过探究自己来探究"大历史"的奥秘，有一种自我分析的倾向，他作品中常出现两个自我——叙述者和作者，叙述者和诗貌似有客观的距离拉开，实则是对作者生活的深层参与。这种艺术表现的适度、深刻而残酷的自我分析的自觉，使叙事已浸染上了人性的困顿和诗人的宿命色彩。小说、戏剧和散文技艺融入诗歌的文体混杂，使诗逐渐摆脱了单一抒情表达的困境，也促成了组诗、长诗的空前崛起。

　　五是语言的陈述性。鉴于 1980 年代的抒情诗有涵纳不了当下和历史境遇的缺失，1990 年代的先锋诗歌多数不再走象征、隐喻、意象化等现代主义的技术路线，即使偶尔运用也多呈现为整体性的戏剧化象征，而是把叙事手法大量地引入诗中。王家新倡言要在诗中"讲出一个故事来"，张曙光甚至要完全用陈述句式写诗，臧棣干脆把自己的诗集命名为《燕园纪事》。孙文波的《在西安的士兵生涯》、肖开愚的《北站》、臧棣的《未名湖》、

---

① 张曙光：《狂喜威悲愤（代序）》，载肖开愚著、门马主编《动物园的狂喜：肖开愚诗选》，改革出版社，1997，第 8 页。

马永波的《小慧》等，基本上都放弃主观在场，采用客观的他者视角和纯客观叙述，按生活的本色去恢复、敞开、凸显对象的面目。这是对生活更老实的做法，因为生活始终是叙述式的，它适合于叙述描述而不适合于虚拟阐释。为了取得和庸常、烦琐而又无聊的生活的应和，诗人必然起用细屑的叙说，有些长长的陈述句式絮絮叨叨，煞是饶舌。"清明时节多灰尘，草刚绿/远远的，一种酶/酸溜溜/蜜蜂因蜜而癫狂；孕妇情迷/满街追着消瘦男性……"（余怒《清明时节》），"我"的缺席或者说"我"影子的完全抹去，遮掩了作者的写作意图，特别讲究观察解剖，使诗只剩下了一些细节、碎片、局部，至于诗背后的意义得靠读者去猜测。王家新的《乌鸦》打乱时间线性结构的反结构叙述，也实现了"小小的叙述革命"。1990年代先锋诗歌这种平和舒缓的陈述性语言，修正了1980年代普遍存在的尖锐语调，提高了修辞手段在生活中的适应幅度。

　　叙事在1990年代说穿了是个"伪"问题，它是一种亚叙事，或者说在本质上是一种诗性叙事，它摆脱了事件的单一性和完整性，不以讲故事、写人物为创作旨归，而是展示诗人瞬间的观察和体悟。作为一种探索，它的优长和缺憾同样显在。及物写作的日常性意识自觉，利于复杂经验的传达，使诗恢复并拓宽了介入处理现实和深广历史的能力，获得了自由叙述的维度和可能的发展空间，建立起了诗与当代生活的更加广泛的关系；这种带有叙事性质的写作，是对诗中浪漫因素的对抗和削弱，它解除了1980年代诗歌中那种乌托邦式的假想情结，以及朦胧诗崇尚的意象诗写的审美习气；它对具体事物和细节准确性的关注，保证了语言和认识世界的清晰、生动，使诗成了沉静而宽容的文体。一直以来，尚情的中国诗人处理现实的能力相对薄弱，在1990年代诗歌写作直面世界而不知所措的窘境里，叙事大面积地移植诗中，不仅增加了诗歌的创造力，而且是一场叙述方式上的革命。但也不能过高评价叙事性追求。许多诗人的叙事是借助他们内在的抒情气质和论辩性情思结构才成为可能的，他们叙事宣告的正是完全叙事的不可能，叙事只是诗歌技术的一维，其功能是有限度的；对形下的"此在"过度倚重，使一些诗歌淡化了对"彼在"的关注，流于庸常平面，只提供一种时态或现场，叙事含混啰唆，结构臃肿，文体模糊；叙事性在1990年代的走俏和日渐"经典化"，也使这种个人化写作暗含着被重新集体化的危险，导致伪、假的体验感受与本真的体验感受混杂。

四　致力于智性思想批判的"知识分子写作"

"知识分子写作"乃特定称谓,它专指王家新、欧阳江河、西川、臧棣、孙文波、张曙光、陈东东、肖开愚、翟永明、钟鸣、王寅、西渡、孟浪、柏桦、吕德安、张枣等人的诗歌写作。西川在 1987 年 8 月《诗刊》组织的"青春诗会"上,最早提出了"知识分子写作"概念,阐明知识分子是"专指那些富有独立精神、怀疑精神、道德动力,以文学为手段,向受过教育的普通读者群体讲述当代最重大问题的智力超群的人,其特点表现为思想的批判性"①,把握住了"知识分子"概念的精髓所在。1988 年陈东东等人创办民间诗刊《倾向》,在编者前记《〈倾向〉的倾向》中,陈东东指明"知识分子写作"应该上升为一种诗歌精神。1993 年欧阳江河的《'89 后国内诗歌写作:本土气质、中年特征与知识分子身份》发表,标志有关"知识分子写作"的具体内涵、流变、意义的阐释表述,已走向系统、清晰化。后来程光炜在《90 年代诗歌:另一意义的命名》等文中,又对"知识分子写作"的实绩进行了梳理和批评。从"知识分子写作者"的大量阐释中,不难透析出"知识分子写作"的真切内涵,它意指那些凭借知识优势,以批判、自由的个人化精神立场介入时代和社会,在艺术文本上精进创作实践;它的终极目的是以现代知识系谱和话语方式的重构来重塑现代知识分子形象。检视 1990 年代的"知识分子写作",就发现它具有独特的思想艺术个性。

一是具有致力于思想批判的精神立场,这也是最主要的特征。"知识分子写作"有过凌空蹈虚的时节,1989 年前后"纯粹""文化"风尚的裹挟曾令其流连沉醉不已;但当时大量"农耕式庆典"诗歌的那种逃避生存的流弊,也让一些"知识分子写作者"警觉:先锋诗歌的纯粹不该自我封闭,而要深入当代,在打开的当代经验中获得;应在实践中走"及物"路线,关注人类命运和当下生存经验,切入时代精神及其内在焦虑的核心。他们的创作也抵达了这一目标。如臧棣就是对生存和日常生活细节中的诗意捕捉而获得成功的,"她解开衣链,裙子象波浪一样滑下/她露出更完美的建筑:她坚定地说/这就是你的教堂。信仰我吧"(《关于波浪维拉的虚构之

---

① 西川:《答鲍夏兰·鲁索四问》,载闵正道主编《中国诗选》,成都科技大学出版社,1994,第 376 页。

旅》），私人性的琐屑、具体的细节氛围和略带反讽的描述媾和，既完成了书写维拉之美的沉潜主旨，又让人读之有身临其境之感，把与白领丽人相遇或可能相遇的奇异经验，传达得漫不经心却诗意益然。张曙光的日常性意识觉醒更早些，当多数诗人还在宏大主题和叙事中高蹈时，作为人类生存处境的自觉承担者，他已开始注意用细节表现人在当代境遇中的内心世界，"那一天我们走在街上/雪花开始飞舞/搅乱着我们的视线/于是街道冷冰冰的面孔/开始变得亲切"（《那一天……》），那一天的时间是以诗人的生活细节和内心经历的一部分的形式出现的，这种建立诗和时间关系的方式更可靠。黄灿然则把感情的日常状态伸向更具体的生活领域，《建设二马路》让最无诗意的事物入诗，恢复了凌乱而实在的生活场景和感受，实现了对传统的诗歌题材观念的去蔽。尤为可贵的是，知识分子诗人在介入现实过程中兼顾了思想的批判和建树。对当代现实毫不妥协的批评者孙文波，尽管以调侃、反讽作减压阀；可是调和冲突心理机制的缺乏和"反诗意"的视角，使他那些执着观照日常生活的反面及人在其中的羞辱存在的诗歌，依旧似一座座没有爆发的活火山，贮满火气。"我的姊妹们，从可爱的姑娘长成愚蠢的女人/势利地打量着世界。我的同伴们，在/商海里游泳，而我却为文字所惑，/在文字的迷宫里摸索。但我的笔却写不出/一个人失去的生活；我无法像潜水员/在时间的深处打捞丧失的记忆"（《梦·铁路新村》），从容的审视、叙述里所透出的沉痛而"恶毒"的立意，有种袭人的悲观。王家新更因为对现实的真诚承受与批判，被一些人称为时代道义、良知的承担者和见证人，他以文本触及了人在意识形态话语中的困境。"终于能按照自己的内心写作了/却不能按照一个人的内心生活"（《帕斯捷尔纳克》），诗中那种为时代和历史说话的悲天悯人的道义担待，为对命运浑然不知者忧患的伟大气质，借帕斯捷尔纳克的痛苦精神旋律宣泄奋然而出，文本的真诚自身就构成了对残忍虚伪、缺乏道德感的时代的谴责、鞭笞。

1990年代写诗已成为一项独立的精神探险，它要求每个写作者必须具有独立的见解和立场；所以西川说在中国要做诗人必须先做思想家、哲学家、神学家。这种认识曾引导过知识分子诗人们的集体审美趋向。诗人们重视复杂经验和"诗想"的开拓，孕育出许多从日常生活经验出发又与其保持一定距离、向宗教与哲学境界升华的文本。如以洞察事物内在不可知秘密为最高宗旨的西川，对神性、秩序、永恒、终极一类的观念始终兴趣浓厚，1990年代一些诗人自杀后的特殊思想氛围，更在一段时间里主宰了他的诗歌的生命意味。"你没有时间来使一个春天完善/却在匆忙中为歌唱奠定了基础/一种圣洁的歌唱足以摧毁歌唱者自身/但是在你的歌声中/我们也看到了太阳的上升、天堂的下降"（《为海子而作》），面对世界的喧嚣和裂变，诗人仍然固守沉思的风度和气质，是一种人生大智慧的表现。再如欧阳江河是玄学倾向和抽象能力俱强的诗人，一似沉迷于思想的哲学家。"从帝国的观点看不出小镇的落日/是否被睡在闹钟里的夜班小姐/拨慢了一个世纪。火星人的鞋子/商标上写着'中国造'"（《感恩节》），此在瞬间感受的世俗化抚摸，被一种机智的细节把握所包裹，每个句子显示的机敏的小思想或小思想在语词中的闪耀，充满快感。他那种带有反省和怀疑质地、对人类存在意义和悲剧内涵的持续思考，后来在王家新的《挽歌》、肖开愚的《国庆节》、翟永明的《咖啡观之歌》等诗中，都激发出了强烈的回响。可以肯定，知识分子内质外化的对现实的批判性介入，对政治文化与道德命题的直面言说，使其无意中暗合了伟大之诗的趋向，其在话语和现实之间确立诗与时代生存境遇关系的实践，是对诗坛的一个重要贡献。

二是崇尚技术的形式打磨。因为长期在艺术传统里浸淫，因为综合"知识气候"的科班训练，也因为喜欢向复杂经验和知识系谱问鼎，"知识分子写作者"更敬祈技术含量和文本形式的精湛。他们认为写作是一种技术，一种技术对思想的咀嚼，所以在技巧和心灵的相互磨砺中，创造了大量朝经典化方向努力的文本。首先他们普遍重视开发叙事性功能。他们注意将叙述性作为改变诗歌和世界关系的手段，并把这种手段调弄得异常娴熟。如学院派代表臧棣 1990 年代后则开始去除趣味主义因素，以"非诗"形式拓展经验世界的边界，诗集以《燕园纪事》命名即可窥见这种转换信息，他的《戈麦》的过程切面、场景描述和冷静的议论，仿佛把诗变成了有条不紊的"无风格"的叙述之作；但其诗意毫无遗漏地渗入了抒情空间，那种对现实的点化能力令人击节。如果说在叙事性追求上，臧棣、孙文波分别以综合感和复杂多元的叙说方向强化引人注目；那么深刻自省的张曙光则在自我分析、叙事和抒情的适度调节方面堪称独步。"能够窥视到往昔的一切？/我为什么这样想，也许我只是应该/跺跺我的脚，它的上面溅满了雪/我真的迷失了吗，在一场雪里？"（《序曲——致开愚》）克制内敛却深入异常的语言，在简洁紧凑的叙述笔调下直指普遍的人性困顿和诗人的心灵剖析，作者和叙述者两个若隐若现的"自我"距离的开合，强化了文本的低调和滞重，越是冷静，震撼力越大，在这里以退为进的技术对人类精神困感的容纳，已很难说仅仅是一种外在形式了。"知识分子写作"的叙事性强化，是对现实主动自觉地迎迓和介入，它拓宽了诗的题材、表现手法与时空幅度。其次是语言修辞意识的高度敏感和张扬。新的存在和生活经验的激发，原有狭窄艺术手段本身不堪重负的调整呼唤，与诗人加强和社会交流的渴望会通，敦促着诗人们寻找各自恰适的艺术通道，以适应大型的、微小的抑或中性的题材书写需要，于是反讽、隐喻、引文镶嵌、戏剧化、互文等技术因子，都纷纷落户于"知识分子写作"的文本中，灵活、复杂又有广融性。特别是知识分子诗人悟到：无论多么高妙的修辞和精湛的思想，都只能通过中介性的词和词的关系来形成、表达；所以对词语的选择、连缀和装饰格外讲究。欧阳江河习惯经过反词展开修辞，放大和升华其正面意义，《1991年夏天，谈话记录》第五节的旅途描写中，诗的主体写两个中外朋友中的中国朋友，要向另一个异性朋友表达爱情，但碍于身份和心情弱势不便交流，遂用反向词来突破心理障碍，以对词的正面意义扭曲和修改，把文化压力转移到了对方身上，使保持沉默、等级等有教养的辞令里，包含着内心的自尊和另一层不明含义的蔑视，这种处理在加大阐释空间同时，也容易激发读者对词语不同意义的想象力①。西川在《在哈尔盖仰望星空》中"听凭那神秘的力量/从遥远的地方发出信号/射出光来，穿透你的心"，诗人感受着大自然和星空的神圣，像一个领受圣餐的孩子，那种高度协调的控制力和恰到好处的分寸感，保证了艺术的沉静、简约而精致。技巧专家臧棣对语言和形式的敏感，使他将汉语本身音色造型的功能发挥到极致，输送了不少瑰丽的语言钻石，"白纸比虚无进了一步，可用来/包装命运，或一些常常代替生命去死亡的/事物：比如信仰、爱"（《与一位女医生的友谊》），其文本语言给人的欢乐在当今诗界可比者甚少。"知识分子写作"语言上的另一个共性追求是喜欢用翻译语体，让外国诗歌中的一些语汇、语体进驻自己的诗里。这种翻译语体在一定程度上提高了消化异质成分的能力，使熟悉的言说愈加陌生化；但过分向外语诗歌看齐就容易在不自觉中混淆创作诗和翻译诗的界限，限制汉语固有的自动或半自动言说性质，也容易走向晦涩。再次是实行文体的自觉互渗。对散文、随笔、小说乃至戏剧文体借用企图的凸起，促使知识分子诗人的文体走向了立体、自由和驳杂的境地。如西川1990年代后发展了诗歌的跨文体倾向，长诗

---

① 参阅程光炜《欧阳江河论》，《程光炜诗歌时评》，河南大学出版社，2002，第189页。

《厄运》叙写一个人从 30 岁到 70 岁的报废人生，被观照的漫游者按生活的逻辑丝毫不差地做事，却每一步获得的都是反向的结果，厄运自始至终的纠缠使他没有别的选择，根本拒绝不了难堪的生活。作品好像在揭示生活不在别处就在这里的真理命题，诗的韵味十足；但其表述方式却有明显的小说化痕迹。王家新在《词语》《谁在我们中间》等诗中，运用片断式的散文体，使独白之外又多了异质的经验和言说渠道。文体的互渗，使"知识分子写作"时时能跳出自我，视野开阔；并因为对人物、过程或细节因素的注重，强化了诗歌的整体性指向。

"知识分子写作"是通往成熟途中的智性写作。在 20 世纪 90 年代转型期严峻的境况下，"知识分子写作者"能保持一种思想操守，并且依然在艺术地把握复杂历史经验的基础上对人类的精神殷殷关怀，令人肃然起敬。他们那种理解事物、参与生活、写作旨趣上的方式与形态，对后来者构成了积极的启迪，与后来者共同组构成了"知识分子写作"谱系，代表着中国诗歌的生命力。但是其缺憾也不可忽视。"知识分子写作"走的知识化路线是一条理想的捷径，它能够增加诗歌翅膀的硬度和速度；但过分依靠知识，有时甚至靠阅读写作，也把活生生的诗歌实践改造成了智力比赛和书斋式的写作，大量充塞的神话原型、文化符码，使文本缺少生气，匠气十足；"知识分子写作"靠演绎知识以表现宏阔视野的行为，背离了诗歌的心灵艺术本质，在已有的知识层面驰骋想象也提供不出簇新的审美经验，渐进、温和而平庸，原创力萎钝；"知识分子写作"处置本地经验和事物时有一种明显的趋同国际化倾向，许多文本都大量运用与西方互文的话语，这种"翻译风"只能令人隔膜；另外，"知识分子写作"也应该警惕技术主义和修辞至上。

五 "民间写作"的日常、口语、解构向度

在近百年的现代汉诗历史中，民间是诗歌的基本在场，"民间写作"的薪火承传从未中断过。新时期滥觞于民间的先锋诗歌，无论莽汉主义、他们、非非、下半身写作等特色突出的诗群，还是北岛、舒婷、韩东、于坚、杨黎、吕德安、柏桦、杨克等杰出的诗人，抑或是《今天》《他们》《非非》《诗参考》《一行》《锋刃》等深具影响的刊物，无不来自民间，它们共同支撑起最活跃的诗歌星空。民间源源不断地为诗坛输送新的艺术生力军和

生长点，开放、吸纳而繁复的存在机制，使其成了诗坛的生机所在。及至
1990 年代和世纪末，在电子技术和先进印刷术的支持下，数量急遽上涨的
民刊日益精美大气，互联网上的诗歌网站多如牛毛，除韩东、于坚等个别
老牌歌者雄风不减之外，伊沙、侯马、徐江、沈浩波、巫昂、尹丽川等新
锐又蜂拥而出，成为诗界的亮点；并且那些可以统称为"民间写作"的诗
歌刊物，一改另类姿态，在标准化、权威性和影响力上直逼体制内的多家
刊物，大有取而代之、引领当代诗歌方向的趋势，它们和西方的达达主义、
嚎叫派、德里达的解构思想隐性或显在地应和，还原生活，张扬原生和本真，
以对文化霸权和主流话语的反叛、颠覆，赢得了许多诗人和读者的拥戴。

　　"民间写作"的诗人们注意在日常生活的泥土里"淘金"。"生存之外无
诗"① 的认识，决定他们不去经营抽象绝对的"在"，而是张扬日常性，力求
把诗歌从知识、文化气息缭绕的"天空"，请回到经验、常识、生存的具体现
场和事物本身，将当下日常生活的情趣和玄奥作为汉诗的根本资源。这一点
只要漫步于他们用诗歌题目铺设的林荫小路，想象《在发廊里》（伊沙）发
生的那个猥亵的动作，或回味《李红的吻》（侯马）的滋味，或遇到《一只
胡思乱想的狗》（李红旗）之后，《乘闷罐车回家》（宋晓贤），或去找《福
来轩咖啡馆·点燃火焰的姑娘》（沈浩波）……就会触摸到诗人敏感于当下
存在的在场心灵，感受到日常生活的体温和呼吸，觉得仿佛每个语词都是
为走向存在深处而生的。"民间写作"的诗人们就是这样在凡俗生活和事物
表象的"泥土"里开掘诗意，锻造出一块块情思"金子"的。他们从现象
学理论那里寻找思想援助，老实地恪守直面当下、即时的时空观，感兴趣
于常识、生活和事物的具体甚或琐碎的形态，建设自己注重细节、置身存
在现场、回到日常化和事物本身的诗歌美学，在当下生存境况的真实还原
中，折射出人类历史的前景理想和作者人性化的理解思考。侯马的《种猪
走在乡间路上》，冷静叙述一个以"操"为职业的动物和它主人的生活，丝
毫无诗性和唯美的因子。在乡间的土路上，种猪在走，后面跟着主人，"自
认为和种猪有着默契/他把鞭子掖在身后/养猪人在得钱的时候/也得到了别
的"，诗在外观上显露给人的就是这些；但透过这琐碎、平庸而让人百感交
集的景象，它已直指动物主人的隐蔽的猥琐心理和麻木混沌的生活本质，

---

① 杨克：《〈中国新诗年鉴〉98 工作手记》，载杨克主编《1998 中国新诗年鉴》，花城出版社，
1999，第 518 页。

他在仰仗种猪这卑贱的畜生生存同时，也得到了自己同类的性。英国王妃戴安娜微妙之死乃小说、戏剧等叙事性文体都感棘手的社会新闻，但徐江的《戴安娜之秋》却对它迅速及时地做出反应，并从中把握住了公共人物的私生活在大众茶余饭后谈资快感中严肃和滑稽交织的真相，"秋风掠过衰草，掠过黄昏/开裂的快乐器/漏了的保险套"，这反讽技术的融入，有将被观照者凡俗化，让人一笑了之的神秘功能。题材本身即体现了诗人对社会生活极端关注的敏感，其幽默效果则是诗人将新闻提升为文艺作品能力的最好注脚。在这方面表现最突出的是伊沙，他那些审视当代诗人生活的作品堪称一部世纪末的《儒林外史》，一份当代诗界的病理学。诗人们的大脑是"一滩白生生的脑浆/比公狗的精液还难看"（《狗日的意象》）；"他们种植的作物/天堂不收俗人不食"（《中国诗歌考察报告》），"只配放在卫生间供人排泄时浏览"（《在朋友家的厕所里》），诗里包孕的清醒的厌倦贬斥，何尝不是传统忧患意识的现代延伸和变形？诗外笼罩的搅拌着杀气的正气，又何尝不是鲁迅、北岛批判精神的个人化弘扬？是否可以说伊沙从鲁迅的《杂感》和《野草》受益最多？也就是说，很多民间诗人，更是承担文化批评职责和义务的批评者，他们游戏语言但从不游戏精神，调侃幽默甚至痞气的外表，都掩饰不住内里的一团反讽历史、直面现实积垢的愤怒之火。记得当年维特根斯坦曾经感叹要看到眼前的事物是多么难啊！而"今民间写作者"通过和日常生活的平行、和谐关系的确立，在最没有诗性的地方重铸了诗性，这既证明日常生活对于缪斯的举足轻重，也恢复了语词和事物、生活之间的亲和力，使诗重获了对世界命名的能力；并且其介入生活的方式不再是剑拔弩张，也不再是满脸严肃，和直觉、机智等因素联姻呈现的意会性、间接性和幽默性品质，使其独特的"软批判"为诗歌带来了新的艺术增长点。

　　"民间写作"体现了率性而自觉的天然解构特征。早在第三代诗时期，大学生诗派、他们诗群、非非诗群的诗人们，已不自觉地提出一些"非非式"的解构主张，掀起了一股解构主义浪潮，但其解构还处于自发、局部、表层的阶段。而1990年代"民间写作"对汉语诗歌体系的解构，则趋于自觉化、体系化和本质化，并且在解构中已经有所建构。其具体表现是：一是在于坚、杨黎、丁当等人那里，以事物和语言的自动呈现俘获天然性，解构象征和深度隐喻模式。如于坚尽力拒绝象征，回到隐喻之前，回到生存的现场和常识、事物本身，采纳能使诗歌澄明，充满人性和生动活力的口语，那些被称为直接写作的事件系列诗即是佐证，《一枚穿过天空的钉子》和《我梦想着看到一只老虎》都抑制着想象思维，在诗人笔下，被拭去身上的文化尘土的事物露出了本貌，钉子就是钉子，老虎就是老虎，不高尚也不卑下，只是一种存在而已。符马活的《观看一只杯子》、刘立杆的《基督教女青年会咖啡馆》等主体仿如撤出的纯客观、非变形透视，也和世界与生活几乎毫无二致。这些作品对言此即彼的传统诗学消解带来的事物本质的去蔽显真，使诗摆脱了由文化和个人意识干涉的升华模式，事物得以按自身秩序有效地展开，恢复到了第一性的状态，这种细节化、生活化、人性化的说话方式，既激活了世界，也复活了词语自动言说的功能。二是一些诗人干脆从对口语和语感的推崇向后口语推进。第三代诗人用口语呈现日常经验的实验，已成当代汉诗重要的美学遗产。1990 年代后，出于对平面化、口水化陷阱的警惕，于坚、伊沙、徐江、侯马、杨克、沈浩波等人，又以后口语写作开启了语言革命的一个新阶段。他们走自觉的口语化道路，但又不停留在口语状态，而是让口语接近说话的状态，保留诗人个体天然语言和感觉的原生态。由于 1990 年代"民间写作者"对世界的关系是感知的，而不是思考的征服的，因此感受的冲动和体验，自然有一种独立的性情和风格，"我要快乐起来/为一粒糖果快乐/为一本小人书快乐……"（南人《我要让自己快乐起来》），完全是日常说话的样子，但那种对快乐的刻意追逐、强烈而快疾的语流调式、从诗人嘴唇滑动而出的秉性气质，恐怕是无法模仿的。后口语写作除了注重原创性外，还注意语言整体的浑然与自律。诗人们深知后口语不是降低写作难度，它自然朴素、不露痕迹的无为境界，要求诗人有更高的点石成金的能力，所以都在内在技艺上下功夫。"结结巴巴我的嘴/二二二等残废/咬不住我狂狂狂奔的思维……"（伊沙《结结巴巴》）其源于于坚、韩东的口语却更结实有力，更富于口语的自律性；它既道出了当代诗人的精神偏瘫问题，又是对语言困惑命题的思考；它气势上的固执和硬度、流畅中的拗口，有狂欢倾向又更整齐，结巴而有秩序，这近似摇滚的口语本身就有一种让人哭笑不得的反讽意味。三是以一系列艺术探索增加解构力度，给诗涂抹上了一层超现实的色彩。其中有对语言的施暴扭曲，"傍晚，有一句话红得难受/但又不能说得太白/他让她打开玻璃罩/他说来了，来了/他是身子越来越暗/蝙蝠的耳语长出苔藓"（余怒《盲影》），"歧义"意识的突显，加大了超现实写作的荒谬力量；伊沙的《老狐狸》居然制造罕见的缺场，休说主体，连本文也不见了，诗人在这种本文放空的行为艺术中，领略解构传统语言的游戏快感。有对原文仿写和复制造成的反讽戏拟，伊沙的《中国诗歌考察报告》（一九九四年二月六日）在语气、视角、措辞、形式的表面背后，掩藏着通篇曲解的险恶心，他指出中国诗歌问题的严重性，表达诗人反神话的写作态度，以取得反讽得好玩的效应；侯马的《现代文学馆》味道也很特别，崇高神圣的地方和伟人，经他不雅的生理行为随随便便的一折腾，就被不知不觉、轻而易举地解构了。有身体写作的引入，1990 年代"民间写作者"写的性题材铺天盖地，"当樱花深处／那白色的光焰／神秘地一现／令我浮想联翩／想起祖先想起／近代史上的某一年／怒火中烧无法自抑／当邻人带来警察／破门而入／这朵无辜的樱花／已被掐得半死"（伊沙《和日本妞亲热》），诗人的笔锋常在不离脐下三寸处周旋，说点脏话，寻点刺激，释放一下精神的苦闷和疲倦，也消除了性的神秘。

民间文学阵营的流动、开放，使它总是不断处于分裂的状态中，而每一次分裂都会造就一次革命，给文坛带来一次繁荣；甚至民间诗人对诗坛的每一次"捣蛋"，都可能孕育着现行诗歌外的另一种写法。民间视域为先锋诗人提供了丰厚的精神源泉，民间立场也以对学院、传统、主流和体制精英化立场的抗衡，在消除狭窄的一元化思维和阐释模式的困扰，有效防止经典僵化的同时，使诗坛始终有如一潭活水，能容纳各种新的诗人、诗艺、诗作，保持多元均衡的健康格局，活力四溢。毫不夸张地说，1990 年代诗歌艺术生长点的发现和创造，都乃"民间写作"阵营的频繁裂变玉成的。当整个诗界都被拖进意象和观念的麦地、牧场里时，当晦涩成为诗坛的流行色时，当诗人们臣服于二手知识和阅读经验的空转时，是"民间写作者"一次次果断而及时地喊出要"饿死诗人"，回归当下生存现实的，并以清水芙蓉般的朴素清朗姿态，输送出诸多平易可亲的文本，在某种程度上挽回了生活与诗的生命尊严。在这个意义上，说"民间写作"阵营是诗坛活力的象征一点也不为过。当然优长与缺憾正如硬币的两面。于坚的好诗在民间的论断，就要打对折理解，因为"民间写作"阵营是藏龙卧虎与藏污纳垢的复合体；与倾心文本的创作相比，"民间写作"对文化反叛的行为本身用力更多，注定了它难以逾越精品、经典稀少的大限，它虽然也有相对优秀的名作支撑门面，但从骨子里讲还不时停滞于虚空的先锋姿态中；不少作品在随意表述和泛滥的口语左右下，遁入了本文游戏……如此说来，就难怪许多民间诗人与诗作在诗学水准上明显塌方，仅仅表现为一种先锋姿态了。

「诗/学/理/论」

论徐志摩的诗歌翻译思想

熊　辉[*]

内容提要　徐志摩在诗歌翻译上提出了很多富有见地的想法：在语言上，徐志摩认为应该采用白话文去翻译外国诗歌，译诗语言应该具有音乐性，译诗语言的表现力是译者创造力的体现，他同时也指出译诗语言无法完整传递出原作的神韵；在形式上，徐志摩主张现代格律诗，但认为最好采用自由体新诗去翻译外国诗歌，译诗的过程可以练习译者的诗歌形式；此外，徐志摩还就复译阐发了自己的观点，其翻译思想体现宽容的品格。当然，徐志摩的诗歌翻译实践和理论也遭到了部分人的诟病，显示其思想的局限性。

关键词　徐志摩　诗歌翻译　诗歌语言　诗歌新诗

徐志摩（1897 年 1 月 5 日至 1931 年 11 月 19 日）短暂的生命历程在中国新文学史上勾画出了一道异常闪亮的弧线。他是作家，创作了大量艺术性较高的新诗和优美的散文；他是学者，和闻一多等诸君倡导并实践格律诗，为中国新诗文体的建构提供了参照。从 1923 年胡文评价徐志摩怀念英国女作家曼殊斐儿的《徐志摩君的〈曼殊斐儿〉》开始，学术界采用了文化、文体和艺术等视角对徐志摩的作品及文学观念进行探讨，从而把徐志摩研究引向了良性的发展道路。① 近一个世纪的徐志摩研究虽然成果斐然，

---

*　熊辉，西南大学中国新诗研究所教授。
①　参见李披平《徐志摩研究综述》，《中国现代文学研究丛刊》1998 年第 3 期。

但徐志摩除了创作诗歌散文和倡导格律新诗以外，还翻译了大量的诗歌、小说、戏剧和散文等外国作品，对后者的研究却并不充分。近年来，随着翻译文学研究的兴起，徐志摩的翻译开始进入人们的研究视野，不少人从翻译语言学的角度探讨徐志摩译诗的信息是否与原诗对等，或者从新近兴起的翻译文化批评的角度考察徐志摩译诗的选材、传播、接受及影响等内容，但遗憾的是，对其诗歌翻译思想的研究却始终没有人专门涉及。有鉴于此，本文决定以徐志摩译诗的语言和形式两个方面为依托，展开对徐志摩译诗思想的探讨。

一

徐志摩的诗歌翻译始于 20 世纪 20 年代早期，其文体观念必然受制于时代风尚的审美价值取向。在白话新诗刚刚立足新文学园地的五四前后，徐志摩坚决认为译诗在语言上应该采用白话文，应该使语言的自然音节具有音乐性特征。同时，他根据译诗活动的实际情况认为，译诗语言难以传达出原诗的精神意蕴，但译诗语言体现了译者的创造力。

徐志摩认为译诗语言应当是现代白话。徐志摩认为人与人之间即便隔着语言和文化的屏障，但凭借着想象力和共同的情感感受力，还是可以相互间理解对方的人生经验和生命体验，因此诗歌翻译是可以开展的。但是在新文学发展初期的 1920 年代，究竟采用什么样的文字去翻译外国诗歌更理想呢？或许人们还没有一定的结论，或许人们还处于相互的争论之中。于是，1924 年徐志摩在《小说月报》上发表了《征译诗启》，希望人们用一种"不同的文字""解放后"的文字去翻译外国诗歌。因为在他看来，只有采用现代汉语去翻译外国诗歌才能更好地传达出原诗的精神："我们想要征求爱文艺的诸君，曾经相识与否，破费一点功夫做一番更认真的译诗的尝试：用一种不同的文字翻来最纯粹的灵感的印迹。……我们所期望的是要从认真的翻译研究中国文字解放后表现致密的思想与有法度的声调与音节之可能；研究这新发现的达意的工具究竟有什么程度的弹力性与柔韧性与一般的应变性；究竟与我们旧有的方式是如何的各别；如其较为优胜，优胜在那里？为什么，苏曼殊的拜伦译不如郭沫若的部分莪麦译，（这里的标准当然不是就译论译，而是比较译文与所从译）；为什么旧诗格律不能表现的意致的声调，现在还在草创时期的新体即使不能满意的，至少可以约

略的传达。如其这一点是有凭据的，是可以共认的，我们岂不应该依着新
开辟的途径，凭着新放露的光明，各自的同时也是共同的致力，上帝知道
前面有没有更可喜更可惊更不可信的发现!"① 由此可以看出，与其说是徐
志摩主张用现代汉语去翻译外国诗歌，毋宁说是他希望借助翻译外国诗歌
来向人们表明现代汉语在表达细密思想上具有的弹性、柔韧和应变力。因
为徐志摩写此启示的时候，正值徐志摩的好友胡适编辑的《现代评论》与
章士钊的《甲寅》之间展开了白话和文言的激烈论战，徐志摩本人也撰写
了《守旧与"玩"旧》一文来抨击章士钊对文言的守护"不是基于传统精
神的贯彻"②。因此，徐志摩力图通过译诗来彰显现代汉语的优势，让文言
文退出文学舞台。当然，徐志摩之所以会主张用新的语言去译诗，在根本
上与他认为只有现代汉语能更好地传达原诗的情感有关。

　　徐志摩认为译诗语言应当有音乐性。徐志摩对诗歌音乐性的敏感不仅
体现在他的创作中，而且在他的译诗中也多有体现，他甚至选择富有音乐
性的作品来翻译。卞之琳认为，徐志摩的诗歌创作"最大的艺术特色，是
富于音乐性（节奏感以致旋律感），有不同于音乐（歌）而基于活的语言，
主要是口语（不一定靠土白）。它们既不是直接为了唱的（那还需要经过音
乐家谱曲处理），……也不是为了像演戏一样在舞台上吼的，而是为了用自
然的说话调子来念的（比日常说话稍突出节奏的鲜明性）"③。《再别康桥》
一类的诗在形式上并不属于格律体诗，但读之时，一股清新流畅的节奏感
还是会不自觉地袭来。徐志摩在翻译波德莱尔的《死尸》时说："诗的真妙
处不在他的字义里，却在他的不可捉摸的音节里；他刺戟着也不是你的皮
肤（那本来就太粗太厚!）却是你自己一样不可捉摸的灵魂……我不仅会听
有音的乐，我也会听无音的乐（其实也有音就是你听不见）。我直认我是一
个干脆的 Mystic，为什么不？我深信宇宙的底质，人生的底质，一切有形的
事物与无形的思想的底质——只是音乐，绝妙的音乐。……无一不是音乐
做成的，无一不是音乐。"④ 徐志摩的音乐观充满了泛神论的色彩，道出了
宇宙万物都有自己的节奏，那么诗歌更是如此。后来他在介绍济慈的《夜
莺歌》时，似乎专在介绍济慈诗作中的音乐性，于是干脆丢弃了原文的形

① 　徐志摩:《征译诗启》,《小说月报》第 15 卷第 3 号，1924。
② 　徐志摩:《守旧与"玩"旧》,《晨报副刊》1925 年 11 月 11 日。
③ 　卞之琳:《〈徐志摩选集〉序》,《卞之琳文集》中卷，安徽教育出版社，2002，第 317 页。
④ 　徐志摩:《〈死尸〉译诗前言》,《语丝》第三期，1924。

式而只顾引领读者进入一个充满神秘乐感的世界。徐志摩认为济慈《夜莺歌》的音乐具有无穷的魔力，我们的灵魂会被它的"沉醴浸醉了，四肢软绵绵的，心头痒荸荸的，说不出的一种浓味的馥郁的舒服，眼帘也是懒洋洋的挂不起来，心里满是流膏似的感想，辽远的回忆，甜美的惆怅，闪光的希翼，微笑的情调一齐兜上方寸灵台"。[①] 音乐使人充满了无限的幻想，济慈的《夜莺歌》因此而受到了徐志摩的青睐。徐志摩对音乐的偏爱决定了他对音乐性强的诗歌充满偏爱，因此他翻译诗歌时也尽量使原诗充满音乐的灵动感，除了少数几首诗歌外，徐志摩的译诗基本上都具有较强的自然音节，并且注意韵脚的使用。比如，他翻译的布莱克的《猛虎》一诗，该诗每节 4 行诗，均采用了 aa-bb 的韵式，而且第一节和最后一节的第一行均是"猛虎，猛虎，火焰似的烧红"，首尾呼应，造成了回环往复的音乐性效果。这种处理诗歌音乐性的办法不仅在译诗中而且在徐志摩的创作中也很普遍，如《再别康桥》的首尾两节也是采用相似的诗行来造成复沓的音乐效果。

徐志摩认为译诗的语言难以传达出原诗的精神意蕴。虽然徐志摩曾对译诗语言做了如下理想的要求：译诗应该做到"字面要自然，简单，随熟；意义却要深刻，辽远，沉着，拆开来一个个字句得没有毛病，合起来成一整首的诗，血脉贯通的，音节纯粹的"。[②] 但翻译毕竟是横亘在两种语言之间的交流活动，语言之间的差异很多时候是由于文化的差异决定的，而不同的语言对应的文化存在很多互不包含的内容，因此翻译就难以做到字句对应。"本来从一种文字翻成另一种文字，其间的困难就不知有多少，那还是就两种文字是相近的说。至于文字的差别远如中文与英文，那时翻译的难处简直是没法想的了。单说通常名词与词句就够困难，因为彼此没有确切相符的句格或思想格式。……因为每个名词的背后都含着独有的国民性的或是民族性的特征，这一家有的，那一家不一定有"。[③] 因此，译诗的语言实际上难以再现原诗的风格意趣，"玉泉的水只准在玉泉流着"，诗歌一经他语的翻译就会失却诗味。徐志摩在翻译波德莱尔《恶之花》中的《死尸》时，认为该诗是"最恶亦最奇艳的一朵不朽的花"，其音调和色彩像夕阳余烬中反射出来的青芒，辽远而惨淡，一般的语言很难再现这种意趣，"翻译

① 徐志摩：《济慈的夜莺歌》，《小说月报》第 16 卷第 2 号，1925。
② 徐志摩：《葛德的四行诗还是没有翻好》，《晨报副刊》1925 年 10 月 8 日。
③ 〔日〕小畑薫良：《讨论译诗——答闻一多先生》，徐志摩译，《晨报副刊》1926 年 8 月 7 日。

当然只是糟蹋"①。倘若真的要把一首在原语国非常出色的诗歌翻译到异质
的文化语境中，即便译作看上去仍然是一首诗的形式，但原诗的神韵就会
在语言的转换中消失殆尽。因此徐志摩认为他用现代汉语翻译的《死尸》
就是"仿制了一朵恶的花。冒牌：纸做的，破纸做的；布做的，烂布做的。
就像个样儿；没有生命，没有灵魂，所以也没有他那异样的香与毒"②。有
时候徐志摩甚至连原诗的"样儿"都没有保留，其译诗形式完全背离了原
诗，如他将济慈的《夜莺歌》完全翻译成了散文就是一例。

　　徐志摩认为译诗语言的表现力是译者创造力的体现。根据前面的论述，
既然译诗语言难以传达出原诗的神韵，那翻译活动还有存在的必要吗？或者
说，译诗活动在何种程度上依然可以被视为是在翻译诗歌而不是其他文体呢？
这就需要翻译的成品必须是诗，需要译者必须具有诗人的创作能力，尤其是
驾驭语言的能力。翻译首先要求译者与原作者达到情感的通融。"能完全领
略一首诗或是一篇戏曲，是一个精神的快乐，一个不期然的发现。这不是
容易的事；要完全了解一个人的品性是十分难，要完全领会一首小诗也不
得容易。我简直想说一半得靠你的缘分，我真有点迷信"。③ 既然对一首外
国诗歌的理解如此困难，而译诗的语言又难以再现原诗的神韵——译者在
困难中理解的或许只是部分原诗的神韵，那译诗无疑背离了原诗的精神旨
趣，只等译者的语言能力和形式建构能力去赋予它新的生命，否则译诗就
会在译入语国语境中失去生命。比如，徐志摩翻译哈代的诗歌就是因为他
与哈代的精神有了"不期然的发现"和"缘分"，他翻译哈代的诗作 21
首④，占了其译诗总量的三分之一，这与大陆出版的《徐志摩全集》（赵遐
秋、曾庆瑞、潘百生编，广西民族出版社，1991）所收录的哈代的译诗仅 15
首在数量上有一定的出入。为什么他独爱一个以写小说成名的作家的诗呢？
显然是哈代的"悲观"和"厌世"应合了徐志摩对个性自由解放的渴慕，应
合了他对诗歌创作的主张；"什么是诚实的思想家，除了大胆的，无隐讳
的，祖露他的疑问，他的见解，人生的经验与自然的现象影响他心灵的真
相？……哈代但求保存他的思想的自由，保存他灵魂永有的特权。……实
际上一般人所谓他的悲观主义（pessimism）其实只是一个人生实在的探险

---

① 徐志摩：《〈死尸〉译诗前言》，《语丝》第三期，1924。
② 徐志摩：《〈死尸〉译诗前言》，《语丝》第三期，1924。
③ 徐志摩：《济慈的夜莺歌》，《小说月报》第 16 卷第 2 号，1925。
④ 参见陆耀东《在中外文化交流桥上的徐志摩》，《外国文学研究》1999 年第 1 期。

者的疑问"①。正是哈代的这种"人生实在的探险者"的姿态打动了徐志摩，于是他就翻译了哈代的 21 首作品。在徐志摩看来，诗歌翻译不只是要求译者能看懂原文并和原作者产生情感的共鸣，而且需要译者具有语言表现能力："你明明懂得不仅诗里字面的意思，你也分明可以会悟到作家下笔时的心境，那字句背后的更深的意义。但单只懂，单只悟，还只给了你一个读者的资格，你还得有表现力——把你内感的情绪翻译成联贯的文字——你才有资格做译者。"② 否则翻译过来的作品至多是传递了原文的情感内容，其语言和形式艺术就会被遗落。

徐志摩的译诗在语言上也有欧化的趋向。比如，徐志摩翻译了古希腊女诗人莎福（Sappho）的《一个女子》，1925 年 8 月 12 日发表在《晨报副刊》上，其中有这样的诗句："像是那野绣球花在山道上长着的，/让牧童们过路的脚踵见天的踩，见天的残，/直到一天那紫拳拳的花球烂入了泥潭。"其中，第一行便是完全欧化的句式，因为只有在英语中表地点的状语才放于句末，而按中文句法，第一行应该改为"像是山道上长着的野绣球花"，第二行中的"牧童们"是一个欧化的词语，因为汉语并不在名词后加"们"来构成复数。

二

徐志摩与闻一多被称为中国现代诗坛的双璧，他本人根据外国诗歌的形式曾在创作中试验过多种文体。徐志摩主张现代格律诗，但在翻译的时候认为最好采用新诗自由体翻译外国诗歌，而且译诗的过程可以练习译者的诗歌形式。徐志摩主张译诗应该做到形式和内容的谐和统一，但在具体的翻译实践中却是形式和内容的分离，因此徐志摩认为译诗在形式和语体上出现"变形"甚至错误都是可以接受的。

徐志摩讲求诗歌形式的整齐。徐志摩是新月诗派的代表诗人，和闻一多一起依靠《晨报副刊》主张现代格律诗。徐志摩认识到了诗歌形式之于诗歌表情达意的重要性，认为"诗是表现人类创造力的一个工具，与音乐与美术是同等同性质的；我们信我们这民族这时期的精神解放或精神革命

---

① 徐志摩：《哈代的悲观》，《新月》第 1 卷第 1 号，1928。
② 徐志摩：《葛德的四行诗还是没有翻好》，《晨报副刊》1925 年 10 月 8 日。

没有一部像样的诗式的表现是不完全的；我们信我们自身灵性里以及周遭空气里多的是要求投胎的思想的灵魂，我们的责任是替它们抟造适当的躯壳，这就是诗文与各种美术的新格式与新音节的发见；我们信完美的形体是完美的精神惟一的表现"①。但是徐志摩等人为了追求诗歌的均齐和"建筑美"而生硬地将完整的诗行割裂开来，造成了诗行意义的断裂，带来形式主义趋向。徐志摩后来在《诗刊放假》一文中说："我们学做诗的一开步就有双层的危险，单讲'内容'容易落了恶滥的'生铁门笃儿主义'或是'假哲理的唯晦学派'；反过来，单讲外表的结果只是无意义乃至无意义的形式主义。就我们诗刊的榜样说，我们为要指摘前者的弊病，难免有引起后者弊病的倾向，这是我们应分时刻引以为戒的。"② 徐志摩的这种担忧和"时刻引以为戒"的形式主义倾向终于在新月派诗人自己的诗歌创作中应验了，他们创作了大量"豆腐干"式的诗歌，完全滑向了形式一端。比如，徐志摩常常将一句话写成几行，或几句话写成一行，韵脚也多出现在行末而不是句末，比如，徐志摩在《翡冷翠的一夜》中有这样的诗句："你愿意记着我，就记着我，/要不然趁早忘了这世界上/有我，省得想起时空着恼，/只当是一个梦，一个幻想。"由于他们的格律过分地模仿并依赖西洋诗的格律，忽略了汉语诗歌在音韵和节奏上的特点，而且，汉诗和英诗在句式与诗句中的停顿等方面也存在很大的差异，因此致使他们的很多主张难以在创作中付诸实践。余光中先生认为中国诗歌的音律与外国诗歌的音律之间存在很大的不同："第一，中国字无论是平是仄，都是一字一音，仄声字也许比平声字短，但不见得比平声字轻，所以七言就是七个重音。英文字十个音节中只有五个是重读，五个重音之中，有的更重，有的较轻……因此英诗在规则之中又有不规则，音乐效果接近'滑音'，中国诗则接近'断音'。"③

徐志摩认为译诗形式采用白话新诗体比使用文言古诗体好。尽管前面论述了徐志摩讲穷诗歌形式的整齐，讲穷形式与内容的和谐统一，但在翻译诗歌的时候还是主张采用白话新诗体，特别是白话自由体。主张用白话文复译那些曾经用文言文翻译过的作品，以彰显新诗体的优势并为翻译开

① 徐志摩：《诗刊弁言》，《晨报副刊·诗镌》第 1 号，1926。
② 徐志摩：《诗刊放假》，《晨报副刊·诗镌》第 11 号，1926。
③ 余光中：《中西文学之比较》，《余光中谈翻译》，中国对外翻译出版公司出版社，2002，第 22～23 页。

辟新路。他此时主张复译的目的不在译文本身，而在倡导并使用新诗体进行翻译，研究这新发现的达意的工具究竟加什么程度的弹力性、柔构性与一般的应变性，究竟比我们旧有方式是如何的各别，同时，他还对苏曼殊翻译的拜伦的诗和郭沫若翻译的莪麦的诗进行了对比，说明"旧诗格"翻译外国诗歌不如新诗满意。在此，徐志摩解决了诗歌翻译的一个难点，即语言形式和音韵形式的翻译问题。由于诗在形式上有较多的"约束"，这不仅为我们达意造成了麻烦，也为翻译的灵活性带来了不便，新诗在形式上相对自由，这无疑为翻译的达意扫清了许多障碍，所以徐志摩认为用新诗体比用古诗体翻译外国诗歌更有优势，更具"弹力性"、"柔构性"和"应变性"，因而徐志摩赞成用自由体翻译外国诗歌。1926 年，徐志摩翻译了日本外交官用英文写的《讨论译诗——答闻一多先生》一文，对其中所说的自由诗翻译外国诗歌的优势表示赞成："自由体有一种好处，它没有固定的呆板，来得灵活，新鲜，有意味，翻译的人当然更可以按照原诗的意义下手。"①

徐志摩的译诗大都采用了白话自由体。徐志摩擅长使用白话自由体翻译外国的诗歌，他的译诗没有一首在形式上采用了格律体，即便是翻译古希腊和莎士比亚剧作中的诗歌也都采用了自由体。或者可以说，徐志摩的译诗在文体形式上很少有接近原诗的，哪怕是他早年采用文言古体翻译的济慈的十四行诗《致范尼·勃朗》（*To Fanny Browne*）也被翻译成了"22行体"，在结构上已经失去了十四行体的特征，更不用说保持该格律体的诗律了。事实上，徐志摩翻译的诸如惠特曼等创作的自由诗体代表了他整个的译诗水平，虽然译诗在诗行的长短上参差不齐，有的诗行字数达到了 40个之多，但其体现出来的气势和略带夸张的语气很符合惠特曼的诗歌风格，也与他自己的《灰色的人生》《毒药》等作品的语言和形式风格相似。因此，卞之琳曾说：徐志摩"译惠特曼那一段长行自由诗是应属他较好的译诗之列，他以自己爱用的排比、堆砌的句法，正好保持了原诗的气势、节奏，他自己早期写诗也产生类似的……稍嫌浮夸的有生气作品"。② 这一点再次证明了译诗常常在文体上带有译者自己创作诗歌的风格，他也特别喜欢选择符合自己个性的作品进行翻译。反之，如果原作与译者的诗歌风格

---

① 〔日〕小畑薰良：《讨论译诗——答闻一多先生》，徐志摩译，《晨报副刊》1926 年 8 月 7 日。
② 卞之琳：《〈徐志摩译诗集〉序》，《卞之琳文集》中卷，安徽教育出版社，2002，第 327 页。

不符合甚至相背离，那译诗的效果就会受到折损，甚至译者根本无法驾驭原诗的语言和形式，译诗在文体形式上就会显得比较生硬。徐志摩翻译波德莱尔的格律诗《死尸》就是一个例证，依照他自己轻车熟路的自由体就难以驾驭原诗形式了，于是只能强力使自己勉强凑合原诗的韵事，结果译文的形式成了蹩脚的自由体，比如译诗的第一节：

> 我爱，记得那一天好天气
> 你我在路旁见着那东西；
> 横躺在乱石与蔓草里，有
> 一具溃烂的尸体。

这节诗读起来比较生硬，而且徐志摩为了使诗行略显整齐采用了不自然的跨行，全然没有他自己创作的白话诗读起来流畅。后来，徐志摩翻译了哈代的很多作品，在这些译诗中，徐志摩"用出了他自己最擅长的利落、冷峭的口语正好合适，也逐渐能于自控，较符原来的形式"①，但是到了翻译哈代作品中比较讲究诗律的地方，徐志摩又变得难以控制"译局"了。我们阅读徐志摩所有的译诗就会发现，他不仅整个地采用了自由诗形式（也有讲究格律的诗歌，但诗律并不严谨），而且对那些原作本身形式比较自由的诗翻译得最成功。

翻译诗歌的文体形式是对译者诗歌文体观念的练习。徐志摩1924年从英国人菲茨杰拉德（Edward Fitzgerald）的英译诗中转译了波斯诗人莪默（即郭译"莪麦"）《鲁拜集》的第73首作品，而之前胡适、郭沫若均对此做了较好的翻译，但徐志摩却认为翻译不是要拿自己的译品与他人的译品"比美"，"翻诗至少是一种有趣的练习，只要原文是名著，我们译的人就只能凭我们各人的'懂多少'，凭我们运用字的能耐，'再现'一次原来的诗意"。② 翻译外国诗歌对诗人自身的创作而言的确是一种有用的联系，诗人的诗歌文体观念和表现技巧都可以在诗歌翻译过程中得到练习并日趋完善，中国现代诗人如胡适在翻译中实践新诗形式主张，以及闻一多在翻译赫斯曼的作品中实践格律诗主张等都是典型的代表。徐志摩也不例外，他的诗歌文体

---

① 卞之琳：《〈徐志摩译诗集〉序》，《卞之琳文集》中卷，第328页。
② 徐志摩：《莪默的一首诗》，《晨报副刊》1924年11月7日。

观念也在翻译中得到了很好的体现，有人在论述徐志摩的译诗与他创作风格的关系时说："徐志摩的翻译，几乎与他的创作是同步的。而他的翻译是与他的创作相配合的，他的创作偏向于诗歌，其译文也集中于诗歌；创作偏向于戏剧，其译文也偏向戏剧；旅游偏向于游记、散文，其译文也偏重于同类文体。"① 对兼事翻译和创作的诗人而言，翻译与创作之间应该是相互促进的关系，译诗风格会影响译者的创作风格，而译者的创作风格反过来也会影响译诗的风格，译诗往往会打上译者创作风格的烙印，余光中先生在《翻译和创作》一文中说："'一般说来，诗人而兼事译诗，往往将别人的诗译成颇具自我格调的东西。'这当然是常见的现象。由于我自己写诗时好用一些文言句法，这种句法不免也出现在我的译文之中。"② 因此，我们能够从郭沫若诗歌中感受到歌德、惠特曼诗歌的风格，能够从徐志摩诗歌中体味到哈代的厌世情绪，但也能够从胡适的译诗中反窥到早期新诗创作的风格，对译者而言，他们的译诗风格和创作风格是互动的关系。

徐志摩认为译诗的形式应该配合情感的传达，做到形式和内容的有机统一。徐志摩力图将"形式"和"内容"在译诗文本中加以协调，这是翻译诗歌的最高境界，往往在实践中难以实现。具体的情况却多半是译者顾及了内容丢失了形式，顾及了形式而又损害了内容，因此徐志摩曾多次在文章中发出"译诗难"的感慨。他这样说过："翻译难不过译诗，因为诗的难处不单是他的形式，也不单是他的神韵，你得把神韵化进形式去，像颜色化入水，又得把形式表现神韵，像玲珑的香水瓶子盛香水。"③ 这实际上是主张译诗形式和内容的统一，看似与1920年郭沫若所说的"风韵译"有相同之处，但郭沫若的"风韵"是文本的内容与形式之外的美学要素，与中国传统诗论中的"韵数""风格"相通。而徐志摩此处所讲的"神韵"专指内容层面的东西，他实际上是要追求内容和形式俱佳的译作，有意思的是，他本人却反过来认为译诗要达到"形式"和"神韵"的交融统一几乎是不可能的，"有的译诗专诚拘泥形式，原文的字数协韵等等，照样写出，但这来往往神味浅了；又有专注重神情的，结果往往是另写了一首诗，

---

① 刘介民：《类同研究的再发现：徐志摩在中西文化之间》，中国社会科学出版社，2003，第97页。
② 详见余光中《余光中谈翻译》，第35页。
③ 徐志摩：《一个译诗问题》，《现代评论》第2卷第38期，1925。

竟许与原作差太远了，那就不能叫译"①。因此，"诗，不论是中是西是文是白，决不是件易事。这译诗难，你们总该同意了吧？"② 正因为诗歌翻译要达到形式和内容的统一是很困难的，所以徐志摩认为译诗中出现的错误或不明确性都属于正常现象："各个著作家的思想都要明了，和翻译要无处疏忽是很不容易的，所以翻译的错误或不确，是很无须惊讶的事情。"③ 他认为翻译工作是难免会出错的，如果将原文与译文进行对照，很多译作（哪怕是那些被评为优秀诗人的译作）都会存在相当多的错漏，因此，在译文中出现错误是可以理解的，应值得宽容。他在编《晨报副刊》时，在一封回读者的信中说："说起翻译，我怕我们还没有到完全避免错误的时候，翻的人往往胆太大，手太匆忙，心太不细。"④ 由于文化背景、语言习惯、个人理解能力和思维方法等存在差异，对原文的理解也就会存在某些偏差，我们的译文总会在一定程度上与原文存在距离，这是为什么翻译时错误难免的原因，同时也使我们对同一篇文章进行复译具有了一定的价值。

译诗形式难以"移植"原诗形式，通常是原诗形式的"变形"。诗歌独特的文体特征决定了翻译诗歌的难度，甚至是不可操作性，徐志摩主张译诗"形式"和"神韵"的统一性显然只是设定了翻译的理想标准，实际上翻译常常不能再现原诗的形式风格。比如，徐志摩翻译小说《涡堤孩》的最初愿望是给他母亲看的，"所以动笔的时候，就以她看得懂与否做标准，结果南腔南调杂格得狠"⑤。这部小说的翻译全然是为了达意而省去了应有的形式风格，以至于译者本人也不得不承认其语言文字是"南腔北调"。也是在翻译《涡堤孩》这部小说时，"有一处译者竟然借助作者的篇幅借题发了不少自己的议论！那是什么话——该下西牢一类的犯罪！原因是因为译者当时对于婚姻问题感触颇深，因此忍俊不住用了一条狗尾到原书上去。此后当然再不敢那样的大胆妄为，但每逢到译，我的笔路与其说是直还不如说是来得近情些"⑥。要在译文中发表自己的意见，那显然不是保持原作

① 徐志摩：《一个译诗问题》，《现代评论》第 2 卷第 38 期，1925。
② 徐志摩：《葛德的四行诗还是没有翻好》，《晨报副刊》1925 年 10 月 8 日。
③ 徐志摩：《我的哥德四行诗后段的翻译和讨论的结果》，《现代评论》第 2 卷第 50 期，1925。
④ 徐志摩：《霁秋〈关于翻译末函〉按语》，《晨报副刊》1926 年 5 月 15 日。
⑤ 徐志摩：《〈涡堤孩〉引子》，载蒋复璁、梁实秋主编《徐志摩全集》第一辑，台北，传记文学出版社，1980，第 583 页。
⑥ 详见《新月》第 2 卷第 2 号，1929。

风貌的"直译"，笔路不是"直"而是"近情"，那显然是在意译。当然，这与其说是徐志摩在主张意译，不如说是他翻译的随意性导致了译作的"变形"。徐志摩在翻译小说的时候常常根据自己的主观情感对原作进行修改。早在 1928 年，《曼殊斐儿小说集》出版后不久，张友松先生曾撰文批评了徐志摩对曼殊斐儿小说原文的修改。① 徐志摩本人也说过自己曾在译作中加入了主观的议论。徐在翻译时修改原文或在原文中增加自己的观点，这从译的效果上来说，少有人恭维。后来卞之琳对徐志摩的诗歌翻译做过这样的概括："他的译诗里挫败借鉴有余，成功榜样不多。"② 对其译作进行赞扬的似乎只有胡适，由于二人私交甚好，无论人们对徐志摩翻译的批评是中肯的还是不切实际的，他都会站在徐志摩的立场上进行维护。如前面所说的张友松批评徐志摩修改了曼殊斐儿的小说，胡适则不分青红皂白地说"几乎全是张先生自己的错误，不是志摩的错误"，同时赞扬徐志摩的"译笔很生动，很漂亮，有许多困难的地方很能委曲保存原书的风味，可算是很难得的译本"。③ 刘全福先生在谈到徐志摩翻译研究沉寂的原因时分析了内外两类因素，从内部因素来说便是徐志摩译作本身的不足，"尽管他的中英文造诣极深，但就其翻译而论，人们不知何时何故对此形成了一种'不敢恭维'的'刻板'印象"④。也有人认为徐志摩的部分翻译尤其是诗歌翻译能"充分发挥汉语的优势，译写出形式活泼，原味犹存的目的语"⑤。

此外，译诗的文体形式有助于为中国新诗形式建构引进新体。比如，徐志摩在翻译中引入新体"土白诗"（方言诗）就是一例，他"学习并借鉴了彭斯的'土白诗'这种独白体，这种语体在中国，正像当时评论家指出的那样，属于徐志摩首创"⑥。徐志摩的《卡尔弗利里》和《一条金色的光带》都是属于"土白诗"。

大体上讲，译者创作时的文体观念与他译诗时采用的文体观念是相一

---

① 张友松：《我的浪费——关于徐诗哲对于曼殊斐儿的小说之修改》，《春潮（上海）》1928 第 2 期。
② 卞之琳：《〈徐志摩译诗集〉序》，《卞之琳文集》中卷，第 326 页。
③ 胡适：《论翻译——寄梁实秋，评张友松先生评徐志摩的曼殊斐儿小说集》，《新月》第 1 卷第 11 号，1929。
④ 刘全福：《徐志摩与诗歌翻译》，《中国翻译》1999 年第 6 期。
⑤ 杨全红：《诗人译诗，是耶？非耶？——徐志摩诗歌翻译研究及近年来徐氏翻译研究沉寂原因新探》，《重庆交通学院学报》2001 年第 2 期。
⑥ 刘介民：《类同研究的再发现：徐志摩在中西文化之间》，第 337 页。

致的，译者提倡的文体形式也与他在实践中采用的文体形式是一致的，但这些普遍的规律在徐志摩这里却似乎不再发挥作用。他主张格律诗却在翻译中更多地采用了自由体，他主张译文形式和内容的统一却在翻译中难以调和二者的矛盾，这些都是徐志摩译诗文体观念中比较耐人寻味的话题。徐志摩及其作品已经成为中国现代文学史上的一个文化符号，对其研究的内容还有待进一步扩展和深化。

叶嘉莹先生论词"弱德之美"探析

卓清芬[*]

内容提要 叶嘉莹教授于诗学提出"兴发感动"说,于词学则拈出"弱德之美"。"弱德之美"最早见于《朱彝尊之爱情词的美学特质》一文,指贤人君子在外界强大压力之下婉曲承受的品德操守,以参差错落的句式呈现幽隐曲折的美感。"弱德之美"的成因可归之于儒家内在心性的涵养修为、双重性别的词体特质,以及词体的体式节奏。"弱德之美"的价值则在于词体本质论的确立、清词中兴的枢纽和传统词论的现代转型。对词体的本质提出一家之言,于词史上别具意义。

关键词 叶嘉莹 弱德之美

前 言

叶嘉莹教授以古典诗词赏析研究系列蜚声学界,1990 年获得加拿大皇家学会院士的荣誉,是加拿大皇家学会有史以来唯一的中国古典文学院士;2002 年香港岭南大学授予荣誉文学博士;2008 年获"中华诗词终身成就奖";2013 年当选"中华之光——传播中华文化年度人物",被誉为"桃李满五洲的汉学家",也是在海外传授中国古典文学时间最长、弟子最多、成

---

* 卓清芬,台北"中央"大学中文系副教授。

就最高、影响最大的华裔女学者。①

叶嘉莹教授致力于古典诗词的教学、推广和研究，融合中西文学理论，对古典诗词提出独到的见解。例如，承继"诗可以兴""人秉七情，应物斯感"的"兴发感动"说，② 检讨常州词派的比兴寄托说，③ 阐释王国维的文学批评理论，④ 并将词的演进历程分为"歌辞之词""诗化之词""赋化之词"等三个阶段，⑤ 拓展清代词人词论的研究领域等。⑥

叶嘉莹教授于诗学提出"兴发感动"说，于词学则拈出"弱德之美"。"弱德之美"最早见于《朱彝尊之爱情词的美学特质》一文，指贤人君子"在强大的外势压力下，所表现的不得不采取约束和收敛之姿态的一种美"，"内心中之缠绵郁结的一种'难言之处'化生出了一种在词之体制中最为可贵的属于'弱德之美'的以隐曲为姿态的美感质量"⑦。在后续的几篇论文中，叶嘉莹先生对"弱德之美"也有进一步的发挥，如《神龙见首不见尾——谈〈史记·伯夷列传〉的章法与词之若隐若见的美感特质》：

> 弱德之美不是弱者之美，弱者并不值得赞美。"弱德"，是贤人君子处在强大压力下仍然能有所持守有所完成的一种品德，这种品德自有它独特的美。这种美一般表现在词里，而司马迁《伯夷列传》之所以独特，就是由于它作为一篇散文，却也于无意之中具有了这种词的特美。也就是贤人君子处于压抑屈辱中，而还能有一种对理想之坚持

---

① 见 2013 年 12 月 21 日南开大学新闻网"叶嘉莹荣获 2013'中华之光——传播中华文化年度人物'称号"，http://www.ccug.net/news/2013/12/21/156391.jhtm。

② 关于叶嘉莹教授的"兴发感动说"，已有不少研究成果。如邓乔彬《叶嘉莹词学研究的"兴发感动"说》，《中国韵文学刊》2005 年第 1 期，第 64～69 页；朱巧云《中西融合，自成体系："兴发感动"说》，《跨文化视野中的叶嘉莹诗学研究》，中国社会科学出版社，2008，第 46～96 页；何春环《叶嘉莹先生诗词学中的"兴发感动"说》，《南都学坛》2006 年第 2 期，第 67～72 页；李小贝《从"兴"到"兴发感动"——试论叶嘉莹自成体系的"兴发感动"说》，《郑州航空工业管理学院学报》2011 年第 5 期，第 43～48 页；朱维《叶嘉莹"兴发感动"理论对王国维"境界"的体系化及反思》，《重庆师范大学学报》2012 年第 6 期，第 37～43 页。

③ 叶嘉莹：《清词散论》，台北，桂冠图书公司，2000，第 233～275 页。

④ 叶嘉莹：《王国维及其文学批评》，北京大学出版社，2008。

⑤ 叶嘉莹：《词之美感特质的形成与演进》，北京大学出版社，2007。

⑥ 叶嘉莹：《清词丛论》，北京大学出版社，2008；叶嘉莹：《清代名家词选讲》，北京大学出版社，2007；叶嘉莹、陈邦炎：《清词名家论集》，"中央研究院"中国文哲研究所筹备处，1996。

⑦ 叶嘉莹：《朱彝尊之爱情词的美学特质（续）》，《四川大学学报》1994 年第 2 期，第 65 页。

的"弱德之美"，一种"不能自言"的"幽约怨悱"之美。①

《论词的弱德之美——石声汉〈荔尾词存〉序》：

> 石教授以"忧谗畏讥"四个字为标题，来自叙其写词之经历与体会时，遂油然产生了一种共鸣之感。我以为石教授所提出的"忧""畏"之感，与我所提出的"弱德之美"在本质上原是有着相通之处的，也就是说这种感受和情思都是由于在外界强大之压力下，因而不得不自我约束和收敛以委屈求全的一种感情心态。……"忧谗畏讥"四个字所蕴含的，实在不仅只是一种自我约束和收敛的属于弱者的感情心态而已，而是在约束和收敛中还有着一种对于理想的追求与坚持的品德方面之操守的感情心态。其为形虽"弱"，但却含蕴有一种"德"之操守。而这也就正是我之所以把词体的美感特质，称之为"弱德之美"的缘故。②

《从文学体式与性别文化谈词体的弱德之美》：

> 词体的弱德之美，是指感情上那种承受，而在承受的压抑之中的自己的坚持。所以虽然是弱，但是是一种德。弱德之美，而弱德是我们儒家的传统，行有不得反求诸己，躬自厚而薄责于人，是我在承受压抑之中坚持我的理想、我的持守，坚持而不改变。这是从情理来说，之所以造成如此的美感，和词体产生的性别文化的语境有关。从体式来说，词体的那种抑扬顿挫，那种吞吐低回，就是适合表现这种美感的。③

综上所述，"弱德之美"是词人在外界强大压力之下婉曲承受的坚忍操持，以参差错落的句式和音韵呈现曲折吞吐的美感。

---

① 叶嘉莹：《神龙见首不见尾——谈〈史记·伯夷列传〉的章法与词之若隐若见的美感特质》，《天津大学学报》1999 年第 1 期，第 5 页。
② 叶嘉莹：《论词的弱德之美——石声汉〈荔尾词存〉序》，《农业考古》1999 年第 1 期，第 160～161 页。
③ 叶嘉莹：《从文学体式与性别文化谈词体的弱德之美》，《人文杂志》2007 年第 5 期，第 106 页。

自叶嘉莹先生提出"弱德之美"一词后，相关研究已有不少。如赵庆庆《弱德之美：叶嘉莹词学新论和词作评析》①，从"弱德之美"的含义诠释叶嘉莹先生多首词作中所呈现的"弱德之美"。曹睿《叶嘉莹词学研究与实践》第三章第二节"弱德之美"②，注重叶嘉莹先生个人的身世经历与"弱德"之间的关联。张春华《叶嘉莹中国古典诗词诠释体系研究》第四章第三节"词的弱德之美——叶嘉莹对'要眇宜修'之美的深化"③，王亚红《李清照叶嘉莹文学比较研究》第三章第四节"叶嘉莹对'词之特质'研究的总其成——'弱德之美'说"④，李园媛《叶嘉莹词学理论体系之特色研究》第三章第二节'弱德之美'，⑤ 均汇整了叶嘉莹先生多篇文章对于"弱德之美"的论述，述多于论。张静《叶嘉莹词学理论探究》第一章第三节""弱德之美"——词之本质的深化"⑥，认为叶先生提出"弱德之美"与个人的身世际遇有关，并举辛弃疾《破阵子》中的"弱德之美"为例。熊芹艺《叶嘉莹"弱德之美"研究》⑦，侧重"弱德之美"在"歌辞之词""诗化之词""赋化之词"中的体现，以唐宋词作品分析为主。笔者以为，叶嘉莹先生提出的"弱德之美"，与儒家思想、性别理论、传统词论有密切关联，本文试图析论"弱德之美"的成因，并探索"弱德之美"的意义与价值。

二 "弱德之美"的成因

形成词体"弱德之美"的主要成因可分为以下几点说明。

(一) 儒家内在心性的涵养修为

儒家重视个人道德操守，即使处乱世逆境，也不改其操；遇险阻患难，也不变其节。《论语·子罕》云：

---

① 赵庆庆：《弱德之美：叶嘉莹词学新论和词作评析》，《中西文化研究》第16期，2009，第158~171页。
② 曹睿：《叶嘉莹词学研究与实践》，硕士学位论文，东北师范大学，2009。
③ 张春华：《叶嘉莹中国古典诗词诠释体系研究》，博士学位论文，山东大学，2009。
④ 王亚红：《李清照叶嘉莹文学比较研究》，硕士学位论文，河北师范大学，2011。
⑤ 李园媛：《叶嘉莹词学理论体系之特色研究》，硕士学位论文，重庆师范大学，2012。
⑥ 张静：《叶嘉莹词学理论探究》，硕士学位论文，三峡大学，2012。
⑦ 熊芹艺：《叶嘉莹"弱德之美"研究》，硕士学位论文，云南大学，2012。

岁寒，然后知松柏之后凋也。①

在匆遽困顿、颠沛流离之际，也不违道。《论语·里仁》：

君子无终食之间违仁，造次必于是，颠沛必于是。②

《易经》第二十九卦"坎卦"：

习坎，有孚，维心亨，行有尚。象曰：习坎，重险也。水流而不盈，行险而不失其信。维心亨，乃以刚中也；行有尚，往有功也。天险不可升也，地险山川丘陵也，王公设险以守其国，险之时用大矣哉。③

"坎"指险难，"习坎"指上下卦皆为坎，重重险难之意。需心怀诚敬，内在坚毅，面对险难泰然处之，不因外在险阻而改变操守及志向，长此以往，所行必能有成。

儒家强调心性的涵养修为，面临艰危困顿之际仍然勇于担荷，不计利害得失，这种坚忍不拔的毅力和节操，正是形成"弱德之美"的主要因素。叶嘉莹先生身经时代乱离，人生忧苦多艰，她自小受《论语》启蒙，接受儒家持守的修养，以及恩师顾随先生"拼将眼泪双双落，换取心花瓣瓣开""此身拼却似冰凉，也教慰得阑干热"的担荷苦难的精神，伴随着叶先生度过数十年海外飘零的艰辛生活。即使身处忧苦患难，仍然珍重和保有天性心灵中一份修美要好的质量，在承受持守中完成自己。这种珍贵的品格特质所焕发的美感，即是"弱德之美"。④

叶先生阐释清人张惠言《水调歌头》（其二）"生平事，天付与，且婆娑"云："儒家所说的天命却并不是宗教迷信中之天帝与命运，而应该乃是对于天理之自然、义理之当然与事理之必然的一种体悟，有了这种体悟，

---

① （魏）何晏等注、（宋）邢昺疏《论语注疏·子罕》，（清）阮元编《十三经注疏》第8册，台北，艺文印书馆，1993，第81页。
② （魏）何晏等注、（宋）邢昺疏《论语注疏·里仁》，（清）阮元编《十三经注疏》第8册，第36页。
③ （魏）王弼、韩康伯注，（唐）孔颖达等正义《周易正义》，（清）阮元编《十三经注疏》第1册，第71～72页。
④ 参看熊烨编著《叶嘉莹传：千春犹待发华滋》，江苏人民出版社，2014，第165～170页。

而且能在生活中去实践的，则自然便会在内心中获致到一种'不忧'的境界，所以张氏在写了'生平事，天付与'的'知天命'的体悟以后，接着便写出了一种'且婆娑'的自得其乐的境界。"① 《水调歌头》五首流露出张惠言儒家修为的涵养与操持，显示承担的智慧与力量。

（二）双重性别的词体特质

词初起时多是男性词人以女子口吻叙写相思怨慕之情，而这种双重性别的词体特质，容易引发托喻的联想，形成"双重语境"。叶嘉莹先生指出：

> 一个是 dominate，是统治的；一个是 subordinate，是被统治的。于是这男女的关系与君臣的关系，就有了一种相似之处。……因此，当小词的作者给歌女写歌辞的时候，他写一个女性的感情，写这个女性的相思，写女性对于爱情的期待，对于一个欣赏她的人的期待，这时候就会引起读者的联想。因为这个作者他本身是一个男子而不是一个女子啊！……于是，就是这种写美女、写爱情、写闺中思妇怨妇的小词，这种给歌女写的歌辞，由于它能够引起读者这样丰富的联想，所以其内容的意涵就丰富起来了。②

又说：

> 西方女性主义文论中，曾将社会政治地位以性别化为区分，以为男性化是属于统治者（dominate）的层面与地位，而女性化则是属于附属者（subordinate）的层面与地位，女性本是弱者，是被压抑与被屈辱的，即使是英雄豪杰的词人如辛弃疾，他在词中所表现的意境情思，也同样是一种屈抑的情思。不过屈抑之情思之所以美，还不只是单纯的屈抑而已，还有一种坚持和担荷的力量。……词之美感特质之所以每逢遭遇世变，便能提高和加强其深致的美感，而词学家也是要在经历世变以后，方能对词之深致的美感作出反思，这一切的根本原因，皆在于歌辞之为体本是一种女性化之文体，而其美感特质则正是宜于

---

① 叶嘉莹：《说张惠言〈水调歌头〉五首——兼谈传统士人之文化修养与词之美学特质》，《多面折射的光影——叶嘉莹自选集》，南开大学出版社，2004，第283页。
② 叶嘉莹：《词之美感特质的形成与演进》，第38~40页。

表现一种幽约怨悱的弱德之美的缘故。①

男性词人使用女性化的情意和女性化的语言进行撰述，这种"阴性书写"（ecriture feminine）很微妙地产生了双重性别的特质。② 叶嘉莹先生认为："当男性的诗人文士们在化身为女子的角色（persona）而写作相思怨别的小词时，遂往往于无意间就竟然也流露出了他们自己内心中所蕴含的，一种如张惠言所说的'贤人君子幽约怨悱不能自言之情'。这种情况之产生，当然可以说是一种'双性人格'之表现。而由此'双性人格'所形成的一种特质，私意以为实在乃是使得花间小词之所以成就了其幽微要眇，具含有丰富之潜能的另一项重大的因素。"③ 所谓的"潜能"（potential effect），是从文本（text）生发，"它可以引起读者非常丰富而且多变化的联想，而这些读者的联想不必然是作者原来的意思"④。当男性模拟女性的"声音"书写怨慕伤别之情，往往引起文士冀盼君王知遇的托喻联想。这种"声音"的置换（cross-voicing）及跨越"文化男女双性"（cultural androgyny）的特质⑤，使词体产生男/女、君/臣、志/情、真实/虚拟、现实/理想、隐匿/显现的双重语境，令人寻索不尽。

男性以女性的声音表达屈抑的情思，形成了"贤人君子幽约怨悱不能自言之情"，叶先生认为，这种幽约怨悱之情，"乃是在强大之外势压力下，所表现的不得不采取约束和收敛之姿态的一种美。……不仅《花间集》中男性作者经由女性叙写所表现的'双性心态'，是一种'弱德之美'，就是豪放词人苏轼在'天风海雨'中所蕴含的'幽咽怨断之音'，以及辛弃疾在'豪雄'中所蕴含的'沉郁''悲凉'之慨，究其实，也同是属于在外在环境的强势压力下，乃不得不将其'难言之处'变化出之的一种'弱德之美'

---

① 叶嘉莹：《词学新诠》，北京大学出版社，2008，第 216～217 页。

② 叶嘉莹在《女性语言与女性书写——早期词作中的歌伎之词》（《中国文化》2008 年第 1 期，第 38 页）中提到："海伦·西苏（Helnee Cixous）所谓阴性书写，所指的只是一种写作方式，与作者之生理性别并无必然关系。所以一般译者往往将其所提出的（ecriture feminine）译为（阴性书写），而不称之为（女性书写）。"

③ 叶嘉莹：《论词学中之困惑与〈花间〉词之女性叙写及其影响》，《多面折射的光影——叶嘉莹自选集》，第 189 页。

④ 叶嘉莹：《谈中国诗词文本中的多义与潜能——一九九四年冬在南开大学七十五周年校庆学术报告会上的讲演》，《迦陵说词讲稿》，北京大学出版社，2007，第 49 页。

⑤ 孙康宜：《西方性别理论在汉学研究中的运用和创新》，《台大历史学报》第 28 期，2001，第 163 页。

的表现"①。即使采取约束、收敛的屈抑姿态，也仍然保有持守的原则和勇于担荷的能力。女性的屈抑姿态是"弱"，而持守担荷的坚持是"德"，词体的双重性别特质构筑成双重语境，也因而形成了"弱德之美"。

（三）词体的体式节奏

不同的文学体裁各具不同的形式（form）、节奏（rhyme）等体式特征，因而形成了不同的美感特质。词体使用参差不齐的长短句，配合着词初起时的双性/双重语境，呈现委婉细腻的美感特质。叶嘉莹先生说：

> 王国维先生的《人间词话》曾经归纳出来一个扼要的说法，说："词之为体，要眇宜修，能言诗之所不能言，而不能尽言诗之所能言。诗之境阔，词之言长。"他认为词这种文学体裁所表现的美感特质是"要眇宜修"，……"要眇宜修"是精微的，富于女性的，引起人丰富的联想的，如此的一种美感。词的美感不仅是"要眇宜修"，最妙的地方是"能言诗之所不能言"。②

造成词"能言诗之所不能言"的主要因素，叶先生认为是词的体式和双重性别的语境所构成的美感特质：

> 如果以词与诗相比较，则诗之为体大多形式整齐，每句或五字或七字，皆有固定之节奏韵律，因此在诵读中遂可以产生一种言外的直接感发之力量；而词之体式则大多为参差不齐之长短句，就这种体式而言，则如果写得过于直接，却并不能产生一种直接感发之力量，乃反而会显得浮薄和浅露，缺少了言外的余味……"极命风谣里巷男女哀乐"，你写的也就是大街小巷之间的男女的相爱的歌辞嘛，相见就乐，相别就哀，就是里巷之间男女的爱悦的歌辞，可是就是这种风谣的歌辞，极命，当它写到最高，当它发展到最好，就有很微妙的事情发生了，就可以说出来那品德最美好的、理想最高远的贤人君子幽约

---

① 叶嘉莹：《朱彝尊之爱情词的美学特质（续）》，《四川大学学报》1994 年第 2 期，第 65 页。
② 叶嘉莹：《从文学体式与性别文化谈词体的弱德之美》，《人文杂志》2007 年第 5 期，第100 页。

怨悱不能自言之情。这是小词真正的妙处，这是小词的特美。①

词中潜藏的"贤人君子幽约怨悱不能自言之情"，是在外在压力之下仍然一意承担持守的"弱德之美"。透过参差不齐的句式，更有低回不尽的余味：

> 苏东坡的"有情风万里卷潮来"，何尝不是弱德之美；辛弃疾这个"百年悲笑，一时登览"，何尝不是弱德之美。所以，岂止是《花间》男女爱恋的小词，英雄豪杰的词、真正好的词，都是表现弱德之美的。这还不在它的内容的感情、志意，还在它的句法、形式。你看"举头西北浮云，倚天万里须长剑"。这不是一个完成的句法，"人言此地，夜深长见"，句法也还没有完成，"斗牛光焰"，才完成。"我觉山高"，没有完，"潭空水冷"，还没有完，"月明星淡。待燃犀下看，凭栏却怕，风雷怒，鱼龙惨"，才完成。一唱三叹，一步有几个转折，一步有几个低回，所以是幽约怨悱不能自言之情。而且我的感情没有完全都说出来，稼轩说我要收回失地了吗？没有啊。说我受到压抑跟迫害吗？也没有啊。稼轩写的是什么？"举头西北浮云"，"潭空水冷，月明星淡"，都是大自然的景物；"元龙老矣"，"待燃犀下看"，都是历史，都是典故，都没有直说出来。好的词，就是长调，就是豪放的词，也是以弱德为美。②

参差错综的长短句，比起整齐划一的句式，更能婉转曲折地表达情意。无论单句的意象指涉可作多层次的解读，还是复句的映衬点染、转折跌宕，词体顿挫层深的章法、长短错综的句式，抑扬顿挫的声音节奏，与整齐的句式相较，都能迂回曲折地表达幽咽吞吐、屈抑深隐的"弱德之美"。

三　"弱德之美"的意义与价值

叶嘉莹先生独创"弱德之美"一词，指词人在外在强势压力之下婉曲

---

① 叶嘉莹：《从文学体式与性别文化谈词体的弱德之美》，《人文杂志》2007 年第 5 期，第 101、103 页。

② 叶嘉莹：《从文学体式与性别文化谈词体的弱德之美》，《人文杂志》2007 年第 5 期，第 106 页。

承受的持守担荷，以参差错落的句式和音韵所呈现的低回深隐的美感，于词史上的意义可析论如下。

（一）词体本质论的确立

自李清照《词论》提出"词别是一家"，即注意到词体有别于诗体、文体的专属特质。① 张惠言《词选序》云："意内而言外谓之词。其缘情造端，兴于微言，以相感动，极命风谣里巷男女哀乐，以道贤人君子幽约怨悱不能自言之情。低回要眇以喻其致。"② 王国维《人间词话·删稿》云："词之为体，要眇宜修。能言诗之所不能言，而不能尽言诗之所能言。诗之境阔，词之言长"③，透过不同的语词，试图寻绎出词体特有的美感特质。叶先生阐释其言云：

> 所谓"要眇"者，盖专指一种精微细致的富于女性之锐感的特美。此种特美既最适于表达人类心灵中一种深隐幽微之品质，而且也最易于引起读者心灵中一种深隐幽微之感发与联想。④

又说：

> 诗词当然都有好的作品，但是词更适合于写一种不得已的感情。所以张惠言就说，词可以道"贤人君子幽约怨悱不能自言之情，低回要眇，以喻其致"。张惠言论词表面上看起来牵强附会，但是他真正掌握了词的一种很微妙的地方。他说词可以写出贤人君子幽深的、隐约的、哀怨的、悱恻的而且是不能说出来的一种感情。不能说出来怎么样？你就用词来表现，所以写得如此低回，如此婉转，如此深微要眇。⑤

---

① 李清照《词论》收于（宋）胡仔编《苕溪渔隐丛话·后集》第 23 卷，林玫仪教授《李清照"词论"评析》论及李清照《词论》的重心乃是探讨词合乐称体的问题，可供参考。见林玫仪《词学考诠》，台北，联经出版事业公司，1987，第 317~335 页。
② （清）张惠言：《词选序》，唐圭璋编《词话丛编》，中华书局，1986，第 1617 页。
③ 王国维：《人间词话·删稿》，唐圭璋编《词话丛编》，第 4258 页。
④ 叶嘉莹：《词学新诠》，第 166 页。
⑤ 叶嘉莹：《陈曾寿词中的遗民心态》（未刊演讲稿），《叶嘉莹谈词》，南开大学出版社，2010，第 7~8 页。

词体之所以有别于其他文类，在于词有一种深远曲折、耐人寻味的意蕴，能含蓄委婉地表达"贤人君子幽约怨悱不能自言"的"难言之隐"，产生要眇幽微的美感特质。叶嘉莹先生将其名为"弱德之美"：

> 词体中之要眇幽微之美的基本质素究竟是什么的问题，我以为这种特美乃是属于一种"弱德之美"。不仅晚唐五代与北宋的令词之佳作是属于具含此种质素的一种美，就连苏、辛一派之所谓豪放之词的佳作，甚至南宋用赋化之笔所写的咏物之词的佳作，基本上也都是属于具含此种弱德之质素的一种美。张惠言所提的"比兴"之说与王国维所提的"境界"之说之所以对此种特美都不能加以涵盖的原因，我以为乃是因为他们在传统说诗的论述中，找不到一个适当之术语来加以说明的缘故。因为词中之此种特美，乃是特别属于词体之美的一种质素，而且此种质素之显现并不全在于作者显意识之活动与追求，而是由于作者在作品之显微结构中所无心表现出来的一种隐意识之无意的呈现。此种特美，在中国传统的诗文中既从来未曾出现过，因此并没有一个现成的术语可以用来指说。这正是其所以使得张惠言与王国维二人都感到难以指称的缘故。对这种困惑，当我在阅读西方接受美学之论著时，忽然得到了一种启发。因为这种作用，并不是完全存在于作者意识中的一种显意识之活动，而是在作品之文本中由其辞语本身的显微结构所呈现的一种微妙的作用。这种作用，德国接受美学家沃夫岗·伊塞尔（Wolfgong Iser）曾称之为一种 potential effect，中文可以试译为"潜能"。我以为，词之特美也就正在于其有时可以表现为并不属于作者显意识之活动的一种潜能。①

叶嘉莹先生所提出的"弱德之美"，属于词体之本质，即在外在强势压力之下，内在心性的担荷持守、含蓄委婉的表达方式，搭配长短错落的句式，呈现幽隐曲折、耐人寻味的美感特质。无论是"歌辞之词""诗化之词""赋化之词"，还是婉约、豪放等不同的风格，均可以"弱德之美"一以贯之，直探核心之本原。

---

① 叶嘉莹：《照花前后镜：词之美感特质的形成与演进》，清华大学出版社，2007，序，第 9～10 页。

（二）　清词中兴的枢纽

龙沐勋《〈近三百年名家词选〉后记》云：

> 词兴于唐，流衍于五代，而极盛于宋。……元、明词学中衰，文
> 人弄笔，既相率入于新兴南、北曲之小令、散套，以蕲能被管弦，其
> 自写性灵，则仍以五、七言古、近体诗相尚，于是词之音节，既无所
> 究心，意格卑靡，亦至明而极矣。夫所谓意格，恒视作者之性情襟抱，
> 与其身世之感，以为转移。三百年来，屡经剧变，文坛豪杰之士，所
> 有幽忧愤悱、缠绵芳洁之情，不能无所寄托，乃复取沉晦已久之词体，
> 而相习用之，风气既开，兹学遂呈中兴之象。明、清易代之际，江山
> 文藻，不无故国之思，虽音节间有未谐，而意境特胜。①

清词中兴的关键，在于"意格"的提升。明清易代之际，文人将"幽忧愤
悱缠绵芳洁之情"一托于词，遂开三百年之新局。叶嘉莹先生进一步指出
"世变"与"弱德之美"的关联：

> 明代的作者，大多仍只把词体当作一种艳歌俗曲来看待，并未能
> 体悟到词中之佳作主要乃在其具含有一种幽微要眇富含言外之感发的
> 特美，当然更未能思辨出这种幽微要眇的美感特质之形成和演化，会
> 与世变有什么微妙的关系。直到清代的词学家们方才对于此种特美有
> 了逐步深入的体认。而促成他们对此有所体认的，则正是缘于由明入
> 清在历史上所发生的又一次重大的世变。②

又说：

> 清词的中兴，是在破国亡家的国变苦难之中，在无心之间，把过
> 去那种用嬉戏笔墨写男女爱情的词，过去那种在晚唐五代的乱离之间
> 所隐藏的那种潜能的美感作用，无意之中又把它找回来了。……而且

---

① 龙沐勋：《龙榆生词学论文集》，上海古籍出版社，1997，第375～376页。
② 叶嘉莹：《词学新诠》，第204页。

清朝的作者也逐渐地加强了这种认识，就是他们体悟到在这种小词之中可以有这种潜能的性质，他们愈来愈有这种反省的能力，也愈认识愈清楚了。①

当改朝换代之际，词中潜藏了家国巨变所产生的伤痛和忧惧，以及个人的身世沧桑之悲慨。种种不能明言的委屈、压抑、承受，形成了"弱德之美"，词的意格与境界也因此提升。②"弱德之美"涵盖了张惠言"贤人君子幽约怨悱不能自言之情"，龙沐勋"幽忧愤悱、缠绵芳洁之情"，呈现幽隐曲折、富含言外之意的美感特质。在清末家国社会动荡不安之际，此种特质再一次地显现，达到巅峰。叶嘉莹先生指出：

> 清代词学之发展确乎与世变有着密切的关系。而更值得注意的则是周济的"诗有史，词亦有史"的说法提出不久，清室果然就面临了巨大的世变，鸦片战争、英法联军、甲午战争、戊戌变法、庚子国变等事件相继发生。赔款割地、丧权辱国之变层出不穷，于是遂形成了晚清史词的一代成就，虽然昔人论诗早有"国家不幸诗家幸，赋到沧桑句便工"之言，但词之为体，则较之于诗似乎更宜于表达世变之中的一种挫辱屈抑难以具言的哀思。③

清末世变中的"挫辱屈抑难以具言的哀思"及"贤人君子处于压抑屈辱之中，而还能有一种对理想之坚持的'弱德之美'"④，可举朱祖谋（1857～1931 年）《鹧鸪天·九日丰宜门外过裴村别业》为例：

> 野水斜桥又一时，愁心空诉故鸥知。凄迷南郭垂鞭过，清苦西峰侧帽窥。　　新雪涕，旧弦诗。恹恹门馆蝶来稀。红黄白菊浑无恙，

---

① 叶嘉莹：《清词丛论》，第 34 页。
② 叶嘉莹《论词之美感特质的形成及反思与世变之关系》（《文学遗产》2008 年第 4 期，第 22 页）："是国变和世变使得他们词的境界上升了，提高了。叶恭绰在《广箧中词》的序文中说：'丧乱之余，家国文物之感，蕴发无端，笑啼非假。'在朝代更迭的时候，家国沧桑、典章文物的悲慨，使得清初的词之境界一下子就提高了，这也和世变有着密切的关系。"
③ 叶嘉莹：《词学新诠》，第 216 页。
④ 叶嘉莹：《神龙见首不见尾——谈〈史记·伯夷列传〉的章法与词之若隐若见的美感特质》，《天津大学学报》1999 年第 1 期，第 5 页。

　　只是风前有所思。

1908 年 8 月 13 日，"戊戌六君子"被处死。9 月 9 日重阳节，朱祖谋经过北京城南丰宜门外刘光第的别墅，有感而作。上阕写旧地重游，人事已非的感伤。刘光第殉难，心中的愁苦只能向沙鸥诉说。"垂鞭"显示心情的低落，"侧帽"意图避人耳目，免得引起注意。叶嘉莹先生解说下阕：

　　　　"新雪涕"，"雪"是洗的意思，现在我以泪洗面。"旧弦诗"，我当年到这里来，我跟刘光第两个人，我们弹琴，我们赋诗，我们有这样知己、知音的谈话。"悄悄门馆蝶来稀"："悄悄"，幽静的意思；在这个幽静的、寂寞的门馆，没有人到这里来了；当时我们那些人在这里聚会，弹琴作诗，议论风发，现在别说人不来了，就连蝴蝶也不来了。"红萸白菊浑无恙"：又到了秋天，红色的茱萸，白色的菊花仍然像从前一样的开放。"只是风前有所思"：只是我独立在风前，想到我从前的朋友，我们的豪情壮志，我们的理想，我们的感情，只能在"风前有所思"。①

"只是风前有所思"曲折深隐地传达了对友人殉难的悼念，对变法失败、理想破灭的不甘，展现了在慈禧太后无情的打压之下，仍保坚忍心性的"弱德之美"。

　　况周颐（1859～1926 年）的八首《减字浣溪沙》②，在传统闺怨的题材下，以"言在此而意在彼"的方式，抒发从袁世凯推行帝制到张勋复辟失败的遗老心曲。将改朝换代的悲痛、时局变动的纷乱、人事变迁的沧桑、复国无望的悲凉、飘零落拓的困顿、忠爱不渝的节操，一尽倾注于艳词之中，为唐以来的艳词开拓了前所未有的格局。如"捣麝尘香终淡薄，飞龙骨出亦伶俜"，指历经艰困磨难，对故国的怀念始终不渝。"骨出"指消瘦之意，因思念故国而瘦骨嶙峋，孤单寂寞。"灯灺自怜偏炯炯，更长难得是

---

　　① 叶嘉莹：《当爱情变成了历史——晚清的史词》，《迦陵说词讲稿》，第 110 页。
　　② 闵宗述、刘纪华、耿湘沅选注《历代词选注》（台北，里仁书局，2004，第 469 页）："《减字浣溪沙》即《浣溪沙》，因《山花子》减字故名，贺铸词名《减字浣溪沙》。"按：《山花子》，即《摊破浣溪沙》，由《浣溪沙》上下片各增一个三字句而来。此组词见况周颐《蕙风词》，台北，世界书局，1979，第 28～30 页。

沉沉。一簪华发十年心"，有洞察世事的了然于心，也有混浊时局中的自我
坚持。眼见旁人在清朝覆亡之后沉酣在睡梦之中，而自己对于故国的忠爱
之心，十年来始终如一，不曾磨灭。此组词强调历经各种考验之后，对前
朝依然执着无悔的痴情。① 可视为世变之际"弱德之美"的具体呈现。

（三）传统词论的现代转型

除了李清照、张惠言和王国维之外，历代词论多有探索词体蕴藉含蓄
的美感特质，如明末陈子龙认为，词应"警露已深而意含未尽"②，清代谢
章铤强调"其文绮靡，其情柔曼，其称物近，而托兴远且微。骤聆之，若
惝恍缠绵不自持，而敦挚不得已之思隐焉，是则所谓意内言外者欤"③。谭
献的"柔厚"说④、陈廷焯的"沉郁"说⑤、王国维的"境界"说⑥，都以
不同的术语诠释词体含蕴深远、令人寻绎不尽的美感特质。由于传统词话
多属评点、批语式的写作方式，寥寥数语，一笔带过，很少能够深入阐发
其中意蕴。叶嘉莹先生用浅近的语言，具体的词例，以独创的"弱德之美"
的词语，详尽阐发"弱德之美"的意涵，指出"弱德之美"体现在各个时
代、各种类型、各种风格的词之中，成为词体含蕴丰富、耐人寻味的重要
质素。将传统词论中的词体本质论以深入浅出的方式详加解析：

> 什么是词的特美？张惠言说的很妙啊，是兴于微言。我们刚才说
> 王国维讲："词之为体，要眇宜修，能言诗之所不能言，而不能尽言诗
> 之所能言。"缪钺先生在《诗词散论》中也说词"其文小，其体微"，
> 就是说篇幅是短小的，所写的感情是细微的，所写的名物是闺阁园庭
> 里的景物，没有李太白"五岳寻仙不辞远"，没有"噫吁嚱！危乎高

---

① 详见卓清芬《论况周颐〈减字浣溪沙〉八首》，载《吴宏一教授六秩晋五寿庆暨荣休论文
集》，台北，里仁书局，2008，第135~171页。

② （明）陈子龙：《安雅堂稿》，台北，伟文图书出版社有限公司，1977，第192页。

③ （清）谢章铤：《叶辰溪我闻室词叙》，施蛰存编《词籍序跋萃编》，中国社会科学出版社，
1994，第601页。

④ （清）谭献：《复堂词话》："大抵周氏所谓变，亦予所谓正也，而折衷柔厚则同。"载唐圭
璋编《词话丛编》，第3988~3989页。

⑤ （清）陈廷焯《白雨斋词话》卷一："所谓沉郁者，意在笔先，神余言外，写怨夫思妇之
怀，寓孽子孤臣之感。"载唐圭璋编《词话丛编》，第3777页。

⑥ 王国维《人间词话》："沧浪所谓兴趣，阮亭所谓神韵，犹不过道其面目。不若鄙人拈出
'境界'二字，为探其本也。"载唐圭璋编《词话丛编》，第4241页。

哉！蜀道之难难于上青天！"不写那个。词写的就是微言，就是闺阁园庭之内的儿女子不重要的，微小的，轻盈的。可是就是从这样不重要的闺阁园庭的儿女子的感情的微言，兴，就引起你一种感兴，感动，引起了你的感动又如何呢？"极命风谣里巷男女哀乐"，你写的也就是大街小巷之间的男女的相爱的歌辞嘛，相见就乐，相别就哀，就是里巷之间男女的爱悦的歌辞，可是就是这种风谣的歌辞，极命，当它写到最高，当它发展到最好，就有很微妙的事情发生了，就可以说出来那品德最美好的、理想最高远的贤人君子幽约怨悱不能自言之情。这是小词真正的妙处，这是小词的特美。①

又说：

从有词以来，经过唐，经过宋，经过清，到张惠言他体会的比较清楚了，大家也慢慢有一种共感了，可是都找不到一个字来说它。那是什么东西呀？都说不出来。所以我就是慢慢地摸索，我忽然间想到这种美感用中国话来说，是一种"弱德之美"。……稼轩的词之所以都好，就因为他的词大半都是有幽约怨悱不能自言之情，他的那种满腔的忠愤都在抑郁之中，都在被压制之中，都在我说的强大的势力约束之中，你难以言说。而你也没有彻底的屈服，你还有自己的一种挣扎和持守，所以虽为弱而称其为德的缘故。所以我只能说这是弱德之美。这是说从词的本质上我找到的一个形容字，我说这是弱德之美。至于从语句的、词语的表现来说……就是一种 semiotic function，我们可以借用西方的语言学、符号学、阐释学、接受美学等理论来说明。这是我所体会的词的弱德之美。②

叶嘉莹先生长年浸润诗词，从历代词论和个人生命历程的体悟，指出词体的核心本质为一种极具丰富意蕴的"弱德之美"，秉承诗教温柔敦厚之"弱"及坚定执守之"德"，泯除比兴寄托说之僵化痕迹，将历代词论中

---

① 叶嘉莹：《从文学体式与性别文化谈词体的弱德之美》，《人文杂志》2007年第5期，第103页。
② 钟锦、安易：《遗音沧海如能会，便是千秋共此时——叶嘉莹教授词学访谈录》，《南阳师范学院学报》2005年第1期，第68页。

"幽约怨悱""低回要眇""惝恍缠绵""沉郁顿挫"等意涵以"弱德之美"一以贯之，以生动浅近的语言和词例详加阐述，在传统词论的现代转型方面贡献厥伟，影响力十分深远。

结　语

词有别于诗、文、曲等文类，乃在于词有一种曲折深远、耐人寻味的意蕴，能委婉含蓄地表达"贤人君子幽约怨悱不能自言"的"难言之隐"，产生要眇幽微的美感特质。这种专属于词体的蕴藉幽微的特质，历代词论不乏探讨。如张惠言提出的"贤人君子幽约怨悱不能自言之情"、谭献云"柔厚"、陈廷焯言"沉郁"、王国维拈出的"境界"一词，而叶嘉莹先生将其名为"弱德之美"。"弱德之美"指贤人君子"在强大的外势压力下，所表现的不得不采取约束和收敛之姿态的一种美""内心中之缠绵郁结的一种'难言之处'化生出了一种在词之体制中最为可贵的属于'弱德之美'的以隐曲为姿态的美感质量"。"弱德之美"出自于儒家修为的涵养与操持、"男女双性"的特质所潜藏的双重语境，而词体参差错综的句式又特别适合呈现幽微要眇、低回吞吐的婉曲情意。

"弱德之美"是叶嘉莹先生对词体本质的体认，无论"歌辞之词""诗化之词""赋化之词"，还是婉约、豪放等不同的风格，均可以"弱德之美"一以贯之，直探核心之本原。"弱德之美"往往在改朝换代之际更能充分体现，词中隐藏了世变的伤痛忧惧、个人的沧桑悲凉，种种不能明言的委屈、压抑、创痛，形成了"弱德之美"。清人对于词体幽微要眇的特质较前代有更深切的体会，也因此成为清词中兴的枢纽。叶嘉莹先生用浅近的语言，具体的词例，以独创的"弱德之美"的词语，涵括历代词体本质论的意涵，为传统词论的现代转型和普及，树立了良好的典范。

语言创造中要有思想的回声

——论 21 世纪诗歌的精神转型与美学流变

刘　波[*]

内容提要　21 世纪以来，不少诗人从纯粹的技艺写作中走出来，开始面对当下的现实发言，他们的写作不仅仅是与当下社会现实做短兵相接的碰撞，而且是寻求语言创造和思想呈现相融合的维度。这一写作方向，也是走向成熟的先锋诗人在 21 世纪这一特殊的大转型时期所面临的选择，它既关乎当代诗歌的现实境遇，也透出了诗人们在面对时代真相时的自我处理能力。如何将现实转化为诗意，这是力量感写作的前提，很多先锋诗人都意识到了这一点，并做出了更趋理性的回应与实践。

关键词　先锋诗歌　介入写作　思想性　力量感

除了"第三代"诗人中被遮蔽的那些之外，1980 年代诗人们所普遍追求的，要么是一种想象的豪放，要么是一种日常的内敛，这导致 1990 年代的个人化写作更趋于技艺的迷恋和内部的狂欢，而缺乏一种和外部对话的力量。当然，这与那个时代的社会大环境有关，当时年轻的先锋诗人们注重形式的锤炼，希望诗歌能不受时代影响，不受社会左右，真正回到文学本体的层面。这虽然从一定程度上加速了诗歌的解放，但也让诗人们在迎合玄学化和叙事化方向上走了极端，导致其晦涩难懂。这样的诗作，大多

---

*　刘波，三峡大学文学与传媒学院副教授。

只注重语言的变形，而忽视了语言创造背后思想的回声，因此显得绵软而无深度，缺乏力量感。如何从这一困境中走出来，21世纪以降，不少已成诗坛中坚的诗人在介入写作的断裂和延续方面做着自己的努力，既注重语言创新的精神，也追求思想力度的呈现。

一　从转化中获取诗意

如何处理现实题材，这是一个至今困扰不少诗人的问题。有人说介入的写作，往往是以丧失美感和诗意为代价，而诗歌本身也不能解决实际的政治、经济或社会问题，与其在那儿痴心妄想，自说自话，不如彻底进入一种纯粹的写作状态里，这也是很多诗人拒绝介入现实，宁愿守在自己的诗歌美学王国的主要原因。因为纯诗是最安全的，它不用承担社会道义的功能，只对诗歌本身负责。当然，对于这样纯粹的坚守，我们也无权去干涉，因为那是每一个人写作的自由选择。我们大都知道诗歌在遭遇现实时的力量在何处，"事实上，没有人真的就认为诗歌是一种对现实政治的直接干预，诗歌阻挡不了坦克，这是一种你被迫接受的常识。但在被金钱和权力牢牢控制的世界一体化面前，在体制矛盾日益加深的日常世界里，诗歌，作为一种艺术创造，将为我们提供一种新的希望，这正是我们所期颐的诗歌伦理"[①]。在任何时代，一个诗人都不为所动，两耳不闻窗外事，一心只写"安全诗"，这曾受到过谴责，但也得到了不少诗人的响应。写诗，要么达到艺术的制高点，要么直抵人性的终极处，如果停留在当下，那未免显得小器和短视。持这种观点的诗人，一般都有很强的野心，他们试图写出更开阔更高远的诗，这样的写作貌似"在别处"，有着远方的想象和永恒的神秘，但往往可能离自己的心越来越远。

在这些渴望"生活在别处"的诗作里，我们往往见不到多少与人性相关的真情表达，更多的是一种精巧的自我把玩，不是语言的玄学空洞，就是哲学的高深莫测，这不仅会导向极端的神秘主义，而且会让诗人自我感觉良好，认为自己已经站到了当代诗歌的制高点上，无人能及。即便能懂他的写作，读者也只能是与之气味相投的同道，一般人是读不懂的。其实，

---

① 朵渔：《他体会过自由，明白善的意义——于坚文化心态略论》，载泉子主编《诗建设》总第6期，第28页。

这种唯我独尊的写作，让一些自视甚高的诗人有着强烈的自我认同感，而一旦抽掉他诗歌中词语炼金术的技艺，剩下的可能就是一堆语言的残渣。这样埋首于玄学与书斋的写作，或多或少都存有逃避介入的倾向。逃避的写作，更多时候是顾此失彼，过分沉于诗歌的修辞表达，很有可能就丢掉了让美学得以支撑的思想力量，因为花哨的词语组合如果没有一根情感和精神的主线将其串起来，是很难立得住的。所以，与其刻意去追求玄奥，不如真正踏进社会的现实里，切入生活的细节中，用那些人生的经验激发自己的想象力，出示另一种精彩的诗意。这样，摆在诗人面前的问题，就是在时代现实里如何将之与个人的情感表达进行融合，从而坚守一种既有诗性创造，又不乏思想关怀的美学立场，当为一个诗人综合能力的体现。

不少诗人对诗歌介入社会与时代是持警惕态度的，这可以理解。然而，仅因为诗歌的艺术性与介入性有冲突，不好把握它们之间的度，就拒绝诗歌的介入，这一点值得警惕。"作为见证的诗歌如果成立，原因不会是它作证于时代，而是由于它亲证了生活，尤其亲证了诗人的内心生活。一心为时代作证者可能仅提供假证；一心为时代立言者则可能写下歌功颂德的伪作"。[1] 陈东东的时代与生活之辨，似乎是将二者人为地做了割裂，诗人的内心生活固然重要，但不一定要为此而远离自己所处的时代。每一个诗人生存的当下，都应该成为他们书写的资源，这不仅是他现实与内心生活的一部分，而且是决定其写作立场和思想价值的重要因素。

有些年轻诗人凭借想象力来写作，可能是一种常态，由于经历少，阅历浅，也只有想象力能为他们提供通向诗歌创作的路径。而对于越过了青年时期的部分先锋诗人来说，想象力固然重要，但经验才是其写作的重要支撑，否则，他们或许很难超越自我。"为人称道的好诗在我看来是有背景、有来历的诗歌，是与我们的生命、我们的世界血肉相连的诗歌，决非凭空臆想之物。一首诗凭借何种力量能够改变读者对世界的看法呢？首先无疑来自诗人对世界的洞见。"[2] 一个诗人对世界的洞见，还是来源于他在精神上的深层次对话和思考，没有对时代与社会的洞察，没有对自我和人生的反思，他很难在过去的基础上让自己有所提升，有所超越。就像苏格拉底所言，未经反思的人生不值得过，而没有经过诗人内省的人生经验，

---

① 陈东东：《诗学札记》，载泉子主编《诗建设》总第 6 期，第 185 页。

② 余笑忠：《诗歌的转化之功》，载林莽主编《诗探索》第 3 辑（作品卷），漓江出版社，2012，第 115～116 页。

同样也难以成功入诗。与此相仿的是，没有经过诗人投注情感和信念的时代事件，同样也难以转化为富有美感和力量的诗意，这是古今中外的诗人都曾验证过的事实。

以文学的方式去书写现实，这种转化是有技巧的，当然，技巧也是建立在人心对世事的真切理解上的。雷平阳有一首诗名为《工地上的叫喊》，仅从标题上看就是一首直面现实的诗，但他并没有去做摄影一般的素描。"死亡来临的方式/与惯常没有什么不同：一个年老的/四川民工，提着一桶红色的油漆/他想涂红女儿墙上的那个新鲜的鸟巢/结果是：鸟儿以最快的速度/教他学会了飞翔。他的叫喊/像红油漆一样，在空中散开/结果是：几千吨水泥都听见了他的叫喊/只有那一只鸟儿没有听见"。这是一个民工的死亡，很多人已习以为常，但在诗人笔下，它代表着一个个体人的消逝，它不是抽象的数字，而是具体的生命。诗人将悲剧现实做了文学的转化，细节突出，诗意呈现，他没有做刻意的升华，而是渗透了人道主义的悲悯感。这样的书写，让我们不会再轻易看待一个民工的死亡了，因为它暗含着诗人的公共审视和人文情怀。富有力量的诗歌写作，应该是有时代的现实依据和诗人的内心认知的，它不是凭空捏造出的封闭之作，而是既具开放性和自由感，也不乏审美的力度和思想的飞翔之作。"诗人的内省与静观即便算不上一种美德，超码也是卧水眠沙的降温法，它能够适时地帮助我们祛除轻浮与暴力化的倾向，阻止我们投向新的野蛮和蒙昧"。[①] 这或许才是诗人理性的选择。但这并没有在诗人那里获得普遍的响应，有些人仍然满足于一种"还在写就不错了"的状态，凭着这种认识和修养，诗人很难在创作上获得一种彻底的翻转。

如果说诗歌介入现实，只是满足于和时代做短兵相接的对抗，往往可能变成应景的愤怒之作，当不是长久之计。如何在时代与审美之间达成一致，应是很多有理想主义追求诗人的困惑命题。但凡有思想自觉的诗人，都不会太排斥诗歌所承载的社会意义和时代价值，即便是反政治规训和反道德主义者，也终究摆脱不了各种意识形态的影响，而如何去面对与转化它，就成为其文学处理的关键。"诗歌承载着社会功能，而且承载着强大的社会功能，只不过它是深沉的、神秘的、谦逊的，深沉得看不见摸不着，神秘得难以定量，谦逊得拒绝统计。诗歌不是物质，它不可消费，不可以

---

① 余笑忠：《诗歌的转化之功》，载林莽主编《诗探索》第 3 辑（作品卷），第 118 页。

用来应酬，清楚了诗歌这样的内涵和品质，才能体会到做诗人的愉悦，才能体会诗歌真正的力量"。① 李亚伟肯定道出了很多诗人所面临的困境，这是转型的困境，也是这个时代诗人们必须言说的事实：有人选择逃避，更多的人则不知如何处理荒谬的现实与自我创造之间的关系，恰恰很多现实的荒诞皆可入诗，如写好了，都能转化成为审美的诗意和力量。

二 在承担中寻找思想的突围

雷平阳说："写作的事，力求让每一个字，都有骨血，都有命。"② 这是诗人在为《祭父帖》这首长诗写的创作谈中的自我勉励之语。的确，雷平阳也是这么实践的，他的诗，少有玩语言试验的游戏之作，皆是从骨子里生发出来的带着血泪的情感体验，那种悲剧性和命运感，让他的写作总是有着瓷实的分量和宽广的力度。

很多诗人在亮出自己的宣言时是一套，而在话语实践时则是另一套，这种自相矛盾的尴尬极为常见。他们可能会在今天的一次言说中打倒昨天的自己，而又在明天的设想中推翻今天的自己。陈先发的自我坚持，一直是在一个常识的范畴内微调，所以他不是追求零星的闪光话语，而是在长期的阅读和体验中凝练心得，让其在实践中发酵，最后以经典的形式得以巩固。就像他在二十多年的写作中建构起自己的本土化格局一样，他的理论风度同样是在困惑与自信、挣扎与认同的相互冲突和博弈中建立起来的。"先锋不先锋，这个问题，先一脚踢开。我未来的写作路径非常单纯：写真情实感的诗，写神圣之意与街头垃圾混存于其间的诗"。③ 所以，陈先发才会去写《自嘲帖》《麻雀金黄》《捂腹奔赴自我的晚餐》等，那是离我们很近的诗，同时也是有距离的诗，这全赖于我们怎样去理解诗人对自我的要求，以及他在完成这一要求过程中情感微妙的变化。

让他酷刑中的眼光投向我们。/穿过病房、围墙、铁丝网和/真理被过度消耗的稀薄空气中/仍开得璀璨的白色夹竹桃花。/他不会想

---

① 何晶：《李亚伟：我不会地震来了写地震，台风来了写台风　我情愿太阳出来写爱情，春天来了写历史》，《羊城晚报》，2013 年 5 月 12 日，第 B2 版。
② 雷平阳：《关于〈祭父帖〉》，《名作欣赏》2011 年第 9 期。
③ 陈先发：《固定着自画像的几个钉子》，《艺术广角》2011 年第 4 期。

到，/有人将以诗歌来残忍地谈论这一切。/我们相隔 39 年。/他死去，只为了剩下我们//这是一个以充分蹂躏换取/充分怀疑的时代。/就像此刻，我读着"文革"时期史料/脖子上总有刺刀掠过的沁凉。/屋内一切都如此可疑：/旧台灯里藏着密信？/地上绳子，仿佛随时直立起来/拧成绞索，/将我吊死。/如果我呼救，圆月将从窗口扑进来堵我的嘴/逃到公园/每一角落都有隐形人/冲出来向我问好//要么像老舍那样投身湖下，/头顶几片枯荷下下棋、听听琴？/可刽子手/也喜欢到水下踱步。/制度从不饶恕任何一个激进的地址。//1974 年，这个火热的人死于国家对他的拒绝/或者，正相反——/用细节复述一具肉身的离去已毫无意义。/1975 年，当河南板桥水库垮坝/瞬间到来的 24 万冤魂/愿意举着灯为他的话作出注释。/我常想/最纯粹的镜像仅能在污秽中生成，而/当世只配享有杰克逊那样的病态天才。/忆顾准，/是否意味着我一样的沉疴在身？//但我已学会了从遮蔽中捕获微妙的营养。/说起来这也不算啥稀奇的事儿/我所求不多/只愿一碗稀粥伴我至晚年/粥中漂着的三、两个孤魂也伴我至晚年

　　这首《忆顾准》，我无法去截取其中的句子，只能整首诗引下来，这才属于一个完整的诗意与良知呈现的过程。这是一首反思之诗，更是一首警醒之诗，反思历史，警醒当下。诗人在提示自我：忆顾准，是否意味着我自己也一样沉疴在身？这种追问显示了诗歌的力量，因为它不仅是写给读者的，也是诗人写给自己的。面对历史的原罪，他不可能沉默，否则，以前所有的努力都可能化成泡影。没有长期的关注和思考，正义之诗不可能自我生成，有些诗人甚至还可能走向诗性正义的反面，为一场历史之病辩护。最后他能剩下了什么呢？很可能是一堆笑柄。

　　真正的诗歌写作不会是一劳永逸的行为，诗人们在一味地追求顺畅性和小灵感时，很可能最后获得的是一场美学灾难。尤其是当我们面对被遮蔽、扭曲或篡改的时代真相时，历史的责任感会以对抗的方式在诗人身上留下烙印和痕迹。"批判性的匮乏，是本土性中的最大问题"，① 陈先发意识到这一点，这是他从废墟中站起的佐证，他用话语实践证明了批判性之于

---

① 陈先发：《答杨勇问》；参见陈先发新浪博客 http://blog.sina.com.cn/chenxianfa，2008 年 11 月 9 日。

力量感的重要，同时，他也用这些年的纸上历练验证了写好诗就是一种自我折磨的规训。针对社会乱象和时代顽疾，比如，荒谬的教育体制对几代人的戕害，陈先发早在1992年就写出了《教育之愤》一诗："成长等于刀削。当幼兽的/恋母之火窜上教鞭/教育等于受辱。/象牙权杖打击了/心底双倍的惊恐——/当秘密等于吃苦/灰烬一年长高一寸//还有多少幻想，可化作阴郁屋檐下/穿梭的雨燕？/当1993等于1984/心灵等于荒草/还有多少戏曲叫人晕眩？//我不再癫狂，/我不再哭泣。/此刻，我就要背诵这些段落：/像雨水飘到废弃的铁丝/像草原涌进荒凉的窗口。"诗人在此书写了当代教育的荒诞，当一成不变的教育模式强加到学生身上时，它的危害必然变本加厉。陈先发所处的1992年即是如此，如今二十余年过去了，我们的教育仍在恶性循环中扼杀着孩子们自然的天性，摧毁着他们本应丰富的想象力。教育之愤仍然在继续，可一代又一代人的创造力，就在如此的磨砺中走向衰败与匮乏。陈先发所能做的，就是拒绝谎言，祛除蒙昧，以言说真相的方式表达现实世界的残酷，但仍然以诗性的呈现为前提。

相对来说，很多诗人较为清醒，且更趋理性："我不能否定我生于其中的光明，但是我也不愿拒绝这个时代的奴役。"[1] 这种走不出被时代所奴役的状态，正是一些诗人的真实处境，改变对他们来说，可能就是一种绝望的现实。而如何让自己在困境中不绝望，一些诗人走向了隐喻的言说。张执浩《合欢》具有强烈的讽喻意味，对家国，对集体，对个人遭遇皆如此。合欢，本是树，它是美好的象征，但它现在成了一种虚假的掩饰。诗人在字里行间处处指斥时代的病症，那种隐喻的黑色幽默，结合着语言表现得恰到好处，入木三分。真正优秀的诗人，是可以目击成诗的，而非对题材有着近乎偏执的选择，如果真是如此，这样的人算不上优秀诗人，其诗作也难以达到经典的高度。

张执浩越来越有一种在写作上"点石成金"的娴熟与从容，那是由他的敏感、悟性和想象力所决定的，他知道怎样的表达能显出语言之美、思想之力和精神之真。也就是说，他能够在面对时空、事件、细节和概念时，敏锐地捕捉信息，然后化为己用，这是自我训练的结果，也是他长久关注时代与社会所获得的觉悟，这种觉悟在很多诗人身上是匮乏的，而在有些

---

① 〔法〕加缪：《重返蒂巴萨》，《正与反·婚礼集·夏天集》，郭宏安译，译林出版社，2011，第148页。

被贴了标签的诗人身上，甚至已经丧失了。当乡愿和犬儒成为我们生存的借口时，功利和明哲保身也上升为时代的处世哲学，渗透进我们生活的方方面面，反抗无效，只好自我阉割，更多的人要挤进主流，成为时代大潮的一分子，最终的淹没是必然的。但有良知的清醒者没有这样，他们还是以自己的警惕，重新越过时代的迷障，成为当下和历史记录真相的那部分，这是传统士大夫意识的显现，也是对自由主义知识分子的精神传承，这种合流体现在一些坚守自由和民主精神的诗人身上，同样能在黑暗的黎明前让人见到一丝爱的曙光。

三　直面现实的力量型写作

新时期诗歌发生以来，不少人的写作之所以思想浓度低，有的诗作甚至完全没有思想性可言，其原因，一方面，是有些诗人对于思想入诗持拒绝态度；另一方面，就是不少诗人在模式化写作的规训下，因缺少原创意识，几乎丧失了让思想主宰诗歌的能力，或者说在思考现实与历史关系的问题上，缺乏一种向纵深处推进的动力。很多诗人面对经典时，已无学习借鉴的兴趣，而总想着要自我创新。想法无可厚非，但没有一种挑战难度、超越自我的冒险精神，给人的印象总像是在原地踏步。很多诗人从事诗歌写作的时间并不短，也够勤奋，但我们在其作品中就是看不到能让人眼前一亮的创造性和冲击力。我们能看到的，多是小情小调、小聪明、小格局，虽然精致，但没有诗歌所应有的美感和力量，无法引起人的共鸣。当然，也有诗人曾意识到这一困境，并试图改变，却仍是心有余而力不足。

当一个人的内心被温水麻痹，很自然就会产生一种惬意的幸福感，而容易满足的幸福感，给一个诗人所带来的往往就是下笔时的屈服：一切都这么美好了，我还奢求什么呢？要么放弃：没那么多精神追求，生活不也照样继续嘛；要么继续：再写下去的文字，没有棱角，没有力度，无历史性，无厚重感，沉于一种假想的美好里作自我欣赏。一旦为自己的文字预设了安全系数，那么诗人的写作空间就可能趋于封闭，逐渐丧失探索的勇气和创造的胆识。顺其自然，认同一个宿命的结局，成为不少诗人写作的准则，乃至衍化成一种常态。也有诗人对此存有困惑：我们的写作主题似乎已经穷尽，诗艺也无法再有多少精进的余地，还能保持"写"的状态，就已经很不错了。至于是否应该打破原有的态势来拓展写作的精神空间，这些都好像是一种奢求了。在语言想象的世界里流连忘返，而回到现实世界里，却无法找到自己嫁接思想的平台，这是很多诗人在写作中所面临的更具体的难度。因为你选择什么样的价值观，就意味着你会有什么样的写作姿态，在这一抉择中，诗人需要以开阔的眼光打量周遭物事，需要以虔诚的心态来面对影响我们的经典，而不是混沌、暧昧不明，甚至不知所措。要想真正做到如此，诗人首先就必须干脆地打破自己的满足感，然后在没有回头路的失败中寻求写作的出路：阅读经典，体验人生，关注时代，勤于思考，长期练笔，并且亮出自己鲜明的立场，在持续性写作中，重新找回丢失的审美力量和价值操守。

关于诗歌是否有力量进入当下的公共生活，张执浩认为诗人们应该有自信，"尤其是在这样一个价值观混乱无序的时代，诗歌至少可以做到像闪电一样给迷途中的人以方位感，哪怕是短暂的。……希望出现更多的、能够直接率性地面对我们生活和生存困境的作品。也许这样的写作并不足以对我们的生存状况产生多大影响，但它至少可以修正我们在面对这个世界、面对这个社会时的贫血，苍白和怯懦"①。因此，这也才有唐晓渡先生提出的一个深度话题："在社会普遍漠视甚至排斥诗歌的情况下，诗人怎样一方面忠实于内心，忠实于那'潜世界'的要求，另一方面又使自己的作品能自由出入'公共话语'的语境，参与公共空间的拓展、公共哲学的建设，这确实是一个值得认真探讨的问题。"② 如何在个人话语和公共话语之间找到一条自由的通道，是摆在当下诗人面前的重要命题，它关涉诗歌的方向和诗人的尊严，以及整个严肃文学的出路。

诗人在面对历史和当下的罪责时，要不要出声，要不要发言？21世纪以来，这一问题曾被多次探讨。包括在很多诗歌研讨和学术会议上，也有人对此发表过看法，而对这一问题的回答也是见仁见智的。但在这个转型时代，严重的社会问题和时代痼疾已暴露很多，有人对其视而不见，有人则为此愤愤不平。其实，稍有良知的人，都应该站出来表态和发言，这种形势要求诗人首先是个公民，然后才是一个诗人。而此观念对很多有良知和责任的先锋诗人来说，当为一种启蒙精神的提振，不仅是启蒙他人，而且是激励自我。

① 李以亮、张执浩：《身后事与生后诗》，载《湖南文学》2011年10月号。
② 唐晓渡：《"诗语"的公共性》，载吉狄马加主编《现实与物质的超越——第二届青海湖国际诗歌节诗人作品集》，青海人民出版社，2009，第229页。

写完这首诗，我就去洗手。//再刨一座墓坑/父亲们便可以恸哭。//祝愿世上的人都瞎了眼睛——/一个女童赤裸着蹲在床头/捂着脸发抖。//汉语也可以犯罪/在她身上留下烧焦的耻辱。//医生不能治愈泪水/法官大人——你也不能。//谁发明了这个鲜嫩的词/供一群野兽饕餮？//这片土地除了活埋孩子/还能搭起多少台歌舞晚会？//从没有这样的土地。从没有/这样的一首受诅咒的诗！

这首《嫖宿幼女罪》是诗人蓝蓝于 2012 年 6 月 1 日国际儿童节那天，因对此前中国社会所发生的多起"官员嫖宿幼女案"之恶劣行径的愤怒之言。这种对时事的有感而发，诗人以诗歌的方式表现出来，带着质疑、追问和反抗儿童受侵害的呐喊之意。蓝蓝介入时代的写作，乃诗人富有良知承担的体现：一个文字工作者，一个精神生产者，面对社会不公，不仅要有基本的是非判断，而且要用自己的良心去对抗丑恶的现实，蓝蓝在这方面一直走在很多诗人前面。她是引领者，也是启蒙者，不仅是诗歌的启蒙，而且是公民意识的启蒙。布罗茨基说："在历史的特定阶段上，只有诗歌可以诉诸现实，将现实浓缩为某种可以触摸到的东西，某种若非如此便难以为心灵所保持的东西。"[1] 现实真切地与我们的心灵相关，而诗人也能够感同身受地贴着现实来表达自己的立场，而不至于隔空喊话，或做不及物的词语罗列，这才是文字富有力量的佐证。

当我们介入现实时，诗可以怨，也就是说诗歌承载了批判的功能，有其特殊的现实意义。有些诗人也确实带着知识分子的良知，以"愤怒出诗人"的姿态挥起凌厉之笔，但最后的效果可能并不尽如人意。如何在介入现实与文学审美之间做到恰如其分，其实是有策略的。因为我看到直白批判的同时，也从很多人的诗歌中读到了一种戾气，而这有违诗歌语言之美的呈现。如何防止戾气对诗美的侵袭和扭曲，对于有远见的诗人来说，还是应该去面对更高境界的文明，去将历史和现实作诗意的转化，那才是真正的觉悟和修养之所在。批评家张清华先生说："诗歌的困境就是见证性的消失，还有对自由的滥用。"[2] 对自由的滥用，很好理解，诗歌写作也有不

---

[1] 〔美〕布罗茨基：《哀泣的缪斯》，载《文明的孩子——布罗茨基论诗和诗人》，刘文飞、唐烈英译，中央编译出版社，1999，第 133 页。

[2] 李昶伟：《张清华：诗歌的困境就是见证性的消失，还有对自由的滥用》，《南方都市报》2011 年 5 月 8 日。

自由的时候，但这种不自由，不是被外力所约束和压制，而是由诗人内心的平衡感与道德律所致。见证性的消失，我想大概是诗人在写作时越来越缺乏对接时代和社会的能力，就是说介入的力度过于弱化了，以至于都沉迷在小技巧和小情调中不能自拔，在走向"纯诗"的过程中，也就相应地陷入平庸的困境。

有记者问翟永明："时代变了，我们衡量诗歌的标准是否也改变了？"诗人回答说："时代变化了，诗歌的内容应该更加开阔，更加具有社会性、历史感与现实精神。我目前的写作希望诗歌与现实有一种更紧张、更明确的关系。当然，必得是一种诗意的方式。一种现代的诗意，不是过去那种纯抒情的诗意。"[①] 在这一点上，翟永明认识得非常清楚，她对面向时代与现实的写作有着自己明晰的思路，即清醒地面对现实，勇敢地担当责任，但前提是要以诗意言说的方式。这种清醒是诗人长久观察、思考和历练的结果，她懂得怎样去用一个诗人的良知与才华，来换回诗歌的尊严，来赢得读者的信任，从而让自己的写作朝着更具思想性和常态化的方向挺进。

当然，除了依靠想象力作语言的能指滑动外，有的诗人选择逃避思考，有的诗人选择拒绝审视，而还有的诗人则以反面的思考做出腐朽的判断，写出"光明"的诗歌。刻意逃避的写作，终究成不了气候，在人文精神失落的时代，先锋诗人要有一定的超越精神，去挑战难度，不管这难度是他者为你设置的障碍，还是自己为自己树立的标高，只有超越才是最后的归宿；否则，诗人的写作就将是空洞、贫乏和无力的，乃至一片虚幻。

---

① 邢人俨：《翟永明：诗人不可能回避现实》，《南方人物周刊》2012 年第 17 期，2012 年 5 月 29 日。

「域/外/诗/学」

时光，像一座奔跑的坟墓

——狄兰·托马斯诗歌诠释与批评

海　岸*

内容提要　狄兰·托马斯，20世纪英国杰出的盎格鲁－威尔士诗人。他的《诗合集1934—1952》围绕生、欲、死三大主题，诗风粗犷而热烈，音韵充满活力而不失严谨，其肆意设置的密集意象相互撞击，相互制约，表现自然的生长力和人性的律动。他一生实践个性化的"进程诗学"，兼收并蓄基督教神学启示、玄学派神秘主义、威尔士语七音诗谐音律，以及凯尔特文化中的德鲁伊特遗风，以一种杂糅的实验性边界诗写风格，运用各种语词手段——双关语、混成语、俚语、隐喻、转喻、提喻、悖论、矛盾修辞法和辅音韵脚、断韵、谐音造词法及词语的扭曲、回旋、捏造与创新，仅3600个有限的诗歌语词表达出繁复深邃的诗意——以超现实主义的方式掀开英美诗歌史上新的篇章。

关键词　狄兰·托马斯　《诗合集1934—1952》　进程诗学

　　我该说当初写诗是源自我对词语的热爱。我记忆中最早读到的一些诗是童谣，在我自个能阅读童谣前，我偏爱的是童谣里的词，只是词而已，至于那些词代表什么、象征什么或意味着什么都是无关紧要

---

* 　海岸，复旦大学外交学院副教授。本文为2016~2017年度"上海高校服务国家重大战略出版工程"资助项目"十九首世界诗歌批评丛书"之一之阶段性研究成果。

的；重要的是我第一次听到这些词的声音，从遥远的、不甚了解却生活在我的世界里的大人嘴唇上发出的声音。词语，就我而言，就如同钟声传达的音符，乐器奏出的乐声、风声、雨声、海浪声，送奶车发出的嘎吱声，鹅卵石上传来的马蹄声，枝条儿敲打窗棂的声响，也许就像天生的聋子奇迹般找到了听觉。①

这是 1951 年夏诗人狄兰·托马斯回答一位威尔士大学生探询他写诗的初心留下的一些片言只语，无意间道出了诗歌的本质。他从词语出发寻找诗的灵感，以各种方式把玩词语的乐趣已成了他写诗的基点。他一生痴迷于词语的声音节奏、双关语或多重内涵的可能与偏离，哪怕制造词语游戏、语言变异乃至荒诞的境遇，用词语营造一种迷醉、一种癫狂；更准确地说，他是"一个畸形的词语使用者……信奉任何诗人或小说家若不是源自词语，就是面向词语而写作"②，"他仅用 3600 个有限的诗歌语汇表达出如此繁复深邃的诗意"③。1961 年冬，有人将之整理成一篇诗艺札记——《诗歌宣言》，发表于美国《德克萨斯季刊》（第 4 期），透泄诗人特有的幽默、善良与真诚。那一年他 37 岁，已正式出版诗集《诗十八首》（1934）、《诗二十五首》（1936）、《爱的地图》（1939，诗文集，伦敦）、《我呼吸的世界》（1939，诗文集，纽约）、《青年狗艺术家的画像》（1940，短篇小说集）、《新诗》（1943，纽约）、《死亡与入场》（1946）、《诗文选》（1946，纽约）、《诗二十六首》（1950），确立起他在威尔士及至英美文坛的地位。令人唏嘘的是他开始回忆童年了，在两年前的 1949 年就预感到自己时日不多，竟然一语成谶；在两年后的 1953 年，他终究未能活到 40 岁，11 月 9 日，他在纽约做第四次巡回诗歌朗诵期间不幸英年早逝，但他写下的诗篇《诗合集 1934 – 1952》，他独创的声音剧《牛奶树下》（*Under Milk Wood*，1949 ~ 1953）都成了一种永恒。

一 狄兰无疑是一个传奇

1914 年 10 月 27 日，狄兰·马尔莱斯·托马斯（Dylan Marlais Thomas，

---

① Dylan Thomas, Poetic Manifesto, *Texas Quarterly* 4 （Winter 1961）, pp. 45 – 53.

② Dylan Thomas, *The Collected Letters*, ed. Paul Ferns, London: Dent, 2000, pp. 151 – 156.

③ William Greenway, *The Poetry of Personality—The Poetic Diction of Dylan Thomas*, Introduction, e-book, Lanham: Lexington Books, 2015, p. 99.

1914－1953）出生于英国威尔士斯旺西，他和姐姐南希（Nancy Marlais Thomas）共有一个威尔士语基督教教名——"Marlais"（马尔莱斯），意为"海浪之子"，出自威尔士民间圣典《马比诺吉昂》（*Mabinogion*）①，以纪念父亲的叔叔——牧师诗人威廉·托马斯，笔名戈威利姆·马尔勒斯（Gwilym Marles），即诗人后来为英国广播电台（BBC）创作的声音剧《牛奶树下》里的牧师诗人伊莱·詹金斯的原型。狄兰的父亲大卫·约翰·托马斯是斯旺西文法学校的校长，与那个时代英国的主流思想一致——威尔士语难登大雅之堂，打小就不教狄兰说威尔士语。所以这位著名的盎格鲁－威尔士诗人只用英文写作，而对整个英语世界而言，这无疑是一件幸事，可以让更多的读者非常容易地读到他的作品。

　　狄兰·托马斯打小就自诩为"库姆唐金大道的兰波"，1925 年进入他父亲所在的文法学校学习并开始诗歌创作，在随后的十年间就留下 200 多首诗歌习作及感想。狄兰诗歌研究者拉尔夫·莫德（Ralph Maud）至今已整理出版了《狄兰笔记本》（1967，纽约）②、《诗人的成长：狄兰笔记本》（1968，伦敦）③、《笔记本诗抄 1930—1934》（1989，伦敦）④，他发现诗人后来出版发表的作品在他的笔记本里都能找到雏形。1931 年 8 月，狄兰从中学毕业，成为当地《南威尔士邮报》的记者。1933 年伦敦《新英格兰周刊》首次发表他的诗作《而死亡也一定做不了主》，尽显 19 岁青春期的他对死亡的蔑视。同年伦敦报纸《周日推荐》发表了他那首成名作《穿过绿色茎管催动花朵的力》；1934 年发表诗作《心灵气象的进程》——一首后来被诗学研究者命名为"进程诗学"的范例。1934 年伦敦《倾听者》发表他的诗作《光破晓不见阳光的地方》更是引起伦敦文学界的注目，这是诗人狄兰早期诗歌中一首完美呈现生物形态风格的抒情诗，虽然缺少《穿过绿色茎管催动花朵的力》那首诗蕴涵的爆发力，但生物"进程"主题一脉相承，将微观

---

① 《马比诺吉昂》（*Mabinogion*）堪称至今尚存的威尔士文学早期散文中的经典，主要故事情节围绕古老的凯尔特诸神和英雄之间展开，这些人物同样出现在爱尔兰文学和亚瑟王文学中。现威尔士语中尚存四大古籍：《阿内林之书》（*The Book of Aneurin*）、《塔利辛之书》（*The Book of Taliesin*）、《卡马森黑书》（*The Black Book of Caemarthen*）、《赫格斯特红书》（*The Red Book of Hergest*）。

② Dylan Thomas, *The Notebooks of Dylan Thomas*, ed. Ralph Maud, New York：New Direction，1967.

③ Dylan Thomas, *Poet in the Making：The Notebooks of Dylan Thomas*, ed. Ralph Maud, London：Dent，1968.

④ Dylan Thomas, *The Notebook Poems 1930－1934*, ed. Ralph Maud, London：Dent，1989.

身体与宏观宇宙融为一体，尤其崇拜自然力的存在，同步表现生长与腐朽，生与死相互交错，形影不离。1934 年，他还因前一年发表的《穿过绿色茎管催动花朵的力》荣获《周日推荐》"诗人角"图书奖；同年 12 月，年仅 20 岁的他得以在伦敦出版第一部诗集《诗十八首》，完整地展现其"进程诗学"，这引起轰动，英国文坛各路批评家赞誉叠出。从这部诗集可以看出诗人读过同时代英国的哲学家怀特海（A. N. Whitehead，1861 - 1947）的著作并接受其"过程哲学"的思想，在随后相继出版的多部诗集和最后选定意欲留世的 91 首《诗合集 1934—1952》（1952）中不时呈现。

1937 年夏，狄兰·托马斯与一位有着爱尔兰血统的姑娘凯特琳（Caitlin Macnamara）结婚，如出一辙的波西米亚生活方式让他俩今生今世不分离。1938 年，他带着妻子来到威尔士西南卡马森海湾拉恩镇居住，在 1938 ~ 1939 年间完成一部如诗如梦的半自传体短篇小说集《青年狗艺术家的画像》，时而叠映年少时在斯旺西的回忆和青春期在伦敦的放浪，其书名显然出自爱尔兰文学大师詹姆斯·乔伊斯（James Joyce，1882 - 1941）的长篇自传体小说《青年艺术家的画像》（1916），以示诗人对乔伊斯的敬仰。

1939 年，诗人奥登（W. H. Auden，1907 - 1973）离开英国出走美国，一群"新天启派"诗人融新浪漫主义、神性写作和现代主义为一体，出版《新天启诗集》（1939）。从此，狄兰无疑在新一代英国诗人心目中树立起不可或缺的地位。在随后的 12 年间，狄兰尽管在文学上不断地取得成功，但经济一直拮据，居无定所。"二战"期间为了赚钱他还曾为电影公司写过脚本，尤其 1939 年初当大儿子卢埃林（Llewelyn）出生，1943 年女儿艾珑（Aeronwy）来到人世，一家人的生活压力骤然加剧，好在那一年 BBC 因其嗓音浑厚，颇具播音朗诵才能，开始接受他的供稿和录播。

这样的漂泊生活一直持续到 1949 年。狄兰的赞助人玛格丽特·泰勒（Margaret Taylor）夫人帮助他一家重返拉恩镇，为他买下"舟舍"———一座三层的小楼。据狄兰妻子凯特琳后来回忆，1949 ~ 1950 年初的几个月是他们夫妇共同度过的最后一段幸福时光。① 在这座峭岩之上海浪摇撼的屋子里，他迎来第三个孩子的降生，也在此走完诗人一生最后的旅程，体验到别处不曾有过的宁静而灵感勃发的状态。他自称才思泉涌，一个小时接着一个小时独坐在"舟舍"，美妙的诗行从心田不竭的源头流淌而出。他用那

---

① Caitlin Thomas, *The Life of Caitlin Thomas*, ed. Paul Ferris, London：Pimlico, 1993, p. 176.

美妙的嗓音不断地朗读写出的诗稿，寻求一种乐感般的美妙音节，寻求一种狂野词语的激情，寻求一丝心灵的慰藉。在拉恩镇他独创一部声音剧《牛奶树下》（*Under Milk Wood*），以身边的威尔士小镇为背景，按时间顺序虚构海滨小村庄一天发生的事，先是一部为感性嗓音而写的富含诗意的广播剧，后被诗人改编成舞台剧在纽约诗歌中心上演。在拉恩镇，他是靠喝酒来与当地人接触的，他以酒精为燃料，点燃转瞬即逝的灵感激情，摇摇欲坠地蹒跚于创作的火山口。随着诗名越来越响，他更加害怕江郎才尽，内心深受煎熬，日渐消沉，他的一生似乎都笼罩在深沉的自我忧伤之中，这也是催动他酗酒而走向死亡的一个重要原因。

1950 年 2 月 20 日至 5 月 31 日，狄兰首次应邀赴美做巡回诗歌朗诵。他那色彩斑斓、意象独特、节奏分明的诗歌，配上诗人深沉浑厚、抑扬顿挫的音色，极富魅力，尤其他那迷途小男孩的形象征服大批美国、加拿大的大学生，令他这次美加巡回诗歌朗诵获得空前的成功。随后几年里的一次次赴美巡回诗歌朗诵之旅加速了他最后的崩溃——"在酒精、性、兴奋剂以及渴望成功调制而成的鸡尾酒中崩溃，透支他作为一个天才诗人所有的能量与癫狂"[1]。1953 年 11 月 5 日，不幸发生，诗人狄兰在切尔西旅馆"患上肺炎，却被误诊服用大量吗啡而导致昏迷"[2]；11 月 9 日，这位天才诗人在纽约圣文森特医院陨落，年仅 39 岁。

过了三十年后的 1982 年，英国伦敦西敏寺名人墓地"诗人角"揭幕狄兰纪念石匾，上面镂刻着他的名诗《羊齿山》（1945）的名句："时光握住我的青翠与死亡/纵然我随大海的潮汐而歌唱"。到了 2014 年，世界各国以各种形式举办狄兰·托马斯百年诞辰庆典，英国皇家造币厂发行狄兰·托马斯诞辰 100 周年纪念币，硬币上的狄兰，一头大波浪狂野不羁，蕨类植物的背景自然让人联想到他那首耳熟能详的名诗《羊齿山》。毋庸置疑，诗人作品的影响力已波及文学、音乐、绘画、戏剧、电影、电视、卡通等大众媒体，整整影响了一代人。狄兰·托马斯像一颗流星划过"冷战"时代晦暗的天空，作为一代人叛逆的文化偶像熠熠生辉，永不磨灭。

---

① 弗朗切斯卡（Francesca Premoli-Droulers）：《漏船载酒润诗魂——狄兰·托马斯在拉恩的日子》，http://www.360doc.com/content/13/0204/17/4250371_264223464.shtml。

② John Goodby, Preface, *The Poetry of Dylan Thomas*: *Under the Spelling Wall*, Liverpool University Press, 2013, p. 17.

二 狄兰个性化的 "进程诗学"

> 世界气象的进程
>
> 变幽灵为幽灵；每位投胎的孩子
>
> 坐在双重的阴影里。
>
> 将月光吹入阳光的进程，
>
> 扯下皮肤那褴褛的帘幕；
>
> 而心灵交出了亡灵。

这首在 1967 ～ 1968 年被威尔士的研究者拉尔夫·莫德誉为狄兰 "进程诗学" 范例的诗歌出自狄兰的首部诗集《诗十八首》（1934）。早在出版初期乃至 17 世纪 40 年代，伦敦评论界及读者中间一直渴望出现一种能概括狄兰·托马斯诗歌的标签。近年威尔士狄兰诗歌研究者约翰·古德拜概括了狄兰 "进程诗学" 的基本概念，即 "信奉宇宙的一体和绵延不息的演化，以一种力的方式在世界客体与事件中不断同步创造与毁灭，显然带有古代泛神论思想，却辉映着现代生物学、物理学、心理学之光得以重现"[①]。与狄兰同时代的英国哲学家怀特海曾提出过 "过程哲学"，原文 "process" 意为 "过程，进程"，自然有学者译为 "过程哲学"，但因狄兰写下此诗 "A Process in the Weather of the Heart"，笔者译为 "心灵气象的进程"，故在诗学层面更倾向于译成 "进程诗学"。诗人狄兰·托马斯在这首诗歌中将生、欲、死看成为一体的循环进程，生孕育着死，欲创造生命，死又重归新生，大自然演变的进程、人体新陈代谢及生死转化的进程与人的心灵气象的进程，宏伟壮丽又息息相关。二元的生与死，像幽灵一样缠结在一起，既对立又互相转化，生命的肉体面临生死的选择，死去的灵魂又触发新生命的诞生，不断变幻的心灵，时刻 "交出了亡灵"，接受最终的审判而走向新生。

怀特海，英国著名哲学家，集一生哲学思想精华，把上自柏拉图思想，下达爱因斯坦相对论与普朗克量子力学融为一体，主张世界即过程，自成一家言说，认为世界本质上是一个不断生成的动态过程，事物的存在就是

---

① John Goodby, Introduction, *The Collected Poemsof Dylan Thomas*, London：Weidenfeld & Nicolson, pp. 15 – 16.

它的生成，故也称活动过程哲学或有机哲学。他在其代表作《过程与实在》（*Process and Reality*，1929）① 中认为自然和生命是无法分离的，只有两者的融合才构成真正的实在，即构成宇宙；人类是大自然的一部分，人类经验就应该与单细胞的有机体，甚至更原始的生命体看作同等的构成元素。早在 20 世纪 20 年代，"过程哲学"就已提出，到了 70 年代其影响力已波及自然科学、社会科学、美学、诗学、伦理学和宗教学等多个领域，因而它又被称为宇宙形而上学或哲学的宇宙论，尤其为生态哲学家所推崇，后现代主义者更将之看作是自己的理论源泉。

诗人狄兰的首部诗集《诗十八首》（1934）完整地展现其"进程诗学"，十八首中涉及生、欲、死——成长进程主题的诗歌。他的成名作《穿过绿色茎管催动花朵的力》（1933）依然完美地呈现其"进程诗学"——人的生死演变与自然的四季交替，融为一体。诗人在首节迷恋的是宇宙万物的兴盛与衰败，生与死相互撞击又相辅相成，自然的力，兼具宇宙间"创造"与"毁灭"的能量，控制着万物的生长与凋零，也控制着人类的生老病死。全诗最值得注意的是诗人采用的双关语技巧，第一节第一行（见下文）中的"fuse"，为植物梗茎的古体字，兼具"茎管；保险丝；雷管，信管，导火索"的多层语义；笔者沿袭巫宁坤教授的译法"茎管"，因为"导火索"一方面在英汉两种语言存在"音步"上的落差，另一方面从诗行的小语境推导含义，更应从作者意图层面去追寻内在本质上的"信度"，尽管"导火索"与花朵"茎管"在符号意指、象似性上均有关联；译者在翻译语境下顺应译语读者的期待，进行理想化的语境假设和语码选择。

And I am dumb to tell the lover's tomb
How at my sheet goes the same crooked worm.
我无言相告那情人的墓穴
我的床单上怎样扭动一样的蠕虫。

最后叠句中出现的"sheet"与"crooked worm"均为双关语，前者一语双关为"床单"和书写的"纸页"，后者为墓穴里"扭动的蠕虫"和书写时

---

① 怀特海（A. N. Whitehead）：《过程与实在——宇宙论研究》，杨富斌译，中国城市出版社，2003。

"扭动的手指"，当然也可联想为床笫之上"扭动的阴茎"；床单上扭动的无论是"蠕虫"，还是"阴茎"，均与首节中"佝偻的玫瑰"与"压弯的青春"一样透泄青春期强烈的肉欲及一种肉欲难以满足的人性关怀。前后四节及末节叠句中一再出现的"And I am dumb to tell"（我无言相告）颇有自嘲蠢笨的笔调，语言是人类掌控大自然的钥匙，而此刻哑然无语，值得我们自我警醒；荒谬的叙述者似乎在拒绝，却又承认无法表述自我对大自然的领悟，人类在自然的困境中继续前行。诗人要跳出自然类型诗的俗套，绝非要借助大自然的意象假模假样地寻求解决人生的困境。

　　此外，熟悉英汉诗歌的读者可能都会领略到两种语言结构之间的差异，例如，一、二节英语句式将焦点"force"放在句首，汉语句式却将"力"的重心放在句尾，笔者无法也不必译出原有对等的句式，只能顺应译语语境下的句式因素。事实上，英诗中的音韵节律及一些特殊的修辞手法等均无法完全传译，在翻译中不得不"丢失"这些东西，但是绝不能丢失内在的节奏。笔者推崇诗人译诗，译诗为诗原则，就在于诗人译者往往可以重建一种汉译的节奏，例如，英诗格律中的音步在汉译中无法绝对重现，前辈诗人翻译家，如闻一多、卞之琳、查良铮、屠岸、飞白先生等，通过长期不懈的努力，在英诗汉译实践中找到一种"以顿代步"的权宜之计，并选择和原文音似的韵脚复制原诗格律，但是，此类诗歌翻译却容易滋生一种"易词凑韵""因韵害义""以形损意"的不良倾向，一般的译者常为凑足每一行的"音步"或行行达到同等数目的"音步"，让所谓的"格律"束缚诗歌翻译或创作的自由。虽然汉语无法像英语那样以音节的轻重音，构建抑扬格或扬抑格等四种音步节奏，但元音丰富的汉语以"平、上、去、入"的四个声调，展现平仄起伏的诗句节奏。汉字有音、有形、有义，更能体现构词成韵灵活多变、构建诗行伸缩自如的先天优势。诗人译者不能机械地按字数凑合"音步"，却应构建理想合理的汉译节奏，且要与任何不同的口语朗读节奏相契合；有时可能整整一个句子只能读作一组意群，并与另一组意群构成一种奇妙的关系。①

The force that through the green fuse drives the flower

---

① 海岸：《诗人译诗　译诗为诗》，载海岸选编《中西诗歌翻译百年论集》，上海外语教育出版社，2007，第697～706页。

Drives my green age; that blasts the roots of trees

Is my destroyer.

穿过 | 绿色 | 茎管 | 催动 | 花朵的 | 力 –

催动 | 我 – | 绿色的 | 年华；| 摧毁 | 树根的 | 力 –

摧毁 | 我的 | 一切。

针对上述三行带"f/d"头韵的诗行，笔者采用"穿/催/摧；绿/力"营造头韵应对，阅读第一行时，我们只将它读作一组意群不停顿，符合"循环音步"原则；第二行分两组意群，第三行一组意群，其中第二行的"我 –"后面需加空拍，稍做停顿才能和谐相应，句尾单音节的"力"也为左重双拍步，其中第二拍是空拍。笔者正因为将诗行看作是一组组意群，因此在阅读时感到内心是那么的轻松而紧凑。这就是汉译的节奏效果顺应了天然的内心节奏，一股自由之气在诗句中跃动。笔者有理由相信新一代诗人译者在汉译中会不断创造出与英诗音韵节律等效、作用相仿的语言表达形式，做到译诗的节奏抑扬顿挫、起伏有致，意境相随。

三 狄兰与生俱来的宗教观

狄兰·托马斯出生于英国威尔士基督教新教家庭，小时候母亲常带着他去教堂做礼拜，虽然长大后他并未成为一位基督徒，却从小就熟读《圣经》，KJV① 英译本成为他从意象出发构思谋篇、构建音韵节律永不枯竭的源泉。他酷爱在教堂聆听牧师布道的音韵节律，喜欢把古老《圣经》里的意象写进他的诗篇，尤其琢磨词语的声音，沉浸于词语的联想，却又不关注词的确切含义，使得他的诗集既为读者着迷，又很难为他们所理解。但他写的诗大都可以大声朗读，所以凡是进入耳朵里的每一个词都能激发听众的想象力，这和读者阅读文字去思索诗的确切含义的思维过程截然不同。这些词语是狄兰小时候在教堂里耳濡目染，大一点后从威尔士的歌手和说书人那里听来的。1951 年，他曾写道："有关挪亚、约拿、罗得、摩西、雅各、大卫、所罗门等一千多个伟人故事，我从小就已知晓；从威尔士布道讲坛滚落的伟大音韵节律早已打动了我的心，我从《约伯记》读到《传道书》，

---

① KJV，即 King James Version（of the Bible）的缩写，英王詹姆斯"钦定版圣经"（1611）。

而《新约》故事早已成为我生命的一部分。"① 所以他的诗篇会不时地出现
"亚当""夏娃""摩西""亚伦"等《圣经》人物，经文典故信手拈来，早已
渗入他的血液。例如，他的巅峰之作《羊齿山》（1945）开篇出现的"苹果
树"是童真的象征，指向伊甸园里的禁果，"苹果树下"典出《圣经旧约·雅
歌》8：5 "苹果树下，我把你唤醒"，一种表达男女情爱的委婉语。

在《假如我被爱的抚摸撩得心醉》（1934）一诗中，"苹果"更是"青
春与情欲"的象征，既是性欲觉醒后带来的无畏欢愉，也是伊甸园"原罪"
引发"洪流"惩罚之源及耶稣基督被钉死在十字架上的救赎：

> 我就不畏苹果，也不惧洪流，
> 更不怕春天里的恩仇。

在《耳朵在塔楼里听见》（1934）一诗中，"葡萄"与"苹果"几乎是
平行互换的，典出《圣经旧约·雅歌》2：5 里的女子相思成病："求你们
给我葡萄增补我力，给我苹果畅快我心"，到了狄兰笔下"是葡萄还是毒
药"已引申为"是生还是死"的重大命题：

> 陌生人的手，船队的货舱，
> 你手握的是葡萄还是毒药？

在《我看见夏日的男孩》（1934）中，我们看到的是"满舱的苹果"（the
cargoed apples）；在《魔鬼化身》（1935）中，我们读到的是"蓄胡的苹果"
（the bearded apple），更添几重性的诱惑，却在视为不洁的目光下归之"罪恶
的形状"。② 在基督教文化传统中，苹果树常与禁止采摘的智慧树联系在一
起，更在某种程度上全因拉丁文武加大译本《圣经》中的"malum"（苹
果）与"malus"（邪恶）之间存在语源上的联系。狄兰长大后尽管并未成
为一位虔诚的基督徒，但他与生俱来的宗教思想贯穿他一生的创作，尤其
基督教神学启示成为他深入思考宇宙万物的开始。

1934 年他在首部诗集《诗十八首》中收录的《太初》典出《圣经》的

---

① Dylan Thomas: Poetic Manifesto, *Texas Quarterly* 4 （Winter 1961），pp. 45 - 53.
② 戴维·莱尔·杰弗里主编《英语文学与圣经传统大词典》（上），中译本主编刘光耀、章智
　源，上海三联书店，2014，第 85 页。

首句，那是诗人呼应《圣经·创世记》写下的几节回声：生与死、黑暗与光明、混沌与有序、堕落与拯救，俨然成为一位造物主；而每一诗节里空气、大水、火苗、语言、大脑的起源却似乎阐述上帝"一言生光"的创世，尤其第四节首句"太初有言，那言"（In the beginning was the word, and the word）完整出自 KJV 英译本《圣经新约·约翰福音》首句，和合本译为"太初有道"，实为"太初有言，那言与上帝同在，上帝就是那言"。"太初有言，那言"也是《太初》这首诗的高潮，上帝"那言"要有光，就有了光，那言与上帝同在，那言就是上帝，"抽象了所有虚空的字母"，"呼吸"之间吐出"那言"，语言就此诞生；"那言"涌现最初的字符，就像狄兰的诗篇，一唇一音，一呼一吸，"向内心传译/生与死"。

他的诗让读者感知到无所不能的上帝和爱的力量所在，但也无法逃脱那更可怕的死亡力量，且往往又夹杂着非纯粹的基督教观点。例如，《假如我被爱的抚摸撩得心醉》一诗的末节先是借用古埃及《死者之书》（Book of the Dead，公元前 1375）里"死亡羽毛"的典故，描述引导亡灵之神（Anubis）把死者之心同一支鸵鸟的羽毛放到天平两端称重量，心可理解成良心，羽毛是真理与和谐之羽，代表正义和秩序。如果良心重量小于等于羽毛，死者即可进入一个往生乐土，否则就成为旁边蹲着的鳄头狮身怪的口中餐。诗人继而融合圣诞节与复活节的生死及复活典故，"是我的耶稣基督戴上荆棘的树冠？/死亡的话语比他的死尸更干枯"；诗人更希望现实中他在伦敦的恋人帕梅拉更能撩动他的诗篇，"是你的嘴、我的爱亲吻出的蓟花？/我喋喋不休的伤口印着你的毛发"，至此，这一切——死亡、宗教和浪漫的爱情都不能。诗人最终克服了原罪与恐惧，劝诫自己要为人类现实的"隐喻"而写作，期盼写出撩人心醉的"死亡话语"：

> 我愿被抚摸撩得心醉，即：
> 男人是我的隐喻。

相比首部诗集《诗十八首》而言，第二部诗集《诗二十五首》（1936）采用更多《圣经》里基督教典故或隐喻，追问自身的宗教信仰及疑惑。例如，在《这块我擘开的饼》，宗教和自然相互缠结的诗意跃然纸上，虔诚的基督徒自然会联想到圣餐上的"饼与杯"及其文化隐喻。自然生长的"燕麦"和"葡萄"，变成圣餐里的"饼"和"酒"，成了基督的身体与血，也成了诗人的身体与血，创造与毁灭蕴含悖论式的快乐与忧伤。"人击毁了太阳，摧垮了风"，"风"既是创造者，也是毁灭者，更是毁灭的受害者；其次，圣餐更具有象征意义，耶稣基督在"最后的晚餐"献上自己的肉身，却颇富悖论地为众生带来一种永生；为了制作"无酵饼"，酿出"葡萄酒"；"燕麦"的果实被"收割"，"葡萄的欢乐"被"捣毁"，基督徒从中看到的是基督教信仰中原罪的苦难和忧伤，期待"一起喝新酒的那一天"，最终迎来上帝的救赎与恩典。

诗集《诗二十五首》（1936）中，《魔鬼化身》的主角既指向毁灭性的撒旦，也指向救赎的耶稣，表达出诗人双重的宗教观。这可能与诗人的"托马斯"家族中一位德高望重的叔公——牧师诗人威廉·托马斯（笔名戈威利姆·马尔勒斯）有关。狄兰的叔公是一位信仰基督教神格一位论派（Unitarianism）的诗人，该派的教义与基督教三位一体教义存在明显的差异，他们只信仰上帝是宇宙间存在的基本力量，不信仰三位一体、原罪、神迹、童贞生子、永坠地狱、预定和《圣经》的绝对真理等教义，也排斥赎罪的教义，那就意味着耶稣不是上帝的儿子，也非神圣的，除非是带有隐喻性的意味。而狄兰在诗歌中表现出的反传统习俗观念走得更远，基督教在狄兰眼里就是一种宗教的想象，耶稣象征着潜在的人类，最后的审判代表着的人的死亡及再进入大自然的进程。

收录于诗文集《爱的地图》（1939）中的一首《是罪人的尘埃之舌鸣响丧钟》是一场宗教的黑色弥撒，交织着水、火、性的创造与毁灭的主题，也可以看出狄兰的宗教观显然融入他推崇的"过程哲学"，时而体现创造与毁灭的"力"赋予神性，那些"时光""溪流""霜雪"带有一种不可抗拒的宗教色彩。他迷恋于信仰，更迷恋于对信仰的修辞表达。收录于诗集《死亡与入场》（1946）中的《拒绝哀悼死于伦敦大火中的孩子》（1944）更是一首伟大的葬礼弥撒曲，沿袭双关语、矛盾修辞法、跳韵的诗写风格，起首"Never until"引导长达13行的回旋句法错综复杂，拒绝哀悼一个女孩死于1944年一次空袭所致的伦敦大火，哀悼"这个孩子庄严而壮烈的死亡"，似乎要净化二战期间在人们心灵中弥漫的绝望情绪。创世或末世的"黑暗"宣告最后一缕光的"破晓"或"破灭"，既是开始，又是结束，苦涩的绝望中蕴含希望的尊严。"锡安天国"、"犹太教堂"和"披麻蒙灰"等出自犹太教的字眼更带给自然元素的"水珠"、"玉蜀黍穗"和"种子"神性的圣洁。尽管诗人一再"拒绝哀悼"，笔下写出的却是一出神圣的挽歌：

泰晤士河拒绝哀悼的河水

悄悄地奔流。

第一次死亡之后，死亡从此不再。

四 狄兰的超现实主义诗风

20 世纪 30 年代，英美诗坛及知识界陶醉于艾略特和奥登的理性世界，狄兰·托马斯却一反英国现代诗那种苛刻的理性色彩，撒泼一种哥特式野蛮怪诞的力量去表现普通人潜在的人性感受，其个性化的"进程诗学"，围绕生、欲、死三大主题，兼收并蓄基督教神学启示、玄学派神秘主义、威尔士语七音诗谐音律及凯尔特文化信仰中的德鲁伊特遗风，以一种杂糅的实验性边界诗写风格掀开英美诗歌史上新的篇章。他笔下的诗歌夹杂宗教文化的典故，超现实主义诗风粗犷而热烈，以强烈的节奏和密集的意象，甚至超常规的意象排列方式，冲击惯于分析思维的英国诗歌传统，其肆意设置的密集意象相互撞击、相互制约，表现自然的生长力和人性的律动。狄兰的意象往往通过"制造一个意象"来"繁殖另一个意象，由此与第一个意象冲突，从而制造第三个、第四个意象，并让它们在预设的范围内相互冲突"；"种子"意象繁殖的每个意象相互矛盾、相互依存又相互毁灭。①写于 1933 年描写情人幽会交媾及随后离别引发忧伤心境的《在忧伤到来前》（A Grief Ago），可见一斑：

铅灰色花苞，在我抚弄拽动下，

射穿枝叶绽放，

她是缠绕在亚伦魔杖上的

玫瑰，掷下了瘟疫，

青蛙一身的水珠和触角

在一旁垒窝。

那是处女膜"花苞，在我抚弄拽动下"，子弹般射穿枝叶绽放，"魔杖"般

---

① Dylan Thomas, *The Collected Letters*. ed. Paul Ferns, London：Dent，2000，p. 318.

的阴茎像蛇一样变为一朵玫瑰，掷下蛙胎成灾，诗节典出《圣经旧约·创世记》——摩西之兄亚伦，执掌权杖替摩西话语，其权杖能发芽开花，更能行奇事，在埃及法老面前变作蛇或伸杖于埃及江河之上能引发蛙灾、蝗灾、瘟疫等，其蕴含基督教内涵的一连串意象与前面交媾的意象格格不入，相反相成的冲突，制造出超现实主义的"魔力"。

狄兰前期的作品大多晦涩难懂，后期的作品更清晰明快，尽管某些细节仍然令人疑惑不解，然而，其作品的晦涩与不解并非由于结构的松散与模糊，而是因其超现实主义诗风所致。分析狄兰诗风的成因，一定绕不过弗洛伊德（Sigmund Freud，1856－1939）思想和20世纪20年代风靡欧洲的超现实主义运动。当时这一思潮席卷西方文学、艺术、文化各大领域，对颇具浪漫主义情怀的狄兰产生颠覆性的影响，尤其关于潜意识、性欲及梦的解析渐渐成为他诗歌的背景或题材。超现实主义诗人常用的一大手法就是并置那些不存在理性关联的词语或意象，希望从中获得一种潜意识的梦境或诗意，远比意识中的现实或想象的理性世界更为真实。写于1934年的《光破晓不见阳光的地方》末节"当逻辑消亡"就已显示他写作的倾向，或许也是读者解读他诗歌的关键：

　　当逻辑消亡，
　　泥土的秘密透过目光生长，
　　血在阳光下暴涨；
　　黎明停摆在荒地之上。

在狄兰"进程诗学"的另一首名篇——《时光，像一座奔跑的坟墓》（1934）里，死亡不是时间的终结，而是一种生命的奔跑，一种逃离追捕的奔跑，此刻，死亡只是时光的一部分，绝非是时光的所有。诗人在这首诗歌中阐述了他特有的时间观念，生命是时光的受害者，青春与衰老、快乐与哀伤相依相随，生死循环。爱的拥抱竟然是一把死神的"镰刀"，一把缝制生命的"命运之剪"，然而要想逃避死亡的追捕，永享时光的美好，唯有逃避时间，回到人类堕落前的生存，藏匿于伊甸园——一种"永生"的叙述。首句"时光，像一座奔跑的坟墓，一路追寻你"，导入一种实验性的分层复句结构，不少于30个开放式从句，有些只是一个单词，延伸达25行之久，整整5个诗节，每节5行，持续地发出"传递"时光主题的疯狂请求，而这种连续从属的独立分句延迟"传递"动作的实施，破坏了正常的句法，尽显现代主义诗

歌的碎片化而显晦涩难解，一种现代主义空间错位手法更使这首诗因诗义的
流动而趋于不稳定。此句诗也常被认作是狄兰超现实主义诗风最佳的例子：

> 时光，像一座奔跑的坟墓，一路追捕你，
> 你安然的拥抱是一把毛发的镰刀，
> 爱换好装缓缓地穿过屋子，
> 上了裸露的楼梯，灵车里的斑鸠，
> 被拽向穹顶，
> 像一把剪刀，偷偷靠近裁缝的岁月，

第二节首句中的"tailor"（裁缝），恰如希腊神话中的命运之神，蕴含"创
造"与"毁灭"的能力，拥有一把"命运之剪"，量体裁衣，缝制生命之
衣，隐喻掌控生死的能力。也让笔者想起《二十四年》（1938）一诗中的裁
缝胎儿蹲伏在自然之门，既要刺破胎衣踏上人生之程，又要"缝制一件上
路的裹尸布"走向死亡：

> 我像一位裁缝蹲伏在自然之门的腹股沟
> 借着食肉的太阳光
> 缝制一件上路的裹尸布。

　　最后，笔者还想借诗人的一段融合泛神论与天启派视野的《而死亡也
一定作不了主》（1933），谈谈诗人狄兰的超现实主义喻体：

> 而死亡也一定作不了主。
> 海鸥也许不再在他们耳畔啼叫，
> 波涛也不会汹涌地拍打海岸；
> 花开花落处也许不会再有花朵
> 迎着风雨昂首挺立；
> 尽管他们发了疯，僵死如钉，
> 那些人的头颅却会穿越雏菊崭露；
> 闯入太阳，直到太阳陨落，
> 而死亡也一定做不了主。

以诗中第三节后半段源自习语的一个明喻"dead as nail"（僵死如钉）和一个隐喻"hammer through daisies"（穿越雏菊崭露）为例，消除读者的误读。前者"dead as nail"显然仿自习语"dead as doornail"（彻底死了；直挺挺地死了），后者死去的头颅"hammer through daisies"，仿自习语"pushing up the daisies"（入土；长眠地下）。它们都是诗人狄兰化陈腐为神奇的诗性创造，绝非反常用词，或对语词的有意误用，而是语义不断更新的结果。比喻实则包含两级指称，即字面上的指称和隐含的指称。当诗人说"（as）dead as nail"，自然不是说"彻底死去"，而是道出一种"僵死如钉"的心态；当诗人说出"hammer through daisies"，表示死去的头颅不会随撒落的雏菊"入土长眠"，而是要像锤子一样用力"穿越雏菊崭露"或者说复活开放，继而拥有了一种神奇的力量，"闯入太阳，直到太阳陨落"。诗人狄兰在他的诗歌中创造大量的超现实隐喻，在那些词语之间、字面与隐喻的解读间产生某种张力，陈述的新义就是通过这种张力不断激发出来；有些隐喻显然不是通过创造新词来创造新意义，而是通过违反语词的习惯用法来创造新义；这些隐喻对新义的创造是在瞬间完成的，活的隐喻也只有在不断的运用中才有可能。

法国思想家保罗·利科（Paul Ricoeur，1913－2005）在《活的隐喻》（La Métaphore Vive，1975）一书中曾说过，"重新激活死的隐喻就是对去词化的积极实施，它相当于重新创造隐喻，因而也相当于重新创造隐喻的意义。作家们通过各种十分协调的高超技巧——对形成形象比喻的同义词进行替换，补充更新隐喻，等等——来实现这一目标"[1]。就某种意义而言，词典上的隐喻都是死的隐喻而不是活的隐喻，恰当地使用隐喻是人的天才能力的表征，它反映了人发现相似性的能力。诗人的一个重要素质就是懂得恰当地使用隐喻，世界上读诗、写诗的人很多，一般人能懂得恰当地使用隐喻就已经很不错了，但天才的诗人很少，因为只有少数人才具有创造超现实隐喻的能力，而狄兰·托马斯就是其中少数的天才诗人。对于诗歌译者而言，隐喻是语言之谜的核心；隐喻既是理解和解释的桥梁，也是理解和解释的障碍。隐喻可以解释但无法确切解释，因为隐喻不但体现并维持语词的张力，而且不断创造新意义；隐喻扩大了语词的意义空间，也扩大了诗人的想象空间。[2]

---

[1] 〔法〕保罗·利科（Paul Ricoeur）：《活的隐喻》，汪堂家译，上海译文出版社，2004，第406页。

[2] 海岸：《诗人译诗 译诗为诗》，载海岸选编《中西诗歌翻译百年论集》，上海外语教育出版社，2007，第697～706页。

五　狄兰诗歌的音韵节律

诗人狄兰·托马斯一生创造性地使用音韵节律，像一位诗歌手艺人在诗行间的词语上煞费苦心，乐此不疲，倾其所能运用各种语词手段——双关语、混成语、俚语、隐喻、转喻、提喻、悖论、矛盾修辞法，以及辅音韵脚、叠韵、跳韵、谐音造词法及词语的扭曲、回旋、捏造与创新——以超现实主义的方式掀开英美诗歌史上新的篇章。一首《我梦见自身的起源》（1934）沿袭狄兰“进程诗学”的生死主题，模仿威尔士诗歌节律，实验性地以音节数分布音韵节律，诗节原文韵脚押 aaab，除最后一节押 aaaa，却打破常规地押辅音，七个诗节依次押“nly（i）lsd（t）n”，也可见到行内韵，如第三节首行原文“hold love's drop，costly”押元音“o”。

I dreamed my genesis in sweat of sleep，breaking

Through the rotating shell，strong

As motor muscle on the drill，driving

Through vision and the girdered nerve.

睡出一身汗，我梦见自身的起源，突破

旋转的卵壳，壮如

钻头一般的运动肌，穿越

幻象和腿股的神经。

威尔士诗歌自古带有一种崇拜自然的神秘宗教感，留有凯尔特文化信仰中的德鲁伊特（Druid）的遗风，形成一种传统的复杂头韵与韵脚体系（Cynghanedd），例如，威尔士诗律之灵魂的七音诗谐音律①——一种看重辅音和谐配置的复杂格律，以及至今在威尔士依然受欢迎的艾斯特福德诗歌音乐（Eisteddfod）——一种结构严谨、韵式精巧的音乐，常伴有重复结构的

---

① 冯象：《奥维德的书——读布朗微奇〈大卫诗面面观〉》（Rachel Bromwich：*Aspects of the Poetry of Dafydd ap Gwilym*），人文与社会网站［http://wen. org. cn/modules/article/view. article. php？3782/c2］。威尔士语“*Dafydd ap Gwilym*”现通用译名为“戴维兹·阿普·戈威利姆”，14世纪威尔士最伟大的诗人，影响了后来包括狄兰·托马斯、狄兰的叔公戈威利姆·马尔勒斯在内的威尔士诗人的写作。

叠句，便于记忆和朗诵。初读狄兰的诗歌似乎感觉不到这些因素，但还是能感受到他个人信仰的深层张力，一种归于泛神论的神秘力量，尤其是他独创的一种音节诗诗写风格。但凡到过狄兰诗歌朗诵现场的听众，都会领会到他有一门清晰地突显每一个音节的手艺，传达出威尔士咒语般的魔力，实为他一门煞费苦心的"技艺"。狄兰之所以能突破以重音定节奏的英诗传统，是因为他借用了威尔士语诗律的一种诗歌创作手段，从而传承有序地推动了威尔士现代主义诗歌的发展。笔者不妨追溯一番14世纪南威尔士诗歌的黄金时期，那时出现过一位对威尔士诗歌持续影响两百年之久的伟大诗人戴维兹·阿普·戈威利姆（Dafyddap Gwilym，约1320－1370），打破凯尔特吟游诗人歌功颂德的传统，展示出威尔士诗歌从未有过的简约风格、人性化表述及对大自然的真切感受，并将爱情诗的地位提升到超越各种颂扬体诗文的新台阶，也为后来者狄兰·托马斯开启诸如《羊齿山》之类的威尔士自然抒情诗模式。诗人戴维兹·阿普·戈威利姆开创了一个以自己创建的"cywydd"格律——一种七音节押韵对句，句末分别以阴阳性结尾——命名的"Cywyddwyr"诗歌辉煌期，在15世纪的威尔士达到巅峰，后来因推崇"cywydd"格律的吟游诗人过度追求纯正头韵风格，渐渐淹没在16世纪开始流行的自然流露情感的英诗大潮之下，但依然在狄兰·托马斯的诗歌中留下清晰可寻的印迹，例如，这首《梦见自身的诞生》和《我的技艺或沉郁的诗艺》就是源自威尔士语诗律中的七音（节）诗与谐音律的典范。

狄兰，这位只会说英文的盎格鲁－威尔士诗人自有其独特的直觉感悟力，设计出等值的英文诗句，复制出与威尔士语相似的音韵效果，《我梦见自身的起源》大体上由12音节、7音节、10音节、8音节诗行构成的7个诗节28行遵循依稀可辨识的威尔士诗律模式，每行诗句强行转行，尤其最后一个单词或短语跨行连续，模仿出威尔士音韵节律的乐感效果。在某种意义上，威尔士对狄兰而言只是一个家乡的概念，但他诗句的乐感、元音辅音相互缠结的效果、奔放华丽的词语，以及奇特智慧的修辞均无可置疑地体现出威尔士游吟诗人的风格。

这首诗前后呈现两大梦境：前三个诗节叙述受孕和诞生的梦境，后三个诗节叙述死亡、重生、勃起的梦境；最后的诗节是颇为乐观的复活，然而生死的周期总交织着分娩的阵痛、性幻想和灭绝，正如研究者发现，"狄兰·托马斯许多诗描述梦境，或根据弗洛伊德的《梦的解析》来构思，通

过浓缩、转移、象征等手法来创作"①，而此诗刻意跨行的句式及生死的主
题显然借自于 T. S. 艾略特《荒原》（1922）的开篇：

> April is the cruellest month, breeding
> Lilacs out of the dead land, mixing
> Memory and desire, stirring
> Dull roots with spring rain.
> 四月是最残忍的月份，哺育着
> 丁香，在死去的土地里，混合着
> 记忆和欲望，拨动着
> 沉闷的春芽，在一阵阵春雨里。

（裘小龙 译）

《我梦见自身的起源》前三节是典型的狄兰式神经传导与机械控制相互
交融的超现实主义诗节：一场艳梦，想必是一场噩梦，叙述者大汗淋漓，
"我梦见自身的起源"，回到子宫受孕的那一刻，也回到《圣经旧约·创世
记》，回到原罪的"蠕虫"丈量的亚当肢体，回到宇宙、生命、文明的起
源，即这首诗的灵魂所在。后三节有"第二次死亡"与重生，似乎与一战、
二战相关。"我梦见自身的诞生再次死去，弹片/击中行进中的心脏，洞穿/
缝合的伤口和凝结的风，死亡/堵住那张吞吃气体的嘴"，"弹片""伤口"
"死亡"……具象化的战争体验何其残忍！第二次死亡，另一层的意思指的
是性功能的衰竭与灭绝，因为打从伊丽莎白时期起，"死亡"在英文里就蕴
含性的双关语。

> I dreamed my genesis in sweat of death, fallen
> Twice in the feeding sea, grown
> Stale of Adam's brine until, vision
> Of new man strength, I seek the sun.
> 死去一身汗，我梦见自身的起源，两次

---

①　William York Tindall, Introduction, *A Reader's Guide to Dylan Thomas*, New York: Syracuse University Press, 1996, p. 9.

> 坠入滋养的大海，直至
>
> 亚当的盐渍变了质，梦见
>
> 新人的活力，我去追寻太阳。

最后一节死后重生，也是一场梦魇，叙述者大汗淋漓，"我梦见自身的起源"，最终会爬出"坠入的大海"，无论那是子宫里"滋养"胎盘的羊水，还是《圣经·创世记》里的亚当子孙，一切都会"变了质"，旧的不去，新的不来，"我"要与第一次世界大战后成长起来的"新人"，一起"去追寻太阳"，无论那是凯尔特文化的破晓之光，还是圣子耶稣基督带来的神学之光。

纵观诗人一生创作的近 200 首诗歌，他从浪漫主义诗歌走向现代主义诗歌，所涉猎的诗歌音韵节律大多归为三类。第一类是早期传统的英诗诗律——从斯温伯恩（Swinburn）或梅瑞迪斯（Meredith）诗行渐进至严苛的维拉内拉（Villanelle）诗体。然而，早在"笔记本诗钞"时期他就已开始写"自由诗"了，这类"自由诗"并非随意写下的诗行，而是一类合乎呼吸起伏的"节奏诗"，这是第二类。第三类当然是综合运用包括全韵、半韵、半谐韵和头韵在内的"混合交叉韵"，尤其喜欢霍普金斯式仿自正常说话节奏的"跳韵"。狄兰的生前好友丹尼尔·琼斯 1993 年去世前修订完《狄兰·托马斯诗歌》（2003）后，在书末附的一篇《诗歌韵式札记》做了概括性的总结，"尽管狄兰·托马斯从未彻底放弃基于轻重音的英诗格律韵式传统，但在后期明显用得少了，除非用来写讽刺诗或应景诗；最后他只在写严肃题材的诗歌时，才运用基于音节数而非有规律的轻重音格律韵式；有一段时间他实验性创作自由诗，即从英诗韵式格律中，至少从某种韵式中解放出来"[1]。

---

① Daniel Jones, A Note on Verse-Patterns, *The Poems of Dylan Thomas*, New York: New Directions, 2003, p. 279.

「诗/学/文/献」

况周颐笔记词话二种

况周颐 著 孙克强[*] 辑录

按语 况周颐（1859~1926）字夔笙，别号玉梅词人，晚号蕙风词隐等，临桂（今广西桂林）人。为晚清四大词人（晚清四大家）之一，尤以词学批评理论的建树为人推重，其《蕙风词话》被晚清词学大师朱祖谋誉为："自有词话以来无此有功词学之作。"况周颐毕生致力于词学，著述甚丰。除今日常见的《蕙风词话》正续编之外尚有多种，如《香海棠馆词话》《餐樱庑词话》《历代词人考略》《宋人词话》等。况周颐经常在各种报刊上发表笔记随笔，由于不便查访，故多不为研究者注意。况周颐曾于1914年发表《眉庐丛话》（《东方杂志》第十一卷），于1916年发表《餐樱庑随笔》（《东方杂志》第十三卷）。内容为随笔杂记，其中有不少论词文字。这些文献对全面认识况周颐的词学很有裨益，概括起来主要有三个方面：第一，对全面认识况周颐的词学批评理论有重要意义，也是《蕙风词话全编》不可或缺的内容；第二，对况氏一些词学论述有补充丰富的意义；第三，保存了大量清末民初词人的文献，包括词作、词论、词集等信息。今加以辑录整理点校，以《况周颐笔记词话二种》之名予以发表，以供研究者参考。各则序号及小标题为整理者所加。

---

* 孙克强，南开大学文学院教授。

《眉庐丛话》论词

一　无名氏《一剪梅》

道光朝，曹太傅当国，陶文毅督两江，兼盐政。时以商人藉引贩私，国课日亏，私销日畅，至有根窝之名，谋尽去之，而太傅世业盐，根窝殊伙，文毅又出太傅门下，投鼠之忌，甚费踌躇。因先奉书取进止，太傅覆书，略曰："苟利于国，决计行之，无以寒家为念，世宁有饿死宰相乎？"文毅遂奏请改章，尽革前弊，其廉澹有足多者。惟其生平荐历要津，一以恭谨为宗旨，深恶后生躁妄之风。门生后辈，有入谏垣者，往见，辄诫之曰："毋多言，豪意兴。"由是西台务循默守位，浸成风气矣。晚年恩礼益隆，身名俱泰。门生某请其故，曹曰："无他，但多磕头，少开口耳。"道、咸以还，仕途波靡，风骨销沉，滥觞于此。有无名氏赋《一剪梅》词云："仕途钻刺要精工，京信常通，炭敬常丰。莫谈时事逞英雄，一味圆融，一味谦恭。大臣经济在从容，莫显奇功，莫说精忠。万般人事要朦胧，驳也无庸，议也无庸。"其二云："八方无事岁年丰，国运方隆，官运方通。大家襄赞要和衷，好也弥缝，歹也弥缝。无灾无难到三公，妻受荣封，子荫郎中。流芳身后更无穷，不谥文忠，便谥文恭。"损刚益柔，每下愈况，孰为之前，未始非太傅盛德之累矣。

二　半塘词集

同孙王半塘微尚清远，博学多通，生平酷嗜倚声，所着《袖墨》《味梨》《蜩知》等集，及晚年自定词均经刻行，其他著述，身后乏人收拾，殆不复可问。

三　诗词两读

唐王之涣《出塞》诗可作长短句读。唯末句之下，须迭首三字方能成调："黄河远，上白云间一片，孤城万仞山。羌笛何须怨？杨柳东风，不度玉门关。黄河远。"近人有昉之者，即以《黄河远》名调，亦可诗、词两读。见张玉毂《昭代词选》。

四 许玉琢《独弦词》

许某,名玉琢,号鹤巢,吴中耆宿。文勤凤所引重,官内阁中书有年,非薄游京师,后迁刑部员外郎。工俪体文,有《独弦词》,刻入《薇省同声集》,与江宁端木子畴齐名。当时闱作,不肯摭用鼎铭,自贬风格,而文笔方重,又不中试官,故未获隽,非因某房考与文勤牾之故。而房考中,尤断无能牾文勤者。

五 红粉怜才

吴园次《艺香词》有"把酒祝东风,种出双红豆"二语。梁溪顾氏女子,见而悦之,日夕讽咏,四壁皆书二语,人因目园次为"红豆词人"。红粉怜才,允推佳话。相传明临川汤若士撰《牡丹亭》院本成,有娄江女子俞二娘读而思慕,矢志必嫁若士,虽姬侍无怨。及见若士,则颓然一衰翁耳。俞惘然,竟自缢。若士作诗哀之曰:"画烛摇金阁,真珠泣绣窗。如何伤此阕,偏只在娄江。"此其爱才之专一,亦不可及。妙年无奈是当时,若士何以为怀耶。清季某相国侏儒眇小,貌绝不扬。少时作《春城无处不飞花赋》,香艳绝伦。某闺秀凤通词翰,见而爱之。晨夕雒诵不去口,示意父母,非作赋人不嫁。时相国犹未娶,属蹇修附茑萝焉,及却扇初见,乃大失望,问相国曰:"《春城无处不飞花赋》,汝所作乎?"背影回灯,嘤嘤啜泣不已。不数月,竟抑郁以殁。此则以貌取人。顿改初心,适成儿女之见而已。

六 咏美人足词

宋刘龙洲过咏美人足《沁园春》词,"洛浦凌波"一阕,脍炙人口久已。明徐文长渭《菩萨蛮》词有"莫去踏香堤,游人量印泥"之句,皆咏纤足也。若今美人足,则未闻赋咏及之者。始安周笙颐夔《念奴娇》云:"踏花行徧,任匆匆、不愁香径苔滑。六寸圆肤天然秀(韩偓诗"六寸圆肤光致致"),稳称身材玉立。袜不生尘,版还参玉,二妙兼香洁。平头软绣,凤翘无此宁帖。花外来上秋迁,那须推送,曳起湘裙折。试昉鞋杯传绮席,小户料应愁绝。第一销魂,温存鸳被底,柔如无骨。同偕谶好,向郎乞作平,借吟乌。"又吴县某闺媛《醉春风》云:"频换红帮样,低展湘裙浪。邻娃偷觑短和长,放,放,放。檀郎雅谑,戏书尖字,道侬真相。步步娇无恙，何必莲钩昉？登登响屧画楼西，上，上，上。年时记得，扶教平小玉，画阑长傍。"两词并皆佳妙，亟录之。

七　赋缪筱珊姓字《点绛唇》

上海新闸桥迤东，有缪筱山医寓，揭橥其门者再，与江阴缪筱珊先生姓字巧合，余尝作诗赋其事。越翼月，先生至自都门，见而赏之。因再占一词，调寄《点绛唇》云："男女分科，霜红龛主原耆宿。藕香盈菊，何用参浤苓剧？八代文衰，和缓功谁属。医吾俗，牙签玉轴，乞借闲中读。"

八　赠涩泽青渊《千秋岁》

甲寅四月，日本涩泽青渊男爵来游沪上，先之杭州，拜明儒朱舜水先生祠墓。将游京师，取道曲阜，谒孔林。自言其生平得力，不出《论语》一部，诚彼国贵游中铮佼者。余尝赋词赠之，调寄《千秋岁》，云："云帆万里，人自日边至。桑海后，登临地。湖犹西子笑，江更春申醉。谁得似，董陵浇酒平生谊。九点齐烟翠，指顾停征辔。洙泗远，宫墙峙。乘桴知有愿，淑艾尝言志。道东矣，蓬山回首呈佳气。"

九　东阳拟赋《鹧鸪天》

友人某君告余，某日送某参政北行，归途宴集某所，晤东阳方伯。东阳自言："日来甚欲填词。"因叩以近作，则拟赋《鹧鸪天》，仅得起句云："从此萧郎是路人。"适案头有《北山移文》，雒诵至再。俄而客至，遂不竟作。此七字含意无尽，真黄绢幼妇也。

一○　赋朱淑真《浣溪沙》

曩阅长乐谢枚如《赌棋山庄词话》载朱淑真降箕，赋《浣溪沙》词，其后段云："漫把若兰方淑女，休将清照比真娘。"朱颜说与任君详，余尝辑《淑真事略》，亦未采入。

一一　咏美人词

始安周笙颐夒，撰录宋已来咏美人词为《寸琼词》，得一百七十阕。凡前人未备之题，皆自作以补之。其咏今美人足《念奴娇》一阕，已录入前话矣。《菩萨蛮·美人辫发》云："同心三绺青丝绾，丝丝比并情长短。背立画图中，巫云一段松。罗衫防污去却，巧制乌绫托。私问上鬟期，平添阿母疑。"《定风波·美人涡》云："容易花时辗玉颜，柔情如水语如烟。春意欲流人意软，深浅，藏愁不够恰嫣然。都说个侬禁（平）酒惯（自注：俗云"颊有双涡者善饮"），防劝，无端撵笑绮筵前。吹面东风梨晕烂，妆晚，镜波无赖学人圆。"《减字浣溪沙·美人唇》云："记向瑶窗写韵成，重轻音里识双声（五音唯唇分重轻音），石榴娇欲竞珠樱（唐僖宗时竞妆唇，有石榴娇、嫩吴香等名）。笛孔腻分脂晕渑，绣绒香带唾花凝，怜卿吻合是深情。"《沁园春·美人舌》云："慧苗心苗，欲度灵犀，温麛自然。恰鹦帘客去，香留茶酽，鸾笺句秀，綮说花妍。密钥深扃（《黄庭经》"玉芝密钥身完坚"，密钥，舌也），玉津密漱，消得神方长驻颜。围曾解，羡澜翻清辩，巾帼仪连（李白诗"笑吐张仪舌"，又"谁云秦军众，摧却仲连舌"）。簪花格最婵娟，更妙吮香毫越恁圆。甚小玉偏饶，幽怀易泄，阿（入）侯乍学，泥去语轻怜。一角溪山，广长真谛（苏轼《赠东林长老》诗"溪声便是广长舌，山色宁非清静身"），只在红楼斜照边。闲凭吊，忆楚宫凄怨，扪竟三年（诗："莫扪朕舌。"）。"《减字浣溪沙·美人颈》云："延秀雒川鹤未翔（《洛神赋》："延颈秀项"，又"余朝京师，还济洛川"，又"竦轻躯以鹤立，若将飞而未翔"），蟠蛴玉映镜中妆，低垂腻粉却羞郎。书雁迟迥劳引望，绣鸳偎傍惯交相，溜钗情味郸鬟香。"《凤凰台上忆吹箫·美人胸》云："酥嫩云饶（李洞诗"半胸酥嫩白云饶"），兰熏粉着（韩偓诗"粉着兰胸雪压梅"），罗裙半露还藏（周濆诗"慢束罗裙半露胸"）。乍领巾微褪，一缕幽香。依约玉山高并，皑皑雪，宛在中央。难消遣，填膺别恨（《说文》：膺，胸也，积臆春伤。《释名》：胸，臆也）。闺房，别饶光霁，袛风月叨陪，侥幸檀郎（黄山谷曰："茂叔胸中，洒落如光风霁月。"）更三生慧业，锦绣罗将。云是扫眉才子，浑不让，列宿文章（李贺诗："云是西京才子，文章巨公，二十八宿罗心胸。"）。论（平）邱壑（杨万里诗"何日来同邱壑胸"），遥山澹浓，占断眉场（秦韬玉《贫女诗》"不把双眉斗画场"）。"《减字浣溪沙·美人腹》云："妙相规前写秘辛（《汉杂事秘辛》："规前方后，腹与背也。"），圆肌粉致麝脐温，个中常满玉精神。郎若推心谁与置，天教贮恨不堪扪（苏轼诗："散步逍遥自扪腹。"），辋饥可奈别经春。"《白苹香·前题》云："属稿未须凤纸，兜罗稳称琼肌，宣文艳说女宗师，不数便便经笥。玉抱香词惯倚，珠胎消息还疑。画眉也不合时宜，约略檀奴风味。"《减字浣溪沙·美人脐》云："可可珠容半寸余，麝熏温腻较何如。带罗微勒惜凝酥。酒到暂能酡绛靥，药香长藉暖琼肤。梦中日人叶祯符。"前调《美人肉》云："丝竹平章总不如，屏风谁列十眉图。收藏惯帖是郎书。似燕瘦才能冒骨，如环丰却不垂脲。鸡头得似软温无。"《减字木兰花·美人骨》云："阳秋皮里，何止肉匀肌理腻。玉莹冰清，无俗偏宜百媚生。银屏读曲，药店飞龙为谁出。衵腹才难，消得文章比建安。"《金缕曲》前题云："画笔应难到，称冰肌，清凉无汗。摩诃秋旱，妙像应图天然秀，难得神清更好，怜璪掌中娇小。不把画场双眉斗，恰青衫，未抵红裙傲。论高格，九仙抱。嗤他皮相争謷笑，漫魂销，花柔疑没，肉匀足冒，可奈相思深如刻，瘦损香桃多少。怕玉比玲珑难肖，知己半生除红粉，莫艰难市骏金台道。祇无俗，是同调。"《满庭芳·美人色》云："倚醉微赪，倦羞浅绛，相映妒煞桃花。艳名增重，謷莫效西家。旭日魷窗穿照，光艳射，和雪朝霞。东风里，红红翠翠，生怕绣帘遮。嫌他，脂粉污，蛾眉淡扫，芳泽无加。更佳如秋菊，鲜若晨葩。任尔芙蓉三变，浓和淡，莫漫惊夸。兰闺静，秀餐长饱，相对茜窗纱。"已上各阕，置之《茶烟阁体物集》中，允推佳构，《寸琼词》未经印行，故录之。

一二　二陆词抄

得《二陆词钞》，海宁查氏旧藏写本。陆钰，字真如。万历戊午举人，改名荩谊，字忠夫，晚号退庵。甲申、乙酉遭变，隐居贡师泰之小桃源。未几，绝食十二日卒。其词曰《陆射山诗余》。陆宏定，字紫度，真如公次子，高洁不仕，其词曰《凭西阁长短句》。皆清隽高浑，与明词纤庸少骨者不同。卷端各有小传，载紫度夫人周氏，名莹，字西鑫，喜涉猎经史百家，工诗词。其《别母渡钱塘》句云："未成死别魂先断，欲计生还路恐难。"《咏杏》诗："萱草北堂回书锦，荆花丛地妒娇姿。"《送夫子入燕》（《减字木兰花》）云"莫便忘家莫忆家"，皆闺秀所不能道，惜全什遗去。此册亟应梓行，姑志其略如右。

一三　红豆词人

张喆士四科《咏胭脂》诗云"南朝有井君王辱，北地无山妇女愁"，呼"张胭脂"。郑中翰澐《新婚北上留别闺中》云"年来春到江南岸，杨柳青青莫上楼"，情韵绝佳，呼"春柳舍人"。吴蔼次绮工词，有毗陵闺秀，日诵其"把酒祝东风，种出双红豆"二语，谓"秦七黄九不能过也"，因号

"红豆词人"。皆韵绝。

一四　尼静照《西江月》

《广陵诗事》云："厉樊榭久客扬州，由湖州纳姬归杭州，名曰月上，作《碧湖双桨图》，扬州诗人多题之。"又《众香集》云："尼静照，字月上，宛平人，曹氏良家女。泰昌时选入宫，在掖庭二十五年，作《宫词》百首。崇祯甲申，祝发为尼，有《西江月》词云：'午倦恹恹欲睡，篆烟细细还烧。莺儿对对语花梢，平地把人惊觉。有恨慵弹绿绮，无情懒整云翘。难禁愁思胜春潮，消减容光多少。'"

一五　叠韵双声

钱竹汀先生《潜研堂文集》记先大父逸事云："有客举王子安《滕王阁诗序》'兰亭已矣，梓泽邱墟'二句，对属似乎不伦。先大父曰：'"已矣"迭韵也，"邱墟"双声也。迭韵双声，自相为对。'"古人排偶之文，精严如此。按：宋史梅溪《寿楼春》词："几度因风飞絮，照花斜阳。""风飞"双声，"花斜"叠韵，于词律为一定而不可易。填此调者，必当遵之，近人有罕知者。按：嘉定钱氏《艺文志略》："竹汀先生大父，名王炯，字青文，号陈人，诸生。"著有《大学各本参考》《字学海珠》《苏州府志辨正》《振铎》等书。

一六　东坡咏足词

《东坡乐府·菩萨蛮·咏足》云："涂香莫惜莲承步，长愁罗袜凌波去。只见舞回风，都无行处踪。偷穿宫样稳，并立双趺困。纤妙说应难，须从掌上看。"按：诗词专咏纤足，自长公此词始。前乎此者，皆断句耳。

一七　巫山神女

"巫山神女""朝云暮雨"之说，向来词赋家多用之。艳矣，然而亵甚。按：《路史·集仙录》云："云华告禹曰：'太上愍汝之志，将授灵宝之文，陆策虎豹，水剿蛟龙，臧邪检凶，以成汝功。'因授上清宝文，又得庚辰虞余之助。遂导波决川，奠五岳，别九洲。天锡元圭，以为紫庭真人。虞余庚辰，据《楚辞》乃益稷之字。云华者，云王母之女，巫山神女也。"据此，则巫阳之灵，上清庄严之神，讵可以亵语厚诬之。曩余作《七夕》词，用"银河""鹊驾"等语。端木子畴前辈采见而规诫之，评语云："牛主耕，女主织。建申之月，田功告毕，织事托始，故两星交会。明代谢以成岁功，世俗传讹。以妃偶离合为言，嫚渎甚矣。”余佩服斯言，垂三十年，未尝赋《七夕》词也。畴翁《碧瀣词·湘月》有序，略云：“采十三岁时，从韩介孙师读。因讲《湘灵鼓瑟》诗，告以英皇事，心敬而悲之。是年冬仲，月明如昼。梦至一处，水天一碧，明月千里，有神女风裳水佩，踏波而行。厥后此景，时在心目。童丱无知，亦不解所以故，但觉馨絜之气，可以上通三灵，下却百邪。迨弱冠读《楚辞》，见《湘君》诸篇，愈益向往，五十年矣，兹心不易。今老矣，愧未能以其芳馨之性，发而为事功，有所裨于世。兹和白石《湘月》词，适与之合，遂缅述之。”词云：“水天澄碧，见风裳雾帔，飞步清景。为想神娥游历处，渺渺湖光如镜。泪洒斑筠，声传拊瑟，月照江波冷。儿时向往，梦魂欲访仙境。兹后诵法灵均，澧兰沅芷，对遗编生敬。老去何裨？空赢得皎皎兹心清净。但值凉宵，青天皓月，便欲前身证。何时真个，听来抟拊新咏。”畴翁刻《楚辞》，昉袖珍本，绝精，无注，谓“非后人所敢注也”。

一八　朱竹垞绣鞋词

朱竹垞《静志居琴趣·绣鞋词》云：“假饶无意与人看，又何用描金攦绣？”语意深刻，令人无从置辩。罗泌《咏钓台诗》云“一着羊裘便有心”，通于斯旨矣。

一九　七律回文《虞美人》

唐王之涣《出塞》诗，可作长短句读见前话。彼特七绝，随意读作长短句。词谱固无是调也。《正始集》有张芬《寄怀素窗陆姊》七律一首，回文调寄《虞美人》词，声调巧合，尤见慧心。诗云：“明窗半掩小庭幽，夜静灯残未得留。风冷结阴寒落叶，别离长望倚高楼。迟迟月影移斜竹，迭迭诗余赋旅愁。将欲断肠随断梦，雁飞连阵几声秋。”词云：“秋声几阵连飞雁，梦断随肠断。欲将愁旅赋余诗，迭迭竹斜，移影月迟迟。楼高倚望长离别，叶落寒阴结。冷风留得未残灯，静夜幽庭，小掩半窗明。”芬字紫蘩，号月楼，江苏吴县人，着有《两面楼偶存稿》。

二〇　范姝《夏初临》

范姝《闺怨词》调寄《夏初临·集药名和周羽步》云：“竹叶低斟，相思无限，车前细问归期。织女牵牛，天河水界东西。比似寄生天上，胜孤身，独活空闺。人言郎去，合欢不远，半夏当归。徘徊郁金堂北，玳瑁床西，香烧龙麝，窗饰文犀。稿本拈来，缃囊故纸留题。五味慵调，恹恹病，没药能医。从容待，乌头变黑，枯柳生稊。"姝字洛仙，江苏如皋人，著有《贯月舫集》。此词见《众香集》。按：清初王渔洋、陈其年诸名辈，撰录闺秀词，名《众香集》，分礼、乐、射、御、书、数六册。

二一　汤莱《满庭芳》

汤莱《春闺词》调寄《满庭芳·集美人名》云："晓雾非烟，朝云初霁，枝头开遍红红。莫愁春去，梨雪未飞琼（北音读若奇雄切）。谁控双钩碧玉，见小小，檐雀窥笼。伤情处，无知小妹，琴操弄焦桐。东东，却浑似，琵琶褒月，箫管翩风。奈莺莺语涩，燕燕飞慵。欲写丽春无计，正桃叶，飞下花丛。红桥畔，芳姿灼灼，清照碧潭中。"莱字莱生，江苏丹阳人，著有《忆蕙轩词》，见《众香集》。

二二　戈载重声律轻词华

戈载字顺卿，耆长短句，守律最严，著有《词林正均》。其《翠薇花馆词稿》，篇帙繁富，与《湖海楼》相若。独惜偏重声律，词华非所措意耳。

二三　陈翠君《蝶恋花》

闺秀陈翠君筠，海盐马青上室（青上工填词），有《蓬莱阁吏诗余》，工长短句。《蝶恋花》过拍云："郎似东风侬似絮，天涯辛苦相随处。"为吴兔床所击赏。曩阅清初人词，有《减字浣溪沙》换头云："妾似飞花郎似絮，东风搅起却成团。"语非不佳，惜风格落明已后。视翠君词句，浑成不逮也。

《餐樱庑随笔》论词

一　辨欧阳公《望江南》

吴江徐电发（釚）《词苑丛谈》卷十《辨证》有云：王铚《默记》载欧阳公《望江南》双调："江南柳，叶小未成阴。人为丝轻那忍折，莺怜枝嫩不胜吟。留取待春深。十四五，闲抱琵琶寻。堂上簸钱堂下走，恁时相见已留心。何况到如今。"初，欧公有盗甥之疑，上表自白云："丧厥夫而无托，携幼女以来归。张氏此时，年方七岁。钱穆父素恨公，笑曰：'正是学簸钱时也。'"愚按：欧公词出《钱氏私志》。盖钱世昭因公《五代史》中多毁吴越，故诋之，此词不足信也。（《丛谈》止此）按：周淙《辇下纪事》云："德寿宫刘妃，临安人。入宫为红霞帔，后拜贵妃。又有小刘妃者，以紫霞帔转宜春郡夫人，进婕妤，复封婉容，皆有宠。"宫中号妃为大刘娘子，婉容为小刘娘子。婉容入宫时年尚幼，德寿赐以词云："江南柳，嫩绿未成荫。攀折尚怜枝叶小，黄鹂飞上力难禁。留取待春深。"（《纪事》止此）德寿之词，与《默记》所传欧公之作，仅小异耳。钱世昭《私志》称彭城王钱景臻为先王。景臻追封，当建炎二年，世昭为景臻之孙，缅（景臻第三子）之犹子。以时代考之，盖亦南宋中叶矣（《四库全书提要》于钱世昭、王铚时代，并未考定详确）。窃疑后人就德寿词衍为双调，以诬欧公。世昭遂录入《私志》，王铚因载之《默记》，唯钱穆父固与欧公同时，然公词既可假托，即自白之表、穆父之言，亦何不可造作之有？窃意欧阳文集中，未必有此表也。

二　自号玉梅词人之由

曩余亦自号玉梅词人，则辛卯客苏州，得句云："玉梅花下相思路，算而今不隔三桥。"（《高阳台》）又云："玉梅不是相思物，不合天然秀。"（《探芳信》）此等句殊无当于风格，而当时谬自喜，遂以名词，并以自号，无它旨也。

三　咏惊燕《浣溪沙》

春夏之交，壁间悬名人书画，恐燕泥飘堕染损，于帧首作两绫带下垂，令时时摇动，俾燕不敢近，名曰"惊燕"。蕙风曩有词咏之，调寄《浣溪沙》（刻入《新莺词》）："四壁琳琅好护持，画帘风影乱乌衣，飞近金题才小立，却教回。绢素乍同飘绣带，襟红时见涴香泥，倘是双飞来对语，莫惊伊。"（按：此调名《浣溪沙》，前后段各七字三句者，名《减字浣溪沙》。据宋贺方回《东山寓声乐府》，俗以七字三句两段为《浣溪沙》，而以此调为《摊破浣溪沙》，误也）金元已还，名人制曲，如《西厢记》《牡丹亭》之类，皆平侧互叶，几于句句有韵，付之歌喉，声情极致流美。溯其初哉肇祖，出于宋人填词。词韵平侧互叶，于北宋已有之，姑举一以起例。贺方回

《水调歌头》云："南国本潇洒，六代浸豪奢。台城游冶，襞榍能赋属宫娃。云观登临清暇，壁月留连长夜，吟醉送年华。回首飞鸳瓦，却羡井中蛙。访乌衣，寻白社，不容车。旧时王谢，堂前双燕过谁家？楼外河横斗挂，淮上潮平霜下，樯影落寒沙。商女蓬窗罅，犹唱《后庭花》。"蕙风旧作，间有合者。《蝶恋花·甲午展重阳日邃父招同半唐登西爽阁，子美因病不至》（刻入《锦钱词》）云："西北云高连睥睨。一抹修眉，望极遥山翠。谁问西风传恨字，诗人大抵伤憔悴。有酒盈尊须拌醉，感逝伤离（端木子畴前辈，于数日前谢世），何况登临地。呫好秋光图画里，黄花省识秋深未。"西爽阁，在京师土地庙下斜街山西会馆，可望西山。（辑者按：括号中文字又见《餐樱庑词话》）

四　周稚圭《三姝媚》

古美人香奁中物，流传至今，以马湘兰为独多。《眉庐丛话》所述，犹有未尽。歙县程春海侍郎（恩泽）家藏马湘兰小砚一方，背镌湘兰小像，一时名流题咏甚伙。祥符周稚圭中丞（之琦）《三姝媚》词云："蟾蜍清泪洒，晕脂痕犹新。粉香初研，翠靳妆楼。想镜中眉样，半蛾偷借。斗叶闲情，偕象管鸾笺消夜。悄炙红丝，沈水浓熏，枣花帘下。仿佛冰姿妍雅，恰手拈兰枝，练裙歌罢，旧匣空寻。甚石桥新月，尚矜声价。过眼烟云，随梦影铜台飘瓦。认取南朝遗墨，青溪恨惹。"按：词云"手拈兰枝"则必非《丛话》所述。阿翠像砚与湘兰面貌巧合者，彼像手不执兰也。周稚圭著有《金梁梦月词》《怀梦词》，合刻为《心日斋词》，自命得南宋人嫡传，此词非其至者。

五　黄损词

明古吴刘晋充撰《天马媒传奇》，演唐人黄损事。损字益叔，连州人。先是，与妓女薛琼琼有啮臂盟。琼因谢客，牾权奸吕用之。损家传玉马坠一枚，绝宝爱。氤氲使者，幻形为道人，诣损乞取，损慨赠之。未几，损应襄阳张谊之招，别去。用之以琼善筝上闻，即日召入后宫。损途次邂逅贾人裴成女玉娥。娥亦善筝，损闻筝顷，赋词极道爱慕，乘间掷与之。词云（见《缔缘》出）："生平无所愿，愿作乐中筝。得近佳人纤手子，研罗裙上放娇声。便死也为荣。"娥与损约，中秋夜继见于涪州，以父成是夕当往赛神，舟无人，得罄胸臆。损届期往，得娥船，娥属移缆近岸。甫解维，缆忽断，船流遽覆，娥溺焉。会琼母冯送女归，道涪，拯娥舟次，相待如母女也者。俄损状元及第，上疏劾用之误国。用之因劾损交通琼宫掖中。适张谊内转官京朝，旨付用之谊会审。谊伸损，得直，钦赐与琼毕婚，用之罢归田里。用之愤怒，其门客诸葛殷、张守一献计，谓入宫之琼，赝鼎也，真琼固犹在母所，盍往劫取？盖误以娥为琼也。氤氲使者知娥有急，托募化赠娥玉马，娥佩不去身。用之皎娥，马则见形，奔奋啮用之，阖府大扰，群以妖孽目娥。仍用葛、张计，以娥赠损，冀嫁祸损。损拒不纳，送女者委损门外而去。娥入见损，成眷属焉，玉马遂腾空而去。传奇关目，大略具此。按：《御选历代诗余》载损此词调《望江南》（据《传奇》，损，咸通朝人。《诗余》损词列温庭筠之后，皇甫松之前），"生平无所愿"，作"平生愿"。"纤手子"作"纤手指"。《诗余广选》云：贾人女裴玉娥，善筝，与黄损有婚姻约，损赠词云云（首句作"无所愿""纤手子"，"子"不作"手"，与《传奇》合）。后为吕用之劫归第，赖胡僧神术，复归损。此云胡僧，《传奇》则云氤氲使者，幻形为道人也。又《粤东词钞》第一首即损此词，则《传奇》所演未可以子虚乌有目之矣。

六　云郎

曩撰《臼辛漫笔》，有《辨茶余客话记云郎事》一则，比又得一确证，可补《漫笔》所未尽。因并《漫笔》元文，缠述如左，《客话》云："云郎者，冒巢民家僮紫云，徐氏子（字九青），儇巧善歌，与陈迦陵狎。迦陵为画云郎小照，遍索题句。王贻上、陈椒峰、尤悔庵，诗皆工绝。"（相传迦陵馆冒氏，欲得云郎，见于词色。冒与要约，一夕作《梅花诗》百首，诗成遂以为赠。余曾于宝华庵，得见九青小像，亟属同人工画者临模一本，今犹在行箧，跣足坐落石，憨韵殊绝）一日，云郎合卺，迦陵为赋《贺新郎》词，有"努力做稿砧模样。只我罗衾浑似铁，拥桃笙，难得纱窗亮"之句。又《惆怅词》云："城南定惠前朝寺，寺对寒潮起暮钟。记得与君新月底，水纹衫子捕秋虫。"相怜相惜，作尔许情态，可见髫少年风致。冒子䎖原尝语予云。云郎后随检讨，始终宠不衰。晚归商邱（丘）家，充执鞭之役，昂藏高躯，黄须如猬，俨幽并健儿。或烛炧酒阑，客话水绘园往事，辄掩耳汰澜，如泻瓶水也。（《漫笔》引《客话》止此）比余收得阳羡任青际（绳隗）《直木斋全集》有《摸鱼儿·词为陈子其年吊所狎徐云郎》云："想当然，徐娘老去，再生还是情种。深闺变调为男子，偏向外庭恩宠，花心动。曾记得，踢歌玉树娱张孔，红丝又控。爱叔宝风流，元龙湖海，夙世定同梦。谁知道，才把余桃亲捧，玉容一旦愁重，从今省识莲花面，生怕不堪供奉。真惭悚，趁寒食清明金碗蘸青冢，髯公休恸。从古少年场，回头及早。傲煞侍中董。"吴天石评："李夫人蒙面不见武皇，此有深意。非弥子瑕所晓，人皆为髯喑，君独为云幸，是禅机转语。"按：据此词，则是徐郎玉賨，尚在苕龄，何得有执御商邱（丘）之事？任、吴并与迦陵同时，其词与评，可为确证。冒子甚原之言，殊唐突无据，决不可信也。且任词后段，及吴评"独为云云幸"云云，若对针甚原之言而发，是亦奇矣。（《漫笔》止此）偶阅迦陵《湖海楼词》（卷二十），有《瑞龙吟》一阕《春夜见壁间三弦子，是云郎旧物，感而填词》云："春灯炧，拌取歌板蛛蟊。舞衫尘洒，屏间乍见檀槽，与秋风扇，一般斜挂。帘儿罅，几度漫将音理。冰弦都哑。可怜万斛春愁，十年旧事，恹恹倦写。记得蛇皮弦子，当时妆就，许多声价。曲项微垂流苏，同心结打，也曾万里，伴我关山夜。有客向潼关店后，昆阳城下，一曲琵琶者，月黑枫青，轻拢细玐，此景堪图画。今日怆人琴泪如铅泻，一声声，是雨窗闲话。"此词迦陵自作，视任词吴评，尤为确证。诚如冒甚原所云："讵犹作尔许情语耶，大氐刻溪之士，好为翻成案杀风景之言，往往莊可以楹，西施可以厉，此犹无关轻重者耳。"云郎一称"阿云"，迦陵有《留别阿云》（《水调歌头》）词。《惆怅词》凡二十首，《为别云郎作》（"城南定惠前朝寺"云云，其第十二首）句云："一枝琼树天然秀，映尔清扬照读书。"又云："柳条今日归何处，只剩寒云似昔年。"又云："寄语高楼休挟弹，鸳鸯终是一心人。"（审此二句之意，则迦陵别云郎，殆有所迫而然，非得已也）蒋大鸿撰《惆怅词序》：徐生紫云者，萧郇州尚幼之年，李侍郎未官之岁。技擅平阳，家邻淮海，托身事主，得侍如皋大夫，极意怜才；遂遇颍川公子，分桃割袖，于今四年。虽相感微辞（词），不及于乱。若乃弃前鱼而不泣，弊轩车而弥爱，真可谓宠深绿鞲，欢逾绛树者矣。维时秋水欲波，元蝉将咽，公子乃罢祖帐而言旋，下匡床而引别。江风千里，讵相见期，厥有《惆怅》之篇，曲尽离忧之致。"朴岂无情，何以堪此？伤心触目，曾无解恨之方。拊节和歌，翻作助愁之句"云云。以诗及序考之，当日清阳照读，实祇四易葛裘。甚原云："相随始终，迄于晚健，灼然非事实矣。"迦陵又有《题小青飞燕图诗序》云："娄东崔不凋孝廉，为余纨扇上画《小青飞燕图》，花曰小青，开艳者有九，一春燕斜飞其上，题曰：为其年题九青小照（宝华庵所藏九青小像，即崔不凋曾题之本）后一日作。意欲拟九青于飞燕也，因题一绝（诗不录）。又有《书小徐郎扇诗》，自注：'云郎侄也。'诗云：'旅舍萧条五月余，菖蒲花下独踌躇。筵前忽听莺喉滑，此是徐家第几雏。'又马羽长最爱云郎，见《惆怅词》自注。"

七　题新华山水画稿《玉京谣》

徐仲可舍人（珂），以其女公子（新华）山水画稿二帧见贻，冰雪聪明，流露楮墨之表。于石谷麓台胜处，庶几具体。仲可属作题词，调寄《玉京谣》云："玉映伤心稿，凤羽清声，梦里仙云幻（用徐陵母梦五色云化为凤事）。故纸依然，韶年容易凄惋。乍洗净金粉春华，澹绝处山容都换，瑶源远。湘苹染墨，昭华摛管（徐湘苹、徐昭华皆工画）。苴窗旧扫烟岚，韵致云林，更楷模北苑。陈迹经年，蟫蠹分贮丝茧。黯赠琼风雨萧斋，带孺子泣珠尘渍，帘不卷。秋在画图香篆。"按：此调为吴梦窗自度曲，夷则商犯无射宫腔。今四声悉依梦窗，一字不易。余之为词，二十八岁以后，格调一变，得力于半塘。比岁守律极严，得力于沤尹，人不可无良师友也。

八　陈小鲁《减字浣溪沙》

仁和陈小鲁（行）《一窗秋影庵词》，题《山外看山图》（《减字浣溪沙》）云："踞虎登龙心胆寒，上山容易下山难。幸君已过一重山。前面好山多似发，一山未了一山环。问君何日看山还。"按：唐李肇《国史补》载韩退之游华山，穷极幽险，心悸目眩不能下，发狂号哭，投书与家人别。华阴令百计取之，方能下。此事可作小鲁词第二句注脚。

九　题葛氏词

平湖葛词蔚，以其尊人毓珊部郎遗像属题，因检《尚友录》。甄葛姓事，列名仅七人，而其五以神仙称。周葛由（羌人也。成王时，好刻木羊卖之。忽一日，骑羊入蜀中，王侯贵人追之。上绥山，山在峨嵋（眉）西北，最高无极，随之者不复还，皆得仙。谚曰："若得绥山一桃，虽不得仙亦豪。"）、吴葛元（字孝先，初从左慈授《九丹液仙经》，后得仙，号为"仙翁"）、晋葛洪（事见《晋书》）、葛璝（亦称"仙翁"。彭州有葛仙山，因璝得名）、宋葛长庚（琼州人。母以"白玉蟾"呼之，应梦也。后隐于武夷山，号"海琼子"。事陈翠虚九年得道。嘉定中，诏封"紫清明道真人"）。灵迹蝉嫣，它姓殆未曾有。沤尹题《临江仙》词，余亦寄此调云："家世列仙官列宿，才名小集《丹阳》。（宋葛胜仲，著《丹阳集》二十四卷）当湖雅故在青箱（部郎辑《当湖文系》），太冲原卓荦，叔度自汪洋。三十六年回首忆，共攀蟾窟天香。（己卯同年）几人寥廓送翱翔。（瘗鹤铭，天其未遂吾翔寥廓耶）沧州余病骨，辛苦看红桑。"歇拍云云，所谓鲜民之生，不觉词之凄抑也。

一〇　学使代办监临戏占《减字木兰花》

光绪间，某京卿督学福建，值秋试，巡抚别有要公。学使代办监临。闱中戏占小词，调《减字木兰花》云："冷官风调，半外半京君莫笑。文运天开，体制居然学抚台。尽人撮弄，线索浑身牵不动。何物相侔，请看京师大肘猴（都门影戏，有所谓大肘猴者。"肘"字不可解，疑"种"之声转）。"出闱后，示诸幕友，并先与约，如有一人不笑，则学使特设为此君寿，或二人、三人不笑，亦如之；如皆笑，则幕友醵资宴学使。稿出，竟无一人不笑者，乃公同置酒，极欢而罢。

一一　柯稚筠词

友人至自京师，持《赠胶州女史柯稚筠（劭慧）楚水词》。偶一幡□《减字浣溪沙》（和凤孙二兄）起调云"迭迭山如绣被堆，盈盈水似画裙围"，颇有思致。近人某词句云"裹衾如茧学红蚕"，意与柯词近似。又柯词《虞美人》过拍云"夕阳一在线帘衣，正是去年游子忆家时"，则渐近浑成矣。

一二　李松石三十三字母《行香子》

大兴李松石（汝珍）精研音均之学，著《李氏音鉴》六卷，有三十三字母《行香子》词云："春满尧天，溪水清涟，嫩红飘。粉蝶惊眠，松峦空翠，鸥鸟盘翻。对酒陶然，便博个，醉中仙。"按：三十三字母，即本华严字母，参以时音，别为考订者。昌茫（阴平）阳（阴平）○（梯秧切）羌商枪良（阴平）囊（阴平）航（阴平）○（批秧切）方○（低秧切）江○（鸣秧切）桑郎康仓○（安冈切）娘（阴平）滂（阴平）乡当将汤瓢（阴平）○（兵秧切）帮冈臧张厢（三十三字，分八句读，前七句，句四字，末句五字）。松石《行香子》词以双声求之，与字母恰合，次序亦顺。作为字母读，可也。词句亦复工丽。

一三 《吹月填词馆剩稿》题诗

偶阅书肆，有常熟瞿梦香（绍坚）《吹月填词馆剩稿》、瞿子雍（镛）《铁琴铜剑楼词草》合装一册，以其为藏书家之作，亟购之。《剩稿》有诗题云：曹悟冈三妹兰秀，字澧香，幼学诗于令姊墨琴夫人，工词并善画，才名藉甚。松江沈生闻而慕之，请铁夫蹇修获成，纳素珠名帖为聘。女以玉颖十枚、珍书一部答焉。吴之人艳其事，赋诗以传之。时戊辰岁正月下浣，予与艮甫有西湖之棹，出示新咏，并述此事属和。口占四绝，即示梧冈。诗云："幼妇词称绝妙才，问名亲系色丝来。牟尼百八如红豆，颗颗圆匀贮镜台。笔自簪花抵佩琚，搴帷争说女尚书。鸳鸯两字郎边去，写到鸥波恐不如。东风一线判冰华。昨夜春灯灿玉葩，倚袖漫题红叶句。定情诗早赋梅花，春帆水急待云车并。端整催妆赋锦笺。一付吟奁兰一朵，载花端合米家船。"曹艮甫（茂坚，着有《昙云阁诗集》。）元作云："新来妆阁试羊裙，坦腹应知是右军。不独鸥波传墨妙，刘家三妹总能文。玉管银豪裹十枝，缄题珍重射屏时。阿兄替与安排好，半待簪花半画眉。异书几卷付新装，绝胜它家百两将。料得金莲花烛下，双声先拟赋催妆。莺帘春静费吟哦，巧夺天孙凤字梭。点检柳金梨雪句，它时留付小红歌。"按：墨琴女史，为王铁夫（苣孙）夫人（名贞秀，长洲人），著有《写韵轩集》，以书法闻于时，尤工小楷，所临《十三行石刻》，士林推重。兹据瞿诗，知其妹亦工诗词，精绘事，双璧双珠，允为玉台佳话。至于嘉礼互答，率用文房珍品，尤为雅，故可传云。

一四 迦陵为云郎娶妇赋《贺新郎》

徐容者，山阳陈某之娈童也，余桃之爱甚深，为之纳妇。成婚未久，值徐妇归宁，陈即蹈隙乘间，往为坠欢之拾。讵妇因忘携食具，折回，有所见，则恚愤填膺，竟取厨刀自刎死。论者谓妇人因男子失身，而羞忿自尽，殆未之前闻。此妇节烈，可以风矣。陈、徐故事，前有迦陵、云郎（云郎徐姓），艺林播为美谈。迦陵亦为云郎娶妇，为赋《贺新郎》词，有句云："只我罗衾浑似铁，拥桃笙难得纱窗亮。"当时云郎之妇，万一解此，当复何如？

一五 盼盼有二

盼盼有二。《词苑丛谈》：山谷过泸，帅有官妓盼盼，帅尝宠之，山谷戏以《浣溪沙》赠之云：“脚上鞋儿四寸罗，唇边朱麝一樱多。见人无语但回波。料得有心怜宋玉，低徊无奈楚襄何。今生有分向伊么？”此燕子楼外，别一盼盼。莺莺有三。《随隐漫录》：钱唐范十二郎，有二女，为富室陆氏侍姬，长曰莺莺，次曰燕燕，此双文外别一莺莺。罗虬比《红儿诗》“何似前时李丞相，枉抛才力为莺莺”，此又一莺莺也。

一六　沤尹《南乡子》

沤尹以所著《彊村诗余》六卷属为撰定。卷中艳词绝少，唯《南乡子》六首（粤东作）其一云：“云磴滑，雾花晞，西樵山上拣茶归。山下行人偏借问，朦胧应，半晌脸潮红不定。”语艳而味厚，得《花间》之遗。虽两宋名家，鲜能辨此。

一七　赋银钱肖像《醉翁操》

外国银钱，有肖像绝娟倩者，或曰自由神。亦有其国女王真像，蕙风得见友人所藏，有词赋之，调《醉翁操》：“婵媛，苕颜，蓬仙，渺何天。何年，如明镜中惊鸿翩，月娥妆映蟾圆。凝佩环，典到故衫寒，得楚腰掌擎几番。泛槎怕到，博望愁边，玉（去声）容借问，风引神山梦断。冠整花而端妍，鬓舛云而连蜷。东来兰絮缘，西方榛苓篇，此豸秀娟娟。倩谁扶上轻影钱。”此调本琴曲，用苏文忠谱。（辛忠敏亦有一阕，字句与苏词小异）文忠填词，信不为宫律所缚。有时亦矜严特甚，即如此词，固无一字不按腔合拍也。今四声悉依之。

一八　填词须分五声

偶得对联云：“四时春夏秋冬，五声平上去入。”平声有阴阳平也。周九烟（星，后改姓黄，冠于本姓之上）云：三仄应须分上去，两平还要辨阴阳。上去入亦分阴阳，凡填词，须分阴阳平。若制曲，尤非四声悉分阴阳，不能入律（阴，清声；阳，浊声）。

「研/究/动/态」

《中朝三千年诗歌交流系年》述要

赵　季　李　波　王婧泽[*]

　　《中朝三千年诗歌交流系年》（以下简称《系年》）是 2014 年国家社科基金立项的重大项目，其内容时间断限，自西周武王元年/箕子朝鲜元年（公元前 1046）始，至清光绪二十二年/朝鲜高宗建阳元年（1896）止。始于箕子朝鲜，终于李氏朝鲜，通计 2942 年，故名《中朝三千年诗歌交流系年》。2016 年中期考核通过后又追加经费，可见其意义重大。笔者作为该项目首席专家，在此对《系年》略加申说，以就教于海内外同行专家。

　　《系年》的研究价值和意义主要有三个方面。

　　首先，《系年》是有社会意义。我们现在要建设社会主义文化强国，增强国家文化软实力，提高文化开放水平。即对内形成强大的民族凝聚力，对外要让中国的文化走出去，对他国产生吸引力。全面系统研究中朝诗歌交流通史，梳理三千年来中国诗歌的对外传播及对东亚文化和朝鲜汉诗的重大影响，挖掘其内在规律，具有重大的社会意义。具体来说，一是可以提高我们文化的自信，增强民族凝聚力。二是可以为增强我们国家的文化软实力做出具体贡献。汉诗作为中国文化的突出代表，是中国人民与世界人民交流理解的文化纽带和心灵沟通的话语资源。研究汉诗的普及、传播、交流，对于中国的和平崛起与民族复兴具有重要意义。三是在国际方面，还可以通过重温东亚汉文化圈的形成历程，唤起周边国家人民的文化共鸣

　　*　赵季，南开大学文学院教授；李波，南开大学文学院博士研究生；王婧泽，南开大学文学院博士研究生。

和温暖记忆，促进地区的和谐稳定和友好睦邻关系。

其次，《系年》具有重要的文化意义。中朝诗歌交流，是中朝古代文化交流极其重要的组成部分。在三千年漫长的历史时间里，作为文化强国的中国文化魅力十分强大，其文化深层力量表现为内在的充分的文化自信，以及对外的强烈的文化吸引。而中朝诗歌交流中产生的数以十万计的诗歌，就是最鲜明的例证。这对于我们当今的中国文化伟大复兴事业，具有重要的借鉴意义。《系年》以学术研究的方式，为中华文明曾经对世界文化的影响贡献，提出有力的学术佐证；为中华民族的崛起，继往开来，在现实和未来世界文明建设上发挥更大的影响，做出切实的推动作用。

最后，对古代文学研究者来说，最重要的还在于《系年》的学术意义，主要有两个方面。其一是《系年》的研究价值。域外汉诗包括朝鲜汉诗是汉文学的重要组成部分，是汉文学辉煌历史的见证。过去出于种种原因，未能对其进行深入研究，其创作成就未得到应有认可。而朝鲜汉诗本身的汉文学和域外文学的两栖性质，必须从中韩诗歌交流的角度才能阐述清楚。之前域外汉诗研究的不能深入，也是由于缺乏对诗歌交流的细致探讨。《系年》以交流为切入点，系统详尽再现中朝官方外交、文人交往（包括直接的酬答唱和）、书籍流传、学术思想传播等诗歌交流原貌，以及中国诗歌对朝鲜汉诗体制、风格、用典及诗话批评等方面的影响。在比较中既能通过"他者"的视域，更好地反观中国诗歌的特质，也能为朝鲜汉诗民族特色的形成提供确凿的佐证，为今后域外汉诗文学史的研究奠定坚实的基础。在古典文学研究学术史上，《系年》是第一部贯通古近代（公元前 1046 年至公元 1896 年）中朝诗歌交流编年体通史，具有开创性意义。《系年》完成后，相信可以带动相关领域一系列研究著作出现，如《中日诗歌交流系年》《中越诗歌交流系年》《中国琉球诗歌交流系年》等。有学者预言韩国（朝鲜）汉文学文献的影响不亚于敦煌文献，将形成新的研究热潮。其二是《系年》的文献价值。由于朝鲜、韩国废除汉字，对汉字甚为生疏，虽然他们的图书馆里有大量汉诗文献，但是目前已经几乎没有能力进行深入文本的整理研究。无奈之下，只能影印以保全资料，汉诗整理研究受到极大限制。台湾地区老一代学人逐渐离世，年轻学者多在美国留学，古诗文研究能力急剧萎缩。整理研究韩国汉诗及其与中国交流之重任，就历史性地落在中国大陆学者肩上。韩国汉诗作为域外汉文学最重要的组成部分，是中国文学的辐射和扩展，是博大深厚的汉文化不可分割的肌体，记载着中华文明的光辉历史及其对东亚世界的深远影响和杰出贡献。从保存、研究、光大中国传统文化的崇高使命这个角度来讲，放弃这个领域的整理研究实际上就是放弃我们的责任。

《系年》的基本思路是采取以年月日为经，以诗歌交流之诗作、诗事为纬，贯穿始终。以诗（事）系日，以日系月，以月系年，以年系代。诗作、诗事绝大多数考证精确到具体日期，不能考定日期者大多可以具体到月份或年份，极个别不能编年的则编入相应时期。最后完成《中朝三千年诗歌交流系年》，预计 20 册 1000 万字，并建设相应的数据库。其内容大抵可归纳为十个方面。

一、献赠。此指朝鲜诗人给中国人之献诗、赠诗或中国诗人给朝鲜人的赠诗。

（一）朝鲜诗人给中国人之献诗、赠诗。如唐永徽元年（650）新罗女王金真德献给唐高宗的《织锦五言太平诗》："大唐开鸿业，巍巍皇猷昌。止戈戎衣定，修文继百王。统天崇雨施，理物体含章。深仁谐日月，抚运迈时康。幡旗既赫赫，钲鼓何锽锽。外夷违命者，翦覆被天殃。和风凝宇宙，遐迩竞呈祥。四时调玉烛，七曜巡万方。维岳降宰辅，维帝用忠良。三五咸一德，昭我皇家唐。"又如朝鲜诗人金守温于明英宗天顺元年（1457）赠中国高闰的《谢高太常馈画竹》："天地何依物亦浮，谁从真假讨源流。似闻根在湘江岸，忽见枝分使者舟。人去枕边犹有色，春归宇内不知愁。纷纷今古称三绝，尽向公门避地头。"赠陈鉴、高闰的《忽承陈翰院、高太常珍贶，以诗为谢》："飘飘天地此身浮，何幸如今接胜流。驴迹久惭如踏磨，龙门虽峻尚登舟。一檐彩额光含润，半壁苍林色带愁。珍重在人宁在物，时时展玩感心头。"

（二）中国诗人给朝鲜人的赠诗。如唐天宝十五年（756）唐玄宗在蜀赐新罗使者五言十韵诗："四维分景纬，万象含中枢。玉帛遍天下，梯航归上都。缅怀阻青陆，岁月勤黄图。漫漫穷海际，苍苍连海隅。兴言名义国，岂谓山河殊。使去传风教，人来习典谟。衣冠知奉礼，忠信识尊儒。诚矣天其鉴，贤哉德不孤。拥旄同作牧，厚贶比生刍。益重青青志，风霜恒不渝。"又如中国李调元乾隆四十二年（1777）赠朝鲜诗人柳琴的《寄柳几何》诗："秋从昨夜来，举头见飞雁。如何春水波，人去长不见。去年篱下菊，今复掇其英。如何白衣人，不复门前迎。思君令人老，思君令人瘦。人老尚可支，人瘦不可救。故乡在西蜀，时于梦中望。及梦翻在东，常若来君旁。风摇梧桐影，雨动芭蕉叶。谓是君忽来，不见君步屦。只此白硾纸，曾为君所遗。还以书赠君，寄我长相思。"

二、题咏。指中国诗人在朝鲜独自抒怀之题咏，朝鲜诗人在中国独自抒怀之题咏。最早者如箕子朝鲜开国之君箕子在公元前1044年朝周所作之《麦秀歌》："麦秀渐渐兮，禾黍油油。彼狡童兮，不我好仇。"晚者如中国张謇光绪九年（1883）在朝鲜的诗作《书朝鲜近事》。

三、唱酬。中朝诗人直接唱酬。

（一）朝鲜诗人唱，中国诗人和。如朝鲜诗人柳得恭1777年与中国诗人李调元唱和，柳先唱《落花生歌寄李雨村吏部》："有果有果落花生，从何得之得燕京。燕中扰扰人似海，雨村先生秀而英。先生蜀士工诗笔，攀苏提扬大厥鸣。如今暂为红尘客，归梦夜夜迷青城。正阳门外绳匠巷，寓居著书同虞卿。门有杨花渡口客，剥剥啄啄朝起迎。把臂一笑绝畦畛，薄海内外皆弟兄。猩红纸面霏谈屑，虾青砚池湛交情。馈此南方之异果，稘含闵默陆玑瞠。其形彷佛挟剑豆，味类瓜子辨甘平。本草一百廿七果，搜图验经茫无名。先生微笑取笔注，细琐犹复加证明。四月花开飒然坠，沙上点点风吹轻。入土结果吁可怪，不在根又不在茎。我今作诗因风去，飘落君前铿有声。有如此果别处结，池北书里为刊行。本身兀兀纵未觉，千秋足为东士荣。"李调元次韵和诗："我闻黄梅四祖偈，无人下种花无生。独于此果有异产，花落颗颗如坻京。其生滋蔓若藤菜，细叶牵露含朝英。金丝飞坠轻无蒂，沙中孕甲春雷鸣。以花为媒非为母，（屈翁山《落花生赞》：'爱有奇实，自沙中来。以花为媒，不以花为胎。'出《广东新话》。）似挟剑豆真诗城。此种越蜀贱非贵，北人包裹遗公卿。今春柳子来过访，屠苏正熟相欢迎。坐间瓜菜细辨证，一一多识吾所兄。就中独此诧未睹，特与觇缕诠物情。怀归戏载果下马，要试友辈猜相瞠。昨者长须投翠缄，开缄骚句兼屈平。《本草图经》补未备，异邦小阮重留名。是时六月火云烁，正愁独酌愁朱明。目中有果人何在？相思但梦身翩轻。可怜困钝真老矣，嗟嗟白发盈千茎。南亩归耕定何日？双柑斗酒黄鹂声。兴来抚琴一长啸，高歌聊学邯郸行。寄语相期在不朽，郿哉桃李争春荣。"

（二）至于中国诗人先唱而朝鲜诗人后和者尤其多，《皇华集》中收载中朝诗人唱和诗歌6000余首，大多属于此类。如明英宗天顺八年（1464）五月二十日明朝颁登极诏，正使金湜画素竹屏风，并制诗书其上，赠朝鲜远接使礼曹判书朴元亨："新试东藩雪苎袍，夜深骑鹤过江皋。玉箫声透青天月，吹落丹山白凤毛。"朝鲜竟有十二人步韵和诗十四首，河东府院君郑麟趾《使华赠以手写素竹与诗，今扫彩筠和之，庶观一二二一之意云》："扶桑出日照金袍，手额皇华到汉皋。远忆淇园潇洒影，心同造化弄毵毛。"蓬原府院君郑昌孙《次韵》："宠倾三接赐恩袍，功业终期配禹皋。余事丹青臻绝妙，每将披阅纸生毛。"申叔舟《次韵》："天上儒仙蜀缤袍，笔端清兴寄林皋。青丘正值千龄运，玉叶琼枝化翠毛。""绿玉修修脱粉袍，骊黄不管九方皋。从知变化应无尽，一见风姿竖我毛。"吉昌府院君权擎《次韵》："万里行穿宫锦袍，才名不数汉枚皋。更将墨戏供余事，叹赏令人竖鬓毛。"崔恒《次韵》："白衣今见换青袍，风裁应传迈种皋。莫怪此君身便漆，丈夫性命任鸿毛。""潇洒癯姿拥碧袍，峥嵘壮节挺神皋。纵然形变神常谷，知是前身号绿毛。"金守温《次韵》："十载春风旧染袍，贞怀会见雪霜皋。谁教白质还青骨，变化中山一颖毛。"李承召《次韵》："霜雪癯姿拔翠袍，箨龙风雨变江皋。岁寒结得枝头实，栖集丹山五彩毛。"徐居正《次韵》："此君奇节可同袍，玉立亭亭万丈皋。龙腾变化应多术，一夜风雷换骨毛。"任元浚《次韵》："玉立撽撽俨碧袍，此君幽独倚寒皋。纷纷肉眼评真赝，谁料一生三伐毛。"姜希孟《次韵》："天上仙曹绿锦袍，翠虬张髯出神皋。谁知画史多方便，却把丹青变雪毛。"李芮《次韵》："瞥眼青袍也素袍，贞心依旧寄兰皋。谁较异同观化妙，人间万变竟龟毛。"金寿宁《次韵》："苦节何曾换故袍，枉教坚白辨湘皋。晴窗披得鹅溪茧，依旧青青颊上毛。"

四、赓和。朝鲜历代诗人赓和、次韵前代中国诗歌的汉诗。在朝鲜历代 20 万首左右的汉诗中，有成千上万此类诗作，最明显的如大量的和陶诗、和杜诗，其他如次韵苏黄等，确凿无疑地证明中国诗歌对朝鲜汉诗的深刻影响。

（一）和陶诗最多，甚至有专门的《和陶集》。如李晚秀嘉庆壬申（1812）五月所作之《和陶集》，其序曰："壬申首春，南迁于庆。夏五下旬，蒙恩北还。用惠州故事，聊以遣怀。为《和陶集》。"集中收和陶诗《风雨》《於皇》《岩岩》《宿昔》《哲人》《有女》《今夕》《奕叶》《有屡》《朝起三首》《麦醪》《谪居六首》《乡园》《默坐》《主人》《东京令公》《弹棋》《种菜》《家书》《乐岁》《日长》《欲雨二首》《步庭》《野人》《伏闻圣候康复贺仪诞举二首》《当归菜》《怀故人》《陶诗》《闻杜鹃有感》《栢栗寺》《有人饷笋》《闻西贼悉平》《偶题二首》《凉棚》《五月二首》《新篁》《摩腹》《覆盆子》《送主人令之任莱府》《看书》《齿摇》《晋牧赠竹帘》《东京怀古二十首》《行止》《鸡鸣》《寄儿》《待便》《望雨》《四时》《九十九首》《感怀十二首》《志悔七首》《恩宥三首》《赋归十三首》《归日三首》，共计55题126首，每首步韵和陶，或仿陶渊明有小序，并说明陶渊明原诗题目，如《风雨》："风雨，思伯氏也。自我云远，感彼风雨。日月流迈，山川修阻。不见其背，畴与无抚。愿言怡愉，翘首以仁。风雨萃止，时夜冥蒙。我思滔滔，瘝寐琴江。楂杖兰皋，垂纶篷窓。公于斯老，匪余谁从。郁郁园木，连条共荣。爱公如父，敬由中情。凤佩辟呀，罔或迈征。是曰乐有，无忝尔生。鱼不离渊，鸟返于柯。熙熙群物，春日载和。缅思田园，其乐实多。靡日可忘，孔怀如何。和《停云》。"

（二）和杜诗亦为大宗。如朴长远顺治戊戌（1658）《和杜诗秋兴八首》："晚木萧萧寒雨繁，巫山云物政黄昏。霜前已见飘胡雁，风外唯闻啸楚猿。丧乱每垂难制泪，流离实有未招魂。深知宋玉悲摇落，怅望千秋故宅存。""序节骎骎迫授衣，孤城病客怨斜晖。秦川万里书难达，楚岸千峰叶尽飞。采采菊花谁可赠，看看燕子自知归。云霄怅望朝仪阻，十载干戈晚计悲。""百年多病倦登楼，旅客中怀不自由。白露为霜虫吊夜，碧天如海月笼秋。干戈不息尘迷眼，书剑无成雪满头。最爱千株篱下菊，寒花似与酒人谋。""巫山一夜动西风，万木朝来太半空。天地秋深夔子国，兵戈老却杜陵翁。一身已任孤舟远，异地频惊令节同。开府尚哀官序显，步兵终哭暮途穷。""秋来羁思最难裁，白帝城尖画角哀。吴苑日斜孤鸟下，楚江风急独帆来。终成滟滪吟诗客，早擅蓬莱献赋才。何日归欤临素浐，当筵重把故人杯。""天高风急雁飞回，潦尽湘潭瘴雾开。十载逢秋犹卧病，万方多难独登台。昔时亲友何人在，故国音书几日来。莫叹衰毛无可白，丹心一寸未全灰。""长安九阙近青天，佳气葱珑彩仗边。画省春醮金斝酒，蓝衫晓衬玉炉烟。每趋螭陛催宫漏，常近龙颜拱御筵。病剧清漳秋色暮，梦中鹓列尚依然。""武皇曾凿昆明水，宏略雄威亘古今。星象高边云独傍，石鲸鸣处雨频侵。风牵翠荇秋涛荡，露湿圆荷晓月沈。万寓军麾归路阻，系舟愁寂楚江浔。"此诗和意而不次韵。赵䌹崇祯癸未（1643）七月十七日在日本江户的《十七日次老杜秋兴八首》则是次韵赓和："是日凉风透万林，旅窗疏响竹森森。孤城返照摇秋色，极浦归云结夕阴。霜发故添明镜里，商弦时动古琴心。故乡回首身千里，欹枕频惊楚户砧。""夜吟常至玉绳斜，忽忽他乡度岁华。古调偏怜齐客瑟，河源久着汉臣槎。扶桑海岸初宾雁，武蘘城头亦塞笳。从者劳歌皆愠见，来时溢浦始莺花。""橘树橙林弄晚晖，江干霁景晚霏微。金风且喜玄蝉寂，水曲翻思白鹤飞。庄舄越吟谁为听，参军蛮语亦须违。尉佗奉约无多日，万里归帆秋水肥。""伊昔耕岩进局蔡，逢秋不作楚人悲。放身淮海何多日，报国涓埃此一时。鱼背舟行波怒立，鲲岑天阔梦归迟。年光荏苒空留滞，张翰莼鲈不可思。""衣冠皮服共云山，方丈蓬莱指顾间。□舶生涯他自得，侏俪言语我何关。狙公赋芋恒逢怒，桂蠹盈盘一破颜。袅袅秋风来白雁，分明昨夜梦鹓班。""散发纶巾不着头，去年今夕太湖秋。浮云快放三更月，斗酒能销万古愁。便是出尘如野鹤，自来为伴见沙鸥。灵槎一泛成何事，到此唯知更九州岛。合德浦即太湖"，"醉乡吾老伴无功，绝意争名一世中。投足但思东郭履，侧身长爱北窗风。谁知秋鬓如丝白，来傍东溟浴日红。驷马高车皆分外，屈伸盈缩问仙翁"，"门前江水碧逶迤，更有鲦鱼百顷陂。举网时兼桑落酒，携朋秋插菊花枝。鸥鸣小槛机将息，月上高台席屡移。一出世间违晚计，客中霜发自垂垂"。

（三）其他赓和韩白苏黄者亦多，仅各举一首为例。次韵韩愈诗。嘉靖己亥（1539）三月，作为迎接明朝天使的远接使和从事官的崔演（字演之）、苏世让（字彦谦）、严昕（字启昭）、林亨秀（字士遂）一同赓和韩愈诗《春雪排律十韵用韩文公韵》："拟揽青春景，翻歌白雪谣。入帷知急酒，投沼觉先消。越女妆铅面，巴童舞素腰。欺花封嫩萼，侵柳勒柔条。授简思梁苑，吟诗忆灞桥。衾寒嫌冷透，眼缬怯光摇。阶满凹成凸，窗明暮作朝。响多敲竹碎，片细逐风飘。顿讶墙施垩，还疑树挂绡。凭栏愁索句，添着鬓丝饶。演之""自怪凌春雪，谁歌授简谣。黏枝轻未坠，着地冻难消。已怯梅留压，还愁柳舞腰。明珠铺断麓，狂絮糁长条。鹤鳖僧寻寺，银环马过桥。帘疏投未碍，窗簿色先摇。云叶凝清晓，琼花散晚朝。雨余犹细细，风急转飘飘。人去看衣缟，阶平讶积绡。似添衰鬓白，天岂不吾饶。彦谦""那知三月半，白雪起新谣。阴沴疑犹在，阳和恐已消。欺春全夺气，没地欲侵腰。漏泄呈梅萼，侵凌压柳条。兰亭将作契，灞水却寻桥。黄鸟愁沾湿，青林怎动摇。燃红看昨日，积翠自今朝。芳兴无多见，羁思不禁飘。浅斟成密坐，闲写展轻绡。未识天公意，终愁莫我饶。启昭""白雪传新曲，阳春罢旧谣。侵宵寒更袭，入昼暖初消。微冻封桃眼，余威勒柳腰。严风虽料峭，春意肯萧条。燕去花随觜，鹦飞絮拂桥。气侵衣乍冷，光缬眼先摇。舞阁春愁晚，妆楼夜易朝。兼梅落不见，趁蝶去同飘。摸写难凭句，形容合倩绡。还嫌侵客鬓，添白不曾饶。士遂"。次韵白居易诗。

朝鲜英祖丁亥（1767）三月二十九日金龟柱《三月晦日步白香山饯春诗二首》："小院惜春春自去，拦遮何赖锁荆关。祝融按节方临至，上帝无私却放还。只信莺花长欸好，那知罇酒忽凄颜。悲歌且欲留斜景，羲驭催归若木间。""目渺天涯眉不展，离情殆甚饯阳关。若终是日遂将尽，待到明年方始还。设此诗罇非乐意，怜渠花鸟作何颜。曲栏小雨池塘月，黯黯相思在此间。"次韵苏轼诗。宣祖甲午（1594）崔岦《雪后次东坡韵四首之第一》："疏疏密密复纤纤，妩媚玄冥未觉严。饼饵争投金色鲫，杯盘易饫水精盐。梅花照夜偏侵牖，柳絮随风故入檐。客子明朝应起早，要看天际玉峯尖。""城头昨夜辨乌鸦，积照宁论十二车。已兆三看充腊瑞，谁将六出别春花。诗思孟浩吟随处，病羡袁安卧着家。最是行台年学富，章成不待手频叉。""上帝高居愍衰世，端须一雪宿申严。楼奢白玉教先碎，食淡苍生为下盐。暮夜谁怜投暗璧，明朝定好负暄檐。羁臣正自头争皓，宁把毛锥较钝尖。""正是玄冬行雪节，犹教紫电逐雷车。初看迸落珠玑实，渐见交飞蛱蝶花。抵死三年民对垒，思归千里客无家。即知帝力俄舒惨，欲诉危惊畏夜叉。是日雷电霜俱作"。次韵黄庭坚诗。英祖癸丑（1733）尹凤五《陪内舅入冷泉拈黄山谷韵共赋癸丑》："吏隐真成木石居，林泉爽气映襟疏。选山佳处频移席，得句圆时喜捋须。闲语不飞秾树鸟，自跳还没绿潭鱼。轻风素石方清坐，到此尘心一点无。"

（四）赓和其他中国诗人之作。此类亦颇多，仅举一例。肃宗辛卯（1711）申靖夏《闲来次壁上宋人诗韵》一次赓和中国宋代梅尧臣、王安石、苏轼、陈师道、陈与义、陆游、范成大、刘克庄八位诗人之韵："有兹居处胜，莫怪宦情微。隐几桃枝近，开门野鸭飞。呼儿理钓艇，留客坐书闱。日作佳辰醉，谁能惜典衣。右宛陵韵"。"闲居每独坐，忽忽易春阴。池暖鱼游得，花开蝶舞深。径危如欲断，藤走似相寻。隐几鸣泉近，萧然有静音。右半山韵"。"东船昨夜至，春水下兴元。花柳清明节，人烟高下村。行随川鹭引，归带谷鸦翻。清唱渔樵返，江楼已夕昏。右东坡韵"。"渐看斜照敛，犹觉远沙明。夜筒灯流影，春洲鹳有声。酒应须客醉，诗不要人惊。已作江居久，叉鱼手未生。右后山韵"。"野客平凉笠，长郊受日斜。鹭飞时挟子，桃卧自开花。决决流沙水，青青吐麦芽。遥识青帘色，林中指酒家。右简斋韵"。"饮量嫌犹弱，微醺在合升。春游频酿酒，夜博共围灯。新水鸥还怯，轻寒柳未胜。心知朝食淡，带雨去收罾。右放翁韵"。"村少冬前蓄，常多春后饥。收鱼入浦远，射雉出林迟。生事烦人问，门庭畏客知。西崖每独往，登顿不言疲。右石湖韵"。"幸无花事晚，及此罢官初。林黑鸠呼雨，川浑儿漉鱼。贫犹厌求食，病亦未忘书。莫以谋生拙，仍言我阔疏。右后村韵"。

五、咏史。由于中国诗人吟咏朝鲜历史之诗极为鲜见，故此项内容中绝大多数作品为朝鲜诗人吟咏中国历史。此类咏史诗通过对中国史实的回顾，或感慨兴亡，或借鉴成败，都体现了中国文化对朝鲜诗人和诗歌的深刻影响。如高丽著名诗人李奎报在高丽明宗二十四年（1194）所写之《开元天宝咏史诗》四十三首，其序曰："予读书之间，见唐明皇遗迹。开元已前勤政致理，太平之业几于贞观。天宝已后怠于政事，嬖宠钳固，信用谗邪，遂致禄山之乱。至播迁西蜀，几移唐祚。可不悲夫！是用拾善可为法、恶可为诫者播于讽咏。虽事有不关于上者，其时善恶，皆上化之渐染，故并掇而咏之。岂敢补之风雅？聊以示新学子弟而已。"

六、事迹。中国诗人在朝鲜之事迹，朝鲜诗人在中国之事迹。

（一）前者如援朝抗倭的明朝大将李如松在万历二十一年（1593）在朝鲜之事迹，"癸巳，天朝遣将李如松等帅百万兵渡辽来援，大破贼酋平清正于平壤城，乘胜复三京"。李赠朝鲜都体察使柳成龙的题扇诗："提兵星夜到江干，为说三韩国未安。明主日悬旌节报，微臣夜释酒杯欢。春来杀气心犹壮，此去妖氛骨已寒。谈笑敢言非胜算，梦中常忆跨征鞍。"豪放雄浑，大气磅礴。

（二）后者则更多，如朝鲜多达455种的"朝天录""燕行录"和"飘海录"，详细记载了高丽、朝鲜诗人在中国的历程。兹举一例。李海应《蓟山纪程》卷之三记载其嘉庆甲子（1804）正月两度拜见纪昀事："乙卯（二十五日），晴。玉河馆留。纪晓岚尚书宅。余欲一见晓岚，遣人探候，约与今日会话。故从崇文门出，曲转而过五里许，至其门，门小仅容一人，遂入其坐外炕。其管家数人劝茶，虚座为主客之礼曰：'大人今日在家等候，俄被皇帝召命，才离驾矣。可于一二日后再枉否？'余遂惟惟而还。路琉璃厂，入王景文铺，小醉馆中，诸人亦多来会此者。""丁巳（二十七日），乍阴。玉河馆留。访晓岚不见。朝又往至晓岚家。晓岚自阙晓出，而见方以风眩伏枕，未遑接客云。故余遂呈刺，而跋其尾曰：'海外疏踪，饱仰鸿名。再造门屏，三生缘薄，未奉光仪，恨何有既？第有零星诗文，带来行橐，欲一质高明者雅矣。或可暇日尘正，兼赐弁卷之章，谨当归诧东隅，庸替古人三壮元之一也。惶恐手报。'兼以湾尹文藁同封，授管家。管家闻命而入，少顷来报曰：'大人强起，读一篇未了，旋又按枕眩晕，犹未得奉答华刺。可胜悚叹。今方邀医入诊老爷，须预卜后日。'余又自外而还，诗文则谓以'展在几案，当俟抖擞评览'云。"

七、评价。中国诗人对朝鲜诗人之评价，朝鲜诗人对中国诗人之评价。

（一）前者如钱谦益《列朝诗集》、朱彝尊《静志居诗话》（姚祖恩辑自《明诗综》）中对高丽、朝鲜诗人的评价。朱氏评朝鲜诗人权近曰："阳村至京师，高皇帝优礼待之，赐衣赐食，爰命赋诗。阳村先之以本国兴废之由，道途经过之所，次之以本国离合之势，山河之胜，与夫邻境之情形，兼述东人感化之意。既成，精华炳蔚，音响铿锵。帝览之称叹，因命与刘公三吾、许公观、景公清、戴公德彝、张公信辈，偕游南北市来宾、重译、鹤鸣、醉仙诸楼，帝又赐以御制三诗。阳村《题鹤鸣楼》诗云：'鹤鸣楼上久徘徊，环佩珊珊缓步来。已喜清歌和宝瑟，况看纤手奉玉杯。南临帝甸山河壮，北对天门日月开。得被内臣宣圣泽，六街三日醉扶回。'此洪武丙子岁事。建文四年春，朝鲜恭定王李芳远令知申事朴锡下议政府镂板以行。于是嘉靖大夫艺文馆提学国人李詹、暨奉使翰林史官兵部主事金陵端木孝思均为作序。而淮南陆颙、番阳祝孟献题诗其后焉。阳村赐游酒楼，《实录》未之载。予所见《应制集》，则天顺元年朝鲜本也。"又如清代诗人李调元对朝鲜《四家诗》的朱墨两色评点。

（二）后者则更多，可从《韩国诗话全编校注》和笔记、文集、书信中辑得。兹亦举一例。李晬光《芝峰类说》："诗用叠字，古人不以为嫌，最忌意叠。如苏子瞻律绝中叠使数字者多矣，至于杜、韩两诗叠押韵字，此则不为病，唯观作句工拙如何。然语其精，则恐亦不免小疵耳。"

八、诗集。朝鲜刊刻中国诗集情况，中国刊刻朝鲜诗集情况；中朝诗人互赠诗集情况；中国与朝鲜购买流通诗集情况。刊刻情况见于韩国和中国的各种书目及史书。

（一）朝鲜刊中国诗人诗集，如《朝鲜世宗实录》"十八年正月二十九日"载："乙未。颁铸字所印《李白诗集》于宗亲及文臣五品以上。"又如朝鲜正祖李算于己未（1799）编辑刊刻《杜陆千选》八卷，于其《群书标记》中云："杜律五七言五百首，陆律五七言五百首，皆手选也。命内阁以丁酉字印颁。"

（二）中国人刊朝鲜诗人诗集很少，如明朝吴明济之《朝鲜诗选》。钱谦益《绛云楼书目》云："万历中有援朝之师，会稽吴明济子鱼，司马之客也。从军至平壤，因采诗于其国。作后序者许筠，东国之以文学鸣者也。"
按：《朝鲜诗选》在朝鲜半岛已佚，今仅存国家图书馆。是书由中国人采集
于朝鲜，完稿万历戊戌（1598），刊刻于万历庚子（1600）。该书韩初命序
云："丁酉秋，余以倭奴之役督饷朝鲜……次岁……会稽吴君访余于白岳之
阳，出其所选《朝鲜诗》，余读之忘倦焉。"

　　互赠与购买则屡屡见于中国、朝鲜各种史籍和笔记、文集。

　　（三）中国诗人赠诗集给朝鲜人。李德懋《清脾录》载乾隆丁酉（1777）
李调元赠朝鲜诗人柳琴《粤东皇华集》事："李雨村调元，字羹堂，一字秫
塘，四川罗江人。雍正甲寅十二月初五日生。父化楠，官至北路掌印同知
府。羹堂乾隆癸未进士，见官吏部考功司员外郎兼文选司事，僦屋居燕京
顺城门外。丁酉春，柳琴弹素随谢恩使入燕。弹素，奇士也，欲一交天下
文章博洽之士。尝于端门外，见羹堂仪容甚闲雅，直持其襟请交，遂画砖
书其姓名及字。羹堂一见投契，称其名字之甚奇。弹素屡造其室，谆谆善
接人，呈露心素，有长者风。见弹素兄子得恭惠风别诗，大加称赏。临别
赠以诗曰：'有客飞乘过海车，玄谈天外乍逢初。自言不学张津老，绛帕蒙
头读道书。（案自注：几何主人，公自号也。喜天文句股之学，故云。）平
生皮里有阳秋，时抱虞卿著述愁。谁把诗名传海外，看云楼集客来求。长
衫广袖九衢喧，避怪多蒙暂驻轩。他日寄书传小阮，有诗付雁与吾看。天
寒风劲扑窗纱，佳客论心细煮茶。日暮归怀留不得，惟将明月托天涯。'仍
馈其广东主考时所作《粤东皇华集》及松下看书小照。嗟乎！中国人之于
友朋交际，情真语挚有如此者。"

　　（四）朝鲜赠中国诗人则以其刊刻之各种《皇华集》为多见。《朝鲜中
宗实录》卷八十四载嘉靖十六年（1537）事："正使曰：'我闻国王命大臣
撰《皇华集》，又令作序云。其所作序者，欲预知而去矣。'上曰：'《皇华
集》，例于越江后，以其诏使之制及陪臣所制，聚而印出送之。序则左议政
金安老制之矣。'天使曰：'多谢。'"

　　九、诗人。对涉及中朝诗歌交流的所有诗人加以介绍。在系年中该诗人
作品首次出现时加以简介，来源尽量利用有关史籍，以确保文献的准确性。

　　（一）中国诗人，如："倪谦（1415～1479），《江南通志》卷一百六十五
《人物志·文苑一·江宁府》：'倪谦，字克让，上元人。正统己未，进士第三
人。奉使朝鲜，文翰风采倾动海邦。天顺己卯，主试顺天，黜权贵子，诬构
谪戍开平。成化初复职，官至南礼部尚书。谥文僖。所著有《玉堂稿》、《辽

海编》诸集。'"

（二）朝鲜诗人，如："李克堪（1427～1465），《纪年便考》卷七：'李克堪，广州人，克培弟。世宗丁未生，字德舆，世宗甲子十八文科，历南床、铨郎、典翰、直学。丁卯登重试，文宗辛未选湖堂。世祖朝，策佐翼功三等，封广城君。三十八为八道都观察使，官止吏判。有文名，但以贪婪取讥。戊子卒，年四十二。赠领相，谥文景。'"

十、背景。有关中韩诗歌交流的文化制度背景材料。对中朝的典籍广搜博览，爬梳剔抉，钩稽背景材料纳入系年体系。兹举一例，《朝鲜太宗实录》卷十三："（七年三月二十四日）乞自今时，散文臣三品以下，每年春秋仲月会艺文馆，馆阁提学以上出题赋诗，以考能否，具名申闻，以凭叙用。中外学校，每年春秋季月，复行课诗之法。监司守令监学之时，亦令赋诗，旌其能者，以加劝勉。"

2014 年 11 月《系年》立项之前数月，笔者已出版《明洪武至正德中朝诗歌交流系年》（人民文学出版社，2014）。立项后至今，项目组成员又出版《诗话丛林校注》（人民文学出版社，2015）、论文集《中朝三千年诗歌交流考论》（南开大学出版社，2016）、《新罗高丽朝鲜汉诗集成》（70 册，凤凰出版社，2018）及发表论文《中朝诗歌交流的历史巅峰——明朝使节与朝鲜臣工诗歌唱酬刍论》（《南开学报》2016 年第 3 期）、《宋神宗、哲宗时期中朝汉诗交流系年》（《南开学报》2016 年第 3 期）等多篇。目前《系年》文献整理已达 500 余万字，距预计的结项时间 2023 年还有 6 年之久，项目组中外同人都在刻苦努力地工作，并对顺利完成一部规模宏大而又考辨精确的《中朝三千年诗歌交流系年》充满信心。

「研/究/综/述」

台湾地区陈维崧研究综述

梁雅英[*]

前　言

　　陈维崧（1625～1682），字其年，号迦陵，江苏宜兴人。明末四公子陈贞慧之子，生于明天启五年（1625），卒于清康熙二十一年（1682）。陈维崧身处明清易代之际，为清初阳羡词派的宗主，词风慷慨激昂，寓家国之思于词，并提出尊体说，将词的地位提升至经、史的高度[①]，对清初词坛有极大的影响力。陈维崧工诗、词、骈文，吴伟业将陈维崧、彭师度、吴兆骞三人合称为"江左三凤凰"，可见陈维崧在文坛地位，备受重视。

　　后世学者对于陈维崧研究甚多，陈水云在《二十世纪清词研究史》一书中曾论及1980～2000年港台及海外地区的陈维崧相关研究，将港台地区陈维崧的研究论文、专书做一脉络系统性的梳理。[②] 然台湾地区之研究资料，有学位论文、期刊论文、专书论文、会议论文等资料，有将近五成以上资料并未电子化，加之陈维崧之相关研究，台湾地区出现大量的研究成果，主要集中于2000年以后，因此，有必要再重新做一系统性的综述，故笔者今欲梳理台湾地区1949～2017年6月对陈维崧的相关研究，以1949年以后

　　＊　梁雅英，台北"中央"大学中文系博士研究生。
　　①　陈维崧《词选序》："选词所以存词，其即所以存经存史。"《陈迦陵文集》（四部丛刊本），台湾商务印书馆，第31～32页。
　　②　陈水云：《二十世纪清词研究史》，高雄，丽文文化事业，2007，第292～295页。

的台湾地区期刊、专书与学位论文为主——论点分为：（1）1949 年至 2000 年的前期研究成果；（2）2001 年至 2017 年 6 月的后期研究成果——加以论述。

一 1949～2000 年期间的研究成果

第一篇专文讨论陈维崧的单篇论文，是 1980 年东海大学中文系孙克宽撰写的《陈迦陵诗词小论》①。1987 年至 1992 年，高雄师范大学国文系硕士研究生丁惠英陆续以陈维崧的生平、家世、年谱，在《文藻学报》《中国国学》等刊物发表《陈维崧词浅析》②《陈维崧先生家世》③《陈维崧先生年谱》④《陈维崧的交游》⑤《〈湖海楼词〉的风格》⑥ 等一系列的文章，并在 1992 年，将这些系列文章结集，成为第一本陈维崧研究的硕士论文《陈维崧及其湖梅楼词研究》⑦。东吴大学苏淑芬在前人的研究基础上，从 1995 年到 2000 年，在《大陆杂志》与《东吴中文学报》发表了《陈维崧怀古词初探》⑧《陈维崧社会词研究》⑨《陈维崧与清初词坛之关系研究》⑩ 三篇论文。1997 年，高师大国文系王翠芳撰写《陈维崧〈湖海楼词〉研究》⑪。1999 年，叶嘉莹先生在《台湾大学文史哲学报》发表《记南开大学图书馆所藏手抄稿本〈迦陵词集〉》⑫，该文后来被收入 2000 年出版的《清词散论》之中。

从研究的发展脉络来看，1980 年台湾地区第一篇撰写陈维崧的相关单篇论文，显然是受到当时时代背景影响。孙克宽是孙立人将军的侄子，1955 年至 1972 年任教于东海大学中文系。孙克宽在《陈迦陵诗词小论》一文

---

① 孙克宽：《陈迦陵诗词小论》，《书目季刊》，1980 年 12 月，第 3～16 页。
② 丁惠英：《陈维崧词浅析》，《文藻学报》，1987 年 12 月，第 29～40 页。
③ 丁惠英：《陈维崧先生家世》，《中国国学》，1990 年 11 月，第 201～211 页。
④ 丁惠英：《陈维崧先生年谱》，《文藻学报》，1991 年 3 月，第 1～21 页。
⑤ 丁惠英：《陈维崧的交游》，《文藻学报》，1992 年 3 月，第 119～153 页。
⑥ 丁惠英：《〈湖海楼词〉的风格》，《中国国学》，1992 年 11 月，第 199～212 页。
⑦ 丁惠英：《陈维崧及其湖梅楼词研究》，高雄，复文书局，1992。
⑧ 苏淑芬：《陈维崧怀古词初探》，《大陆杂志》，1995 年 3 月，第 34～48 页。
⑨ 苏淑芬：《陈维崧社会词研究》，《东吴中文学报》，1999 年 5 月，第 119～159 页。
⑩ 苏淑芬：《陈维崧与清初词坛之关系研究》，《东吴中文学报》，2000 年 5 月，第 131～171 页。
⑪ 王翠芳：《陈维崧〈湖海楼词〉研究》，硕士学位论文，高雄师范大学国文学系，1997。
⑫ 叶嘉莹：《记南开大学图书馆所藏手抄稿本〈迦陵词〉》，《清词散论》，台北，桂冠图书公司，2000，第 423～443 页。

中即言明陈维崧的诗词，足以"供我们这一代'沧桑之际'的读者来讽诵"①。可见作者孙克宽选陈维崧作为主题，具有深意。文中全面介绍陈维崧的生平、交游、著作，将陈维崧的诗词扣合明末清初甲申国变的大时代来谈，特别针对陈维崧诗词中关于兴亡、今昔对比的诗词作介绍，如《听白生弹琵琶》中"纵酒狂歌总绝伦，曾将薄艺傲平津。江南江北千余里，能说兴亡是此人"等类似题材提出申说。此外，孙克宽也在文中多次提到，陈维崧作品"不自觉充满肉的色彩"，所谓的"肉"，即陈维崧笔下征歌选色的作品，对于陈维崧和徐紫云的艳迹，也有所着墨。在词作介绍的最后，孙克宽选陈维崧《凤凰台上忆吹箫·金陵怀古词》作结，词中陈维崧回顾了落魄王孙的身世。孙克宽在该阕词的解释中说："秣陵——南京，这一个千古兴亡的都会，青山绿水，红粉青衫，实在够伤感性浓烈的知识分子们怀念。"② 可见孙克宽举陈维崧之诗词，实际上是为了抒发自己内心的感慨。在全文结束之际，孙克宽对借由介绍陈维崧的诗词，对中国近代词坛提出感想：

（清词）发展到清末民初况蕙风，朱彊村提倡吴梦窗体，尊为词中巨擘。把他一些晦涩的哑句，都奉为律令，与同光派诗论主张孟东野、梅圣俞一派的苦涩之诗相和应。我每读晚清的词（在龙编《词学季刊》的作品）总不免颦眉结舌地来读，读了几遍还不能明白到底在说些什么，把音响都压低在"不绝如缕"的低调中，这些遗老式词人，都是自弃于时代之外，自己筑起高墙与现代社会隔绝起来。所以，这些人入民国后的诗词，真是亡国之音，但却被后学奉为正声。在今天这大时代的中国人实在不需要它。作为堂堂丈夫的中国词人，是应该读那些有丈夫气、英雄气的作品，来开辟自身的前途，振奋民族的意志、精神。像宋词中苏东坡的俊爽豪荡，辛稼轩的慷慨激烈，正可以振奋我们这样委靡不振的民族情绪。我觉得迦陵那些"霸气纵横"的作品、实在是挽救衰靡词坛一剂壮药，因此我所抄选的大多此类，读者大概笑我是野狐禅吧！③

① 孙克宽：《陈迦陵诗词小论》，《书目季刊》，1980 年 12 月，第 4 页。
② 孙克宽：《陈迦陵诗词小论》，《书目季刊》，1980 年 12 月，第 15 页。
③ 孙克宽：《陈迦陵诗词小论》，《书目季刊》，1980 年 12 月，第 15 页。

从上述这段文字中可见孙克宽介绍陈维崧的诗词，是有其时代背景与期许存在，不仅只是单纯陈述陈维崧的生平与诗词的艺术表现，更期待陈维崧的诗词可以成为振奋民族的一剂良药。

1987 年丁惠英发表的一系列陈维崧的相关论文，在 1992 年结集成《陈维崧及其湖梅楼词研究》一书，是台湾最早关于陈维崧词作研究的专书。该书全台图书馆仅有一本，现藏于台北图书馆。书中前有陈迦陵手书词稿书影，共分九章，并有附录陈维崧年谱。第一章绪论，第二章陈维崧的生平，第三章陈维崧的交游，第四章湖海楼词内容上之分类，第五章湖海楼词的修辞，第六章湖海楼词的词调及用韵，第七章湖海楼词的风格，第八章湖海楼词的评价，第九章结论。在绪论部分，作者有专节论述阳羡词派的形成与陈维崧的密切关系，并认为阳羡词派的词论在于推尊词体、刚柔并重、重视音律三点。在湖海楼词的内容上，分成亲情、登临怀古、感时抒怀、唱和酬赠、田园、咏物、录奇人异事七类。在词调上，归纳陈维崧创作最多当属长调，长调中数量最多者为《贺新郎》135 首、《念奴娇》108 首、《满江红》96 首、《沁园春》73 首，作者认为陈维崧多使用长调填词，实是"意多慷慨，正可敷叙其心中块垒，吐纳胸中激昂情绪"①。在湖海楼词的风格分期上，分为四期。第一期：公元 1668 年以前的词作，由早期词作至康熙七年《乌丝词》的刊版（1668）。第二期：公元 1668～1672年，从《乌丝词》刊行之后至康熙十一年壬子（1672）在河北、河南等地之作，以寓中州期间的创作为主。第三期：公元 1672～1678 年，康熙十一年离开河南，至康熙十七年戊午（1678）入京，在宜兴所作为主，加上与江南各地诗友唱和的作品。第四期：公元 1678～1682 年，自康熙十七年入京，至康熙二十一年壬戌（1682）去世在京城期间的词作。在湖海楼词的价值中，丁惠英认为有两点重要之处，其一是开豪放雄壮的阳羡派，其二是重视词的本体，词体有存经存史的功能，因此词能感慨身世，具有时代兴亡之感。丁惠英最后引孙克宽之言，又将陈维崧词与现今时代做结合：

> 在今日工商业社会，传统价值观已分崩离析，新的思潮，常使人迷惘，是非不明，价值观混淆，人们多迷失在金钱权力的追逐中，生活奢靡放荡。苏东坡的旷逸之怀，辛稼轩的英雄理想，陈其年的时代

---

① 丁惠英：《陈维崧及其湖梅楼词研究》，第 180 页。

关怀，可以给人一股豪气，使人心胸开阔，以高超的理想关爱家国，丰富充实个人的生命，为此笔者认为在我们日益冷漠、自我的社会中，如果文艺中多些豪气正气的作品，如其年词类的杰作，或许可以消除冷淡，拉近人们心灵的距离，社会乱象会减少些。①

丁惠英《陈维崧及其湖梅楼词研究》虽为硕士论文出版成为专书，也对陈维崧湖海楼词进行条理分析的论述，但文末还是要将陈维崧词作扣合当今时代来谈，期待陈维崧词作中的豪气可以改善社会，降低社会乱象。

自孙克宽与丁惠英之后，陈维崧的词作与词论渐为人所重视，1995 年，东吴大学中文系教授苏淑芬开启一系列陈维崧风格词与词坛关系的单篇论文：《陈维崧怀古词初探》②《陈维崧社会词研究》③《陈维崧与清初词坛之关系研究》④。《陈维崧怀古词初探》前述陈维崧词婉约与豪放并蓄，接着叙述陈维崧的生平际遇、性格特质。全文将陈维崧的怀古词分为两类：其一是凭吊古人，抒发情怀；其二是凭吊古迹、寓兴衰之感。作者将陈维崧怀古词写作特点归纳有四，分别为：（1）气盛字雄而柔媚婉约情致少者，一路使气到底，使人喘不过气，偶尔峰回路转，亦是气象一新。（2）沉重有余，郁结稍欠。言陈维崧怀古词有豪壮气魄，但不及稼轩词沉郁浑厚。（3）口语与散文的结合。言陈维崧用散文句法填词，抒发感慨悲愤之情。（4）怀古词以感伤为基调。因陈维崧的生平际遇，使他的怀古词"有寄托亡国的恨事，穷途潦倒自嘲的悲哀，有志难伸的沉痛"⑤。故将身世际遇托于怀古之中，而以感伤为怀古词的基调。

《陈维崧社会词研究》一文中，苏淑芬认为陈维崧的社会词呈现了当时民情的五种风貌，分别是：赋税苛严；农民苦雨；战争带给百姓的灾难；感叹贫富悬殊；收成欠佳，物价昂贵，是词史上第一个用词记录民生疾苦的词人。而陈维崧社会词的贡献在于存史、存典章制度、拓展词境、提高词的地位四点。《陈维崧与清初词坛之关系研究》一文，则是探讨陈维崧词论及陈维崧与清初词人的交流往来与影响。文章认为陈维崧早期词作受陈

---

① 丁惠英：《陈维崧及其湖梅楼词研究》，第 235 页。
② 苏淑芬：《陈维崧怀古词初探》，《大陆杂志》，1995 年 3 月，第 34 ~ 48 页。
③ 苏淑芬：《陈维崧社会词研究》，《东吴中文学报》，1999 年 5 月，第 119 ~ 159 页。
④ 苏淑芬：《陈维崧与清初词坛之关系研究》，《东吴中文学报》，2000 年 5 月，第 131 ~ 171 页。
⑤ 苏淑芬：《陈维崧怀古词初探》，《大陆杂志》，1995 年 3 月，第 46 页。

子龙云间派影响，多用小令写闺怨，以咏物为主，中后期因国破家亡之痛，词作才改为长调。此外，苏淑芬亦归纳出四点陈维崧受吴伟业影响之处：早期以小令，晚期用长调；咏史词；词中记民生疾苦；反映亡国身世之痛。在词论的提出上，苏淑芬归纳陈维崧的词论共有五点：其一，尊崇词体；其二，认为婉约与豪放并存；其三，提升词品；其四，提出"词穷而后工"的概念；其五，延续吴梅村的诗论，提出词应寄寓亡国之恨。这些论点将陈维崧的词作与词论与当时社会环境相扣合，承先启后，使陈维崧词作与词论的讨论更加深入。

1997 年，高雄师范大学国文系硕士生王翠芳的《陈维崧〈湖海楼词〉研究》①，是陈维崧相关研究的第二本学位论文。全书分为七章，第一章为绪论，叙述论文的研究动机与方法。第二章为清初之阳羡词派，该章从清词中兴谈到阳羡词派，并梳理云间词派到阳羡词派的过程。第三章为阳羡词宗陈维崧，这个章节介绍陈维崧的生平、著作、词学观、兼论及明末清初词体观念的演进，并论及《湖海楼词》的著作历程。第四章为《湖海楼词》之内涵分析，该章共五节，谈陈维崧词中对自我形象的描绘、感士不遇的孤寂、民生疾苦的悲悯、吊古伤今的幽慨、触物有情的闲致；值得一提的是，王翠芳注意到陈维崧词中对自我形象的描绘，从狂生与兀傲形象两处切入，发前人所未发。第五章为《湖海楼词》之艺术技巧与风格，艺术风格分为豪迈雄放、沉郁苍凉、恢奇诡丽、婉丽清新四点来谈，技巧则有口语、散笔入词、比兴寄托的手法运用等。第六章《湖海楼词》之艺术特色则认为陈维崧词是他生命基调的一贯呈现，英思奇想，不落凡俗。第七章结论归纳陈维崧词作三大特点为：情感真实；继承苏轼；冲破词体的格律，展现自由恣肆的精神。

1999 年，叶嘉莹先生在《台湾大学文史哲学报》发表《记南开大学图书馆所藏手抄稿本〈迦陵词集〉》②，该文是台湾地区第一篇对于陈维崧稿本《迦陵词集》所做的介绍。全文介绍南开大学图书馆藏手抄本《迦陵词集》，并提出以下几个论点。（1）词稿现况介绍：说明词稿册数为八大册，有朱笔、墨笔、蓝笔三评点，手稿颜色、题签、目录、收录牌调等状况。（2）将稿本和南开大学康熙二十八年（1689）患立堂员科后印本《湖海楼全集》

---

① 王翠芳：《陈维崧〈湖海楼词〉研究》，硕士学位论文，高雄师范大学国文学系，1997。

② 叶嘉莹：《记南开大学图书馆所藏手抄稿本〈迦陵词〉》，《清词散论》，台北，桂冠图书公司，2000，第 423～443 页。

版本相互比较。(3) 推定稿本为陈维崧生前所整理写定，不过写录者非陈氏自身，而是陈氏请人抄写。(4) 整理稿本评语的署名，共有两种状况，第一种有署名之评语；第二种是没有署名之评语，其中大部分评语是未署名的。该文呈现此一珍贵稿本资料与讯息给台湾地区的研究者，使有志之士能够按图索骥，得知南开大学有此一珍贵稿本的存在。该文随后收入叶嘉莹出版的《清词散论》一书中，书后并有上海古籍出版社陈邦炎先生与北京中国历史博物馆史树青先生二人的附考。

2000 年，成功大学中文系博士生陈美朱完成博士论文《明末清初诗词正变观研究——以二陈、王、朱为对象之考察》①，这是与陈维崧高度相关的第一本博士论文，以清初陈子龙、陈维崧、王士禛、朱彝尊的诗词正变观为考察对象，跳脱单一词人的研究，进行综合考察。论文中探讨陈维崧由诗词并行到专攻填词的改变，论述陈维崧"以词为正"的论词心态。较特别的是，作者将陈维崧的诗作拉入讨论，对于陈维崧的诗词正变观与创作相互比较，这是继孙克宽《陈迦陵诗词小论》之后，再将陈维崧诗作纳入词的讨论范畴内，且比较陈维崧的诗词创作，相当具有系统性。且作者在第四章第四节论及陈维崧"以诗为词"所面临的理论困境时，更是发前人所未发，提出了理论困境，有以下几点：(1) 取法对象的商榷，认为陈维崧之词浑厚跌宕，学词者"不可学、不易学"，相较于朱彝尊倡导的雅正之路，反而较陈维崧的阳羡词派更有迹可循。(2) 清代对词体本色、正宗的认定，使陈维崧词作和苏轼词作一样，"虽极天下之工，要非本色"，故"尽管承认他写得好，却还是归之于'别调'、'偏诣'的行列"。②

从上述的研究成果来看，陈维崧与相关词学研究，要至 1980 年才有第一篇专文介绍，孙克宽从时代背景出发，讨论陈维崧的诗词，并梳理陈维崧的生平与著作，更呼应 1980 年代左右的时代背景，但孙克宽对陈维崧的词学研究仅限于陈维崧个人，并没有扩及阳羡词派的讨论。1987 年，丁惠英一系列的单篇论文讨论陈维崧的湖海楼词，至 1992 年《陈维崧及其湖梅楼词研究》一书，已经论及陈维崧与阳羡词派的关系，并进而针对阳羡词派是否能成派的问题，持肯定的意见。同时丁惠英也继承孙克宽以陈维崧词作为

---

① 陈美朱：《明末清初诗词正变观研究——以二陈、王、朱为对象之考察》，博士学位论文，成功大学，2000。

② 陈美朱：《明末清初诗词正变观研究——以二陈、王、朱为对象之考察》，第 143 页。

时代关怀的重点，赋予陈维崧词作鼓舞当时社会，改变社会风气的现实意义。1995 年以后，苏淑芬究陈维崧词作风格，进行相关深入研究，自此，开启陈维崧以题材分类的词作研究，陈维崧的怀古词与社会词渐被注意。1997 年，王翠芳的《陈维崧〈湖海楼词〉研究》条分缕析，将陈维崧词学相关论题梳理得更为完整。1999 年，叶嘉莹的文章从版本角度出发，将手稿本《迦陵词集》介绍给研究者。2000 年，陈美朱的《明末清初诗词正变观研究——以二陈、王、朱为对象之考察》以清初词人为群体对象的考察，跳脱单点式单一词人的研究，进而分析陈维崧在词史定位上的局限，从朱陈并举到扬朱抑陈的原因。这些前期的研究成果，在 2000 年以后，开启了一系列对陈维崧词作、词论更深入的探讨。

二 2000～2017 年期间的研究成果

2000 年以后陈维崧的相关研究比前期更多，笔者将其分为以下几个方面来谈：（1）题材技巧探析研究；（2）词派词论研究；（3）陈维崧其他文类研究；（4）交游人物与时代风气研究；（5）运用新科技方法研究；（6）词学版本上研究。

（一）题材技巧探析研究

延续 2000 年以前对陈维崧各种不同风格类型的词作探析，2000 年以后类似的期刊论文、学位论文大量出现。2003 年至 2008 年，东吴大学苏淑芬陆续发表《陈维崧笔下之妇女研究》①《论陈维崧昆仲手足之情》②《陈维崧故乡风土词研究》③《"是谁家本师绝艺"——〈湖海楼词〉中的江湖艺人研究》④ 等论文。这些文章除《"是谁家本师绝艺"——〈湖海楼词〉中的江湖艺人研究》外，皆收录进 2005 年苏淑芬出版的专书《〈湖海楼词〉研究》⑤ 之中。苏淑芬一系列的文章，将陈维崧各种题材、风格的词作深入撰

---

① 苏淑芬：《陈维崧笔下之妇女研究》，《东吴中文学报》，2003 年 5 月，第 135～180 页。
② 苏淑芬：《论陈维崧昆仲手足之情》，《东吴中文学报》，2004 年 5 月，第 157～204 页。
③ 苏淑芬：《陈维崧故乡风土词研究》，《兴大中文学报》，2005 年 6 月，第 511～537 页。
④ 苏淑芬：《"是谁家本师绝艺"——〈湖海楼词〉中的江湖艺人研究》，《台北大学中文学报》，2008 年 9 月，第 233～272 页。
⑤ 苏淑芬：《〈湖海楼词〉研究》，台北，里仁书局，2005。

写成单篇论文，并从陈维崧的湖海楼词中归纳出各种主题，进行分析。学位论文方面，2003 年，彰化师范大学高淑萍则以《陈维崧〈乌丝词〉研究》① 为题，完成硕士学位论文。高淑萍因后人论及陈维崧词作，多着重于后期《迦陵词》的探讨，于是转以中期词作《乌丝词》为探讨对象归纳出几点特色：就内容而言，《乌丝词》的题材范围，比早期词作要广泛，也有寄托之意；在语言表现上，《乌丝词》中的用字、散文具是较早期词作的艳丽有所不同，风格也较张扬跋厉，可视为陈维崧早期婉丽词作转变为后期豪壮词风的开端。2008 年，林青蓓以《陈维崧咏物词之研究》② 为题完成硕士学位论文，文章以陈维崧咏物词为探讨，认为陈维崧咏物词：将自我物化，因此能在咏物词中创造豪狂鲜明的形象，再来则是题序的大量使用，对词的内容有补充的功能。最后从时间美学与悲的美学两角度切入，加深咏物词的情思，使词作让人更加深刻。2010 年，李倍甄以《陈维崧题画词研究》③ 为题完成硕士论文，根据李倍甄统计，陈维崧题画词占总体词作的三分之一，从题画词的研究中可探讨陈维崧词作的时空因缘，在词画关系上，反映了"词画相互阐发""词画各自独立"两种处理方式。同年，研究生梁嘉轩则以《陈维崧悼亡词研究》④ 为题发表单篇论文，主要以陈维崧于康熙二十年（1681）创作的五首押上纸四声的《贺新郎》为研究内容，这五首词为悼念亡妻之作，从这五首词中分析陈维崧悼亡词的情感意义与韵脚选择，从音韵声情窥见陈维崧对亡妻的情感。

（二）词派词论研究

2000 年以后，关于陈维崧词派、词学理论探讨的单篇论文大为增加，关于陈维崧词作整体的研究，2002 年，东海大学杨棠秋以《陈维崧及其词学》⑤ 为题，撰写博士论文，全文对陈维崧词作、词学理论、著作版本作一完整考证与梳理，书中更附有陈维崧世系表，文集合刻本内容比较表，《湖海楼诗集》诗目、时间对照表，《妇人集》摘要表，陈维崧友朋人名索引表等。但碍于作者在台湾，有些古籍无法亲至大陆核对原本，也是该书局限。

---

① 高淑萍：《陈维崧〈乌丝词〉研究》，硕士学位论文，彰化师范大学国文学系，2003。
② 林青蓓：《陈维崧咏物词之研究》，硕士学位论文，中兴大学中国文学系，2008。
③ 李倍甄：《陈维崧题画词研究》，硕士学位论文，高雄师范大学国文学系，2010。
④ 梁嘉轩：《陈维崧悼亡词研究》，《问学集》，2010 年 5 月，第 69～87 页。
⑤ 杨棠秋：《陈维崧及其词学》，博士学位论文，东海大学中国文学系，2002。

论文中有少量篇幅论及陈维崧诗、骈文，算是对陈维崧的文学历程作了整体回顾。在题材上，特别关注到陈维崧的迦陵填词图，爬梳迦陵填词图的绘者与刊本、填图题咏的作者与作品，并注意到迦陵填词图的流布和影响。2005 年，东吴大学苏淑芬《〈湖海楼词〉研究》①一书出版。2006 年，中山大学李欣益的硕士论文《陈维崧和阳羡词派词论之研究》写成，有鉴于前辈学者多单点研究陈维崧个人与生平交游、词作，李欣益主要探讨陈维崧与阳羡词派、词人群及与其对清代词坛的总体影响。文章认为阳羡词派的地位和影响有三，第一，使清词初大，造成清词中兴的局面；第二，豪放词风在清初的回归；第三，豪放词派的词以言情说与词史观念对后世词论的影响。同年，对于陈维崧词论与词作相关探讨的单篇论文有中央大学博士生徐秀菁的《陈维崧"选词所以存词，其即所以存经存史"观念之辨析》②、花莲高中教师凌性杰的《陈维崧词作及词学之探讨》③两篇论文。徐秀菁从经、史的角度分析陈维崧词论"选词所以存词，其即所以存经存史"的论证缺陷，思考词体是具备什么样的条件，才能达到"经""史"的地位。徐秀菁试图解释词体与经史的差异，认为陈维崧就词与经、史通性讨论，以提升词体的地位，但忽略了词体本身所具有的特征。凌性杰则泛论陈维崧词学创作与词论，多引述前人研究成果，创见较少。2009 年，东吴大学硕士生许仲南发表《论苏轼词对阳羡词派的影响——以陈维崧、曹亮武、史惟圆为例》④，探讨苏轼对阳羡词派词人的影响，目的是为了厘清一般人认为阳羡词派流于"粗旷叫嚣""东坡词的内涵与精神，清人发挥的太少"等概念。文中从苏轼与阳羡的渊源讲起，再从苏轼"以诗为词"讨论到阳羡词派主张"存经存史"的意图。许仲南认为若苏轼"以诗为词"以拓展词境及风格的方式，重新赋予为词意义，则陈维崧"存经存史"即以尊体的方式，再次赋予词体意义⑤。此外，比较两者词作中题材的相似性与差异，认为阳羡词派继承了东坡词不主一格的精神。同年，徐立安也发

---

① 苏淑芬：《〈湖海楼词〉研究》，台北，里仁书局，2005。
② 徐秀菁：《陈维崧"选词所以存词，其即所以存经存史"观念之辨析》，《有凤初鸣年刊》，2006 年 7 月，第 355～363 页。
③ 凌性杰：《陈维崧词作及词学之探讨》，《涛声学报》，2006 年 3 月，第 19～36 页。
④ 许仲南：《论苏轼词对阳羡词派的影响——以陈维崧、曹亮武、史惟圆为例》，《东吴中文研究集刊》，2009 年 9 月，第 47～63 页。
⑤ 许仲南：《论苏轼词对阳羡词派的影响——以陈维崧、曹亮武、史惟圆为例》，《东吴中文研究集刊》，2009 年 9 月，第 54 页。

表了《浅探迦陵词存经存史观念与其创作上之实践》①检视陈维崧词论在词作上的应用。2014 年，东吴大学硕士生杜承书以《陈维崧"非正声"词风研究——由明清之际阳羡地区的时空角度分析》为题，完成硕士论文，全文从时空角度将阳羡词派定位，分别为特定时空、同时异地、异时同地三方面来谈，将阳羡词派与清代其他词派相互比较，认为必须同时拥有"明清之际"与"阳羡地区"两大要素，才能形成陈维崧及阳羡词派之词风。

（三）陈维崧其他文类研究

关于陈维崧其他文类的研究，2011 年，东吴大学博士生郑宇辰发表《陈维崧骈文受庾信影响研究》②，探讨陈维崧的骈文作品，从师承渊源与骈文内容作分析，认为陈维崧的骈文主要有表达文学观、写兴亡之感、序女子之咏三类，用骈文来推崇女子才学，是陈维崧骈文的一大突破。此外，陈维崧的骈文可以明显看出对庾信继承的痕迹，作者分为：（1）选用数字、彩色、方位对，以造绮艳之文；（2）用虚字领实字之法，以行跌宕之气；（3）好以庾信入典；（4）好用庾文虚字词语。对于陈维崧骈文研究开启不一样的视角。

（四）交游人物与时代风气研究

陈维崧的交游与时代风气的相关研究，苏淑芬 2001 年与 2006 年有《从陈维崧与云郎关系论清初士人男宠之好原因》③与《〈乌丝词〉受广陵词坛影响研究》④两文，前者探讨陈维崧和徐紫云之间的感情，该议题是继孙克宽《陈迦陵诗词小论》略提之后，第一次专文探讨陈维崧与徐紫云的相识、相伴，并探讨明末清初的男宠之风，该文亦收入苏淑芬所撰《〈湖海楼词〉研究》。《〈乌丝词〉受广陵词坛影响研究》则讨论广陵词人对陈维崧前期词风的影响，苏淑芬认为主要有广陵词人多侧艳之词、肯定南宋及辛弃疾词、重视长调、词要有寄托四点，影响了陈维崧之后的词作风格。2001 年，李康化《阳羡词风的词学渊源与诗学背景》⑤一文主要分两大特点，其一是补

① 徐立安：《浅探迦陵词存经存史观念与其创作上之实践》，《丰商学报》，2009 年 6 月，第 58~73 页。
② 郑宇辰：《陈维崧骈文受庾信影响研究》，《有凤初鸣年刊》，2011 年 7 月，第 601~624 页。
③ 苏淑芬：《从陈维崧与云郎关系论清初士人男宠之好原因》，《东吴中文学报》，2001 年 5 月，第 161~200 页。
④ 苏淑芬：《〈乌丝词〉受广陵词坛影响研究》，《东吴中文学报》，2006 年 5 月，第 233~264 页。
⑤ 李康化：《阳羡词风的词学渊源与诗学背景》，《中国古典文学研究》，2001 年 6 月，第 67~76 页。

足阳羡词派与蒋捷之间的继承渊源，其二是从清初诗坛崇宋诗的角度切入，认为阳羡词风的流传与清初祢宋诗学有所关联，认为阳羡词派推尊词体的理论前提与衍扬宋诗的理论角度相同，从时代环境与诗词相互影响的角度切入讨论，别具一格。2006 年，何冠彪《徐乾学建造憺园时间考——兼论徐乾学与陈维崧相识于何时》① 一文，从徐乾学的建园时间，考订憺园在康熙十四年（1675）初春筑成，陈维崧与徐乾学相识，不得早于康熙十四年，推翻先前学者对陈、徐两人相识时间为顺治三年（1646）、四年（1647），或康熙九年（1670）、十年（1671）的说法。对陈维崧的交游有详细的考订。

（五）运用新科技方法研究

运用新科技方法来进行研究的，有东吴大学的博士生杜承书，在 2014 年以地理信息系统（GIS）撰写《论 GIS 于文学教学之应用——以陈维崧词风嬗变现象为例》②。杜承书认为利用 GIS 来进行文学可以有三项优点："第一、GIS 可将词人行迹、所处之区域地点，以地图方式呈现，进而说明词人与地域之关系。第二、导入 GIS 之应用，可对词人词风如何受到地域环境影响而产生变化，做出相当充分之诠解。第三、突破了传统教学上说明之局限，进而借由 GIS 将信息立体化、数字化、视觉化来呈现，来补足传统地域空间之不足处。"③ 文中以 GIS 论陈维崧年少宜兴时期的词风，认为陈维崧早期词作偏云间风格，可由地理空间看出端倪，因为地理空间相近，故受到云间词风的影响。全文将陈维崧一生经历与行迹、词风相结合，并以行迹图解释词风转变的原因。作者运用现代科技的帮助，从新的切入点来理解陈维崧词风的转变，可视为陈维崧研究的新开拓。

（六）词学版本研究

目前流传的陈维崧《今词苑序》有二，一篇为散体，一篇为俪体，散体收录于《陈迦陵散体文集》卷二，而俪体收录于《陈迦陵俪体文集》卷

---

① 何冠彪：《徐乾学建造憺园时间考——兼论徐乾学与陈维崧相识于何时》，《书目季刊》，2009 年 6 月，第 91~106 页。

② 杜承书：《论 GIS 于文学教学之应用——以陈维崧词风嬗变现象为例》，《数位与开放学习期刊》，2015 年 10 月，第 77~114 页。

③ 杜承书：《论 GIS 于文学教学之应用——以陈维崧词风嬗变现象为例》，《数位与开放学习期刊》，2015 年 10 月，第 78 页。

七。散体的《今词苑序》中有"选词所以存词，其即所以存经存史也"等语，一直以来被历代学者所引用，但细细推想，陈维崧何以要为《今词苑》撰写两篇序文？2011 年，黄雅莉在《清代词学批评中的"正变观"析论——以词派之间的递嬗为观察点》一文中率先指出这个现象：

> 该文被误传为陈维崧所撰而实为潘眉所撰之《词选序》云：东坡、稼轩诸长调又浸浸乎如杜甫之歌行与西京之乐府也。……鸿文巨轴，固与造化相关，下而谰语卮言，亦以精深自命。要之穴幽出险以厉其思，海涵地负以博其气，穷神知化以观其变，竭才渺虑以会其通。为经为史，曰诗曰词，闭门造车，谅无异辙也。……选词所以存词，其即所以存经存史也。①

很显然，黄雅莉认为散体的《今词苑序》是潘眉所作，俪体的《今词苑序》才是陈维崧所作。若散体《今词苑序》真为潘眉所作，那历来学者所引"选词所以存词，其即所以存经存史"来论证陈维崧的词论，势必作一修正。2017 年，政治大学侯雅文在《〈今词苑序〉意义新诠："崇今"价值重造》② 中，对于陈维崧两篇《今词苑序》又再做一说明，侯雅文认为散体的《今词苑序》作者为陈维崧无误，俪体的《今词苑序》作者才是潘眉。两位学者皆称至北京国家图书馆看过《今词苑》原本，但论文中并无附书影以论证，今笔者将北京国图二者序文书影附于其后，证明散体《今词苑序》作者为陈维崧，俪体《今词苑序》作者实为潘眉。

侯雅文《〈今词苑序〉意义新诠："崇今"价值重造》一文，将《今词苑》前的各篇序文深入分析，论证《今词苑》所标榜的崇今，实是"在消解对不同文体所赋予大小、高下、尊卑、正宗旁流的评断，并对此一评断所从自的'基源价值'（ultimate value），给予逆转或改造"③，故该论文除版本上的意义外，还有理论价值上的意义，也是台湾第一篇专文讨论《今

---

① 黄雅莉：《清代词学批评中的"正变观"析论——以词派之间的递嬗为观察点》，《兴大人文学报》第 47 期，2011 年，第 218 页。

② 侯雅文：《〈今词苑序〉意义新诠："崇今"价值重造》，《中国文化研究所学报》，2017 年 1 月，第 141~169 页。

③ 侯雅文：《〈今词苑序〉意义新诠："崇今"价值重造》，《中国文化研究所学报》，2017 年 1 月，第 142 页。

词苑》的单篇论文。

结　论

台湾地区陈维崧研究之起源，有其特殊历史背景，开始关注陈维崧之词作，乃是由于时代因素使然，使迁台文人读陈维崧作品，而有时代共感外，同时寄望能倚靠陈维崧词作来改变时代风气。随着研究的进步，个人情怀逐渐淡出研究论文，在 2000 年以前，各家学者之就着重于陈维崧的生平、背景、词作的分析，之后才渐论及阳羡词派与词体正变观的讨论。

2000 年以后，清词研究热潮兴起，陈维崧研究亦可分为六项，延续 2000 年以前的研究关于题材技巧的讨论方兴未艾，但更多着重点转移至词论与词派的讨论上。除了词学的研究，关于陈维崧的诗与骈文，同时也受到注意。在交游考订上，更多的证据与资料展现了不一样的风貌，从文人的交游与时代风气、环境影响切入讨论陈维崧的词作与词论的论文，亦所在多有。2000 年以后，陈维崧研究较特别的研究成果，是运用 GIS 地理信息系统的新方法，还有关于版本上的考订与推翻，可见清词研究在台湾依旧有许多研究者持续努力耕耘，也希望未来陈维崧的相关研究，能够在方法、资料、观点、领域上有所突破，再创研究高峰。

附图一　《今词苑》潘眉序书影

附图二 《今词苑》陈维崧序书影

《南开诗学》稿约

一、本刊是以中国古典诗词曲、现当代诗歌、域外汉诗和中外诗学比较为主要研讨对象的中文学术期刊，暂为半年刊，每年 5 月、10 月出版。

二、本刊聘请资深学者担任学术顾问，聘请国内外诗学名家组成编辑委员会，议定办刊方向，审订来稿。本刊实行匿名审稿制度。

三、本刊不定期设置中国古典诗学、中国现当代诗学、中外比较诗学、诗学文献、诗学专家访谈录、诗学研究信息等栏目。

四、本刊竭诚欢迎研究者赐稿。来稿长短不拘，唯以陈言务去、内容翔实、文字洗练为尚。

五、来稿请以电子文件方式寄至本刊编辑部电子邮箱：nankaishixue@163.com，亦可邮寄打印件（两份）至 300071 天津市卫津路 94 号南开大学文学院《南开诗学》编辑部并自留底稿。来稿勿寄私人，以免延误。

六、来稿请附内容提要（限 300 字）、关键词（限 5 个），并请惠告个人简明信息（姓名、性别、出生年、供职机构、职称、邮政编码、通讯地址、固定电话、移动电话、电子邮箱等）。

七、来稿请依 Word 预设 A4 格式，横排；正文用五号宋体字，单倍行距；篇题用三号黑体字（副标题用四号仿宋体字），节题用四号黑体字，作者姓名用小四号楷体字。海外学者请改用中国大陆通行之标点符号和简体汉字。论文注释采用当页脚注，用小五号宋体字，序号用圈码①②③……标识，每页单独排序。例如：

①司马迁：《史记》卷四七《孔子世家》，中华书局，1959，第 6 册，第 1921 页。

②苏轼：《题陶渊明饮酒诗后》，《苏轼文集》卷六十七，孔凡礼点校，中华书局，1986，第 2029 页。

③陆陇其：《申直隶学院文》，《三鱼堂文集外集》卷五，清同治七年（1868）刊本。

④徐志摩：《猛虎集·自序》，《猛虎集》，新月书店，1931。

⑤〔德〕马克斯·韦伯：《学术与政治》，冯克利译，生活·读书·新知三联书店，1998，第 29、48 页。

⑥傅璇琮：《文献学与文学研究结合》，《清华大学学报》（哲学社会科学版）2009 年第 1 期。

⑦徐中舒：《木兰歌再考》，《东方杂志》第 22 卷第 14 期，1925 年 7 月。

⑧傅刚：《陆机诗歌简论》，硕士学位论文，上海师范大学，1986，第 28 页。

⑨杜桂萍：《尤侗〈钧天乐〉传奇与明末才子汤传楹》，《中国戏剧史国际学术研讨会暨中国古代戏曲学会 2014 年年会论文集》（上），2014，第 221 页。

八、本刊谢绝已发表和已投寄其他书刊或已在网络公开的稿件。

九、本刊对所有稿件保留技术性修订之权利；如作者不愿授权删改，请于赐稿时说明。

十、本刊编辑部收到稿件之后，即回复电子函件确认收讫，并在一个月内以电子函件回复投稿人是否刊发及修改建议。来稿一经刊发，即致寄稿酬和样刊。

图书在版编目（CIP）数据

南开诗学. 第一辑 / 罗振亚，孙克强主编. -- 北京：
社会科学文献出版社，2018.3
ISBN 978 - 7 - 5201 - 2130 - 9

Ⅰ.①南… Ⅱ.①罗… ②孙… Ⅲ.①诗学 - 研究 -
中国 Ⅳ.①I207.2

中国版本图书馆 CIP 数据核字（2017）第 327416 号

南开诗学（第一辑）

主　　编 / 罗振亚　孙克强

出 版 人 / 谢寿光
项目统筹 / 宋月华　吴　超
责任编辑 / 吴　超

出　　版 / 社会科学文献出版社·人文分社（010）59367215
　　　　　　地址：北京市北三环中路甲 29 号院华龙大厦　邮编：100029
　　　　　　网址：www.ssap.com.cn
发　　行 / 市场营销中心（010）59367081　59367018
印　　装 / 三河市龙林印务有限公司

规　　格 / 开　本：787mm × 1092mm　1/16
　　　　　　印　张：21.25　字　数：344 千字
版　　次 / 2018 年 3 月第 1 版　2018 年 3 月第 1 次印刷
书　　号 / ISBN 978 - 7 - 5201 - 2130 - 9
定　　价 / 99.00 元

本书如有印装质量问题，请与读者服务中心（010 - 59367028）联系